L'interdit

Stanley Lloyd Norris

L'interdit

ÉDITION DU CLUB QUÉBEC LOISIRS INC.
© Avec l'autorisation des Éditions Libre Expression

Dépôt légal 4ᵉ trimestre 1991
ISBN 2-89430-033-6
(publié précédemment sous ISBN 2-89111-417-5)

Je dédie ce livre à mes amis les lièvres, les perdrix et les hirondelles bleues de Saint-François-de-Sales, ainsi qu'à mes incomparables maîtresses: la lune, les étoiles, la rivière et les épinettes.

AVERTISSEMENT AU LECTEUR

Saint-Avenant-du-Lac-Saint-Jean n'existe que dans l'imagination de l'auteur. Le décor a été emprunté à Saint-André, autrefois dit de l'Épouvante. Quelques chemins de campagne ainsi que la petite église blanche en bois proviennent de Saint-François-de-Sales, agglomération voisine.

PREMIÈRE PARTIE

Le prêtre

CHAPITRE PREMIER

La famille Boily

«Et ne nous laissez pas succomber à la tentation, mais délivrez-nous du mal.

«Ainsi soit-il.»

Suzanne se signa, grimpa sur le lit et s'allongea sur les draps immaculés. Thérèse couvrit l'enfant et se retira, sans un mot, sans la moindre caresse, comme d'habitude.

Sitôt la mère disparue, la petite rouvrit les paupières: elle se sentait toujours menacée dans le noir, comme on appelle les ténèbres au Lac-Saint-Jean. La chambrette se remplissait de créatures étranges. Les objets s'avançaient, puis retournaient à leur place. Tous la regardaient; parfois, ils se penchaient sur elle avec un sourire méchant. En été, quand les fenêtres s'ouvraient au vent du nord, les rideaux se tordaient. Des ombres couraient sur la commode, montaient sur la couverture, rampaient jusque sur le visage de l'enfant. Les cris des oiseaux nocturnes et en hiver les craquements de la maison ou les hurlements de la tempête glissaient sur un silence inquiétant et se répandaient autour d'elle.

Souvent, au milieu de la nuit, Suzanne se réveillait, tendait l'oreille: les parents dormaient. Qui viendrait à son secours si le bonhomme Sept-Heures entrait par la fenêtre? Parfois, au contraire, ils se disputaient: elle entendait des soupirs, des grognements, le lit grinchait... Son père surtout se plaignait. La petite voyait bien qu'il se retenait, sans doute de crainte d'irriter davantage sa femme. La fillette ne comprenait pas; alors elle imaginait. De toute évidence, ils se chicanaient. Papa souffrait, subissait une punition et gémissait; maman lui faisait mal... Elle s'expliquait l'air accablé de papa durant le jour... Des fois, elle craignait pour la vie de son père; aussi, lorsqu'un cauchemar la réveillait, elle se lançait vers la chambre des parents. Thérèse la recevait avec irritation et la renvoyait pleurer dans son lit. L'enfant apprit à se taire, à marcher sur la pointe des pieds et à s'allonger contre son père. Léopold feignait de l'ignorer. Au petit matin, il la réveillait et la renvoyait dans sa chambre sans que sa femme s'en rende compte.

Au printemps 1958, Suzanne Boily, âgée de six ans, venait de perdre ses premières dents. L'espace laissé par les deux incisives manquantes donnait une touche comique à ce visage rond, au teint de lait ravivé par des taches de rousseur, discrètes en hiver et qui se réchauffaient aux ardeurs de l'été. Les cheveux d'un blond platine, sans la moindre ondulation, se répandaient sur les épaules et le dos comme une vague dans le sable. Les lèvres épaisses, évasées, presque retroussées, étaient imprégnées d'une sensualité troublante.

Les yeux bleu clair s'abritaient sous des paupières lourdes, en croissant de lune; le front très haut bombait; les ailes du nez s'enflaient, se relevaient, frémissaient à la moindre émotion. Ce visage ne passait guère inaperçu: il n'impressionnait point par sa beauté mais par ses contrastes où le sang des ancêtres normands côtoyait celui beaucoup plus discret des Montagnais. Il prolongeait, comme un masque félin, le corps souple, nerveux. Les gestes brusques, la voix gémissante, traînarde, parfois criarde, contribuaient à rendre cette créature attrayante et menaçante comme une fleur sauvage bardée d'épines.

Sous le même toit vivait Vincent, son cadet de deux ans. Il parlait à peine, la plupart des mots qu'il articulait n'appartenant à aucun langage connu, ce dont personne, à la maison, ne se plaignait. Thérèse commentait, lorsqu'un étranger s'inquiétait de ce retard:

— On sait ben qu'les garçons ont pas d'génie. Y apprendra toujours assez vite.

Grand et fort pour son âge, d'un blond vif, rougeaud, il recherchait la solitude et, comme un ours, grognait lorsqu'on l'approchait. Il s'entourait d'un bric-à-brac ou plutôt des débris de ce qui lui tombait sous la main et qu'il ne tardait pas à détruire, par curiosité d'abord, ensuite pour s'exprimer. Sans doute tenait-il aussi de l'ours sa démarche dandinante, tête basse, le regard courroucé, une gaucherie totale.

Mario, le benjamin, tournait dans les limites de son parc. Une barrière l'empêchait de sortir de sa chambre, sauf le dimanche, quand sa mère le mettait à table. De crainte qu'il ne salisse le plancher de la salle à manger, elle le nourrissait elle-même. Il partageait la chambre de Vincent. Il était à l'âge où l'on fouille dans les tiroirs. Il éparpillait sur le plancher tout ce qu'il dénichait. Ses jouets traînaient; ses fesses prenaient l'air quand elles ne trempaient pas dans une couche humide que sa mère ne se hâtait nullement de changer.

Le père de ces enfants, Léopold Boily, gagnait son pain comme préposé à l'entretien ménager à la Saint-Raymond Papers, usine de pâte à papier située à Desbiens. Il critiquait ses patrons quand il rentrait chez lui, mais il craignait sa femme. Il lui remettait son chèque, et elle ne lui donnait que le strict nécessaire pour ses dépenses: cigarettes, essence. Il buvait sa bière à la maison: Thérèse l'achetait elle-même à l'épicerie le jour du marché. Les pieds sur un pouf, il avalait le fluide blond à même la bouteille en écoutant la radio, le soir, après le travail. Le matin, il partait avec la boîte à lunch que lui avait préparée sa femme.

Comme la plupart de ses voisins, il se plaisait dans les bois. Thérèse ne l'empêchait ni de chasser ni de pêcher. Pourtant, elle ne tolérait pas l'odeur du poisson. Après avoir montré ses prises, il devait les distribuer aux voisins. Parfois, ceux-ci lui remettaient une photo où il posait avec fierté, sa canne près de lui, un genou par terre devant les truites ou les dorés que les autres mangeraient à sa place! Quand il abattait un orignal, l'automne, elle l'autorisait à en congeler les fesses. Il se débarrassait des autres morceaux. Un énorme panache ornait l'entrée du hangar où il remisait son canot. Au sous-sol, il contemplait son arsenal, bien rangé dans une armoire: une carabine 22 avec laquelle il manquait rarement une gélinotte, un fusil 12 à coulisse pour le canard et une brave 303 de la Première Guerre mondiale.

13

Au physique, Léopold, que tout le monde appelait Léo, logeait dans l'étoffe de n'importe quel quidam: 28 ans, taille moyenne, tignasse noire, peau basanée par le grand air, ni gros ni maigre, yeux bruns qui donnaient habituellement l'impression d'avoir pleuré alors qu'ils ne versaient point de larmes. D'une voix usée, non par l'effort mais par la retenue, il appelait son épouse «sa mère».

Thérèse, l'âme du foyer, passait inaperçue; elle sortait rarement. On ne la voyait guère sourire. Elle avait toujours l'air de chercher quelque chose. De fait, elle cherchait toujours quelque chose: un grain de poussière, une pantoufle qui traînait, une tache sur le parquet, un trou dans la pelouse, une branche plus haute que les autres dans la haie, une égratignure sur la peinture des murs, un verre mal aligné, une serviette qui dépassait dans l'armoire... Sa maison luisait comme un soleil (sauf la chambre des garçons, qu'elle abandonnait à la pagaille). Non seulement elle exigeait que chacun y portât des chaussons pour circuler, mais l'on ne se déplaçait que pour des raisons valables. Vincent devait beaucoup de sa robustesse et un peu de son caractère d'ours à cette éducation. Sa mère le réveillait, le nourrissait et l'attachait dehors, convenablement vêtu, à l'abri du vent et des regards indiscrets, jusque vers la fin de l'après-midi. Au milieu du jour, elle lui apportait sa ration. Il s'amusait seul. Thérèse restait à l'intérieur alors que Léo travaillait, que Suzanne fréquentait la petite école et que Mario pataugeait dans ses urines. Elle vérifiait sans cesse si tout se trouvait à sa place, si tout était propre. Il lui arrivait même de s'allonger sur le parquet et de coller une joue contre le bois ciré. Elle se détendait souvent, s'endormait ainsi comme d'autres après l'amour, car Thérèse, elle, ne dormait pas après l'amour, loin de là! L'accomplissement de cette corvée lui répugnait.

Au printemps 1951, elle avait épousé un voisin du même âge qu'elle, vingt ans, et comme elle enfant de bûcheron et de cultivateur, selon la saison. En se mariant, elle savait bien ce qui l'attendait: elle devait procréer, soulager son mari. Une telle perspective lui rappelait l'époque où, cachée derrière une grange, elle observait avec un mélange d'épouvante et de fascination l'étalon grimpé sur le postérieur de la jument. Il s'arc-boutait et son énorme flèche s'enfonçait; puis, rassasié, il décollait au petit trot, l'air fou et arrogant, semant des hennissements sarcastiques, fouettant l'air de sa queue, la verge pendue, encore gluante, content de lui, sans le moindre égard pour celle qu'il venait d'utiliser. Mais Thérèse n'en faisait pas une montagne. D'autres femmes étaient bien passées par là et elles n'en étaient pas mortes. On entendait même dire dans le village que certaines aimaient cela et se pâmaient de plaisir. Mais, dans son cas, une telle bassesse était absolument exclue; elle s'était toujours contrôlée et ce n'était pas dans un lit qu'elle se laisserait aller comme une «guedoune». L'homme pourrait s'amuser, elle se résignerait à faire son devoir. Après tout, cela ne devait pas être pire que de frotter un plancher...

La nuit de noces, après avoir soigneusement rangé sa robe, Thérèse se prêta de bonne grâce au désir de son mari, une fois la porte fermée et la chaînette mise en place. Sans crier ni même bouger, elle subit l'assaut. Elle ne s'apitoya pas lorsque, une ou deux minutes plus tard, Léo s'effondra à ses côtés: après tout, c'était bien à lui de ne pas se forcer de la sorte. Mais la vue de ce liquide poisseux la dégoûta à un point indicible, et cette odeur!... Les jours suivants, elle attendit avec courage et résignation qu'il en finisse pour aller se laver, et cela même si Léo appartenait à cette catégorie de messieurs qui disent volontiers d'eux-mêmes: «Moé, j'su chaud! C'est terrible comme j'su chaud! À peine branché, j'viens tu-suite.»

Un soir, sans doute après des échanges avec les langues sales de l'usine, il lui demanda de bouger. La prenait-il pour une «guedoune»? Il osa même lui expliquer qu'elle devait aussi trouver l'aventure plaisante, alors que sa mère lui avait enseigné le contraire. Ah! comme elle la comprenait aujourd'hui! Elle disait souvent, la mère Fortin: «Un homme, c'est pas contentable! Tu y donnes un doigt, y veut la main. Tu y donnes la main, y veut l'bras!»

La première grossesse montra ses rondeurs au bout de six mois. Au moins, ça avait rapporté quelque chose... Mais Léo, au lieu de la laisser tranquille, en voulait encore, juste «pour faire le mal». Elle essaya de lui expliquer que cela n'avait aucun sens, vu qu'elle portait déjà un bébé. Mais il ne voulait rien comprendre; alors, elle cédait, de crainte de manquer à ses devoirs de chrétienne. Après le deuxième garçon, elle maintint son refus: savait-il seulement ce qu'elle avait enduré durant ses trois accouchements? L'homme insinua que les femmes qui ne faisaient pas leur devoir allaient en enfer. Elle protesta, mais il avait semé le doute dans son esprit. Pour tirer l'affaire au clair, le couple décida de rencontrer le prêtre qui les avait unis depuis un peu plus de sept ans, le père Marcel Tremblay.

CHAPITRE II

Une visite décevante

Le feu qui couvait sous la cendre et dont les éclats sournois se reflétaient sur le visage tendu de Thérèse autant que dans le regard inquiet de Léo se ralluma lorsque vint le moment de débattre l'épineuse question de savoir qui, du mari ou de la femme, appellerait le curé pour prendre rendez-vous. Léo avait été entraîné à croire que ses devoirs, outre cette paye qu'il remettait intégralement, se limitaient à tondre le gazon et, l'hiver, à déblayer la neige qui obstruait l'entrée principale et l'allée du garage. Il laissa s'écouler vingt-quatre heures, espérant que Thérèse aborderait le sujet la première. Mais comme elle n'en faisait rien et persistait à vivre dans un mutisme presque complet, il se hasarda, le deuxième jour, à demander:

— Pis, sa mère, as-tu des nouvelles de monsieur l'curé?

Elle joua l'étonnée. À son tour, elle voulut savoir:

— Des nouvelles? De quoi?

Léo sentit ses jambes céder comme si les deux petites questions de sa femme pesaient plus lourdement sur ses épaules qu'un quartier d'orignal. Il était écrasé par la perspective de recommencer à se plaindre pour finalement se rendre compte que ses discours entraient dans la tête de Thérèse par une oreille et en ressortaient par l'autre. Il n'osait croire qu'elle espérait le voir exposer lui-même un sujet aussi délicat à un prêtre. Il ne connaissait aucun mot décent pour aborder un thème dont il parlait librement avec ses compagnons de travail. Depuis longtemps, il ne récriminait plus parce qu'elle répondait à sa place ou décidait pour lui, et, cette fois qu'il le souhaitait tellement, elle se dérobait. Mais il ne s'avoua pas vaincu sans combattre.

— Tu sais ben que j'travaille le jour, t'avais tout l'temps pour l'appeler.

— Si tu veux parler de tes p'tites misères dans le litte, répliqua-t-elle, c'est toé que ça regarde. Compte-toé chanceux que j'aie dit que j'irai. Pour la balance, c'est ton affaire...

Il craignit d'insister. Il la savait têtue. Elle pouvait retirer le faible consentement qu'elle lui accordait encore. Il prit son courage à deux mains. Dès son retour à l'usine, au lieu d'utiliser son quart d'heure à siroter sa tasse de café, il se rendit au téléphone de la Saint-Raymond Papers et appela le curé. Après les formalités d'usage, il enchaîna:

— Depuis quèque temps, Thérèse pis moé, on jase à propos d'affaires. On jase, on jase, mais on arrive pas à s'entendre. Ça fait qu'on s'est dit qu'on pourrait p't'être faire un tour au presbytère, vous conter toute ça, et qu'avec votre aide on arriverait à s'mettre d'accord.

— Je veux bien, acquiesça le curé. Mais tu ne pourrais pas me dire un peu de quelle sorte d'affaire il s'agit?

Les mots qui visitèrent la bouche de Léo ne pouvaient passer au téléphone. Il se força pour découvrir une formule propre:

— C'est rapport à la chair... La consommation d'la chair. Moé pis Thérèse, on voit pas les choses de la même façon.

Le curé offrit de les recevoir dès le lendemain, un samedi.

L'ultime crainte de Léo ne se réalisa pas: Thérèse ne changea pas d'avis. Malgré son indifférence de façade, au fond, elle tenait à cette rencontre. L'expérience lui avait enseigné que son éloquence venait immanquablement à bout de tous les arguments de son mari. Après avoir confié les enfants à Pauline Caron, une adolescente dégourdie, le couple laissa la maison dix minutes avant seize heures. Il devait parcourir un peu moins de sept kilomètres.

L'église de Saint-Avenant s'élève au milieu du village, champignon blanc planté au sommet d'une colline. Modeste malgré ses prétentions gothiques, en bois, elle jure avec le presbytère de granit bâti par un lointain prédécesseur du curé Tremblay.

Saint-Avenant, comme beaucoup de villages du Lac-Saint-Jean, disperse ses maisons sur le dos et les flancs de vallons à peine dessinés. Naissant au pied de monticules couverts d'épinettes et de sapins entre lesquels des bouleaux fragiles et des trembles frémissent, les prairies s'incurvent jusqu'au bord des grandes eaux. Durant la saison douce, de mai à octobre, des vaches sèment des taches blanches, noires et brunes sur le vert uniforme des champs. Une grange que le temps a desséchée se dresse en arrière des fermes. Les bâtiments varient d'un coin à l'autre. La pierre ronde, brute des champs côtoie le stuc, le bois teint ou verni, la brique, la pierre taillée. Les toits rouges en tôle succèdent aux tuiles rousses, aux lattes de cèdre. Çà et là, un chien plus ou moins berger allemand ou colley, parfois mêlé de labrador, d'épagneul ou de husky, gagne sa pitance comme il peut. Selon la saison ou le caprice des maîtres, il court après le troupeau, poursuit une perdrix, ramène un canard blessé, et surtout reçoit les coups de pied de Monsieur, les cris de Madame et les tortures amusées des enfants.

En été, le soleil levant secoue la léthargie du troupeau abandonné dehors depuis des mois. À la fois triste et joyeux, le beuglement d'une vache traverse l'espace. Le fermier matinal entend cette plainte douce, prolongée, arc-en-ciel sonore parcourant la campagne.

Lentement, les maisons se réveillent; une lumière naît ici et là. Un ouvrier, encore engourdi malgré le café et les premières cigarettes, descend dans l'allée du garage et réchauffe sa voiture, un tacot qui tousse encore plus fort que lui.

Les Boily n'habitaient pas au village mais au bas de la côte. Beaucoup d'Avenantais les regardaient d'ailleurs de haut, et parfois les enfants, à l'école, agaçaient la petite Suzanne:

— Hé, hé! t'habites dans un rang, le rang des Hirondelles! Hé, hé! t'habites dans un rang!

Ce qui, bien sûr, lui arrachait des larmes. Elle les chassait à coups de sac d'école et parfois venait s'en plaindre à son père, car Thérèse avait déjà irrévocablement exposé son point de vue:

— Ça va faire! Tu vas m'arrêter ce chialage-là! T'habites dans un rang, pis après? On en meurt-tu, ma foi du bon Dieu? Penses-tu que tu serais plus fine si t'habitais à Saint-Avenant, là où le monde sont tassés, alors qu'on a quasiment un lot d'terre pour nous autres tout seuls? Que c'est qui t'manque, icite? C'est-y qu'tu voudrais sentir le baloney d'la voisine quand qu'a fait à manger? Tu vas-tu en guenilles à l'école, le ventre vide, la face crottée avec des trous dans tes bas? De quoi tu t'plains? D'avoir une maison propre, un père qui travaille, une mère qui prend soin de toé? Mais de quoi tu t'plains?

— Y disent que j'habite dans un rang, que c'est habitant à cause qu'y a plus de vaches que de monde!

— Discours simple! tranchait Thérèse, dont les lèvres pincées n'admettaient pas de réplique.

Léo ne partageait pas l'amertume de sa fille. Si sa fortune le lui avait permis, il aurait habité encore plus profondément dans les bois. Avec l'aide de son père et d'un beau-frère, il s'était construit une maison au bord de la rivière Bethchouan. Il avait lui-même choisi et ramassé sur ses terres les pierres des champs dodues comme ces pains rustiques que les Avenantais achetaient à l'épicerie du village, *Chez sa mère*. Tout le rang jasait parce qu'il l'avait dotée d'un foyer qui s'ouvrait sur le salon, dont le plancher en bouleau gardait une teinte d'ivoire jauni, un peu plus foncé à la place des nœuds. Certains disaient: «Y se tire du grand, pour un gars qui ramasse ce qu'on jette à l'usine.» D'autres corrigeaient: «C'est pas lui, c'est sa femme. Ça l'a grandi dans 'misère mais a l'a pogné l'bon gars. J'te dis qu'a va l'plumer comme ça s'peut pas!»

Léo souriait de ces cancans. Les cinq premières années, il connut des moments d'inquiétude dans cette maison qu'il chérissait tant mais qu'en secret il appelait «la cabane qui appartient à la banque». Avec le temps, il apprit à vivre avec les dettes contractées pour acheter les matériaux. Il avait mis six mois, travaillant chaque soir et durant le week-end, pour finir les armoires de la cuisine en pin blanc avec des coins taillés en diamant. La chambre de Suzanne n'était séparée de celle des parents que par une cloison dont l'étanchéité acoustique ne correspondait pas à l'idée que le propriétaire s'en faisait. Au fond du couloir dormaient les garçons. Le sous-sol n'était pas achevé, mais Léo s'était aménagé un espace devant une fenêtre où, sûr que personne ne le dérangerait, il s'asseyait sur un vieux fauteuil pour regarder couler la rivière si paresseuse qu'à première vue on la prenait pour un lac. Il attendait le mois de juin avec impatience, surveillant les glaces qui commençaient à craquer à la mi-avril. Ses enfants ne pouvaient encore le suivre dans l'eau, trop jeunes; pour dire vrai, Thérèse n'y aurait pas consenti. Il se livrait à des concours de natation avec Noiraud, son chien, mi-labrador, mi-cocker. Quand la bête commençait à le dépasser, il la saisissait par les pattes de derrière et faisait semblant de la noyer en lui reprochant d'avoir pris le départ avant le signal, ce qui généralement constituait un mensonge. Mais cela ne décourageait nullement le bâtard. Ils se rendaient ensemble jusque sous le petit pont blanc suspendu à deux mètres au-dessus de l'eau et qui, prolongeant le rang des Hirondelles, menait à la bleuetière de Saint-Avenant.

Au printemps, toute la faune des environs défilait dans sa cour, sur l'eau et dans les bois avoisinants: des renards plutôt maigres après six mois d'hiver, des lièvres espiègles qui se gavaient du soleil de mai et de pousses tendres; des rats musqués s'affairaient d'une berge à l'autre avec une brindille à la bouche. Les hirondelles, les innombrables hirondelles bleues revenaient Dieu seul sait d'où et se précipitaient à l'intérieur des cabanes que Léo avait accrochées ici et là à leur intention... En se promenant le samedi, histoire de pêcher une truite dans le ruisseau, il tombait souvent sur une piste fraîche d'orignal. Parfois, il rencontrait une créature plus inquiétante, un ours noir, mais, de toute évidence, l'animal le craignait davantage: il disparaissait dans le premier fourré. On disait bien que vers la mi-août, si le bleuet poussait mal, la faim rendait les ours dangereux. Ils étaient alors tellement maigres que, d'après les Avenantais, ils avaient les flancs à l'envers. On racontait qu'ils visitaient les dépotoirs et qu'il fallait surveiller les enfants, mais Léo avait toujours entretenu les rapports les plus cordiaux avec tous ses voisins à quatre pattes.

Malgré l'éclat du soleil de juin, le vert des prés et de la forêt toute proche qui chantait l'espérance, Léo n'avait guère

le cœur à rire en montant au village. Depuis plusieurs semaines, les Boily se parlaient à peine. Thérèse, cependant, ne
négligeait pas ses devoirs: les repas étaient convenablement
préparés, les vêtements bien entretenus, la maison sans un
grain de poussière, les garçons libres dans cette chambre qu'ils
mettaient à l'envers. Dans l'intimité, elle permettait à Léo de
se servir si les malaises inhérents à la nature féminine ne
l'interdisaient pas, si la fatigue, les maux de tête, de dos, de
reins, les nausées ne l'incommodaient pas. La variété des
fléaux possibles rendait de plus en plus problématique tout
contact et, lorsque le destin permettait une telle rencontre, Léo
vivait une expérience de solitude plus cruelle encore. À ses
gémissements de plaisir anticipé répondait l'ennui irrité de sa
femme. Elle se montrait particulièrement pointilleuse quant
aux limites de ce qui était permis, en somme rien, sinon
l'essentiel. L'haleine de Léo la suffoquait. Elle ne voyait
aucune raison de se faire triturer les seins par des mains
calleuses, encore moins tolérait-elle qu'à son âge il les suce;
elle n'autorisait guère son époux à placer les doigts dans des
recoins où il pouvait causer des infections. Très occasionnel-
lement elle consentait à le stimuler. Elle prenait alors la précaution d'entourer son organe de papier hygiénique pour éviter
que l'abject liquide ne gicle sur ses doigts. Elle n'acceptait
nullement de lui servir de matelas après ses ébats et, s'il
s'oubliait sur son corps, elle le roulait de côté en accompagnant
son geste d'une déclaration du type: «Ouch! Débarque donc de
d'là, tu m'étouffes!»

Et Léo ne pesait pas lourd sous cette poussée! Il se
retrouvait vite dans ses quartiers. D'épuisement et de dépit, il
s'endormait en sachant que tout commentaire amènerait l'aveu
d'un terrible mal de tête, une fin de non-recevoir à son prochain
essai. Avant de sombrer dans les bras plus accueillants de
Morphée, il entendait Thérèse se lever pour se rendre à la
toilette. Lorsqu'elle reprenait place dans le lit, Léo était parti
dans un monde obscur où il rêvait de chaleur et de tendresse.

Tandis qu'il roulait dans la poussière blonde du rang des
Hirondelles, Léo priait pour que le père Tremblay fît entendre
raison à sa femme. Mais il n'avait jamais gagné un débat

oratoire contre elle. Le couple franchit, sans échanger un mot, les sept kilomètres qui le séparaient du presbytère. Ballotté entre l'espoir et l'angoisse, Léo, accompagné de son épouse, se présenta devant la porte du parloir.

Le curé répondit au coup de sonnette: en face de lui se tenaient une femme courroucée et un homme craintif.

La colère baignait Thérèse d'une beauté insoupçonnée: un carmin de rose avivait ses joues; ses dents blanches, régulières, luisaient sur des lèvres gonflées. L'irritation poussait les seins dont la pointe lourde agressait le corsage; le mouvement brusque des pieds chassait la jupe qui recouvrait des cuisses rondes, dures, habituées à l'effort, et un ventre saillant à peine, invitant sous le tissu qui retombait sur des hanches prononcées. Les cheveux d'un blond encore plus fougueux que ceux de Vincent se ramassaient dans un chignon épais au-dessus de la tête petite mais dressée comme celle d'un coq. Les yeux verts brillaient de tant de violence et pourtant leur éclat métallique et leurs mille paillettes s'allumaient de ce charme mortel qui attire le papillon de nuit vers la flamme. Le feu qui la brûlait de la tête aux pieds avait effacé la rigidité habituelle de ses gestes.

— Entrez, mes enfants, les invita le prêtre.

Il les précéda dans le parloir, une pièce assez vaste, au plancher en chêne, que la gouvernante, Solange, entretenait avec soin. Décor sévère, aux couleurs sombres, sauf les rideaux en mousseline blanche aux deux fenêtres qui regardaient la rue, juste en face du bureau de poste. À travers le tissu, on pouvait voir, à gauche, la station-service Texaco où s'affairait François Bernard, le propriétaire; à droite se dressait la résidence d'Aline Blanchette, veuve sexagénaire d'un bûcheron qui survécut à plusieurs accidents de travail. Peut-être craignait-il sa femme plus que les chutes d'arbres, puisqu'il passait les week-ends à la taverne. La bière eut raison de lui, au début de la cinquantaine. Nonobstant l'espace considérable que cette dame occupait dans les trois dimensions, on disait au village que le jour où elle serait inhumée il faudrait utiliser deux cercueils, dont le plus volumineux uniquement pour contenir sa langue. Elle se vantait de son cousinage au deuxième degré avec Marcel Tremblay.

Les Boily suivirent le prêtre; passant devant les chaises adossées aux murs recouverts de tapisseries, ils prirent place sur deux sièges disposés devant le bureau en noyer comme les trois bibliothèques vitrées remplies de revues et de livres dont la reliure en cuir portait l'empreinte des ans.

Le curé s'étonna de la mine sombre de ses visiteurs. Se fiant aux propos que Léo lui avait tenus au téléphone, il s'attendait à ce que celui-ci et son épouse demandent, après quelques détours, une dispense pour l'abstinence du vendredi, trop peu de chose, en vérité, pour expliquer des visages aussi tendus. Il ne comprit pas tout de suite où Thérèse voulait en venir quand elle commença, dans un langage légèrement plus soigné que lorsqu'elle s'adressait à son époux:

— C'est bien de valeur, monsieur le curé, jamais j'aurais cru qu'on serait venus vous voir pour des simplicités.

— Des simplicités, répéta Léo d'une voix faible où flottait cependant un doute.

— Des simplicités certain, reprit la femme, plus fort. Voilà plus de sept ans qu'on est mariés, monsieur le curé, et cet homme en voudrait encore chaque nuit.

Elle rougit et s'arrêta, embarrassée d'exposer son intimité devant un prêtre qu'elle vénérait. Mais elle retrouva rapidement le fil de ses idées et poursuivit avec une irritation un peu forcée pour échapper au charme de ces yeux bleus qui la fixaient et de ces tempes grisonnantes dont certaines paroissiennes parlaient à voix basse:

— Pour moi, j'avais pensé que, passé le premier mois, un homme se raisonnait là-dessus.

— C'est par amour, l'interrompit Léo.

— Amour! trancha la femme. Tu ne penses qu'à toi!

Le prêtre, revenu de sa surprise, commençait à comprendre ce que Léo voulait dire par «la consommation de la chair». Il commenta:

— On ne s'entend pas sur les rapports sexuels? Vous n'êtes pas les premiers, mes jeunes. Tout le monde sait que ça en prend davantage à l'homme qu'à la femme. C'est la nature qui le veut de même.

24

Ces propos tombèrent dans les oreilles de Thérèse comme une condamnation. Elle n'osait s'avouer que le prêtre la décevait en la poussant sans ambages dans les bras de son époux. Depuis quelque temps, le curé inventait toutes sortes d'excuses pour éviter de leur rendre visite, alors que, par le passé, il s'arrêtait chez eux trois à quatre fois par année. Elle ne le voyait que le dimanche à la messe.

Encore plus blessée que lorsque au réveil elle se retrouvait allongée à côté de Léo alors que dans ses songes Marcel Tremblay s'était promené avec elle, la main dans la main, sur les sentiers de sable clair qui ondoyaient aux flancs des terres couvertes de sapins, Thérèse répliqua:

— On sait bien que vous autres, les hommes, vous vous tenez toujours ensemble.

— Thérèse, interrompit son époux...

— Thérèse, je n'ai pris le parti de personne, la rassura le curé. J'essaie de comprendre et de me souvenir de ce que le Seigneur a dit là-dessus. Faudrait d'abord vous faire remarquer qu'en sept ans et demi de mariage vous n'avez eu que trois enfants. C'est pas bien fort...

— Faudrait savoir qui les a faits, ces enfants, coupa la femme. Peut-être qu'on penserait autrement...

— Bien, on sait que c'est vous deux, constata le curé.

— Nous deux! s'écria Thérèse. Lui pour le *fun*, moi, neuf mois de souffrance et tout ce qui suit. Vous appelez ça «nous deux»! Et il s'en occupe, lui, des fois?

— J'voudrais ben, souffla Léo, mais tu veux rien savoir. T'as pour ton dire que j'sais pas les prendre par le bon boutte.

— C'est le lot de la femme, dit sentencieusement le prêtre dont le père passait six mois à bûcher dans la forêt et le reste de l'année à travailler dans les champs.

Thérèse serra les dents. Son mari, le curé, la nature, tout semblait contre elle... «Le lot de la femme!» Elle avait entendu tant de fois la même malédiction jaillir des lèvres de sa mère! Et qu'avaient-ils donc de plus qu'elle, ces hommes qui se croyaient issus d'une race bénite? Comme une bête sauvage prise au piège, elle laissa éclater sa colère et sa douleur.

Elle se plaignit du comportement grossier de Léo, comment il la «barouettait de tous bords, tous côtés», comment ses mains la tripotaient; elle se sentait traitée comme de la viande, sans respect, pour son seul plaisir à lui. Il lui demandait des choses qu'elle avait toujours refusées. Elle avait appris à se défendre, sinon il l'aurait transformée en femme de mauvaise vie. Elle trouvait tellement déraisonnables les caprices de son mari, ces cochonneries que les gars de l'usine lui avaient sûrement mises dans la tête, ces saletés que les chiens ne font pas...

— Je peux pas vous le dire, monsieur le curé: ce serait trop vilain.

Léo argumenta qu'il avait observé les commandements, qu'il s'était marié «garçon» et que Dieu disait qu'un coup marié on pouvait faire ça chaque soir sans se priver de rien.

Thérèse trancha:

— Faudrait que tu me montres où c'est que c'est écrit dans l'Évangile... Tu penses-tu que les Écritures saintes c'est un livre de fesses?

Léo resta bouche bée; il ne se souvenait ni de l'évangile ni de l'épître où le Seigneur autorisait le mari à satisfaire tous ses désirs. Mais, vite, il se composa un visage plus ferme, la face d'un homme convaincu d'avoir raison, car sa logique lui disait qu'en cherchant un peu il trouverait ce passage permissif. Le bon Dieu faisait bien tout ce qu'il entreprenait: il n'aurait jamais osé demander à l'homme de se retenir jusqu'au mariage pour le priver ensuite. «Ça aurait aucun saint bon sens», conclut Léo dans sa tête.

Curieux homme! Jamais il n'osait résister à sa femme durant le jour. Mais la nuit, il reprenait le dessus, invoquait ses droits de mari, mettait de son côté tout le poids des Évangiles. Comment Thérèse aurait-elle pu rester sourde aux appels du devoir, à ses obligations de chrétienne, d'épouse?

La femme revint à la charge avec le fardeau de la maternité, l'égoïsme de l'homme qui ne songeait qu'à s'amuser, qu'à écouter la radio en prenant sa petite bière tandis qu'elle s'occupait des enfants. Elle les aimait bien, mais s'il fallait en mettre d'autres au monde...

Monsieur le curé consentit aux Boily un certain «contrôle des naissances» en leur faisant promettre qu'ils garderaient le secret. Il pensait qu'une telle concession ramènerait la paix dans le ménage et soulagerait les corvées sexuelles de Thérèse. Il leur expliqua donc:

— Ta femme a ses affaires tous les mois...

— J'sais ben, interrompit Léo.

— Dans les quatre jours qui suivent, tu «peux».

— Quatre jours par mois, rien qu'ça? s'écria le mari.

— C'est pas assez, tu trouves? se plaignit la femme.

— Quatre jours par mois seulement? protesta Léo, pitoyable. C'était quasiment pas la peine de me marier...

— Bon, fit le prêtre en se montrant compatissant, disons quatre jours après et quatre jours avant.

— Rien que huit jours? gémit Léo, déjà moins triste.

— C'est bien qu'trop! protesta Thérèse.

— Pas assez, insista l'homme, regardant tour à tour le curé et sa femme.

— Bon, bon, fit monsieur le curé qui séparait encore les protagonistes... Faut vous montrer raisonnables, vous deux... C'est clair que Thérèse est une nature propre; ça l'achale, ces patentes-là. Léo, lui, n'est pas contentable. Il lui en faudrait quasiment tous les soirs. Faut vous montrer raisonnables, faire des concessions tous les deux, pour qu'on ait la paix. Après tout, Thérèse, t'es mariée. Veux, veux pas, faut que tu fasses ton devoir. Toi, Léo, tu vas te conduire comme du monde, pas comme les gars de bois qui viennent faire leur tour dans la cabane après six mois en forêt. On n'en meurt pas, tu sais, de vivre dans la chasteté. Regarde-moi. Tu t'occuperas à d'autres affaires: bricoler, lire, faire des mots croisés...

L'air sombre de Léo disait clairement ce qu'il pensait des conseils de son curé. Thérèse semblait écrasée.

Le prêtre poussa un profond soupir. Ses efforts avaient avorté: il voyait ses protégés plus malheureux que jamais. Il conclut:

— Je prierai le Seigneur pour vous, mes enfants. Revenez me voir, peut-être que je pourrai vous aider.

Léo sauta sur l'occasion, persuadé que ces visites ramèneraient Thérèse à des dispositions plus généreuses.

— Avec ma job, j'pourrai pas venir, mais si Thérèse voulait...

Celle-ci ne dit mot, accablée, froide...

D'habitude, quand il rentrait du village, Léo descendait le rang des Hirondelles détendu, un sourire dans les yeux, certain de rencontrer un étourdi de lièvre pelotonné en bordure du chemin. Ou bien c'était une gélinotte du Lac-Saint-Jean, longue, naïve, qui, entourée de ses petits, le regardait passer. Elle prenait soudain l'air insulté d'une dame qu'un chauffard asperge au passage. Léo dévorait des yeux le paysage et, conduisant d'une seule main, il s'amusait à garder la voiture du bon côté du chemin.

Thérèse ne remarquait pas la bonne humeur de son compagnon: elle restait toujours silencieuse, en proie à des préoccupations plus pratiques:

«Le steak va-tu être tendre? Ces patates, j'les ai pas payées trop cher? Le pain est encore frais mais y faudrait qu'y le mangent à soir; autrement, y va commencer à durcir... J'ai-tu assez d'eau d'Javel? Ce tannant de Vincent! Comme y noircit son linge! Pareil comme son père! Pareil comme si y travaillait à l'usine, lui aussi...»

Ce soir, en revenant de chez le curé, les Boily avaient la mine longue. Thérèse regrettait tellement sa naïveté! Comment avait-elle osé croire que le curé prendrait son parti, qu'il la comprendrait? Un sourire triste trembla sur ses lèvres serrées: «Un homme défendre une femme contre un homme, ça s'est-tu jamais vu? Jamais! À c't'heure, me v'là ben arrangée, huit jours par mois! Dire que quand y était garçon, y s'en passait. À c't'heure, c'est presque un vice, et moi, c'est comme si y m'avait achetée: j'su là pour le contenter... Si y était contentable, seulement! Et si y fallait que j'l'écoute, j'trouverais ça plaisant, j'sauterais de joie, j'lui ferais même des affaires de bête... Comme c'est sale, toute ça, comme c'est sale! Mais j'trouverai ben l'moyen d'pas m'plaindre, d'endurer... Faut que j'arrête de m'plaindre, ça m'donne rien. On dirait même que ça l'excite plus.»

De son côté, Léo ruminait: «J'endure autant comme autant pendant le jour... À l'usine autant qu'à maison... J'travaille comme un nègre, j'fais toute c'qu'a veut, mais au moins, j'ai droit à ça... J'm'en vas r'tourner voir le curé un de ces quat matins pour qu'y m'montre y'où ce que c'est le passage de l'Évangile qui dit qu'un homme peut mettre sa femme chaque soir si ça l'tente pis faire toute. Autrement, à quoi ça sert de se marier? Pis c'est l'bon Dieu qui m'a équipé comme que j'suis et qui l'a bâtie de même, la Thérèse... A l'a beau être frette que l'diable, est t'y ben tournée, la maudite! Si seulement a pouvait s'branler un peu! Si j'savais quoi faire pour la réchauffer... A sait pas c'qu'a manque!...»

CHAPITRE III

Le curé de Saint-Avenant

«La consommation de la chair! En voilà une façon de parler de sa vie de couple! songea le prêtre au départ des Boily. Ce Léo n'a pas fini de m'étonner même si je le connais depuis qu'il est au monde!»

Il resta au parloir tandis que ses protégés se dirigeaient vers le terrain de stationnement situé devant l'église. Au lieu de monter tout de suite dans sa chambre pour lire son bréviaire, il s'attarda devant une fenêtre. Par simple habitude, il leva les yeux et découvrit Aline Blanchette derrière le rideau légèrement tiré. Il sourit: «Si seulement elle se doutait de ce qui s'est dit tout à l'heure ici, elle n'en dormirait pas de joie! Ça lui donnerait de quoi jaser tout un mois!»

Ensuite, il fixa la Ford fatiguée de Léo qui prenait le chemin du retour. Il resta planté là comme s'il s'attendait à voir reparaître l'auto. Les secondes s'écoulaient lentement; seule revint une rêverie qui, depuis deux ou trois ans, le nourrissait de pensées amères. À quarante-huit ans, comme bien des hommes, il ruminait son passé et s'interrogeait sur son avenir. Il était né à Saint-Avenant. Presque tous les habitants de ce village de sept cent cinquante-deux âmes, perdu à travers les collines au sud du lac Saint-Jean, partageaient les mêmes origines puisque au début cette agglomération n'était qu'un camp de bûcherons. Avec les ans, les hommes se lassaient de ce dur labeur; ils perdaient un peu de cette résistance qui leur avait permis d'affronter des froids extrêmes sans se plaindre; le goût de l'aventure s'endormait. Certains dépensaient les économies ramassées pendant les années passées dans la forêt, pour acheter quelques lots de bois qu'ils défrichaient patiemment. Ils s'installaient sur ces terres; ils bûchaient encore l'hiver, et, du printemps au milieu de l'automne, se muaient en fermiers. Ils cultivaient le grain et le fourrage pour nourrir leurs vaches. Aux pans de forêt succédaient des champs labourés au milieu desquels fumait la cheminée en pierre d'une maison rustique bâtie par ces hommes à tout faire; une grange suivait, puis une étable. Un jour, un bûcheron plus audacieux devenait épicier; un autre, maréchal-ferrant. Ainsi prit naissance un village que l'on baptisa Saint-Avenant-du-Lac-Saint-Jean, peut-être davantage pour se donner bonne conscience que pour rendre hommage à la gentillesse et à l'hospitalité de ses habitants.

Marcel Tremblay était l'aîné d'une famille qui, au départ, comptait dix-neuf enfants, dont onze atteignirent l'âge adulte. Les maladies du jeune âge, des accidents emportèrent ceux auxquels le destin n'avait permis qu'un court séjour sur terre. Antoine, le père du curé, s'était marié tardivement pour un homme de son temps, à trente-cinq ans. Il ne figurait pas au nombre des fondateurs du village, et plus d'une fois il se fit reprocher de n'être qu'un étranger, parce qu'il venait de Saint-Bruno, place bien lointaine, en effet, puisqu'elle se trouve à cinquante kilomètres de Saint-Avenant! Il ignora ces sarcasmes et finit par ériger son toit sur ce coin de terre qu'il aimait tant. Sévère avec ses enfants, très ambitieux, il avait décidé de faire de l'aîné un prêtre, ce qui devait apporter un prestige considérable à la famille. Fidèle aux coutumes de l'époque, le garçon se plia aux volontés paternelles. Cette vocation plutôt forcée n'enchantait pas tout le monde. Bien des voisines, aux prises avec des filles à l'avenir incertain, soupiraient: «Si c'est pas d'valeur, de s'faire prêtre, un beau p'tit bonhomme de même!»

On racontait qu'Aline Blanchette rêvait de voir ce cousin au deuxième degré entrer dans sa famille plus profondément en épousant sa cadette, Anne-Marie, laquelle dut se contenter d'un garçon moins convoité malgré sa débrouillardise, Alphonse Patenaude. Plus d'une demoiselle s'endormit en pensant au jeune homme qui échappait à leurs désirs. Marcel avait hérité de son père cette carrure qui avait permis à l'ancien de gagner des concours de bûcherons par sa force et son adresse. Sa taille était au-dessus de la moyenne, et ses yeux bleus contrastaient avec sa chevelure noire, à peine ondulée. Son menton fort, creusé d'une fossette, accrochait le regard des femmes. Son front haut, sa voix plutôt grave, posée, son regard direct mais velouté inspiraient confiance. La quarantaine lui apporta tout d'abord un surcroît de douceur. Combien d'épouses houspillées par un mari qui, sitôt rentré de la forêt, passait le week-end à boire, combien de ces femmes ne se confessaient que pour entendre ses paroles pleines d'amour et de compassion, faible viatique à leurs frustrations sans cesse répétées!

Marcel Tremblay s'était estimé chanceux d'avoir suivi le chemin imposé par son père, jusqu'à ce que, deux ou trois ans plus tôt, le doute se soit mis à lui rendre visite avec une fréquence et une insistance sans cesse croissantes. Il essaya tout d'abord de chasser ce qu'il prit pour la voix du Malin. Puis, défiant les saints enseignements, il consentit à discuter avec elle. Et, dans son âme de prêtre aveuglément fidèle à son engagement envers le Seigneur, des fissures commencèrent à se dessiner, de plus en plus creuses et douloureuses. En vieillissant, Marcel ressemblait davantage à son père, mais cette dureté de caractère n'était dirigée que contre lui-même, pour se punir de ses faiblesses et se protéger des tentations. Il s'isola, fuyant le contact avec les gens, pour s'abriter du mal qui de plus en plus prenait la voix et le corps d'une sirène pleine de tendresse dont les traits se confondaient avec ceux de Thérèse.

Après le départ des Boily, le curé s'oublia près de cinq minutes au bord de la fenêtre, puis il soupira et monta dans sa chambre. Il commença à lire son bréviaire, non que ses prières fussent en retard mais parce qu'il y retrouvait le refuge habituel contre les doutes qui l'éloignaient du Seigneur. Il ignorait que

Thérèse, comme une vapeur imperceptible, un esprit tentateur, flottait encore dans sa pensée, à croire que le parfum sourd de sa chair avait pénétré le chêne dur du plancher, la tapisserie des murs, la reliure douce et veloutée des livres de la bibliothèque, qu'il avait imprégné la soutane du prêtre et l'avait suivi dans sa chambre. Il ne ressentit d'abord sa présence que sous forme de pitié pour un couple en difficulté: «Ces pauvres petits!», répétait-il souvent en interrompant sa lecture.

Il relevait alors la tête et, dans son regard qui ne voyait pas la baie vitrée donnant sur le rang des Hirondelles ni, au dehors, les feuilles agitées d'un tremble triomphant au soleil du printemps, devant ses yeux bougeait la femme en colère. Il la fixait et, en quelques secondes, son imagination la métamorphosait. Elle se calmait, souriait. Sa beauté l'effrayait. Il reprenait ses prières, pour les couper un quart d'heure plus tard lorsque la voix du Malin revenait chuchoter: «T'as pas voulu faire un prêtre. C'est ton père qui l'a voulu. T'avais pas un mot à dire.»

Il pâlissait et en silence répondait, quand il n'en pouvait plus de l'entendre: «Mon père a choisi. J'ai consenti. Je n'ai jamais regretté.»

Parfois, le Tentateur utilisait d'autres stratagèmes. Il essayait de le séduire en ramenant des souvenirs lugubres. La mort de l'oncle Paul-Aurèle, par exemple, un modèle de vertu, emporté par un cancer des poumons à l'âge de cinquante-deux ans. Marcel était à la veille d'entrer au grand séminaire. Il rendit visite au malade dix jours avant son trépas. L'oncle trouva la force de lui serrer la main et de lui dire, d'une voix à peine audible mais tellement chargée d'angoisse et d'autorité: «Fais pas comme moé, Marcel, fais pas comme moé. J'ai travaillé toute ma vie pour préparer mes vieux jours et r'garde à c't'heure où que toute ça m'a mené. Fais pas comme moé, mon gars, profites-en pendant que t'es t'en vie!»

Il avait souvent pensé à ces paroles comme au blasphème d'un mourant. Paul-Aurèle, à sa dernière heure, faisait fi de l'au-delà, de l'utilité de la souffrance pour une éternité de bonheur. Depuis trois ans, ces mots revenaient de plus en plus souvent, chuchotés par le Malin, avec l'accent de la simple évidence: «Profites-en pendant que t'es t'en vie!»

34

Les mêmes paroles, en approbation au conseil de l'oncle, sortaient de la nuit des temps dans un poème qu'il avait appris au cours classique:

Vivez, si m'en croyez, n'attendez à demain;
Cueillez dès aujourd'hui les roses de la vie.

Il revoyait l'image de Ronsard imprimée sur le manuel de littérature française. La barbiche pointait davantage; deux petites cornes poussaient; il ricanait avec une face diabolique, car cette lutte entre le désir de rester fidèle au Seigneur et la révolte épuisait le prêtre au point que parfois son imagination sombrait dans des écarts proches du délire.

Il ferma le bréviaire au bout d'une demi-heure et se rendit à l'église. Il sortit son chapelet, cadeau de sa mère à son entrée au grand séminaire. Les yeux fermés, à genoux devant le tabernacle, il se concentra sur les Avé Maria mais il n'avait pas achevé la première dizaine que son esprit rejoignait les Boily alors que ses lèvres évoquaient le nom de la Vierge. Comme il regrettait, à présent, cette offre jaillie de son grand cœur sans consulter la prudence: «Revenez me voir!»

Que savait-il d'un domaine où le village le tenait pour un savant conseiller: l'intimité des couples? Depuis quatorze ans qu'il dirigeait la petite paroisse, il avait toujours vécu seul. Aucun vicaire ne partageait sa tâche, trop minime pour requérir deux prêtres. Il comptait Solange, la gouvernante, comme un vieux meuble, non qu'elle fût dépourvue de sensibilité, mais il la connaissait depuis l'époque où, adolescent, il servait la messe dans cette même église. Originaire de Saint-Cœur-de-Marie, près d'Alma, elle était venue à Saint-Avenant plus de quarante ans auparavant, en même temps que le père Laframboise. Elle avait servi ce curé jusqu'à sa mort. Elle était passée ensuite au père Paradis, le prédécesseur de Marcel Tremblay. Ce dernier n'avait osé la déloger d'une maison où elle semblait tellement chez elle. Célibataire dans la soixantaine, souvent elle parlait à son patron comme à l'époque où il était un enfant de chœur auquel elle réservait des gâteries après l'office. Cette sollicitude toute maternelle agaçait parfois le curé. «Elle n'a pas grandi avec moi, cette pauvre vieille», se plaignait-il en silence lorsqu'elle le disputait pour qu'il prenne des vacances parce que, disait-elle, il avait mauvaise mine.

Il se sentait de plus en plus seul dans cet endroit où il avait vu le jour. L'ambition de son père maintenant décédé, tout comme sa mère, avait produit des résultats inattendus: ses frères et sœurs, beaucoup plus instruits que la moyenne des Avenantais, avaient quitté le village. Aucun n'avait pris la relève sur la terre familiale. Il n'entretenait de rapports vraiment cordiaux qu'avec Léo. Il l'avait connu haut comme trois pommes, puisque vingt ans les séparaient. Il l'avait vu grandir lorsque, séminariste, il rendait visite à ses parents. Quand il avait remplacé le curé Paradis, il avait hérité de son enfant de chœur. Pas pour longtemps. Léo laissa l'école au début du secondaire pour bûcher comme son père. Il ne cessait, cependant, de visiter Marcel Tremblay quand il rentrait de la forêt. Ils se lièrent d'amitié. Durant le week-end, plusieurs fois par année, ils partaient pour une randonnée de chasse ou de pêche. Au retour, le prêtre s'arrêtait chez les Boily; en toute simplicité, il bavardait avec Thérèse. Mais depuis quelque temps, le curé évitait ces contacts, car l'image de la femme de son meilleur ami le poursuivait avec une acuité qui l'affectait durant plusieurs jours. Il en était venu à se sentir coupable de ses tentations et à les fuir dans l'espoir de sauvegarder sa paix et celle d'un couple qu'il avait déjà chéri d'un amour quasi paternel. Avec ses voisins, il entretenait des rapports courtois mais distants. Il saluait régulièrement François Bernard quand il passait devant la station-service; il prenait le temps de s'informer des enfants s'il croisait Alphonse Patenaude, propriétaire de *Chez sa mère*, l'épicerie la plus importante du village, un peu magasin général. Il n'arrivait guère à se débarrasser d'Aline Blanchette, belle-mère d'Alphonse. Elle espionnait aussi bien le curé que tous ses voisins, cherchant de quoi alimenter ses ragots. Avec Anne-Marie, fille d'Aline et dotée des mêmes dimensions que sa mère, les relations s'étaient refroidies depuis qu'il avait refusé de servir de parrain à sa dernière, maintenant âgée de trois ans. Il avait chassé l'outarde à deux reprises dans les champs de César Verreault, le maire du village; mais il avait été déçu par la maladresse de ce parvenu qui, au surplus, par simple jalousie, se moquait de Léo à mots voilés: «Des p'tits gars qui s'prennent pour des chasseurs à cause qu'y tusent une couple de perdrix par saison...»

Aux pieds de l'autel, Marcel Tremblay acheva son dernier Pater: «Ainsi soit-il.» Il se releva pour se rendre à la sacristie. Sur son chemin, il revit le visage de Thérèse levé vers lui, les yeux fermés, attendant l'hostie qu'il glisserait entre ses lèvres fardées le lendemain, dimanche.

CHAPITRE IV

Léo ne peut pas

En rentrant à la maison, Thérèse semblait plus détendue. Elle prépara le dîner. Elle ne se montra pas des plus bavardes. Cependant, aucune hostilité dans le ton de sa voix. Léo risqua une conversation. Elle ne l'ignora pas comme cela se produisait depuis quelques mois. Elle répondit sans contrainte. Léo crut même entendre un petit rire lorsqu'il raconta comment «à matin un pompier paqueté, à cause qu'y avait trop fêté hier, a arrosé l'boss, le maudit Anglais, au lieu d'éteindre les flammes quand que le feu a pogné après les sacs à vidanges». Quel contraste avec le commentaire habituel: «T'es bon rien que pour conter des histoires simples!»

Thérèse cultivait une drôle de propreté: méticuleuse lorsqu'il s'agissait de la cour, de la salle à manger et de toutes les pièces ou objets sujets aux qu'en-dira-t-on, elle entretenait le chaos et la saleté comme des trésors cachés. Elle s'entêtait à garder la chambre des garçons à l'état de dépotoir. À la maison, elle ne portait pas de soutien-gorge, enfilait des robes défraîchies, circulait avec des chemises élimées que son époux n'utilisait plus. Mais elle était toujours bien coiffée et maquillée quand elle sortait. Elle ne se baignait que le samedi. Léo prenait pour acquis que ce soir-là il «pouvait». On imagine donc sa surprise, après ce dîner avenant, de voir son épouse s'attarder à sa toilette, l'eau qui coule tintant à ses oreilles comme une espèce d'invitation.

Sans un mot, il la suivit dans la salle de bains et se soumit avec une joyeuse anticipation au rituel purificateur. Vers les dix heures, ils se retrouvèrent au lit où, sans doute, Léo espérait couronner dignement une soirée si bien commencée.

On éteignit les lumières, préliminaire nécessaire à leurs ébats pudiques de nature. Le mari laissa la femme achever ses prières, qu'elle récitait toujours d'une voix basse et concentrée. Sitôt qu'elle eut achevé la supplique: «Et ne nous laissez pas succomber à la tentation...», il risqua:

— Thérèse, tu sens bonne à soir!

Un soupir qu'il prit pour un consentement lui répondit. Il chercha sa main dans l'obscurité. Elle ne se déroba pas. Il ne s'attarda guère à cette conquête facile et s'avança vers des régions généralement bien défendues: aucune résistance. Cette percée rapide l'encouragea et l'excita; sa tension augmenta. Loin de s'en cacher, il exagéra ses désirs et la violence de sa respiration dans l'espoir de transmettre ses émois à sa femme. Une sorte de miaulement laissa doucement les lèvres de Thérèse et se répéta en écho faiblissant. Cette mélodie l'enivra et, sans plus tarder, tel un chirurgien, il prépara le champ opératoire. La joie, la nervosité le rendaient plutôt maladroit, sans diminuer cependant l'ardente fermeté de son sceptre viril. Mais il se sentait dépaysé... Il visitait bien un terrain fort connu, pourtant les lieux ne lui semblaient pas tout à fait pareils. Il frappait un mur là où d'ordinaire il tombait sur une porte mal fermée. Étonné, il redoubla d'ardeur sous une Thérèse consentante selon toutes les apparences mais qui dans le noir serrait les dents, crispait les poings et pointait violemment les orteils vers le pied du lit. Ses cuisses se raidirent, son ventre se contracta et l'ouverture que Léo cherchait tant ne se montra guère. Au contraire, des petits cris lui laissèrent supposer qu'il cognait sur la chair vive. Troublé, il s'enquit:

— Thérèse, que c'est qui arrive?

— Que c'est que tu veux dire? demanda-t-elle à son tour.

— C't'affaire!... mais t'es barrée que l'diable, ma femme!

— Ça, c'est toé qui l'sais... J't'empêche pas d'faire c'qui t'tente.

— C'est vrai pareil, constata Léo.

Et puisque, ce soir, tout semblait permis, il risqua une de ses mains rugueuses de journalier sur le ventre lisse de sa femme, puis la descendit sur les colonnes fermes et rondes supportant le bassin de Thérèse. Elle ne le repoussa ni d'un coup de pied en pleine face comme il le craignait ni d'un cri perçant. Léo apprécia tant de gentillesse. Rassuré, il se remit avec cœur à l'ouvrage, persuadé qu'enfin, comme Ali Baba, il avait trouvé la formule magique: «Sésame, ouvre-toi!»

Mais, de nouveau, il se heurta à un mur peut-être plus solide encore. Il s'énerva, insista, et la débâcle se produisit aux portes mêmes du temple tant convoité, débâcle soudaine d'un liquide coulant sans gloire et sans plaisir. Effondré, il cessa tout effort et resta sur le corps de sa femme qui, loin de crier: «Ouch! Débarque! T'es trop pesant!», l'ignora... Elle le supporta ainsi sans bouger, respirant calmement et cherchant à se détendre.

Léo sortit enfin de sa léthargie, comme un boxeur longtemps après le coup fatidique. Et, de même qu'un pugiliste vaincu, il se releva en titubant, se rendit à la salle de bains. En cours de route, la voix de Thérèse le rattrapa:

— Léo, tu peux-tu m'apporter une débarbouillette humide, s'il te plaît!

Il n'en croyait pas ses oreilles! Était-ce bien sa femme qui lui parlait ainsi, qui restait au lit après l'acte conjugal?

Il revint avec le linge tiède. Elle se nettoya et déposa la petite serviette à côté du lit.

Léo s'allongea auprès d'elle sans un mot... Il se roula jusqu'à l'autre côté du lit, plongea la tête dans l'oreiller... Dans le noir, Thérèse souriait. L'oreiller de Léo se remplissait de larmes... De ses yeux entrouverts, elles glissaient sur son nez, ses joues... Il les déglutissait à mesure. Elles passaient, amères comme de la camomille trempée dans du sel. Il éprouvait une certaine gêne à avaler ce mucus clair qui lui rappelait ses dégâts. Il pouvait ressentir le même liquide gluant, chaud, en se mouchant avec les doigts. On eût dit que la honte le baignait de haut en bas.

Thérèse, couchée sur le côté, respirait avec la calme régularité du dormeur paisible. Malgré ses pleurs et l'obscurité, les yeux de Léo distinguaient les formes de sa femme. Le cou avait disparu et la tête semblait posée directement sur le tronc. Une ligne douce naissait aux épaules, glissait jusqu'à la taille, remontait la pente ferme des hanches et descendait le long des cuisses jusqu'aux pieds posés l'un sur l'autre... Puis, comme ses pupilles se dilataient davantage, il palpait du regard la consistance robuste du dos et la rondeur provocante et si proche des fesses.

«Pauvre Thérèse! songeait-il. Pour une fois qu'a voulait... A m'a quasiment invité... Pis a m'a même pas dit "Débarque", à soir... A l'espérait sûrement avoir son *fun* elle aussi... Hostie! J'ai fait simple!»

Il sombra dans le sommeil avec la certitude d'avoir manqué la chance de sa vie, une chance qui ne reviendrait plus jamais.

Mais il se trompait... Aucun reproche le lendemain... Il entendit sa femme fredonner en servant le dîner. Elle rit lorsqu'il conta ses histoires d'usine même si elles comportaient des redites. Comme il se sentait soulagé! La visite au curé avait tout changé. Cependant, il ne pouvait imaginer que ce soir encore Thérèse prendrait son bain... Lorsqu'il la vit sortir de la chambre à coucher enveloppée dans son peignoir, le souvenir de la nuit précédente lui revint et un frisson lui parcourut le corps des pieds à la tête avec un élancement particulièrement aigu dans les parties honteuses. Tandis que l'eau de la douche coulait, l'angoisse le pénétrait. Bientôt Thérèse sortit; en passant devant lui, souple et légère, elle lui sourit; Léo lui retourna un sourire incertain. Il pénétra ensuite dans cette même pièce où la veille il s'était engagé avec tant d'espoir. Il frissonna sous la douche malgré la tiédeur de l'eau. Une fois séché, il essaya de se remonter avec une bonne rasade de rye.

D'habitude, après le dîner, Thérèse traînait à la cuisine ou repassait du linge. Tout indiquait que ses devoirs la tenaient éveillée. Elle n'allait au lit que vaincue par la fatigue. Son état interdisait souvent toute approche. Mais, ce soir, elle ne lava même pas les assiettes, se contentant de les déposer dans l'évier. Elle se poudra, sortit sa plus belle chemise de nuit et s'allongea sur les draps plutôt qu'en dessous comme de coutume!

Léo sentit sa gorge se serrer quand il pénétra dans la chambre et qu'il vit les yeux de Thérèse braqués sur lui ainsi que le sourire invitant qui éclairait son visage. Ses mains se glacèrent, ses pieds aussi, et le «reste» se recroquevilla de peur. Que ne pouvait-il, comme sa femme, se plaindre qu'il «avait ses affaires à soir»! Il se demanda s'il rêvait, si Thérèse «virait» folle. Il se glissa dans le lit... Courageux, il essaya de l'embrasser. Elle l'arrêta sans rudesse et lui demanda:

— Éteins la lumière d'abord.

L'obscurité lui apporta un certain réconfort. Elle ne le repoussa pas lorsqu'il colla ses lèvres aux siennes mais sa bouche resta inanimée. Léo descendit vers le cou; elle lui fit remarquer que ça la chatouillait. Pourtant, elle ne gigotait pas plus qu'un mannequin de plâtre. Il risqua une main sur la poitrine de sa femme. Elle s'objecta calmement:

— Tu sais que j'aime pas ça...

Il déduisit qu'elle ne pouvait plus attendre. Pour calmer l'impatience de Thérèse, il fallait mettre fin aux préliminaires et satisfaire ses désirs, mais le corps de Léo ne collaborait pas... Elle s'enquit:

— Pis?

C'était bien clair: elle«en voulait» et le disait.

— Faudrait qu'tu m'aides, répondit l'homme d'une voix piteuse.

— T'aider! T'aider, maintenant! Tu penses pas que t'ambitionnes? Tu t'es toujours aidé tout seul. À c't'heure que j'veux, faudrait que j't'aide!

— Choque-toé pas, sa mère. Ça va s'raplomber. Laisse-moé m'lever et fumer une p'tite cigarette.

Elle ne s'y opposa pas.

Il s'absenta un quart d'heure... Est-ce qu'il fuma seulement? N'utilisa-t-il pas plutôt ces instants précieux pour stimuler une nature pusillanime, raviver sa vigueur en recourant à des manœuvres de prime jeunesse? Sans doute... Il avait retrouvé une certaine assurance lorsqu'il retourna auprès de sa femme... Elle dormait ou du moins feignait... Se souvenant des désirs qu'elle avait exprimés plus tôt, il n'hésita pas à la réveiller. Elle lui répondit, d'une voix qui venait d'un autre monde:

— Laisse-moé tranquille, j'dors.

CHAPITRE V

Le chat et la souris

Lorsque Léo croisa Thérèse le lendemain de sa deuxième humiliation, il crut lire sur son visage, dans l'arc de ses lèvres, l'éclat de ses yeux, sa façon de bouger les hanches, qu'elle ricanait: «Regarde-le aller un peu! Y sait-tu seulement ce qu'y veut, c't'homme-là? Y m'achale depuis plus de sept ans pour que j'fasse les premiers pas. À c't'heure que j'marche, y...»

Léo ne savait que faire. Devait-il sourire ou feindre l'in-différence? S'excuser ou reprocher à sa femme de n'avoir pas voulu l'aider? Son corps l'embarrassait, ses jambes surtout: il surveillait ses pas de peur de trébucher alors qu'il marchait sur le plancher en chaussons et non dans un bois dense parmi des souches pourries et des branches mortes. Il ébauchait mille projets pour reconquérir son épouse et les abandonnait aussi vite, certain de tout empirer. Il essayait de comprendre ce qui lui était arrivé la veille et l'avant-veille, s'il avait trop mangé, s'il souffrait des «maux qui courent». Il souhaitait surtout se prouver qu'il n'était pas un homme fini mais il blêmissait à l'idée de découvrir le contraire. Il aurait voulu offrir à Thérèse des roses mais il craignait qu'elle ne le gifle avec puisque, tout compte fait, ce n'était pas des fleurs qu'elle avait demandé. Ça l'aurait soulagé de lui conter ses peines, mais, depuis qu'ils se connaissaient, ils ne se confiaient nullement l'un à l'autre, sauf lorsqu'ils se disputaient, encore que, dans de telles circonstan-ces, elle criait et lui «prenait son trou» après une faible résis-tance. Comme il enviait les bûcherons du Lac-Saint-Jean qui partaient en forêt six mois d'affilée!

De son côté, la femme se demandait: «Y va-tu recommencer à soir? J'aimerais assez ça qu'y s'essaye! J'cré ben qu'y part en peur quand c'est moi qui m'avance! Avoir su, ça fait longtemps que je l'aurais dompté et qu'y aurait arrêté de m'achaler avec ses envies. Si y pense que je vas l'caresser pour l'aider, comme y dit, y va attendre un maudit bout de temps... Je vas le laisser se soulager si y en a envie, mais y va s'allumer tout seul.»

Le soir qui suivit son deuxième échec, Léo décida qu'il fallait décaper et peindre son canot... Ce travail prit plusieurs jours où il ne se coucha pas avant minuit, épuisé... À sa façon, il avait réussi à «avoir ses affaires à soir».

Quand cette embarcation ne lui permit plus de fuir les périls du lit, il inventa d'autres stratagèmes: des clôtures à réparer, des mouches à pêche à confectionner pour l'oncle Onésime Larouche; il décida même de laver, de brosser et de promener son bâtard de chien, qui se demandait bien quelle mouche avait piqué son maître... Enfin, il entreprit des réparations dans son sous-sol: «J'pense même qu'y serait grand temps de l'finir, vu que j'aurai besoin d'une chambre froide y'où c'que j'pourrai mettre mes conserves; j'pourrai aussi construire une salle de jeu, parce que les enfants vont grandir un jour.»

Sa femme feignait d'ignorer ce manège. À table, elle l'écoutait ou plutôt lui demandait des nouvelles de l'usine, car il se montrait moins bavard que de coutume. Il avait suffi que son époux recule pour que Thérèse avance... Les rôles étaient maintenant inversés!

Elle repensait souvent à leur visite au presbytère. Elle avait tant espéré que le curé prenne sa part! En même temps, elle s'étonnait qu'il n'ait pas insisté pour qu'elle devienne enceinte alors que le benjamin avait déjà plus de deux ans. Elle essaya de se rappeler la dernière fois que le prêtre était passé à la maison. Il revenait de chasser le canard avec Léo, un samedi. Cela remontait bien à trois ans, sinon davantage.

«Comme il a grisonné!», songea-t-elle. Elle sourit. S'il y avait eu un témoin, il l'aurait vue rougir. Elle n'osait se l'avouer. «Il est devenu plus beau même si son visage a quelque chose de triste que je ne lui connaissais pas.»

Par moments, elle lui en voulait et, malgré elle, son poing se crispait comme pour le frapper. L'instant d'après, elle comparait la sagesse du curé, sa douceur, à l'obstination de son époux. Tout laissait croire que Léo avait eu sa leçon et qu'il ne l'importunerait plus. Mais, sur ce point, Thérèse se trompait, car la nature reprenait ses droits. La crainte de subir de nouvelles humiliations poussait Léo à vivre en ermite, mais, malgré tout, cette virilité dont il doutait tant le réveillait au milieu de la nuit, brave organe disposé à n'importe quel combat lorsque Thérèse dormait!...

Après trois semaines, comme rien ne semblait calmer ce prolongement de lui-même sur lequel il ne possédait aucun contrôle, Léo décida de se livrer à des rituels de jeunesse, avec honte d'abord... Puis un soulagement mêlé de plaisir succéda à la gêne des premières pratiques.

Mais après deux mois, la tentation qu'il écartait revint avec un entêtement croissant. Il n'arrivait plus à chasser une pensée inquiétante: «Et si je r'commençais? Si je m'essayais encore? Des fois, a pousse des gros soupirs comme si a manquait de ça! Des fois, a prend son bain au milieu d'la semaine... Si je m'essayais?»

Cette courageuse question restait sans réponse tellement la peur de l'échec le figeait... Mais, à son insu, comme une souris rongeant en silence le fond d'un placard, le désir de retourner au front prenait des muscles...

Un soir, à la fin de septembre, voulant se convaincre que son époux avait à jamais renoncé à l'utiliser pour son bon plaisir, Thérèse se retira de table en disant:

— Je m'en vas prendre une douche. J'vas être plus fraîche pour dormir.

— Tu t'en viens pas mal forte sué douches, de c'temps icite, sa mère, commenta Léo.

— Tu devrais faire pareil, répliqua-t-elle.

Après ses ablutions, Thérèse se dirigea vers la chambre. Léo suivit les conseils de sa femme et passa sous l'eau. Tout en se savonnant, il demanda à cette partie de sa personne qui était en rébellion totale depuis quatre mois: «Que c'est qu'tu vas faire, hostie, si j'te lâche dans l'champ à soir? Vas-tu faire patate ou vas-tu faire un homme de toé?»

Son capricieux allié ignora ses questions.

Doutant des bonnes dispositions de son compagnon, Léo décida de lire au lieu d'aller au lit. Il découvrit un *Paris Match* vieux de deux ans et se plongea dans la lecture du magazine.

Il ne pénétra dans la chambre conjugale que lorsque sa femme dormit à poings fermés. Mais à peine s'était-il allongé que son fantasque appendice se redressa. Confondu devant une raideur qui semblait inébranlable, certain qu'une nuit blanche le guettait s'il ne nivelait pas la situation, il chuchota:

— Thérèse...?

Il voulait se convaincre qu'elle sommeillait pour s'adonner une fois de plus à un soulagement sans risque. Mais elle ne dormait que d'un œil. Elle répondit:

— Oui...

— On peut-tu, à soir?

— Mes affaires sont finies depuis hier. J'pense ben qu'on peut.

— Tu veux-tu, toé, Thérèse?

— Si tu veux, mon homme, j'dirai pas non.

Il ne pouvait espérer davantage et son instable allié apparemment ne demandait pas mieux. Dans le noir, Thérèse souriait. Elle avait tant attendu ce moment! Sûrement qu'il n'oserait plus prendre de chances après ce nouvel échec et qu'ils pourraient tous les deux désormais vivre comme frère et sœur.

Léo invita sa femme, d'un geste mesuré, à se retourner sur le dos, puis il se mit en position. Et alors, à leur grande surprise, il pénétra sans le moindre effort dans des lieux interdits depuis si longtemps!

Prise alors qu'elle croyait prendre, Thérèse restait figée, incapable de comprendre... Les deux gisaient immobiles, comme des soldats tombés dans la mêlée. Léo, béat, s'endormit sur les lieux de sa chute. Thérèse, toute perdue, fixait le plafond. Jusqu'à ce jour elle avait, par devoir, permis à son mari de se servir. Mais cette nuit, dans le noir, elle s'était contractée tant qu'elle avait pu, certaine de lui barrer la route comme lors de ses derniers assauts. Ce soir, le stratagème n'avait pas fonctionné. Au contraire, les régions désertiques, froides et sèches comme une nuit saharienne s'étaient métamorphosées en marécage tropical. Léo avait glissé en douceur dans cette serre. Thérèse se demandait ce qui s'était passé. Elle dormait à moitié quand il l'avait réveillée... Elle rêvait... mais à quoi donc?... Elle ne pouvait le dire... Lorsqu'il l'a retournée, son esprit n'était pas tout à fait revenu de son voyage. Mais de quoi s'agissait-il donc? Sa mère, son père, le curé Tremblay... Une telle cohorte! Le curé Tremblay! Ça devait être lui! Il s'était insinué dans son rêve pour lui faire ça, une chose aussi révoltante, l'ouvrir toute grande pour Léo... Comme elle le haïssait!

Il s'écoula un de ces moments qui ne se mesurent pas, où l'émotion fait perdre au temps son sens usuel. Les deux conjoints étaient partis pour un autre monde, celui du réconfort et celui du désespoir.

Léo revint à lui le premier, lentement. Il se rendit compte qu'il avait dormi la bouche ouverte, la salive glissant paisiblement de ses lèvres sur la poitrine de sa femme... Lorsqu'il eut repris complètement ses sens, il s'étonna de voir qu'elle ne l'avait pas repoussé dans son coin. Ayant ravalé sa salive et rajusté ses dentiers, il s'adressa à son épouse:

— Thérèse...

Elle ne répondit pas, encore prostrée...

Il reprit:

— Sa mère?

Elle souffla:

— Hein?

— Sa mère, c'était-tu bon?

— Quoi?

— C'était-tu bon, c't'affaire?

— Quelle affaire?

— Ce qu'on a faite...

La question lui parut tellement bizarre qu'elle ne répondit pas.

Léo sourit. Prenant cet embarras pour un aveu, il ajouta:

— J'savais ben qu'un jour t'aimerais ça.

Elle ne dit rien d'abord... Puis:

— Si tu bougeais, à c't'heure?

— Oui, j'cré ben que c'est l'temps... J'me sens comme si ça faisait une semaine que j'su su toé... Comme matelas, mieux que ça, ça s'peut pas.

Elle ne dit mot, comme il convient lorsqu'on n'ose avouer ce qu'on pense; lui crier «J't'haïs», c'eût été reconnaître le triomphe de son mari... Mais comme elle avait hâte au lendemain soir!

Le jour suivant, après le petit déjeuner, Léo demanda:

— Sa mère, faudrait que j'm'achète un peu d'peinture pour finir le sous-sol. Tu pourrais-tu m'donner une couple de piastres?

Décidée à éviter toute friction, elle s'en fut chercher l'argent sans commentaire... L'homme partit de bonne humeur... Il descendit au magasin général de Saint-Avenant s'acheter un *Paris-Match*. Le soir, après le repas, il lut avec application quelques pages, puis, sous cette invincible protection, il s'approcha de Thérèse qui l'attendait dans le noir. Mais, une fois de plus, Léo et *Paris-Match* triomphèrent. Et, après quatre échecs en autant de nuits, la femme décida que, avant de perdre totalement l'esprit, elle irait voir le curé Tremblay.

CHAPITRE VI

Ah, ce maudit curé!

Deux jours plus tard, blême de colère, Thérèse se rendit au presbytère. Elle permit à Pauline, la gardienne, de rester au sous-sol avec les enfants. Elle laissa la maison, y compris la chambre de ses fils, dans un ordre impeccable: elle n'aurait jamais supporté qu'une étrangère vît combien elle négligeait ses garçons.

En mettant la voiture en marche, elle se promit: «J'men vas y donner un chien d'ma chienne!» Au moment où l'automobile débouchait au coin de l'allée, Thérèse entendit, comme un chuchotement dans sa pensée: «Je t'y plumerai...» Sarcastique, elle reprit, à haute voix:

— Je t'y plumerai, certain... Y t'restera pas un maudit poil sur l'crâne quand j'vas sortir du presbytère.

En ce début d'octobre, la nature souriait. Si courte saison au Lac-Saint-Jean, gâtée de surcroît par des pluies fréquentes, l'automne étale certains jours une splendeur royale. Le rouge de chaque frêne brûle comme une torche dans la nappe d'or des bouleaux et des trembles. Les pointes sombres des conifères dépassent les têtes blondes des feuillus. Les bosquets amaigris à mesure que la saison avance descendent lentement des collines jusqu'aux prairies dont le vert se retire progressivement pour céder le pas à des teintes plus pâles. Les aulnes se couvrent de rouille; les mélèzes perdent leur fraîcheur et s'habillent d'un jaune fané. Les troupeaux paissent encore sous la pluie ou le soleil. Le grand lac s'éteint tranquillement. Ses berges vieillissent, grisonnent; la faux rase les champs; l'hiver approche.

Tandis que la campagne ruisselait d'or et de pourpre, Thérèse, sombre, continuait son chemin. Elle était vêtue d'une robe à manches longues, sans manteau. Un vent doux, presque tiède, poussait au bout de l'horizon des nuages légers, fragmentés comme des lambeaux de tissu, de couleur incertaine.

«J'ai-tu été assez bête d'aller le voir en juin! ruminait-elle. Ah oui! y a prié pour nous, pour Léo surtout! J'arrive plus à dormir sans rêver à lui, quand j'me réveille j'sais plus ce qui s'est passé dans mon rêve. C'est pas correct de m'avoir faite ça. On va mettre toute ça au clair, monsieur le curé!»

Elle aurait ressenti moins de colère si elle avait deviné combien son appel avait bouleversé le prêtre. Il l'avait tellement attendue après son invitation à revenir le voir! À mesure que les jours passaient et que les Boily ne se montraient pas, le curé se persuadait que tout était rentré dans l'ordre. Il remerciait la Providence de lui avoir épargné des récits qui l'auraient introduit davantage dans l'intimité de cette alcôve. Le sursis était bien fini maintenant. Il n'avait pu éviter ce qu'il appréhendait le plus: rencontrer Thérèse seul. Bien des fois, il s'était proposé de rappeler Léo pour lui suggérer un confrère d'Alma auquel on attribuait une compétence particulière dans ce genre de difficulté. Quelque chose d'assez nébuleux l'avait retenu. Les explications ne lui manquaient pas! Il craignait que ses protégés ne prissent son attitude pour le déguisement d'un manque de compassion. Il s'en voulait d'éprouver un malaise si grand devant la femme de son seul ami et de chercher dans la fuite le remède à cette situation. Puis il se disait parfois que son émoi se dissiperait s'il la voyait plus régulièrement. Au téléphone, lorsque, deux jours plus tôt, elle l'avait appelé pour lui demander de la recevoir, la voix de Thérèse lui avait paru cassée comme si elle venait de courir ou qu'elle cherchait à étouffer une forte émotion, de la colère sans doute. Mais à qui en voulait-elle?

Il essaya de cacher ses sentiments lorsqu'elle sonna. Par le ton qu'il utilisa autant que par son sourire bienveillant, il croyait s'adresser à elle comme à une paroissienne qu'il avait vue grandir. Il ne se rendait pas compte que pour la première fois de sa vie, afin de placer entre eux une distance protectrice, il la vouvoyait:

— Entrez, mon enfant.

Elle le suivit. Ils s'assirent face à face, séparés par le bureau. Elle se tenait droite, la poitrine gonflée de colère, les yeux luisants. Ses mains tremblaient. Le prêtre ne disait mot. Comme une morsure dans sa chair, il ressentait la violence qui agitait cette femme.

Elle commença:

— Mon père...

Les mots refusaient de s'échapper de ses lèvres frémissantes tandis qu'elle continuait à le fixer avec tant de haine! Brusquement, elle avança le buste avec une telle expression d'hostilité que le curé recula sur sa chaise. Mais elle se ressaisit rapidement, baissa la tête et porta ses mains sur son visage. Incapable de verser une seule larme, elle suffoqua quelques instants jusqu'à ce qu'un long gémissement amenât un peu d'air dans ses poumons. Elle se mit alors à pleurer avec une telle force que le prêtre songea à faire venir le médecin de Saint-Avenant même si le vieil homme avait pris sa retraite depuis quelques années.

Il n'essaya pas de comprendre la cause d'une telle colère, d'un tel chagrin. Il inspira comme s'il se préparait à un grand effort et articula:

— Thérèse, mon enfant, je...

Il ne put en dire davantage. La souffrance de la femme le pénétrait et, de crainte de fondre en larmes devant elle, il se leva puis marcha lentement. Dehors, la vie ne s'était pas arrêtée: des mouettes affamées parcouraient le terrain de stationnement de l'église à la recherche de déchets qu'elles se disputaient en poussant des cris; une camionnette transportant deux chasseurs fatigués passa lentement, exhibant sur le capot un panache d'orignal. Les nuages grossissaient à vue d'œil.

«Le temps fraîchit», pensa le prêtre, et il se retourna vers la femme qui pleurait encore. Il soupira, impuissant, et arpenta la pièce en silence, de la fenêtre au mur opposé. Il passa à un mètre derrière Thérèse dont les avant-bras et la tête reposaient sur le bureau. Deux fois il s'arrêta, la regarda, puis reprit sa marche. Elle continuait à pleurer même si ses sanglots s'épuisaient. Sa chevelure d'or était nouée en un volumineux chignon; sa nuque s'incurvait avec grâce; elle respirait fort; ses seins bougeaient ostensiblement. Le prêtre s'immobilisa. Ses yeux s'alourdirent sur le dos légèrement arrondi de la femme penchée en avant; puis, comme attirées par un aimant, ses mains vinrent se poser sur la tête de Thérèse. Ses doigts se contractèrent lentement. Attendri devant tant de peine et bouleversé par son propre geste, il supplia:

— Thérèse...

— Père!... répondit la femme à travers ses sanglots.

Elle releva la tête en prenant bien soin d'éviter tout mouvement brusque, de crainte de briser le contact si doux des mains du prêtre. Elle cessa de se plaindre, comme pour goûter en silence ses caresses. Elle essaya d'ouvrir les paupières mais les referma aussitôt, de peur de choir même si elle était bien assise: elle voyait bouger la bibliothèque devant elle. Elle avait l'impression d'enfoncer dans un gouffre délicieux. Elle gémit faiblement. Les doigts du prêtre s'arrêtèrent. Il recula d'un pas. Elle aurait voulu le supplier de se rapprocher davantage, protester pour qu'il continue à la caresser. Mais elle ne dit rien. Les yeux clos, elle essaya de retrouver cette chaleur qui l'avait pénétrée comme une vie nouvelle. Si intense était son désir qu'elle ressentit bientôt le contact convoité, alors que le prêtre, un peu troublé à son tour, était debout devant la fenêtre.

Le silence qui régnait dans la pièce embarrassa le curé. Il contourna le bureau et vint s'asseoir devant elle. Le visage de Thérèse, où le rimmel et les larmes avaient laissé des traînées bleuâtres, traduisait son égarement. D'une voix douce, à peine audible, le prêtre lui rappela:

— Thérèse, vous étiez venue me voir pour me parler.

— Oui, souffla-t-elle, comme si elle cherchait à comprendre.

— Ça va mieux, insista le curé. Prenez le temps de vous remettre; ensuite, vous parlerez, si vous voulez.

— Oui, acquiesça-t-elle encore.

Elle continua à le fixer comme si elle le voyait pour la première fois; elle articula:

— Oui... Vous parler... J'ai pleuré... Je ne vous ai pas parlé...

— Non, mais on pourra le faire quand vous serez prête, si vous le désirez encore.

Un peu remise, elle raconta, d'une voix étrange:

— J'étais venue pour vous parler... Je voulais vous dire merci. Vos prières nous ont beaucoup aidés, Léo et moi. Nous sommes heureux maintenant...

Puis, après un instant de silence, elle ajouta, avec un sourire nouveau et sur un ton plus vif:

— Je suis heureuse, mon père, si heureuse! Mais je veux revenir vous voir encore. J'ai tellement besoin de vous! Mon bonheur est si fragile! Il dépend entièrement... non, beaucoup... de vous. Je veux revenir, répéta-t-elle avec la crainte d'essuyer un refus.

Le curé la réconforta:

— Revenez quand vous voudrez, ma fille, et tant que vous voudrez.

— Merci, mon père.

Avant de partir, elle se rendit à la salle de toilette pour refaire son maquillage.

Elle remercia encore le curé et partit.

Des nuages gris et bas avaient chassé le soleil triomphant du matin. L'horizon tombait sur des collines toutes proches.

Thérèse s'installa au volant, heureuse. Elle fixa le miroir avec attention comme si elle hésitait à se reconnaître. Pour la première fois de sa vie, elle se trouvait belle. Elle sourit à cette inconnue qu'elle découvrait ou plutôt à un attribut de sa personne jusqu'alors sans importance à ses yeux: sa beauté. Puis elle se caressa les cheveux comme pour les replacer alors qu'ils tenaient avec tant de fermeté dans ce volumineux chignon couronnant son crâne.

En mettant le moteur en marche, elle fredonna:

Alouette, gentille alouette,
Alouette, je t'y plumerai.
Je t'y plumerai le bec.
Je t'y plumerai le bec.
Et le bec.
Et le bec.
Ah! Alouette, gentille alouette,
Alouette, je t'y plumerai...

Elle rit de bon cœur et commenta, avec une tape sur la cuisse droite:

— Arrête de faire simple, Thérèse!

Un sourire amusé traînait sur son visage... Sortant du village, elle s'engagea dans le rang des Hirondelles. Elle remarqua vers la droite, volant au ras des nuages, des points noirs pas plus gros que des moustiques. On entendait déjà les outardes qui grossissaient de seconde en seconde. Elles filaient en ordre, le capitaine à la pointe du V. À mesure qu'elles approchaient, on distinguait le vol pesant, le battement régulier des ailes vigoureuses qui fendaient l'air d'un mouvement las, interminable. Thérèse arrêta la voiture, baissa la vitre. Un vent frais, polisson, lui lécha aussitôt la joue, les lèvres, et plongea dans son corsage. Elle quitta le siège et se tint debout, appuyée contre la portière. Le vent se jeta sur elle, l'enveloppa, se plaqua sur son corps et la moula, pressant sur sa peau son corsage et sa jupe. Il fit ressortir le dessin des cuisses, le triangle du bassin, le ventre sensuellement arrondi, la masse des seins forts, durs. Avec un sourire amusé, elle suivait la course des grands migrateurs et riait de les entendre cacasser. Rien ne la pressait aujourd'hui... Elle contemplait aussi les montagnes de nuages sombres, remplis à en crever. Des gouttelettes frappaient déjà son visage. Heureuse, elle s'imbibait de cette pluie fine... À peine la première volée d'outardes avait-elle disparu dans la grisaille que de nouveaux cris annoncèrent un groupe plus important encore. Thérèse porta sa main droite au front pour se protéger de l'eau qui tombait du ciel et mieux voir. Ses joues souriaient, crispées de plaisir et de froid. Sa main gauche monta au visage pour l'essuyer, puis cette main s'attarda et le contact devint une caresse. Un rire léger fusait de ses lèvres écartées. Les bernaches approchaient. La main droite de la femme, ayant imité la gauche, descendit du front et caressa la joue du même côté. Les yeux se fermèrent et les lèvres exhalèrent un souffle de plaisir. Elle haletait légèrement. Puis les deux mains descendirent doucement du visage et empoignèrent les seins pour les pétrir. Elle gémit. Les mains s'abaissèrent encore et les bras étreignirent la taille de toute leur force. La pluie tombait à boire debout. Thérèse s'oublia de longues minutes jusqu'à ce que son corps commence à trembler de froid et d'extase avec des secousses rudes qui la faisaient pleurer, les yeux fermés, à s'évanouir de plaisir.

Soudain, un gros camion s'immobilisa derrière elle. Le chauffeur, sortant une tête surprise qu'il exposa à la pluie battante, lui cria:

— Hé! Madame! Vous avez-tu queque chose? Un trouble avec vot' char?

Elle sursauta et bégaya:

— Non, non, c'est rien. Merci.

Puis elle remonta dans la voiture et fila. L'homme resta bouche bée.

— Est-tu folle, c'te maudite-là? se demanda-t-il.

En route, Thérèse riait aux aulnes ternes qu'elle voyait à peine sous l'averse. À son arrivée, Léo lui demanda, inquiet de l'état dans lequel elle se trouvait, si la voiture l'avait lâchée en chemin. Elle lui raconta, en claquant des dents:

— J'me su-t-arrêtée sou'a pluie pour voir passer les outardes...

Il la regarda, le souffle coupé... Finalement, il articula:

— Hein???

Elle répéta, comme si de rien n'était:

— Oui, les outardes... Deux voiliers... C'était merveilleux!

Il questionna encore, n'en croyant pas ses oreilles:

— C'est pas vrai?

Elle éclata de rire:

— Certain, mon homme, certain, pour regarder passer les outardes, deux voiliers. Tsé, j'serais encore là si un chauffeur de truck m'avait pas dérangée. Sûrement qu'y m'a trouvée bizarre lui aussi parce que je m'étais arrêtée au bord du chemin.

— Mais t'as jamais faite ça... J'veux pas que tu te choques, sa mère, mais à part les grains de poussière et les souliers qui traînent, t'as jamais rien vu passer de ta sainte vie!

— T'as ben raison, Léo, mais ça veut pas dire qu'un jour j'devais pas commencer... J'me sens si heureuse, mon homme, si heureuse!

Léo commenta, se parlant à lui-même: «Sou'a pluie... regarder passer les outardes... J'comprends pas...»

— Tu te d'mandes si j'su pas tombée su'a tête? Chauffe-moé un peu de gin, j'vas m'changer, je gèle...

Léo la pria de se mettre au lit. Il prépara un repas selon ses connaissances très rudimentaires et s'occupa de la vaisselle.

Ce soir-là, il laissa ses *Paris-Match* dans un tiroir puisque les permissions étaient en suspens. Cependant, Thérèse lui demanda:

— Léo, j'ai frette... Tu veux-tu me réchauffer, me prendre dans tes bras sans rien me d'mander?

Décidément, Thérèse était tombée sur la tête. Elle s'endormit serrée contre son époux.

CHAPITRE VII

Loin des yeux,
près du cœur

Thérèse se métamorphosa de telle façon que toute la famille, y compris Noiraud, le chien, en fut affectée. Léo se risqua plus d'une fois à lui demander des explications, mais en vain: la femme ne s'apercevait point des changements qui s'opéraient en elle, tellement elle se trouvait à l'aise dans son nouveau personnage. S'il insistait, elle répondait, avec un sourire plein de fraîcheur qu'il ne lui connaissait pas avant:

— Voyons! c'est des idées qu'tu t'fais!

Il se vit forcé de conclure qu'un miracle s'était produit durant sa récente visite au presbytère ou que cette ondée ponctuée des cacassements des bernaches avait fait un grand ménage dans l'esprit de son épouse! Les premiers jours, en se rendant à l'usine le matin, il évitait d'ouvrir la radio, pour récapituler, un peu sceptique:

«Thérèse qui s'arrête sou'a pluie battante pour r'garder passer des outardes, contempler des nuages gris, sourire à des arbres, alors qu'avant le plus bel arc-en-ciel la dérangeait même pas! A rit, a me demande d'la serrer dans mes bras pis a dort toute la nuitte collée contre moé. Ça s'peut pas! A disait toujours: "Touche-moi pas, toé!"...»

Ce n'était pourtant qu'un début, car, lorsque la période d'abstinence fut passée, elle prit une douche et lui lança:

— Tsé, Léo, ton petit truc de *Paris-Match*, énerve-toé pus avec ça... J'peux t'donner mieux!

59

En *baby-doll* quasi transparent, elle l'invita à s'allonger près d'elle, s'écrasa contre lui, lécha ses lèvres, son cou, sa poitrine, tandis que des mains elle lui flattait sans le recours d'aucun papier hygiénique des régions qu'elle tenait pour abjectes... Et, les jours suivants, elle suggéra d'essayer toutes ces «cochonneries» qu'elle haïssait.

Cependant, pour cette femme, Léo n'avait jamais été aussi absent. Elle l'utilisait pour s'exercer... Elle ne pensait à rien lorsqu'elle explorait le corps de son mari. Elle ne le voyait même pas. Elle éprouvait des sensations profondes qui lui auraient arraché des cris si elle n'avait craint de réveiller les enfants. Son corps naissait, sentait, vibrait, jouissait, mais tout se passait comme si la stimulation provenait du dedans d'elle-même: au moment de l'étreinte la plus violente, Léo constituait une simple excroissance issue de Thérèse et qui s'activait sur elle pour lui procurer du plaisir.

Elle se laissait transporter par la volupté dans une terre inconnue où régnait une noirceur ineffable. Elle ressemblait à un boxeur qui se prépare à un grand combat et qui, en attendant, rugit, sautille, sue et frappe un sac de sable avec la conviction qu'il assomme son futur ennemi... Elle s'entraînait méthodiquement; pourtant, elle ne s'en doutait pas le moins du monde.

Elle ne donnait signe de vie au curé Tremblay et ce dernier n'y comprenait rien. Elle avait même tenu à fréquenter une autre église le dimanche.

Aline Blanchette, qui, selon feu son époux, avait des yeux tout autour de la tête, n'y accorda pas beaucoup d'importance les premières semaines. «Les maux qui courent», conclut-elle. Mais après un mois, elle voulut en avoir le cœur net et appela sa fille Anne-Marie:

— Annie, lui demanda-t-elle, as-tu des nouvelles de Thérèse, la femme à Léo?

— À cause? s'étonna l'interpellée.

— Ça fait un mois que j'les ai pas vus à messe. J'ai rêvé qu'était pris des poumons.

Anne-Marie pâlit: elle se fiait aux prémonitions de sa mère pour apporter des innovations à son commerce.

— J'l'ai vue jeudi passé. A l'avait pas l'air malade. Mais des fois... Ça s'attrape-tu en jasant?

— À cause qu'a t'a parlé?

— Une couple de mots quand qu'a l'a payé son épicerie.

— Y a pas de danger si t'as pas fait d'mal à personne.

Anne-Marie était dotée d'une conscience aussi solide que les bretelles de son soutien-gorge: elle soupira, soulagée.

Marcel Tremblay était intrigué lui aussi par ce changement dans les habitudes des Boily. À quelques reprises, il avait décroché le téléphone, mais un certain malaise l'empêchait d'appeler. Il repensait à la dernière visite de Thérèse. Il la revoyait penchée sur son bureau, la nuque à découvert. Le parfum sourd de son corps le pénétrait tandis qu'il se rapprochait d'elle; la chevelure soyeuse chantait dans la paume de ses mains, chaude comme un baiser troublant. En vain, il fermait les yeux: derrière ses paupières closes, il la regardait avec plus de clarté.

Las de lutter, parfois il se tenait devant la fenêtre de sa chambre, qui donnait presque sur le rang des Hirondelles, et il revoyait le visage encore éperdu où, des larmes versées, seules persistaient les traînées bleuâtres du rimmel dilué. Il ne pouvait s'expliquer qu'elle fût dans un tel état simplement parce qu'elle était venue lui dire que tout allait pour le mieux avec son mari. Son désir de la revoir, d'entendre parler d'elle, revêtait des masques subtils: celui de la curiosité, puis de la compassion. Il finit par se convaincre qu'elle cachait une souffrance difficile à confier.

Un an s'était écoulé depuis cette visite dont le souvenir continuait à le troubler. L'automne était revenu et dans le ciel gris filaient deux longues colonnes de bernaches. Debout devant une fenêtre de son bureau, tout près de cette chaise sur laquelle ses yeux parfois s'attardaient comme s'ils cherchaient encore Thérèse, le prêtre souriait de les entendre cacasser. Les deux groupes se rejoignirent pour former un V. L'appel des oiseaux migrateurs ne cessait de s'amplifier, comme une invitation de plus en plus pressante. Il songea: «Voilà bien six ans que je n'ai pas chassé l'outarde... Faudrait que j'appelle Léo.

Peut-être que samedi on pourrait faire un tour. D'ici là, il aura le temps de dénicher un habitant qui nous prêtera ses terres...»

Le curé se trompait en pensant que Thérèse se cachait pour ne pas lui parler de sa souffrance. Elle n'avait jamais été plus heureuse et cherchait à rattraper le temps perdu. Les instants de douceur vécus au presbytère l'avaient tellement changée que du jour au lendemain sa voix sèche, brève, s'allongea, fredonna un air plus gai. Son regard froid devint plus velouté. Ses gestes brusques, sa démarche raide s'assouplirent. Sa maison brilla autant mais l'on y respirait davantage, on circulait plus librement. Tous les jours, elle passait dans la chambre des garçons afin de la garder propre. Elle prenait le temps de leur parler. En coiffant Suzanne, un matin, elle lui caressa la chevelure et voulut l'embrasser, mais la fillette sursauta et partit avec sa boîte à lunch. Le lendemain, l'enfant se tint sur ses gardes. Elle se crispait comme si la mère lui tirait les cheveux alors que Thérèse y mettait plus de douceur qu'à l'accoutumée. De toute évidence, Suzanne craignait ce contact.

Elle chercha plutôt à se rapprocher de son père, qu'elle ne dérangeait plus la nuit avec ses cauchemars, mais Léo se sentait embarrassé par sa présence. Il prétextait la fatigue ou même lui reprochait de l'empêcher d'écouter la radio, au lieu de répondre à ses «pourquoi». À l'école, elle semblait fuir les autres élèves, comme si elle craignait encore de se faire traiter d'habitante. L'isolement qu'elle s'imposait, joint à une certaine méfiance, aiguisa son sens de l'observation. Elle prit plaisir à écouter, à ruminer ce qu'elle entendait, et, à son insu, elle développa sa mémoire. Elle apprit à lire très vite. Son intelligence naturelle et le désir de se venger de celles qui s'étaient moquées d'elle la poussèrent rapidement à devenir une première de classe.

Vincent, libéré de la corde avec laquelle il était attaché au fond de la cour, ne quittait pas son coin. Il jouait avec son tas de sable et ses débris. Il ignorait Thérèse lorsqu'elle l'interrompait pour engager la conversation. Il poussait un grognement menaçant et craintif à la fois quand elle posait la main sur son épaule pour l'amadouer. Noiraud lui tenait toujours compagnie.

Thérèse s'efforça de courtiser Mario avec moins de succès encore. À la première tentative, elle reçut un camion dans les jambes; à la deuxième, une boule en plein front... L'enfant semblait persuadé qu'elle ne pouvait l'approcher que pour le disputer; alors, il se défendait à son contact en attaquant d'abord.

Avec Léo, elle se montrait disponible et voluptueuse, mais jamais elle n'éprouva le désir de prononcer un mot de tendresse ou de le toucher en dehors des relations intimes.

Elle s'oubliait facilement le matin; parfois elle sombrait dans des songeries: elle se retrouvait dans le bureau du curé. Elle entendait «Thérèse...» et le sanglot à peine contenu qui tremblait dans la voix du prêtre... Elle le sentait marcher derrière elle, sur le plancher de chêne où ses pas produisaient un écho sourd. Elle le revoyait accoudé à la fenêtre. Au moment où il posait une main sur sa tête, les yeux de la femme se fermaient. Il faisait noir autour d'elle; son corps ramolli s'attendrissait; ses lèvres s'entrouvraient. L'extase la transportait hors du temps et dans un monde inconnu. Pour s'endormir, elle imaginait cette scène qu'elle chérissait tellement.

Cependant, elle fuyait le curé comme si elle craignait de voir l'enchantement disparaître à son contact. Dans sa rêverie, il bougeait, s'attendrissait, caressait selon les désirs de Thérèse. Il parlait presque avec des larmes, mais comment réagirait-il réellement en sa présence? Cette simple question l'effrayait.

Depuis un an déjà, elle s'épanouissait au souvenir de ce moment ineffable, lorsque son mari vint lui annoncer que dans deux jours il irait «chasser l'outarde avec monsieur l'curé» et que, comme de raison, il passerait «icite dans l'avant-midi pour manger un p'tit queque chose avant d'rentrer au presbytère».

Du coup, elle faillit répliquer: «Songes-y pas, Léo, à cause que ma tante Lise m'a d'mandé de venir l'aider samedi à préparer les tourtières pour l'temps des fêtes. Tu sais ben comment qu'est "inquiéteuse": deux mois d'avance, c'est quasiment pas assez pour elle!»

Mais le curé ne lui pardonnerait pas sa fuite. Il s'attendait à ce qu'elle le reçoive: elle ne pouvait agir autrement.

Vers la fin de l'après-midi, une idée qui la fit rougir lui traversa l'esprit: «Et si c'était rien qu'pour me voir qu'y a invité Léo à chasser l'outarde? Ça fait si longtemps qu'y est pas allé!»

CHAPITRE VIII

La chasse aux outardes

Léo ne laissait rien au hasard quand il partait pour la chasse, surtout si son ami, le curé Tremblay, l'accompagnait. À peine levé de table, le vendredi soir, il se rendit au garage. Il inspecta la remorque. Puis il sortit de l'entrepôt, au fond de la cour, une boîte énorme, d'un vert fané qui se confondait presque avec les teintes de l'automne. Elle contenait les leurres. Il disposait d'une soixantaine d'oiseaux en bois peint ainsi que d'outardes empaillées. Il répara des pattes dont l'attache au sol, un fil de fer abîmé, risquait de céder sur un terrain gelé. Il dégraissa le vieux douze, son «pompeux», comme il l'appelait. Il se prit dix cartouches grain 2 pour les outardes. Il ne dépasserait pas son quota, cinq pièces. Mais il avait décidé que si des canards se mêlant de ce qui ne les regardait pas venaient voir ce qu'il cherchait dans le champ de Philippe Simard, ils y resteraient. Il leur réservait du grain 6, huit cartouches.

Il avait disposé en ordre dans le placard de l'entrée la tenue de camouflage, les bottes, les chaussettes de laine, la casquette, les gants, avant d'aller au lit. Thérèse l'attendait. Elle demanda:

— Tu penses-tu qu'y va y avoir des outardes?

— Philippe a appelé vers les sept heures à soir. Y les a vues dans l'champ. Y en a compté plus que deux fois cent. C'te nuitte, elles vont aller dormir su'l lac, mais demain elles vont r'venir pour déjeuner y'où ce qu'elles ont soupé à soir.

— Des fois qu'elles changeraient d'idée et reviendraient pas? fit Thérèse.

— Ça s'peut quasiment pas, répliqua Léo. Les outardes, c'est fidèle au champ y'où ce qu'elles mangent. Si c'est là qu'elles ont soupé hier au soir, c'est là qu'elles vont déjeuner à matin. On va les attendre.

— T'es sûr? insista-t-elle.

— Certain, affirma Léo.

— Faudrait pas que t'amènes le curé se geler les orteils pour rien...

— Pour ça, y a pas de danger, expliqua Léo. Un coup qu'y aura mis des bas de laine, des bottes imperméables, y aura pas de gelage. J'ai patenté un réservoir pour se tenir les pattes au sec.

— Qu'est-ce que t'as encore patenté? s'enquit Thérèse.

— Un fond de bidon de gasoline. On met ça au fond du trou y'où ce qu'on met les pattes. L'eau monte tout autour. On s'mouille pas pantoute!

— T'es-tu sûr que les outardes vont venir? reprit-elle.

— M'as-tu déjà vu r'venir les mains vides, sa mère?

Cette question lui coupa l'envie d'en poser d'autres... Elle poussa un soupir, ferma les yeux et s'endormit en pensant au curé qu'elle verrait le lendemain.

Léo se retourna sur le côté. Thérèse respirait déjà plus lentement. Son mari, pas du tout sûr de l'aventure comme il l'avait prétendu, se demandait: «Des fois que Philippe m'aurait conté une menterie?»

Le sommeil tardait à venir... Il se voyait dans sa cache en train d'appeler les oiseaux...

Thérèse s'agita un peu, gémit et se roula contre lui... En plein sommeil, elle le saisit en proférant des mots incompréhensibles, se colla encore plus fort et frotta son ventre sur le sien, puis elle poussa une sorte de cri suivi de quelques gémissements et s'immobilisa... Sa respiration, d'abord gutturale, se calma. Elle se détendit et de nouveau dormit en paix.

«A rêve, c'est sûr, se dit Léo. C'est-y la chasse qui l'énerve de même? Peut-être qu'a l'en a manqué à soir? J'filais pas pour ça... J'pensais trop aux outardes. Ça s'peut quasiment pas qu'a soèye rendue chaude de même! Si c'tait pas d'la peur d'avoir des enfants, a l'en demanderait toutes les nuittes, j'cré ben. Ça s'peut-tu, changer d'même! Y a pas à dire, c'est fort, un curé; monsieur Tremblay, en tous cas. Si ça adonne, faudra qu'on jase de d'ça demain.»

À quatre heures du matin, Léo sonna au presbytère. Sans perdre un instant, les deux hommes se rendirent à l'église. Le prêtre dit la messe. Léo, comme jadis, servit. Le curé se dépêchait. Léo répondait sans hâte. Cet instant à deux, dans le silence de la petite église vide, avec son seul ami, apportait une paix indicible à cet homme simple. Il savait que dans une demi-heure le service serait achevé et qu'ils n'arriveraient pas en retard. Léo s'imprégnait d'une certaine majesté, s'imaginait que la paroisse, l'assistance, les gens pour qui le curé disait la messe en ce moment se résumaient à une seule personne, lui. Il se persuada que sans un servant le curé serait incapable de célébrer le divin sacrifice. Il réussit même à croire qu'on ne pouvait trouver mieux pour bénir les armes et s'assurer d'une chasse fructueuse. Il ne remarquait guère la tension qui tirait les traits du prêtre. Léo ne pouvait imaginer une faiblesse à celui qu'il vénérait, cet homme qui parfois, dans ses rêves, lui tenait lieu de père. Il reçut la communion.

L'autel desservi et les objets du culte rangés, le curé passa sa veste de chasse. Il avait officié avec des bottes de cuir feutrées, imperméabilisées, qui lui montaient au-dessus du mollet, un pantalon kaki et une chemise carreautée verte.

Léo s'était chargé du petit déjeuner. Thérèse, levée à trois heures, avait préparé le café et les sandwichs. Des barres de chocolat, des fruits, une flasque de gin complétaient les provisions.

Les deux chasseurs se hâtèrent de se restaurer, appuyés contre la remorque, sous les étoiles, dans la cour du presbytère. Ils puisaient dans le sac en papier et se passaient tout à tour, comme tasse, le couvercle de la bouteille thermos... Dans le silence de l'aube qui pointait à peine, ils lançaient de temps en temps des soupirs de satisfaction ou d'impatience, ou bien un rot de soulagement.

— C'est bon, éructa le curé comme un dragon qui vient d'engloutir une flamme trop chaude.

— Pas pire... A s'débrouille pas mal, la mère, reconnut Léo d'un ton faussement blasé.

— Tu te fais gâter, mon jeune...

— A s'plaint pas non plus, vous savez, se louangea Léo.

Puis il murmura, la tête levée vers le ciel:

— C'est beau.

— C'est Dieu, observa le prêtre, Dieu dans toute sa splendeur, Léo.

— C'est beau, monsieur l'curé, mais pour moé, Dieu, ç'a toujours été le Christ su'a croix.

Léo ne vit pas son compagnon pâlir. Inconfortable depuis quelques mois quand il regardait le visage exsangue du fils de Dieu agonisant, il se sentait chaque jour plus attiré par la lune sensuelle et douce, la voûte céleste si sereine.

— C'est beau, reprit le curé comme s'il voulait fuir l'image qui lui faisait face avec sa couronne d'épines et sa nudité atroce... C'est beau, répéta-t-il encore plus fort, presque rudement pour chasser la vision terrifiante.

Léo offrit une dernière tasse de café à son ami, qui refusa, rassasié.

— Ça va être cinq heures betôt, on lève-tu l'ancre, monsieur l'curé?

— Envoye fort, Léo.

Les deux hommes montèrent prestement en voiture. Léo conduisit. Au bout de dix minutes, ils voyageaient en pleine campagne, sur des chemins de terre, entre des champs moissonnés. Puis ils s'engagèrent sur une piste à moitié défoncée qui naissait en arrière d'un bâtiment en ruine. Léo lâchait de courtes remarques qui traduisaient un peu d'inquiétude:

— Ça fait un bon dix ans que j'ai pas mis les pieds dans l'coin. C'est ben icite qu'y faut tourner... Oui, le silo rouge... Le sans-génie m'a dit qu'y avait des vaches, comme si c'étaient des poteaux plantés devant la maison... J'les vois-tu, moé, à c't'heure, les maudites vaches? Si c'est sur ces vaches-là que j'devais me fier pour trouver mon chemin, on se ramasserait aux îles Mouc-Mouc!

Le curé comprit que le moment serait mal choisi pour lui tirer des confidences. Il attendit, résigné. Les étoiles blêmissaient, les rares lumières autour des fermes lointaines perdaient leur éclat à mesure que l'aube grandissait.

Léo annonça, une quinzaine de minutes après le départ du presbytère:

— V'là la ferme à Philippe...

Il ajouta aussitôt:

— Y est magané que l'diable, son chemin d'entrée... C'est quasiment pas allable!

Puis, jetant un coup d'œil à la volée:

— Y est-tu traînard, c't'habitant! C'est plein d'affaires qu'y d'vrait passer au feu... Des chars à bœufs du temps d'mon grand-père!

Le curé lui reprocha:

— Léo, tu craches sur la main qui te nourrit...

— C'est vrai, reconnut le jeune homme sans le moindre embarras.

Il avançait lentement à travers le champ moissonné, attentif...

— On longe le silo sur mille pieds, qu'y m'a dit... Ça fait ben deux mille pieds et j'ai encore rien vu... Parlé trop vite: v'là la faucheuse abandonnée... Maintenant, tourner à gauche et continuer mille pieds encore... Y dit toujours mille pieds, Philippe, mais y sait pas compter, c'est certain... Ça m'dit qu'on peut ben arrêter l'équipage icite. On est en plein dans l'champ.

Les phares allumés éclairaient une vaste étendue dont les confins se perdaient dans l'obscurité.

Ils mirent pied à terre. Léo avança un peu:

— On s'est pas trompés... V'là la rigole qu'y m'disait. Oui, une rigole de trois pieds d'large qui longe toute la longueur du champ. C'est bon pour les canards, les bécasses et même les outardes, qui viennent boire après qu'elles ont mangé les grains d'avoine restés dans l'champ.

Le curé l'aida à descendre l'énorme boîte contenant les leurres, les fusils, les munitions et quelques provisions.

Léo ordonna:

— A c't'heure, au travail. Vous allez disposer les appeaux par là et par là, comme pour faire un grand C. Nous autres, on va s'placer au milieu du C, juste en face des outardes empaillées. Les vraies outardes vont atterrir juste à côté. On va s'placer le dos au vent. Une outarde, ça atterrit toujours face au vent. Avec le vent dans l'cul, elles peuvent pas s'arrêter, c'est comme un avion. Nous autres, on les attend l'dos au vent et on les descend à mesure... Pendant que vous vous occupez de placer les appeaux, moé, j'prépare les caches.

— Oui, mon général, répondit le curé.

— C'est pas d'offense, mais c'est quasiment la guerre aux outardes... Vu que c'est moé l'général, icite, attendez que j'vous crie «Feu!» avant de tirer.

— Oui, mon général, répéta le curé.

— Y a pas de mal, répondit Léo, philosophe, pour toutes les fois que j'me fais bosser à l'ouvrage ou à la maison.

Il creusa un trou de cinquante centimètres de diamètre et quarante de profondeur avec la pelle qu'il conservait dans sa boîte verte. Dans le fond, il disposa le bas-cul d'un bidon d'essence qu'il remplit à moitié de paille. Il construisit tout autour un muret circulaire avec des planches légères en contre-plaqué peintes couleur de foin. Dessus, il coucha de longues gerbes de paille, épaisses et serrées. Le tout reproduisait par-faitement un tas de foin empilé au milieu d'un champ, en forme de hutte d'à peine un mètre de haut. Satisfait de son œuvre, il répéta le même travail trois mètres plus loin. Il appela le curé pour lui demander:

— C'est-y à votre goût, mon père?

Surpris, le prêtre s'exclama:

— Ça ne se peut pas! On va entrer dedans?

— On entre dedans et on reste tranquilles... C'est nouveau comme truc: l'progrès technique! Combien d'outardes qu'y reste à placer?

— À peine deux douzaines...

— Laissez-moé faire. Vous pouvez mener l'char assez loin d'icite pour qu'les outardes le voient pas; deux mille pieds, ça va faire... J'vas laisser la flashlight allumée pour vous guider quand vous allez revenir.

Léo acheva, sous le jour naissant, de disposer les pièges...

Le curé commençait à y prendre goût vraiment. Avec une joie presque enfantine, il s'empara des clés de la voiture et

70

conduisit tranquillement à travers les champs; il arrêta l'auto derrière un bosquet...

Le soleil se cachait encore mais déjà ses rayons obliques léchaient les nuages argentés et crevassés d'obscurité, le ciel bleu indigo. Le prêtre voyait facilement Léo se promener à travers les leurres. Au loin croassaient des corneilles. Le jour naissait, les oiseaux se réveillaient. Monsieur le curé souriait: depuis quelques instants, il ne pensait plus à Thérèse. Il marchait lentement, appesanti par son accoutrement de chasse. Son compagnon l'entendait venir; son pas résonnait sur le sol dur. Mais debout, regardant droit devant lui, Léo ne bougeait pas, les yeux fixés sur l'infini. Le père Tremblay lui demanda:

— Vois-tu des outardes dans le lointain?

Il ne répondit rien.

Le curé l'appela plus fort:

— Léo?

Le jeune homme murmura:

— Oui...

— Tu vois des outardes?

— Non, monsieur le curé... répondit-il, toujours absorbé dans sa contemplation. Ça blanchit là-bas... Le jour est quasiment l'vé. Regardez les nuages: y brillent à des places, à d'autres bouts y ont l'ventre noir... Le ciel est aussi bleu que l'lac quand y fait beau. R'gardez le p'tit bois à gauche, y est encore toute noir: faut s'watcher; les outardes arrivent souvent en rasant la tête des arbres: elles peuvent nous tomber d'sus et nous pogner les culottes à terre. Regardez, monsieur le curé, regardez là-bas: le soleil se lève!

Un immense disque rouge apparaissait à l'horizon. Les nuages prenaient feu. Le ciel tournait à une teinte pastel plus tendre... La clarté flottait sur les champs fauchés. Les minces flaques de glace brillaient comme des diamants.

À gauche, au-dessus des arbres, soudain les corneilles se levèrent par centaines. Elles décrivirent des cercles.

— Elles vont v'nir par icite, observa Léo. On va tirer un coup pour essayer nos fusils. Cachez-vous en arrière d'votre cache.

Les deux se tapirent immédiatement. Les oiseaux arrivèrent dans un vol désordonné et bruyant.

Léo tira un coup et le curé fit feu trois fois:

— Trop haut, observa Léo d'un ton où ne perçait aucun dépit. On les a manquées. Faut pas commettre la même erreur avec les outardes. R'grettez pas vos cartouches, monsieur le curé, ça va les tenir loin, ces vermines...

— Tout de même, fit l'autre, mortifié.

— Vous vous rattraperez...

— Léo, qu'est-ce qu'on attend pour entrer dans nos caches? demanda son copain. À rester plantés ainsi en plein champ, les outardes vont nous voir à des milles de distance.

— J'les guette... J'vous dirai quand ça sera l'temps... R'gardez à gauche, deux canards, cachez-vous.

Ils s'écrasèrent de nouveau derrière leur hutte. Les canards filaient à toute allure.

— Bonjour! leur lança Léo.

— Pourquoi qu'ils ne passent pas par ici? demanda le prêtre.

— Ceusses-là vont au lac... À c't'heure, y fait clair pour vrai. J'pense qu'y faut descendre dans les caches. J'vas vous aider, monsieur l'curé. Donnez-moi votre fusil.

Il déposa soigneusement l'arme contre son propre abri. Il écarta le haut des tiges de foin, invita le prêtre à entrer en mettant d'abord les pieds sur le sol autour du trou, puis en passant doucement une botte par-dessus la paille et ensuite l'autre.

— Maintenant, asseyez-vous su'a terre, les pieds dans l'trou, et arrangez la paille autour d'vot' tête.

— Je suis complètement caché, déclara le curé, et je vois à travers les branches.

— Bougez pas de d'là, commanda Léo, et attendez mes ordres pour tirer.

— Oui, mon général, plaisanta encore le prêtre.

Mais Léo en était aux affaires sérieuses et ne releva pas la blague.

Il remit au curé son fusil, se dirigea vers son propre abri et disparut à son tour.

Le temps s'écoulait avec lenteur. Les corneilles avaient recommencé leur sabbat mais la plupart n'oubliaient pas la leçon et se tenaient à plus de trois cent mètres de distance. Quelques audacieuses se détachaient de la bande et, volant hors de portée des armes, venaient jeter un coup d'œil sur les hommes cachés sous les gerbes de foin... Léo gardait le silence et le curé comprit qu'il ne pouvait amorcer une conversation d'apparence banale pour l'amener sur un certain sujet. Il commençait à croire qu'il s'était donné tout ce mal pour rien.

L'eau montait dans le trou fraîchement creusé mais, grâce au fond de tonneau rempli de paille, leurs pieds restaient bien au sec.

Léo brisa le silence d'une voix basse et calme:

— R'gardez drette devant vous... En d'sous du p'tit nuage blanc... R'gardez les points noirs.

Le curé observa en vain.

— Je ne vois pas...

— D'habitude, vous apportez vos longues-vues, remarqua Léo. Vous les avez-tu perdues?

— Non, je les ai oubliées, cette fois-ci.

Il rougit malgré le froid qui commençait à lui figer les joues: il s'était préparé avec tant de négligence, l'esprit tout occupé à penser à Thérèse!

— C'est des outardes, reprit Léo, elles approchent. Bougez pas.

Une centaine d'oiseaux passaient, en ordre, le capitaine à la pointe du V. Les cacassements croissaient à chaque seconde. Léo porta son sifflet à ses lèvres et, imitant l'appel des outardes, il entreprit de les attirer vers lui. Bientôt leur cri devint plus aigu, plus excité, en réponse au sien. Un échange continu s'engagea entre l'homme et les oiseaux.

Le curé tremblait, les mains crispées sur le fusil.

— Elles s'en viennent par ici, murmura-t-il à Léo.

— Bougez pas, recommanda l'autre et il recommença à les appeler.

Elles approchaient rapidement et semblaient se diriger droit sur eux. Dans son trou, recroquevillé, la bouche entrouverte, les yeux un peu larmoyants à cause de l'émotion, du froid et du vent, le curé ne sentait plus son cœur battre, et, la seconde d'après, il étouffait.

— Tirez pas! ordonna Léo.

Les outardes passèrent vers la gauche. Léo appela avec plus d'insistance. Elles ne cessaient de répondre, mais sans changer de cap. Elles continuèrent leur voyage, hors de portée de leurs fusils malgré les efforts de Léo.

Le curé, frustré, demanda:

— Pourquoi qu'elles ne se sont pas dirigées sur nous?

— Elles ont pas soupé icite hier au soir. Elles s'en vont dans l'champ y'où ce qu'elles ont soupé hier au soir.

— Es-tu sûr?

— Certain.

— Mais est-ce qu'il y en aura qui vont se poser sur nos appeaux? supplia le prêtre.

— Va falloir attendre, lui répondit Léo comme s'il parlait à un enfant.

Le curé se sentait vidé: quelle émotion pour rien!...

Cinq minutes plus tard, une seconde volée, trois fois plus importante, pointa à l'horizon. Léo recommença la même chanson avec encore moins de succès.

Le prêtre pleurait presque:

— C'est foutu, elles ne veulent rien savoir.

— Attendez, monsieur l'curé. Y reste encore du temps en masse.

Un quart d'heure passa, puis un groupe d'environ soixante têtes parut à gauche. «Elles sont ben jasantes», pensa Léo tandis qu'il imitait leur cri. Le curé accroupi suivait la course des bernaches. Elles s'en venaient à basse altitude. Le V classique était tellement brisé qu'on ne voyait que des tronçons, et dans l'ensemble la troupe approchait sans ordre clair. Les oiseaux cacassaient avec une excitation grandissante; on entendait comme des jappements de jeunes chiens affamés quand le maître arrive avec une écuelle pleine. Les outardes se dirigèrent encore à gauche sans cesser de causer avec les leurres qu'elles prenaient pour des camarades en train de déjeuner. Mais au lieu de filer tout droit comme le pensait déjà le curé, elles contournèrent les huttes, puis, complétant le cercle de gauche à droite, elles se mirent à passer de plus en plus près des hommes. Un groupe de six avança directement sur eux. Le curé supplia:

— Léo!

L'autre répliqua sèchement:

— Tirez pas.

Puis il chuchota, sur un ton impérieux:

— Baissez la tête! Bougez pas! Qu'elles voient pas votre face!

Il reprit ses appels, un peu tendu, lui aussi.

Dix secondes plus tard, cinq outardes se jetèrent au milieu des leurres. Aussitôt Léo cria:

— Feu!

Les deux se mirent debout. Les oiseaux à peine posés se levèrent à grands coups d'ailes. Six coups de feu claquèrent. Quatre bernaches tombèrent comme des poches. Une, blessée, courut dans le champ. Léo laissa son abri, la rattrapa et lui servit un violent coup de pied à la tête pour l'empêcher de se défendre en battant des ailes. L'ayant un peu étourdie, il la saisit par la tête, la fit tournoyer dans l'air et lui broya le cou. Il allongea les cinq prises côte à côte parmi les leurres...

— C'est pas vrai, bégaya quasiment le curé, j'en ai tué deux... C'est par vrai!

— Content à c't'heure? demanda Léo.

— Je ne le crois pas encore, répéta le prêtre, tout pâle de joie, d'étonnement et de froid.

Il sortit de sa cache pour contempler de près son exploit. Les victimes s'étalaient sur le sol, les ailes cassées, la poitrine ensanglantée, le cou brisé, la tête de travers. L'une semblait presque intacte. Le curé retourna vers son abri, un peu troublé. Il ne pouvait douter de son fait d'arme et en éprouvait beaucoup de fierté mais quelque chose lui disait qu'il venait de tuer pour s'amuser, pour se prouver son adresse, et non, comme les Amérindiens, pour survivre.

Ce remords ne dura qu'une minute. Il avait oublié les motifs qui l'avaient porté à organiser cette expédition; il se sentait tout à fait dans la peau du chasseur même s'il frissonnait. Il rejoignit Léo qui avait sorti une autre bouteille thermos.

— A pense à toute, la mère. Du chocolat chaud, ça r'monte le Canayen. Tenez.

Le curé prit le couvercle des deux mains et but tandis que ses épaules sautillaient. Il poussa un soupir de soulagement.

— Ah! que ça fait du bien! Que ça réchauffe! Ah!...

Il remit le couvercle à Léo, marcha de long en large en frappant le sol de ses bottes tandis qu'il lançait ses bras en avant pour ensuite se taper le dos avec les mains. Après quelques minutes, il déclara encore:

— Ça fait du bien, ça réchauffe... Mais si on reste trop longtemps dehors, on va manquer les autres. Il va en passer d'autres, n'est-ce pas?

— D'après c'que m'a dit Philippe, répondit Léo, y en avait plus de deux cents qui ont mangé dans l'champ... Faut croire que l'gros du voilier est pas encore arrivé. Mais y a ben des affaires que j'peux pas calculer: d'abord, deux cents, c'est Philippe qui les a vus; y est capable d'en mettre, le père! Pis les outardes, c'est pareil comme le monde: y en a toujours une qui pense pas comme les autres... Ça peut changer d'avis pareil comme nous autres... Ça fait qu'y faut attendre et on va voir c'qui va s'passer.

Inquiet, le curé lui fit remarquer:

— L'eau n'a pas cessé de monter dans le trou, Léo. Si ça continue de même, bientôt elle va entrer dans le seau.

— On peut toujours l'évacuer en se servant du couvercle du thermos.

Mais l'idée ne semblait ravir ni l'un ni l'autre.

Léo ne montrait guère de hâte à rentrer dans son trou. Il se tenait debout à côté de l'abri et regardait autour de lui. L'activité reprenait dans les fermes. Les voitures commençaient à circuler; des hommes se rendaient au travail. Le curé pensa tout à coup que c'était l'heure où il déjeunait au presbytère. Il se trouvait tellement mieux à geler dans ce champ, à attendre les outardes sous les ordres de son ami! Il profita de la liberté que Léo lui laissait pour marcher encore en tapant fort des pieds sur le sol. Ses bottes écrasaient les tiges de foin qui pointaient, hautes de quinze centimètres à peine... Le ciel bleu, l'air pur, ce silence, quelles délices!

Léo ne se lassait pas de regarder les arbres. Il ne dit mot durant une dizaine de minutes, puis:

— On est encore loin d'notre quota. Faudrait r'tourner dans la fosse aux lions si c'est vrai qu'on est icite pour chasser.

Le curé obéit sans se faire prier.

La fatigue se faisait sentir: le manque de sommeil, le froid, le gin. Le curé s'assoupit. Ses pensées voguaient:

«Que je suis bête! songeait-il. Dans quel pétrin j'allais me mettre! Qu'est-ce que je connais, au fond, des femmes?» Un sourire triste apparut sur ses lèvres. «Quelque chose me dit que je filais un mauvais coton. Je ne me suis jamais senti aussi troublé devant une paroissienne. Je ferais mieux de me tenir éloigné d'elle. Léo est tellement fin! Lâché dans la nature, c'est tout un caractère, un vrai homme, un chef. Qu'on est bien ici, tout de même! Je devrais prendre le grand air plus souvent, ça me ferait du bien. Dans le fond, je ne m'éloigne pas assez du presbytère, de mes paroissiens; peut-être qu'à un moment je n'y vois plus clair. Je devrais prendre des bains de solitude, de grand air, ça me détendrait, ça m'aiderait...»

Le calme régnait autour des deux hommes. Le curé gelait sous ce soleil brillant et glacé. Il commenta, à haute voix:

— Ça ne vole pas fort.

— Pas fort, répondit Léo comme un écho. On peut rentrer, si vous voulez. On peut attendre. On sait jamais, mais nos chances diminuent à mesure que l'temps passe...

— C'est comme tu veux, déclara le curé.

Léo garda le silence. Le froid, le soleil, le bleu du ciel, l'éclat des nuages, le bosquet sombre, la terre gelée, les champs moissonnés, les corneilles craintives et bruyantes, les mouettes qui planaient au loin, et surtout le grand silence, l'air pur, la nature tout entière le captivait... Sa tranquillité béate se communiquait au curé...

Le prêtre piqua un second somme, lourd, paisible, sans rêve...

Vers dix heures, Léo le réveilla en s'adressant à lui d'une voix forte:

— C'est ben beau, toute ça, mais y faut rentrer à la cabane... Autrement, la mère va s'faire du sang d'cochon et chialer à mon prochain voyage... Êtes-vous mort, monsieur l'curé?

— Quasiment, répondit ce dernier, enfin réveillé.

— On s'en va-tu chez nous?

— C'est toi qui commandes, ici, se soumit le prêtre.

— Icite, ouais, mais justement, on va rentrer chez la mère y'où ce que c'est elle qui ronne.

Après avoir ramassé les fusils, les planches des caches, le fond du bidon d'essence, les leurres, les prises et tout rangé, les deux chasseurs se mirent en route.

Thérèse les attendait. Elle n'avait osé fuir la rencontre avec le curé.

Léo conduisit la voiture au garage et descendit, accompagné du prêtre. Ce dernier se dirigea vers la salle de bains. Léo le suivit dès sa sortie.

Thérèse, jouant l'indifférence, se tenait dans la chambre, pâle. Le curé, qui s'était déchaussé en entrant et avait accroché sa veste, s'assit au salon; il étendit les jambes. Il commençait à sentir ses membres endoloris après cette longue attente, accroupi au fond de la hutte.

Léo le rejoignit et appela:

— Sa mère, y'où ce que t'es?

Thérèse sortit aussitôt de la chambre, feignant l'étonnement:

— Je ne vous ai pas entendus arriver. Bonjour, monsieur l' curé. La chasse a été bonne?

Elle se demandait si le prêtre la tutoierait comme de coutume ou s'il sortirait son «grand vous» comme la dernière fois. Elle s'était sentie tellement fière qu'il mette une telle distance, comme s'il voulait se protéger d'une trop grande intimité! Le tutoiement lui donnait l'impression qu'il la considérait comme une gamine et non comme une femme attrayante et peut-être dangereuse...

— Bonjour, Thérèse, répondit le curé. Ça fait des lunes qu'on s'est vus! Mais je m'aperçois que tu as bonne mine, tout comme ton mari, d'ailleurs. J'en suis très heureux! Ah, oui! la chasse a été bonne! Pas beaucoup, mais juste assez pour dire qu'on ne tire pas trop mal. Et puis, deux pour moi, trois pour Léo, c'est bien assez...

Il continua sur ce ton, accepta le café qu'elle lui offrit mais but avec une lenteur qui fit croire à Thérèse qu'il se forçait. Et, en effet, le curé était saturé de café. Il ne pensait qu'à son lit. À deux reprises, on le surprit à battre des paupières. Moins de quarante minutes plus tard, il s'en allait. Léo le ramena au presbytère: il n'avait même pas demandé à Thérèse pourquoi, depuis un an, on ne la voyait plus le dimanche à l'église de Saint-Avenant.

CHAPITRE IX

La chute

Le prêtre suspendit ses deux outardes par le cou à une traverse de sa remise afin de les laisser faisander un peu. Il était las mais tellement détendu! Toutes ses inquiétudes s'étaient envolées, emportées par l'air pur des champs et l'entrain de son compagnon. Il monta dans sa chambre et s'étendit sur son lit. Il s'endormit aussitôt.

* *
*

Au départ des deux hommes, Thérèse s'était éloignée de la baie vitrée du salon et était retournée s'asseoir dans le fauteuil que le curé venait de quitter. Elle n'avait pas trouvé ce qu'elle cherchait: la chaleur de ce corps qui s'en allait à Saint-Avenant. Elle regarda au dehors: le rang des Hirondelles grimpait doucement vers le village. La voiture de Léo avait disparu derrière le dos d'âne. Le ciel bleu semblait si triste... Les épaules de la femme tombèrent, sa poitrine se creusa et des larmes montèrent à ses yeux.

«Idiote, songea-t-elle. Un rêve... J'avais imaginé... Idiote... Tout juste s'il a eu pitié de moi... Et moi qui croyais... je ne sais même plus quoi...»

Mais bientôt une colère sourde l'agita:

— Non, ça s'passera pas comme ça, murmura-t-elle, les dents serrées. Ah non! Va falloir mettre toute ça au clair. Non, monsieur l'curé, non! Va falloir s'expliquer! J'veux qu'on s'explique!

Ses mains tremblaient. Elle était pâle. Elle conclut, pour se convaincre qu'elle ne pouvait reculer: «Si j'su folle, je vas l'savoir et j'irai me faire soigner... ou m'faire enfermer dans un asile.» Elle se calma un peu en se délectant du plaisir qu'elle comptait s'offrir... Elle le fouetterait avec ses paroles: «Est-ce qu'un prêtre a le droit de caresser ainsi la tête d'une femme? De courir après elle sous prétexte de chasser avec son mari?» Elle sourit, un peu réconfortée. Elle se promit d'attendre le temps nécessaire pour retrouver son calme.

Un mois plus tard, elle se rendit au presbytère après avoir, la veille, appelé le prêtre pour l'informer de son désir de s'entretenir avec lui. Elle sonna. Le curé l'attendait au parloir.

Elle accrocha son manteau à la patère. Elle accepta la chaise qu'il lui offrit de l'autre côté du bureau. Il s'enquit:

— J'espère que ce n'est rien de grave...

Il ne cherchait pas à cacher son inquiétude. Thérèse le fixa. Ses lèvres n'arrivaient pas à se desserrer pour lâcher les mots de colère qui se butaient contre elles.

— Vous n'allez pas bien? demanda le prêtre, apitoyé devant ce visage crispé.

Lentement, elle prononça des mots sans suite comme si elle ne se rendait pas compte de ce qu'elle disait:

— Je souffre...

— Vous souffrez? l'interrompit le curé. Pourtant, il y a un mois, quand je suis allé chez vous, vous sembliez si heureuse... Léo aussi... Je n'ai pas voulu vous poser de questions: tout me paraissait si clair, si beau!

— Tout allait bien... Ça a changé depuis. Je souffre mais... mais je ne peux rien vous dire...

Elle se tut, l'air égaré.

Le prêtre la regardait, ne sachant quoi penser. Brusquement, elle secoua la tête comme si elle cherchait à se réveiller et déclara, avec une assurance inattendue:

— Merci, merci de m'avoir reçue. Je m'en vais!

Elle se leva à l'instant même.

— Thérèse, cria presque le prêtre en tendant une main pour essayer de la retenir, vous ne pouvez pas partir: je ne sais rien!

Il se leva à son tour, marcha vers elle et poursuivit:

— Vous n'êtes pas venue ici seulement pour me dire: «Merci de m'avoir reçue»?

Il lui saisit l'avant-bras gauche et ordonna:

— Restez!

Sans hésiter, elle se dégagea avec la main droite et elle prit son manteau.

Le prêtre craignait de bouger. Il était pâle. Pour s'empêcher de la toucher de nouveau, et dans un geste dont il ne se rendit même pas compte, il empoigna son propre bras gauche avec sa main droite. Il ressemblait à un homme qui grelotte. D'une voix rauque où perçait une note de désespoir, il supplia:

— Thérèse!

Elle se retourna et chercha à se revêtir. Son agitation la rendait maladroite. Le curé n'osait l'aider. Il demanda, d'un ton douloureux:

— Mais pourquoi êtes-vous venue me voir?

Elle cessa tout mouvement, le regarda droit dans les yeux et, comme un écho, à son tour elle l'interrogea:

— Pourquoi êtes-vous venu me voir il y a un mois?

— Vous voir? s'étonna le curé.

— Oui, me voir, insista la femme, son manteau pendant au bout de ses bras.

— Je passais par là... Au retour de la chasse... C'était normal.

— Comme vous rougissez! le nargua Thérèse.

— Je rougis? interrogea le prêtre.

Elle poursuivit, sans relever la question:

— Vous n'aimez pas la chasse aux outardes.

— Si, la coupa-t-il.

— Non, insista la femme. Ça faisait huit ans que vous n'y étiez pas allé...

— Six, rectifia le prêtre.

— Bon, six, admit-elle. Vous vous plaigniez du froid. Vous étiez passé par chez nous. Vous aviez juré quasiment de ne plus y retourner.

— On change d'avis, glissa le curé, sans conviction.

L'embarras du prêtre inspira à la femme une certaine compassion. Elle se tut. Ils restèrent quelques instants accrochés par le regard, chacun voulant percer la pensée de l'autre. Elle reprit, au bord des larmes:

— Vous n'auriez pas dû venir me déranger chez nous: j'étais si bien!

Elle laissa tomber le manteau sur le plancher, et ses mains libres se tendirent vers lui. Elle lui confia avec beaucoup de douceur dans la voix, effleurant du bout des doigts la soutane du prêtre:

— J'étais venue vous dire... que je vous haïssais.

Ses yeux humides criaient le contraire; ses mains avides de le caresser tremblaient sur le tissu noir de la robe sacerdotale. Elle poursuivit, la gorge sèche:

— Je vous haïssais parce que vous avez brisé mon bonheur.

Comme si elle espérait retirer ses mots, elle ferma délicatement ses doigts autour de l'avant-bras gauche du prêtre. Surpris, cependant, celui-ci demanda:

— Moi?

— Ah, mon père! reprit la femme, vous m'aviez rendue si heureuse!

Elle approcha son buste. Il voulut reculer. Elle le retint fermement des deux mains. Sa poitrine touchait presque la sienne. Il se demandait vaguement si Thérèse perdait la raison. Elle lui inspirait une pitié mêlée de crainte. Il en oubliait son propre émoi. Elle aperçut l'inquiétude qui agrandissait le regard du prêtre.

— Vous croyez que je suis folle? dit-elle avec un sourire triste. Des fois, moi-même je me le demande. J'étais si heureuse en sortant d'ici la dernière fois! Je n'ai vécu qu'en pensant à vous, votre main sur ma tête, les larmes qui tremblaient dans votre voix...

— Mes larmes?

Elle le secoua:

— À quoi jouez-vous? Vous ne vous rendez donc pas compte de tout le mal que vous faites? Vous m'avez donné la vie grâce à votre bonté, vos caresses.

— Mes caresses? la coupa le prêtre. Je vous ai touchée en toute innocence.

— En toute innocence, reprit-elle avec douleur, oui, en toute innocence! Oh, mon père!

Elle lâcha son avant-bras et joignit les mains. Il recula pour se mettre un peu à l'abri. Elle poursuivit:

— Mon père, jamais aucun homme ne m'avait touchée sans penser à profiter de moi. Mon propre père le premier quand il était saoul...

— Votre père? s'écria le prêtre, comme si elle l'avait blessé.

— Oui. J'ai toujours réussi à le repousser. J'étais malade avant le jour de l'An, trois semaines d'avance, rien qu'à l'idée qu'il fallait que je l'embrasse après la bénédiction. Il en profitait pour me tripoter devant tout le monde. Personne avant vous, mon père, ne m'avait touché la tête avec tant d'innocence, et c'est votre bonté qui m'a fait naître. Jusqu'alors, j'existais seulement pour frotter, chercher des grains de poussière. Je n'étais que la femme de Léo; je faisais mon devoir: le ménage, la popote et la corvée du lit. Je m'étais vendue pour la pension. Ce n'est pas autre chose, le mariage. Et lui se servait. Vous connaissiez mon dégoût. On était venus vous voir.

— Ça va mieux maintenant? interrogea le prêtre.

— Oh oui, ça va mieux! le rassura-t-elle, amère. Ça va même très bien maintenant.

Elle se tut, n'osant ajouter: «Grâce à vous...» Mais tant de passion brillait dans ses yeux!

— Thérèse, commença le prêtre dans l'espoir de la calmer.

Elle lui empoigna les deux bras et gémit:

— Oh! Pourquoi êtes-vous venu me voir?

— C'était en toute innocence, articula encore le curé.

Elle sourit avec tristesse. Elle recula d'un pas comme si elle voulait partir sans prendre son manteau mais elle s'arrêta net. Elle le regarda avec de grands yeux et, glacée, presque claquant des dents, elle laissa échapper:

— Père, est-ce que vous m'aimez?

Elle pâlit et vacilla légèrement sous l'effet du choc. L'aveu contenu dans cette question la surprit autant qu'une révélation inattendue sortie de la bouche d'une inconnue.

En entendant ces mots, le prêtre la revit, l'automne précédent, quasi évanouie devant lui. Le soleil brillait sur la chevelure d'or. Il avait eu tellement envie de lui caresser la tête! Il rougit.

La femme, mue par une force qui sortait du fond d'elle-même et qui la faisait trembler à chaque mot, demanda une autre fois:

— M'aimez-vous, mon père?

— Oui, bien sûr, articula-t-il.

— Non, pas comme ça... pas comme une simple paroissienne en bon curé que vous êtes.

Elle se tut. Seuls leurs regards communiquaient. Dans le visage de l'autre, chacun lisait son propre désarroi: un mélange d'effroi et de passion, l'envie de repousser l'autre pour échapper au désir de le serrer contre soi.

La première, Thérèse trouva le courage de parler. D'une voix triste, elle lui raconta, en promenant ses mains sur son propre corps de la poitrine jusqu'aux hanches, s'offrant, à son insu, au prêtre:

— Regardez-moi, mon père: j'étais partie de chez moi pour me chicaner avec vous. Depuis un mois, je répétais ce que je me préparais à vous dire. Regardez mes cheveux, ma robe. J'ai laissé mes cheveux courir sur mes épaules; j'ai mis ma robe des grandes occasions. J'ai voulu me faire belle: c'était pour vous! Et je ne le savais pas! Oh! je vous aime! Je vous aime tellement et j'étais venue vous dire que je vous haïssais!

Une larme hésitait au bord de ses paupières; ses lèvres fardées, gonflées de désir, s'entrouvraient sur ses dents éclatantes; sa poitrine éclatait. Troublé, le prêtre regarda le plancher.

— Votre manteau, dit-il pour faire diversion.

Il se baissa, le prit et se dirigea vers la patère. La femme ne bougea pas. Le curé suspendit le manteau et se tint à une certaine distance.

Elle s'avança d'un pas et timidement allongea des mains implorantes qui n'osèrent le toucher. Elle supplia:

— Vous ne m'aimez pas?

Il répondit avec rudesse:

— Comment pourrais-je vous aimer comme vous le souhaitez? Je suis un prêtre...

— Et moi une femme mariée, coupa-t-elle, la femme de Léo, votre ami, votre meilleur ami, presque votre fils, et moi je suis presque votre fille. Vous croyez peut-être que je n'y ai pas pensé, depuis un an? Je le savais et je me tenais loin de vous. Et vous, vous vous êtes ennuyé de moi. Vous êtes venu me voir sous prétexte de chasser l'outarde, n'est-ce pas?

Il rougit, écarta les lèvres mais ne put émettre un son. La femme, prenant cet embarras pour un aveu, devint plus audacieuse. Elle avança encore, chercha les mains du prêtre, les saisit dans les siennes et les tint devant sa poitrine.

Il voulut les ôter mais faiblit aussitôt. Pour mieux les garder, elle les pressa contre son corps.

— Vous m'aimez, n'est-ce pas? le pria-t-elle encore.

— Je ne sais pas... Je ne sais plus... Je suis tellement troublé de vous voir dans cet état...

Thérèse sentit sa tête tourner. Elle ferma les yeux. Tout bougeait autour d'elle. Elle serra encore plus les mains qu'elle avait emprisonnées dans les siennes. Puis elle regarda de nouveau le prêtre, qui ne se défendait plus. Elle traîna les mains du curé plus bas jusqu'à ses seins. Son corps ne pouvait plus supporter la douleur du désir. Des courants brûlants parcouraient ses chairs. Elle perdit le peu de contrôle qui lui restait. D'une voix rauque qu'elle ne connaissait pas, Thérèse supplia et ordonna:

— Père, emmenez-moi dans votre chambre!

Il resta immobile, muet. Elle reprit:

— Dans votre chambre, mon père, dans votre chambre.

Il protesta:

— Thérèse, vous êtes folle... Jamais.

Mais sa voix défaillait. Elle libéra ses mains et enlaça le curé. Il bascula un peu et, pour se rétablir, il la saisit dans ses bras. Elle le pressa de toutes ses forces. Il lui rendit son étreinte. Sa main droite monta et se posa sur cette chevelure de soie et d'or qui le hantait depuis plus d'un an. Il la caressa et gémit d'extase et de remords. Elle colla sa joue contre celle du curé. Il sentait les larmes chaudes et la respiration haletante de la femme. Elle écrasa tout son corps contre le sien; il essaya de se dérober. Elle le saisit par la taille et poussa son sexe sur la verge gonflée de force, de désir et de honte. Elle se frotta. L'homme gémit, les yeux fermés. Ils restèrent ainsi près d'une minute, de plus en plus ivres tous deux. Puis elle se décolla et lui ordonna:

— Montons!

Il obéit.

CHAPITRE X

Orchidée

T hérèse tenait fermement la main gauche du prêtre. Elle l'entraîna vers le fond du parloir. Elle poussa la porte et monta la première sans lâcher l'homme. Elle circulait comme si elle était dans sa propre maison: au village, tout le monde savait que Solange, la gouvernante, prenait congé le mardi. Quand ils furent arrivés au palier supérieur, le curé la devança. Elle pâlit et, une seconde, son cœur cessa de battre. Mais ses craintes ne se réalisèrent pas: loin de se raviser, le prêtre tourna lui-même la poignée et poussa la porte. Thérèse entra la première.

Si proche de son but, elle se sentait moins inquiète. Le visage de l'homme exprimait de l'angoisse, non qu'il hésitât à se rendre jusqu'au bout de sa passion, mais parce que l'inconnu lui causait un certain effroi. Thérèse se souvint de sa nuit de noces. Elle déploya, pour initier le curé, toute la douceur qui avait tant fait défaut lors de ses premières expériences avec un époux aussi ignorant qu'elle. Elle réussit à dominer son impatience et le tremblement de ses doigts tandis qu'elle déboutonnait la soutane. Elle laissa choir le vêtement sacerdotal à leurs pieds. Elle se blottit contre le prêtre au milieu de la chambre et de nouveau prit ses lèvres dans les siennes, en un baiser prolongé qui les grisa un peu. Elle se décolla de lui pour lui ôter sa chemise et son pantalon sans cesser de lui parler comme à un enfant craintif. Sa voix avait le charme du chant d'une sirène conduisant un marin à sa perte. Elle appuya tendrement ses mains sur les épaules du curé, qu'elle fit reculer jusqu'au bord du lit. Il s'assit en sous-vêtements. Elle enleva sa robe et s'allongea en l'entraînant sur la couche. Elle l'enivrait et l'excitait par ses paroles comme par ses caresses. Elle acheva de le dévêtir et se mit elle-même totalement nue. Ainsi, guidé jusqu'au bout par Thérèse, Marcel Tremblay devint son amant.

Les deux corps gavés et confondus s'assoupirent.

La première, la femme se réveilla. Les deux étaient nus, allongés sur les draps, plutôt à l'étroit dans ce lit de célibataire. «Tant mieux, sourit Thérèse, on n'aura pas froid.» Elle songeait déjà aux prochaines rencontres.

La pièce était meublée avec une extrême simplicité: une chaise berçante antique, noire; une table de chevet à la peinture défraîchie; une armoire en pin massif comme les cultivateurs en construisaient durant les veillées d'hiver pour tuer le temps; quelques portraits de famille aux murs et sur une commode; un prie-Dieu où les genoux du prêtre avaient élimé le velours qui recouvrait le coussin; au pied du lit, un tapis artisanal tressé avec des guenilles. Elle releva les yeux: un crucifix pendait au-dessus de leur couche. Elle détourna rapidement le regard, se souleva un peu et s'accouda sur le matelas. Elle se perdit dans la contemplation de ce corps qui s'était uni au sien. Elle demeura immobile plus d'un quart d'heure, puis, lentement, ses sens se rallumèrent. Elle sentit durcir la pointe de ses seins qui désiraient les lèvres de l'amant. Elle se pencha sur lui, posa sa tête au creux de ses reins tandis que ses bras l'enlaçaient de nouveau. Elle le réveilla avec des baisers. Elle les appliquait sur le dos, les épaules, les fesses. Il gémit. Elle le retourna et sa langue se promena sur tout son corps. Dans une étreinte plus ardente, ils s'unirent de nouveau. Puis la jouissance, la fatigue et le sommeil les écrasèrent encore une fois.

Lorsque le curé rouvrit les yeux, son amante dormait encore, les lèvres écartées, si proches des siennes. Elles avaient perdu leur fard à force d'embrasser. L'haleine chaude et pure caressait le cou du prêtre. Le visage de la femme reflétait un tel calme avec ses paupières closes et les ailes du nez qui battaient doucement! Les seins lourds et lisses penchaient vers le bras droit; les longs cheveux blonds recouvraient les épaules robustes; la cuisse du haut se repliait sur l'autre et le ventre à peine bombé dansait au rythme de la respiration lente.

Soudain, il se sentit inquiet. «Qu'allons-nous devenir?» se demanda-t-il. Puis une pensée plus terrible le visita: «Si elle tombait enceinte?» Un frisson lui parcourut le corps; comment avait-il osé?

Mais de nouveau la passion l'emporta comme un philtre qui endort la douleur. Il posa une main sur l'épaule de Thérèse, s'avança un peu et lui baisa les lèvres. Elle soupira, entrouvrit les paupières et l'enlaça plus fort de cette main qui reposait encore sur la taille du prêtre. Elle lui sourit et murmura:

— Comme je vous aime! Je suis si heureuse!

— Oui, mais... l'interrompit le curé sans poursuivre.

— Mais? demanda la femme.

— Je ne sais pas... Que va-t-on faire maintenant?

— S'aimer, s'aimer tellement! Je n'ai jamais aimé de ma vie, mon père...

— Thérèse, combien de temps encore vas-tu m'appeler «mon père»? interrogea-t-il, un peu triste.

— Je ne peux pas vous appeler autrement. Je ne peux tout de même pas dire «Marcel», c'est impossible. Je sais que ça fait curieux de vous aimer nue et de vous appeler «mon père», mais je ne peux pas faire autrement... pour le moment.

— Je ne te forcerai pas, mais ce n'est pas très catholique...

— Qu'importe? Il s'agit de s'aimer et non de se tourmenter avec ce qui pourrait arriver...

— Hélas! répliqua le curé, j'ai bien peur que tu ne dises vrai...

— Je vous aime, dit-elle encore comme si ces paroles guérissaient tous les maux.

Le curé sourit. Mais, de nouveau inquiet, il l'appela:

— Thérèse...

— Arrêtez de vous chagriner de la sorte... Je vous aime... Je ne vous lâcherai pas... Je serai tout le temps avec vous...

— Tu habites au rang des Hirondelles avec les tiens...

— Cela ne fait rien. Je vous appellerai et vous m'appellerez... On s'aimera au téléphone. Je penserai à vous tout le temps. Je reviendrai vous voir régulièrement.

— Tu ne crois pas que ce serait dangereux? demanda-t-il.

— On fera attention, répliqua-t-elle. On trouvera un moyen. Puis il n'y a pas que Saint-Avenant. On pourra se rencontrer ailleurs. Je vous aime, je resterai toute ma vie près de vous; en cachette, je vous aimerai toute ma vie.

— Que ferai-je de mon ministère?

— Arrêtez de vous inquiéter... Le temps arrange tout...

Ses baisers dissipaient tout chagrin. Ils couraient sur le visage et le cou du prêtre qui capitulait, pensait ce qu'elle voulait, voyait la vie comme elle l'entendait.

Quand il parut suffisamment serein, elle le laissa tranquille, mais pas longtemps; de nouveau, elle s'appuya sur un coude, et penchée au-dessus de lui, elle se mit à le contempler. Brusquement, elle lui déclara:

— Vous êtes beau!

— Comment? demanda le curé qui avait fort bien entendu.

Alors, riant comme une enfant, elle cria presque:

— Vous êtes beau! Vous êtes tellement beau!

— Thérèse, ne dis donc pas de sottises! coupa-t-il comme s'il regrettait déjà les embûches où son charme risquait de le faire tomber.

— Vous êtes beau! insista la femme, n'écoutant que sa passion.

— Enfin, si tu y tiens, concéda l'homme, un peu embarrassé. Mais je ne vois vraiment pas ce que tu me trouves de si beau...

— Oh, vous êtes beau! reprit Thérèse comme une fillette qui joue à la poupée.

— Alors, il n'y a rien à faire pour t'arrêter?

— Non, rien, plaisanta la femme qui ne voulait pas se répéter encore mais dont les yeux et le sourire désobéissants chantaient silencieusement le même refrain.

Le curé eût aimé lui répondre: «Toi aussi, tu es belle, Thérèse, si belle! Oui, je t'aime! Je t'aime depuis si longtemps, sans pouvoir me l'avouer!» Mais il n'osait la regarder qu'à la dérobée. Il éprouvait des scrupules à compliquer la vie de cette femme, à nourrir un attachement qu'il trouvait déjà insensé. S'efforçant de cacher sa tendresse, il détourna les yeux, poussa un soupir et fixa le plafond.

Elle devina sans doute ce qui le tracassait. Elle lui demanda, plutôt espiègle:

— Et vous, m'aimez-vous?

Il ne dit rien. Elle reprit:

— M'aimez-vous, mon père?

Les lèvres du prêtre commencèrent à trembler. Il bredouilla presque:

— Oh! Thérèse! Thérèse...

— Vous m'aimez, dit la femme, parlant pour lui, mais ça vous gêne de me le dire. Vous craignez de me faire du mal, n'est-ce pas?

Pour toute réponse, il l'enlaça en cachant sa tête entre les seins de Thérèse dans le geste instinctif d'un enfant effrayé... Elle le berça contre sa poitrine et, tandis qu'elle lui caressait les cheveux, elle chantonna avec la voix d'une mère qui endort son bébé:

— Moi, je vous aime, je vous aime, aime, aime. Moi, je vous aime, je vous aime, aime, aime. Reposez-vous... Je vous aime, aime, aime...

Il voulut se détendre, parler comme un homme. Il articula:

— Thérèse! Oh! Thérèse...

Mais il fut incapable de faire mieux que précédemment. Alors, il s'abandonna totalement à cette faiblesse qui l'envahissait. La femme recommença à chantonner:

— Moi, je vous aime, je vous aime, aime, aime...

Il s'assoupit, prenant bien garde de s'endormir de crainte de manquer une parole. Quand elle eut achevé sa berceuse, elle se mit à fredonner un murmure caressant. Elle s'interrompait pour l'embrasser sur la tête, sur les joues, dans le cou... Il buvait chaque son qui sortait de la bouche de Thérèse et fondait au contact de ses mains, de ses lèvres. Il exhala un profond soupir, comme un enfant gavé. Elle lui demanda:

— Je peux faire quelque chose, mon père?

— Rien, sinon continuer... Et si tu pouvais cesser de m'appeler «mon père»...

Un mince sourire aux lèvres, elle ferma les yeux afin de mieux revoir une scène agréable qui se déroulait dans ses souvenirs. Elle songea: «Je ne lui rappellerai pas qu'il me vouvoyait quand il parlait avec moi dans son bureau alors qu'il m'avait toujours tutoyée avant. Ça le gênerait de reconnaître qu'il avait peur quand il était seul avec moi.» Elle sourit.

Le prêtre soupira:

— Comme tu es douce, Thérèse!... Jamais je n'aurais imaginé...

— Essayiez-vous?

— Oh non, jamais! Jamais je ne l'aurais osé, se défendit le curé.

— Dommage, commenta la femme... Dommage, parce que vous vous seriez trompé.

—Que veux-tu dire?

— Que je ne suis pas... ou plutôt... je n'étais ni douce ni caressante.

— Je ne comprends pas, s'étonna son amant.

— Vous ne pouvez pas comprendre non plus, répondit Thérèse, presque en riant. Et moi pas davantage...

— Explique-toi, je t'en prie, insista l'homme.

— Je trouvais l'idée de caresser ridicule. Je n'ai jamais eu envie de caresser personne avant que vous ne m'ayez d'abord caressé la tête l'an dernier. Quand je suis partie du presbytère, j'avais envie de rire, d'aimer, de caresser. Je voulais embrasser les nuages, les outardes qui passaient, les aulnes au bord du chemin. J'avais une telle envie de caresser à mon tour que je me suis presque précipitée sur mes enfants pour les toucher, les serrer contre moi. Ils ont eu peur d'abord: ils n'étaient pas habitués. Maintenant, ils me laissent approcher plus facilement.

Le prêtre l'écoutait, incrédule. Il reconnaissait à peine cette voix si douce, cette femme qui s'exprimait dans un langage si différent, si pur, débordant de tendresse et de poésie, du moins pour ses oreilles d'amant envoûté.

— Ce n'est pas possible! murmura-t-il, incrédule, comme s'il s'adressait à lui-même.

— Vous ne pouvez pas comprendre, et moi non plus. Il y a tant de choses qui m'arrivent... Je ne suis plus du tout la même femme depuis un an. Je devrais me chercher un nouveau prénom, conclut-elle.

Le prêtre songea: «Oui, ce n'est plus la même personne. Son dégoût pour le sexe, sa rigidité et même son langage, tout a changé. Tant de chaleur, de tendresse, de passion dans cette femme qui ne pensait qu'à garder sa maison propre. Comme les apparences peuvent être trompeuses!

Ils restèrent silencieux quelques instants. Collés l'un contre l'autre, leurs respirations s'unissaient comme leurs corps l'avaient fait. La même chaleur les parcourait; Thérèse avait l'impression de fondre dans son amant. Son sentiment de devenir un être nouveau s'accrut. Elle répéta, avec une conviction plus marquée:

— Oui, je devrais me chercher un nom nouveau, un nom que vous seul et moi pourrions connaître. Qu'en pensez-vous?

Sa voix décelait une émotion qui inquiéta un peu le curé. Il s'étonnait encore de cette métamorphose quand elle reprit, avec une impatience qui frisait la colère:

— Vous ne m'avez pas entendue?

Il répondit, avec un certain embarras:

— Oui, Thérèse, mais tu dis tant de choses, toi qui étais si avare de tes mots! Tu sais, je me sens un peu perdu, moi aussi. Je me demande seulement si je te connais, si je t'ai jamais vue...

Elle poursuivit, comme si elle n'avait pas entendu ces remarques:

— Je veux que vous me baptisiez, je veux que vous me donniez un autre nom, un nom qui existera uniquement entre nous. Appelez-moi, donnez-moi un nom.

Le prêtre restait perplexe. Elle supplia:

— Je veux que vous disiez maintenant un nom qu'on utilisera seulement entre nous!

Il prononça les premiers mots qui lui vinrent à la bouche:

— Fleur d'orchidée.

— Splendide! s'exclama Thérèse, splendide!

Puis aussitôt, presque fiévreuse, elle corrigea:

— Non! Appelez-moi seulement Orchidée! Orchidée! Je serai votre orchidée. Une orchidée, est-ce qu'elle a un parfum?

— Je ne saurais le dire... Je ne m'y connais guère en matière de fleurs. Je ne sais pas pourquoi j'ai cité l'orchidée...

Elle reprit, ravie:

— Ça sonne si beau! Orchidée! Et puis, c'est une fleur si belle!

Soudain, se ressaisissant:

— Oui, j'ai déjà entendu «parfum d'orchidée». C'est une fleur parfumée, un parfum capiteux, paraît-il, même si je ne le connais pas.

— Thérèse, Thérèse, calme-toi...

— Non, s'écria-t-elle, presque fâchée, non! Vous avez déjà oublié! Non, pas Thérèse: Orchidée. Promis?

— C'est bien, Orchidée...

— Dites encore!

— Orchidée, répéta-t-il en la serrant dans ses bras pour l'apaiser...

Elle se blottit, presque tremblante, et bredouilla:

— Oh, c'est fou! C'est fou! Je suis si heureuse, si heureuse!... Oh! Pourquoi ai-je attendu si longtemps, si longtemps pour naître! Orchidée! Je serai Orchidée désormais.

À son tour, le curé la berça.

Thérèse tremblait contre la poitrine du prêtre, le corps parcouru de frissons. Soudain, elle éclata en sanglots. Le curé la serra plus fort tout en continuant à la bercer...

— Pleure pas, petite, pleure pas...

— Vous ne comprenez pas, sanglota Thérèse, vous ne comprenez pas. Ne me dites pas de... ne pas... pleurer. Je suis... si heureuse!

— Bon... Alors, pleure, Orchidée, pleure, si ça peut te contenter, si ça peut te soulager... Pleure le trop-plein de ce que tu ressens...

Il aurait voulu lui dire: «De ton bonheur.» Mais il trouvait si étrange qu'elle sanglote ainsi de joie. Il la berçait et se demandait: «Qui est cette femme? Mais qui est donc cette femme?»

Au lieu de répondre à cette question, il murmura d'une voix tremblante des paroles qui ressemblaient à la berceuse de son amante:

— Je t'aime, oh! je t'aime tellement, Orchidée! Je t'aime, je t'aime... Dieu me le pardonne... Je t'aime...

Elle s'apaisa... Puis elle soupira:

— Oh, père! Mon père!

Secoués par tant d'émotion, les deux gardèrent le silence. Thérèse finit par se calmer au point de rappeler le prêtre à la réalité.

— Qu'on est bien ensemble... Dommage, le temps passe...

Puis, se décollant de lui, elle demanda:

— Quelle heure peut-il bien être, mon Dieu?

Elle regarda le réveille-matin posé sur la table de chevet:

— Deux heures! J'avais promis à la gardienne de revenir avant midi... Quelle histoire inventer maintenant?

Elle sourit, anticipant bien du plaisir dans cette nouvelle vie.

— Dire qu'à cause de vous je vais devenir une menteuse!

— Et moi donc! riposta le prêtre.

— Chut! chut! le coupa Thérèse.

Elle ajouta immédiatement, riant et un peu surprise:

— Ça me fait tellement drôle de vous dire «chut! chut!» comme à un enfant!

Elle descendit du lit et se tint debout devant lui, les seins redressés, tellement invitante! Mais elle secoua la tête avec une moue de tristesse pour éteindre la flamme qui s'allumait de nouveau dans les yeux de son amant. Elle dit:

— Il faut que je parte vraiment.

Il ne voulait pas l'en empêcher mais il continuait à serrer sa main droite qu'il avait saisie lorsqu'elle avait quitté le lit. Elle insista:

— Il faut que je parte, soyons raisonnables.

— Oui, dit-il en la lâchant enfin tandis que son regard l'implorait de rester encore.

Elle reprit ses vêtements, mit sa culotte. Le prêtre la regardait, curieux et un peu gêné.

— Tu es si belle, dit-il à voix basse... Tu vas me manquer, tu sais...

— Je reviendrai bientôt, le consola Thérèse.

Elle enfila son soutien-gorge et elle le pria:

— Vous ne venez pas me l'attacher? Je n'y arrive pas!

Il sourit devant cet aimable mensonge.

— J'arrive, j'arrive, la rassura-t-il, se prêtant au jeu.

Il se tint debout derrière elle.

— Il va falloir que tu me montres, dit-il, un peu embarrassé.

— Je l'espère! commenta Thérèse d'un ton faussement offensé.

Il l'aida de ses mains maladroites. Elle attendit patiemment et commenta:

— Pas mal du tout pour une première fois... C'est la première fois, n'est-ce pas?

— Thérèse! lui reprocha le curé.

— Je ne m'appelle pas Thérèse, corrigea-t-elle sèchement.

— Orchidée... Comment peux-tu me demander une telle chose?

— Pardon, mon père. Ne faites pas attention, je suis folle... et peut-être jalouse.

— De quoi? interrogea le prêtre, curieux.

— De quoi? reprit Thérèse. Je ne sais pas... Des femmes que vous pouvez voir. De celles qui vous parlent, qui vous admirent, qui vous aiment. Jalouse. J'aimerais que vous n'existiez que pour moi: quand je m'en irais, je vous enfermerais dans un coffre-fort jusqu'à mon retour.

— Merci bien, ironisa le prêtre...

— Je suis folle, ne faites pas attention...

Elle acheva de s'habiller. Les deux amants se serrèrent longtemps l'un contre l'autre. Elle l'embrassa une dernière fois avant de s'enfuir.

CHAPITRE XI

Parfum d'Orchidée

Le prêtre ne bougea pas. Il laissa la porte entrouverte pour écouter les pas de son amante résonner dans l'escalier; dehors, le gravier les étouffa.

Lorsqu'il cessa totalement de les entendre, il s'approcha de la baie vitrée qui donnait sur la rue. Au passage, il avait saisi puis endossé une robe de chambre. Au bout d'une minute, la voiture de Thérèse fila sous ses yeux. Elle tourna au coin de l'épicerie *Chez sa mère* pour descendre le rang des Hirondelles. Lorsqu'elle eut disparu, il s'oublia encore quelques instants au bord de la fenêtre comme si son âme aussi était partie, abandonnant dans cette pièce un corps sans vie. Puis il revint lentement vers le lit, qu'il regarda en cherchant dans les plis du drap l'ombre de l'aimée, ses douces plaintes, le parfum de son corps. Il soupira et se dirigea vers la salle de bains. Il se déshabilla, entra sous la douche, ouvrit le robinet. L'eau jaillit, imitant le sifflement du vent dans la forêt; elle le frappait, froide comme une ondée d'octobre. Il se revit au bord d'un marécage, sous la pluie, parmi les grands joncs, Léo à ses côtés, attendant une volée de canards. Pour chasser cette image, il se savonna avec une force démesurée, en fermant les yeux.

Quand il eut achevé, il se sécha et revêtit la robe de chambre. Puis il s'installa dans la chaise berçante pour lire son bréviaire. Mais son esprit battait la campagne: sous ses yeux se tenaient les deux Boily, à genoux; il bénissait leur mariage. Il récita ses prières d'une voix plus forte pour oublier.

* *
*

Le lendemain matin, le prêtre prenait son petit déjeuner lorsque le téléphone sonna. Il se hâta de décrocher. Quand il reconnut *la voix*, il s'écria:

— Orchidée! Oh, mon Dieu, Orchidée! J'attendais tellement ton appel!

— Dans mon cœur, je n'ai pas cessé de vous appeler, de vous parler, et dès que Léo est parti, j'ai pris le téléphone... Vous m'aimez?

— Si je t'aime! Je me damne peut-être à cause de toi!

— Oh, mon père!

— Je me damne et je n'y peux rien... Si tu savais tout ce qui me trotte dans la tête depuis hier! Quelle nuit j'ai passé! Non, je ne te blâme pas, je t'assure. Au contraire, tout est de ma faute.

— Vous regrettez déjà?

— Non, répondit-il avec précipitation, non; au contraire, j'ai tellement réfléchi depuis hier! J'ai revu toute ma vie comme un film à l'envers. J'ai vu et revu tant de choses que pendant des années je me forçais de ne pas voir, de ne pas comprendre. En quelques heures, tout m'a sauté aux yeux.

Elle n'arrivait pas à croire que le curé Marcel Tremblay fût cet homme agité, implorant, presque égaré.

— Orchidée, oh! mon amour, Orchidée! Comme j'ai été aveugle jusqu'à ce jour! Comme je me suis trompé! Quelle vie j'ai fait, quelles erreurs! Prêtre, ma religion n'était que peur: peur du péché, peur de l'enfer, peur de la damnation, peur, toujours peur et non amour!

L'agitation du prêtre inquiéta un peu son amante. Assise près du téléphone, elle se le représentait debout, la main droite tenant le combiné, et la gauche balayant l'air comme le dimanche quand il s'adressait aux fidèles du haut de la chaire. Le curé se confessait, une drôle de confession, une confession à l'envers. Il s'accusait d'avoir cru, obéi, se reprochait sa vertu; il en parlait avec remords et, comme il demandait à ses ouailles, il montrait le ferme propos de ne plus recommencer. Il jurait, par contre, d'aimer Orchidée de toutes ses forces et de communier après toutes ces rencontres passionnées comme il l'avait fait ce matin.

«Pauvre curé!... songea Thérèse. Je l'aurais cru plus résistant...» Elle rougit un peu en pensant: «Il rampe à mes pieds...»

Elle promit de rappeler dans la journée. À onze heures, il attendrait dans sa chambre.

Contrairement à son amant, Thérèse se sentait détendue. Au moment du départ de Léo pour l'usine, elle l'avait salué:

— Bonjour, là!

— Salut, sa mère, avait-il répliqué.

Même s'ils ne s'étaient pas embrassés, il avait apprécié sa gentillesse puisque d'habitude elle l'ignorait totalement.

«Y a pas à dire, avait-il pensé, sa visite d'hier à monsieur l'curé y a r'mis les idées à bonne place! Y est capable, le saint homme, oui, y est capable su' un moyen temps.»

Il n'avait pas fini de louanger son bienfaiteur, d'autant plus que Thérèse avait mal réagi à la dernière expédition de chasse des deux hommes. Dans les jours qui avaient suivi la visite du prêtre, elle était redevenue tracassière et criarde. À part soi, Léo la traitait de «bourrasseuse». Il s'était risqué une fois à lui demander ce qui la rendait «marabout»: il avait reçu la réponse qu'elle sortait quand il mettait son nez là où, selon elle, il n'avait pas d'affaire:

— Achale-moi pas, toé, avec tes questions simples!

Il avait éprouvé un grand soulagement quand elle lui avait notifié, de cette voix sèche qu'elle avait retrouvée:

— Demain, je fais garder les deux jeunes par Pauline et je m'en vais faire un tour au presbytère pour jaser avec lui.

Malgré cette façon plutôt discourtoise de désigner le curé, Léo s'était dit que la fin de ses épreuves approchait, certain que le prêtre accomplissait des miracles. Effectivement, à son retour, elle avait semblé soulagée, quoique un peu fatiguée. Il avait conclu: «A l'a lâché l'paquet: ça l'a vidée, la mère!»

Cette nuit-là, il avait résisté aux appas des hanches onduleuses, des cuisses lisses, des seins exposés, pour permettre à Thérèse de récupérer. Il n'avait point tardé à se féliciter de son tact; dès le lendemain matin, son épouse souriait de nouveau.

Au dîner, il conta des histoires plutôt insipides rapportées par ses compagnons d'usine. Elle rit de bon cœur.

Cinq jours plus tard, au moment où débutaient les permissions accordées par le curé, elle montra, dans l'intimité, d'excellentes dispositions: elle se colla contre lui avec une sorte de miaulement de chatte inspirée. Les élans de sa femme le surprirent un peu: «Eh ben! se dit-il au lendemain de cette nuit passionnée alors qu'il était en route pour la Saint-Raymond Papers. Quand a veut, a veut, la mère, y a pas à dire!»

Mais une ombre ternit bientôt son contentement: «Tout à coup qu'a r'deviendrait bête et frette encore une fois? Avec une femme, tu sais jamais y'où ce que t'es: un jour, a file ben, le lendemain, a veut rien savoir.» Puis il réfléchit: «Faudrait trouver un moyen pour qu'a voie l'curé à chaque semaine. J'sais pas ce qu'y y dit quand a va l'voir, mais ça la raplombe en maudit, on peut pas dire le contraire!» Il soupira: «C'est sûr qu'a va me manger tout cru si jamais j'y parle de d'ça, l'air de dire qu'a l'a mauvais caractère ou queque chose qui ressemble à ça...» Mais il n'en démordait pas: «Veux, veux pas, faut qu'j'y parle.»

À force de chercher, il trouva une meilleure solution: «J'vas en parler à monsieur l'curé; peut-être qu'en passant par lui, en lui demandant d'faire comprendre à Thérèse... A l'est pas endurable même pour les enfants quand qu'a s'met à boquer.»

Incapable d'attendre, il appela le prêtre avant de quitter l'usine. Avec un certain embarras, il lui exposa ce qui le tracassait. Le curé convint que la démarche de Léo lui paraissait raisonnable; l'approche, par contre, s'avérait fort délicate.

— Mais la nuit porte conseil. Je m'en vais réfléchir à tout cela et si je vois que ça a une certaine allure, je te promets de lui donner un coup de fil.

— Demain? s'enquit Léo.

— Demain? s'étonna le prêtre. T'es comme un enfant, pas capable d'attendre.

Léo insista. Il entendit le curé pousser un soupir de lassitude avant de capituler:

— Bon, demain. Promis.

102

Il craignait malgré tout l'ire de son épouse en rentrant chez lui vingt-quatre heures plus tard. Il essaya de deviner son humeur en étudiant aussi bien les intonations de sa voix que l'expression de ses yeux. Il se demandait s'il devait l'interroger ou attendre qu'elle explose...

Il faut admettre qu'il la connaissait bien. Quand les enfants furent couchés, elle l'attaqua:

— Ça fait qu'tu t'es plaint à monsieur l'curé...

— Plaint, non, la coupa-t-il, juste dit que peut-être ça pourrait aider tout l'monde si t'allais faire une p'tite jasette au presbytère de temps en temps, peut-être une fois par semaine.

Léo s'estima chanceux lorsque, après une demi-heure de récriminations, Thérèse conclut:

— À c't'heure, on va dormir. Pis demain, je vas réfléchir... Ça s'peut ben qu'j'aille faire un tour au presbytère de temps en temps... Ça peut pas faire de tort à personne.

C'est ainsi que, le mardi suivant, elle passa, sans s'inquiéter, une bonne partie de la journée avec son amant. Bientôt cela devint une habitude que Léo se félicita d'avoir inspirée. Il constatait qu'à mesure que le temps s'écoulait sa femme s'épanouissait. Thérèse devenait de plus en plus ardente dans son étreinte, qu'elle fût dans les bras de son amant ou dans ceux de son mari. Avec les enfants, elle était rieuse, détendue, enjouée.

Cette femme que Léo avait connue plutôt économe se lançait dans des dépenses qui ne plaisaient pas toujours au mari. Par exemple, un mardi, elle rentra avec des sacs de jouets qu'elle était allée acheter à Roberval sans avoir fait part à quiconque de ses intentions: poupées, camions en plastique, blocs de bois, livres d'images... Léo hocha la tête, pensif: «C'te Thérèse-là, a l'a pas de boutte: avec elle, c'est toute ou pantoute! À un mois des fêtes, a l'aurait ben pu attendre Noël! Si a continue d'même, a va me ruiner!»

Mais elle s'était mise en tête de tout faire pour que les enfants oublient ce mois d'indifférence qu'elle leur avait infligé après la dernière chasse aux outardes de leur père.

Ces petits inconvénients n'empêchaient pas Léo de savourer son bonheur. Parfois, il se remémorait les années où ils avaient mené une existence si mesquine. Il se rendait compte que souvent il s'était inscrit pour des heures supplémentaires afin de retarder le moment où il se retrouverait avec son épouse. À présent, il avait hâte de la revoir: à la maison, elle s'habillait avec plus de goût pour le recevoir; elle l'accueillait fréquemment avec le sourire; à table, elle racontait à son tour des histoires amusantes.

Il se demandait comment remercier le curé pour tous ces bienfaits et le temps qu'il donnait à Thérèse tous les mardis sans rien exiger en retour. En revenant de la chasse, le prêtre passait facilement chez eux pour prendre une tasse de café, mais ne serait-ce pas trop déplacé de l'inviter à souper? Il exposa son point de vue à sa femme:

— Monsieur l'curé manque pas d'ouvrage, de c'temps icite. Ça fait deux voyages de pêche que je veux l'emmener avec moi, mais y est trop occupé: y s'tue à travailler pour le monde, c'pauvre lui!

— C'est vrai qu'y a un grand cœur, admit sa femme.

— C'est vrai, convint à son tour Léo, mais faut qu'y s'ménage pareil: c'est pas un Samson. Tu penses-tu qu'on réussirait un soir à l'amener icite pour souper avec nous autres?

— Penses-y pas! se récria Thérèse. Ça ferait cacasser toute le voisinage!

Elle savait que Léo reviendrait à la charge. En effet, il ne s'avoua pas vaincu pour si peu et argumenta:

— Pis? Ç'a jamais tué personne, le monde qui cacasse...

Elle le regarda comme quelqu'un qui refuse de poursuivre un dialogue de sourds. Puis, d'un air las, elle haussa les épaules:

— Je t'ai dit ce que j'en pensais, mais comme j'te connais, tu me lâcheras pas tant que t'auras pas le dernier mot. Ça fait que tant qu'à m'faire achaler jusqu'à ce que j'cède...

— Ça veut-tu dire que tu dis oui, sa mère?

— Fais comme tu veux, mon homme.

Elle avait souvent rêvé de voir son amant assis à sa table et de le servir. Depuis près d'un an, il n'avait pas remis les pieds chez-eux. Mais ne couraient-ils pas le risque de se trahir devant Léo?

CHAPITRE XII

Un souper en famille

Début novembre 1960, alors que les jours raccourcissaient au profit des nuits et qu'au matin le frimas brillait sur la pelouse des Boily, le curé fut invité au rang des Hirondelles.

Vers cinq heures de l'après-midi, un taxi s'arrêta devant la porte. Le chauffeur sonna. Il remit à Léo un bouquet.

— De la part de monsieur l'curé!

— Tordieu d'curé! s'exclama le jeune homme, j'y avais ben dit pourtant d'pas s'mettre en peine pour nous autres.

Il remercia le commissionnaire. Tout ébahi, il ne cessait de répéter:

— Ben, eh ben!... Des foleries d'même... J'aurais jamais cru ça!

Il s'en revint à la cuisine et appela son épouse:

— Hé, sa mère!...

Visiblement contrariée, elle se retourna, mais, en voyant ce que son mari tendait, elle resta figée.

— Ça t'coupe le sifflette, hein, ma femme? plaisanta Léo.

Elle ne répondait rien; elle ne cessait de fixer le bouquet tandis que sa main droite se levait presque toute seule jusqu'à sa poitrine pour contenir les battements de son cœur. Elle murmura enfin:

— Des orchidées!

— Hé! T'es ben connaissante! s'étonna Léo.

Elle s'approcha de lui lentement et prit le cadeau avec douceur. Ses yeux exprimaient tant de doute qu'il dit, comme pour la réveiller:

— Secoue-toé, sa mère! T'as pas l'air de croire que c'est vrai!

Ah! Si seulement «il» s'était trouvé devant elle, comme elle lui aurait sauté au cou!

Elle ignorait tout le mal que le curé s'était donné: deux mois de recherches pour finalement les obtenir d'un fleuriste de Montréal qui, paraît-il, avait commandé ces orchidées de Hollande. À quel prix!

Elle se réfugia dans la salle de bains pour cacher son émoi; elle serra le bouquet contre ses seins, puis elle couvrit les pétales de baisers. Les yeux fermés, elle frottait ses joues sur les fleurs au parfum troublant d'une nuit d'amour. Elle revint ensuite au salon et se plaignit, avec l'air d'une personne qui cherche en vain un objet:

— Mais veux-tu ben m'dire où c'est qu'il est, mon pot à fleurs?

Elle connaissait fort bien son inventaire: après avoir ouvert puis refermé deux portes d'armoire, elle sortit un vase massif au col ample, en grès. Elle le remplit à moitié d'eau fraîche et y disposa le bouquet en contenant à peine le tremblement de ses mains.

Léo, sans cesser d'admirer le cadeau, se plaignait de manière théâtrale:

— Un à zéro, monsieur l'curé; mais la *game* est pas finie. Si y pense qu'il sait toute de Léo Boily, ben, y va voir qu'y s'trompe!

Moins d'une heure plus tard, il luttait mais en vain pour repousser de nouvelles attaques de l'adversaire: le prêtre arrivait avec des cadeaux enveloppés dans du papier multicolore et ornés d'un large ruban rouge.

— Bonjour, mon Léo, salua-t-il. Des lunes qu'on s'est vus.

L'hôte prit un air bourru et lui interdit l'entrée:

— On peut-tu d'abord savoir y'où ce que vous allez, équipé d'même?

— Surprise...

— Ça fait trop d'surprises pour le même samedi!... Après les orchidées, d'autres foleries. Vous allez vous ruiner pour le pauvre monde...

Il s'effaça et tendit les bras pour débarrasser le visiteur de son manteau.

— Dis-moi pas, maintenant, que mes surprises sont en train de se revirer contre moi? lui demanda le prêtre.

— À cause?

— Les fleurs... Des orchidées... Ma grande foi, t'en sais plus que je ne l'avais imaginé!

— Vous faites erreur, monsieur l'curé: la personne connaissante, icite, c'est pas moé, c'est Thérèse... J'me demande y'où ce qu'a l'a été chercher c'nom-là...

— Mais c'est bien le nom...

— Faut que j'vous dise, monsieur l'curé, que je l'ai pas crue tu'suite quand a m'a sorti ça! C'est rare pareil, un nom d'même! Si je m'écoutais, je l'appellerais Orchidée, à soir, rien qu'à cause qu'a sait des affaires...

Il n'acheva pas: Thérèse venait à leur rencontre. Le curé s'avança, la main tendue et la salua.

— Bonjour, Orchidée...

— Monsieur l'curé, l'interrompit la femme, visiblement embarrassée.

— Ce n'est pas moi qu'il faut blâmer si je t'appelle ainsi. C'est lui qui veut qu'on t'appelle Orchidée ce soir à cause de tes connaissances. Mais si cela te choque...

Elle répondit, en feignant de bouder:

— Ne vous gênez pas, si ça peut vous amuser...

— Bon, Léo, on va faire comme tu dis... «Orchidée» pour ce soir... «Orchidée», c'est pas vilain.

Léo se contenta de sourire, ignorant si sa femme accepterait une telle plaisanterie.

Le curé s'étonna de ne pas voir les enfants. Il apprit que leur père les avait emmenés en début d'après-midi chez la grand-mère Fortin qui habitait au bas du village.

— Dommage, se plaignit le prêtre... Je leur avais apporté une couple d'affaires pour qu'ils s'amusent.

— On va ramasser toutes ces bébelles-là, y auront leurs cadeaux pour Noël; faut pas qu'on les gâte trop, fit Léo.

— Ça, c'est pour vous autres, reprit le prêtre en désignant deux boîtes.

— Veux-tu ben m'dire quelles sortes de plans qu'y a dans la tête, notre curé? questionna l'hôte en défaisant le paquet qui l'intriguait le plus. Peau d'chien! Une bouteille de champagne! Dis-moi pas que je vas boire du champagne à soir! Mais y'où ce que vous avez été chercher ça?

— Pas si loin... À Roberval, avoua le prêtre... Elle est toute frappée: je l'ai sortie du réfrigérateur juste avant de partir.

Léo remit la bouteille à sa femme, non sans protester:

— J'cré ben qu'vous m'avez faite manquer mon entrée, le champagne du pauvre... Mais à c't'heure qu'on a du vrai champagne, on va laisser la bière pour une autre fois...

— Asseyez-vous, monsieur l' curé, le pria Thérèse. Est-ce que je peux déboucher le champagne maintenant, pendant que la bouteille est à point?

— J'pense que ça prend des verres spéciaux? intervint Léo sans donner au prêtre le temps de répondre.

— On s'accommodera avec ceux qu'on a, le coupa sa femme, un peu gênée. Tiens compagnie à monsieur l' curé.

Les deux hommes s'assirent. Depuis plus d'un an, le prêtre évitait l'époux de Thérèse. Il le voyait seulement à la messe du dimanche et, en lui donnant la communion, il fuyait son regard. Pour dissiper la gêne qui commençait à l'enserrer, il exhiba une bonne humeur forcée. Sitôt seul avec son copain d'autrefois, il s'exclama:

— Maudit Léo! Quelle chasse on a fait l'an dernier!

Il appuya cette remarque d'une tape familière sur la cuisse de son hôte peu habitué à des gestes aussi libres de la part du curé. Léo répondit:

— C'est ben loin déjà. Pis, vous les avez-tu mangées, les outardes?

— Certain...

— J'gage que c'est la Solange qui vous les a préparées... Comment qu'a les a faites?

— Un de ces pot-au-feu avec des fèves au lard!

— A devrait aller drette en enfer pour ça! grommela Léo. Du pot-au-feu avec des outardes! Si c'est pas un péché mortel, j'su prêt à prendre ma retraite comme chasseur.

Cette plaisanterie n'eut pas l'air de plaire au curé mais il réussit à cacher son dépit pour demander:

— Connais-tu une meilleure recette, toi?

— Vous me demandez ça comme si j'étais un chef...

On entendit une explosion suivie d'un cri:

— Mon Dieu! s'exclama Thérèse, le visage et les mains aspergés de champagne.

Léo se leva.

— Hé, sa mère! Tu t'es pas faite mal?

— Juste arrosée un peu, riait-elle en essayant de reprendre son calme.

— Ah! C'est ça, le champagne! commenta le prêtre.

— Eh ben! Ça fait plus de dégâts qu'une p'tite bière, à c'que je vois, médita Léo à haute voix.

Les deux hommes se remirent à causer chasse, tandis que Thérèse remplissait des verres à vin, cadeau de mariage que les Boily n'avaient utilisé qu'une seule fois. Elle revint au salon. Chacun se servit.

— À la santé de mes meilleurs amis.

— Santé, répondit Léo.

— Santé, reprit Thérèse, visiblement déçue de ne pas entendre son amant faire allusion à l'anniversaire de leur première étreinte, qui aurait lieu dans deux jours.

Le curé lui jeta un regard discret et porta le verre à ses lèvres...

— Délicieux! commenta la femme, par politesse.

Léo semblait un peu étonné. Le prêtre, remarquant son air, l'interrogea:

— Eh bien, Léo?

Celui-ci répondit, un peu embêté:

— J'vas dire comme l'autre: ce que tu connais pas, c'est plus fort que toé... Faut dire que j'su pas habitué... C'est t'y pas un peu salé, c'te bière-là... c'te champagne-là, comme vous l'appelez?

— Il y en a qui trouvent ça un peu salé, c'est vrai, admit le prêtre.

109

Léo se concentra et but lentement une deuxième gorgée. Mais il ne fut pas plus satisfait qu'à la première et, perplexe, dut reconnaître:

— Ben, eh ben! C'est surprenant pareil, c'te champagne-là...

Puis, revenant à des considérations plus pratiques, il fit remarquer:

— À c't'heure, faut qu'j'aille faire un tour du côté des casseroles.

— Dis-moi pas! l'arrêta le prêtre. Il y a à peine quelques minutes, tu me disais que tu n'étais pas un chef...

— Monsieur l'curé, connaissez-vous quelqu'un qui dit toujours la vérité? rétorqua l'hôte.

Les lèvres du prêtre s'entrouvrirent pour déclarer: «Oui, moi», mais il les referma aussitôt sans proférer un mot. Thérèse discernait un peu d'inquiétude dans le regard de son amant. Cela ne manquait pas de l'amuser: à trente ans, elle avait l'impression qu'enfin deux hommes se livraient pour elle un combat, encore que Léo ne se doutait de rien, ce dont le prêtre était de moins en moins convaincu. Restée au salon avec le curé, elle amorça la conversation sur un ton assez haut pour que son époux l'entende:

— Avez-vous retrouvé le certificat de baptême qu'on a tellement cherché mardi?

Ils poursuivirent sur ce sujet entièrement improvisé, pour continuer à faire croire à Léo que le mardi, après sa confession hebdomadaire, Thérèse passait le plus gros de son temps à classer les papiers du curé.

Le cuistot ouvrit la porte du four, retira une rôtissoire, en souleva le couvercle et un riche fumet s'en échappa.

— Je me demande bien ce qui sent si bon... fit le prêtre en humant l'air.

Léo rétorqua aussitôt:

— J'vas dire comme vous, monsieur l'curé: surprise!

Voulant faire croire à Léo qu'il ne pouvait maîtriser son impatience, le prêtre se tourna vers sa maîtresse et supplia:

— Et toi? Tu ne me diras pas ce qu'il prépare?

Elle le trouva drôle et répondit, tout en promenant de gauche à droite le bout d'un index sur sa gorge:

— Il me l'a interdit!

Le curé n'avait jamais vu les Boily si proches l'un de l'autre. Par le passé, Léo se taisait d'habitude et lorsqu'il se risquait à dire quelque chose, sa femme le rabrouait.

Comme le couple refusait de satisfaire sa curiosité, le prêtre, se fiant à son seul flair, supposa:

— Hum... Ça sent le rosbif...

Léo rit de plus belle:

— Pourquoi pas un rôti d'porc?

— Tu t'amuses, ce soir, hein, mon gars? constata le curé qui n'osait dire: «Vous riez tous les deux à mes dépens...»

Léo répliqua, sans cesser d'arroser sa viande avec de la sauce bouillante:

— Et vous, vous êtes rendu qu'vous mettez l'nez dans mes casseroles!

Cette repartie dérangea le prêtre. Il resta surpris, puis répondit, sur un ton qui trahissait son malaise:

— Je ne mets jamais le nez dans les casseroles des autres!

Thérèse était de plus en plus émoustillée par ces échanges et le champagne contribuait à augmenter sa joie et sa légèreté.

Léo quitta la cuisinière, se dirigea vers le réfrigérateur. Il sortit une bouteille de bière. Il revint trouver sa femme et le curé. Il voulut mettre un point au clair:

— Pour dire la vérité, j'aime autant mon champagne de tou'é jours... Ça vous donnera plus de chances à vos deux su'a grosse bouteille qui commence à baisser.

Thérèse buvait rarement et c'est peut-être pour cette raison qu'elle était très sensible à l'effet de l'alcool. Elle n'avait pas encore achevé son premier verre qu'elle sentait déjà ses joues un peu engourdies. Elle possédait encore tout son jugement et ne crut pas bon d'insister pour que son mari consomme, avec une mine dépitée, le champagne apporté par son amant. Et elle craignait que ce dernier s'enivre s'il vidait la bouteille tout seul... Puis le goût et l'effet du champagne lui plaisaient de plus en plus. Elle se promit de boire lentement...

Les trois convives continuèrent la conversation pendant une bonne demi-heure. De temps en temps, l'amphitryon allait faire un tour à la cuisine. En son absence, le regard de Thérèse s'adoucissait; une fois, elle souffla à son amant un baiser du bout des lèvres.

Elle apprit au curé que depuis quelque temps Léo s'exerçait pour le recevoir; ses premiers essais s'étaient évidemment soldés par des dîners atroces, mais il s'était rapidement amélioré.

Léo n'osa décrire l'extraordinaire grand ménage que sa femme avait effectué durant les deux derniers mois. Rien n'avait été épargné; même les statuettes en plâtre qui décoraient la pelouse avaient reçu une couche de peinture: le petit nègre heureux assis avec une canne à pêche, le Mexicain bourru et son âne surchargé, les deux cygnes blancs, majestueux.

La conversation tourna surtout autour des enfants. La mère s'inquiétait au sujet du cadet, Vincent. Il commencerait à fréquenter la petite école bientôt. Or, son vocabulaire paraissait pauvre; du reste, il se souciait peu de communiquer et recherchait constamment la solitude. Il avait tendance à se montrer rude avec Suzanne, qui lui passait tous ses caprices. Mario le craignait et se réfugiait sous les jupes de sa mère. Léo en profita pour confier une idée qui le préoccupait depuis quelque temps:

— Autrement dit, c't'enfant-là va faire un bébé à sa maman si on y donne pas un p'tit frère ou une p'tite sœur.

Le curé reçut ces paroles comme un coup en plein cœur. Thérèse non plus ne s'y attendait pas. Avant qu'ils ne réagissent, Léo compléta:

— Comme aurait dit notre bon curé dans l'temps, ça fait un bout d'temps qu'on s'amuse sans s'occuper des exigences du Seigneur...

Il ajouta aussitôt:

— Faut qu'j'aille voir une dernière fois si le rosbif, comme dit monsieur l'curé, est prêt.

Resté seul avec Thérèse, ce dernier murmura:

— Il veut...

Thérèse l'interrompit en chuchotant:

— Il veut... Je ne le savais pas... Je n'accepterai jamais.

— J'espère... siffla le prêtre entre ses dents.

Léo, une fois de plus, revint trouver son épouse et son plus grand ami, mais il ne s'assit pas; d'un ton solennel, il annonça:

— Monsieur l'curé, madame Boily, le repas est servi.

— Je ne dirai pas non, répondit le prêtre en se levant aussitôt; voilà une semaine que je n'ai rien mangé.

Thérèse se leva également, puis elle gémit:

— Ouf!... Oh! Ça tourne... Bateau!... On dirait que je suis sur un bateau... Ouf!...

Léo vint à sa rencontre. Elle l'écarta:

— C'est juste drôle... J'ai jamais connu ça... Ouf!... On dirait que je sors de chez le dentiste: j'ai les joues toutes gelées.

— Tu n'es pas malade? demanda le prêtre.

— Pas du tout, le rassura Thérèse. Mais ôtez-vous de mon chemin si vous voulez que je me rende à la cuisine.

— Non, assieds-toi, ordonna l'époux. C'est moi qui sers.

— Toi, Léo, tu t'assois et je sers, rectifia sa femme. Fais-moi pas passer pour ce que je ne suis pas... Juste une petite affaire... je ne boirai plus de champagne...

— T'auras pas d'mal à tenir ta promesse, reconnut le mari. Y en reste p'us une goutte.

— Bon, précisa la femme, je n'en boirai plus pareil. Allez vous asseoir, les hommes. C'est moi qui fais le service.

Léo n'avait guère prévu ce numéro, mais il ne lui déplaisait point. Au prêtre non plus.

Elle n'eut aucune difficulté à remplir trois assiettes à soupe. Elle servit le curé d'abord, puis son mari et elle s'assit.

L'invité félicita Léo pour son excellent consommé de bœuf. L'hôte rectifia:

— C'est pas un consommé d'bœuf. Ça a quatre pattes comme un bœuf, mais c'est pas du bœuf... C'est mon invention: un consommé d'orignal.

Thérèse desservit et apporta le plat de résistance. Léo relança le prêtre:

— L'rosbif s'en vient...

— Tu te moques de moi, se plaignit l'autre.

— Devinez. Une dernière chance.

— Je donne ma langue au chat, capitula le curé.

Thérèse attendait debout, une main sur le couvercle. Léo ordonna:

— Envoye, sa mère. Montres-y la patente.

Elle s'exécuta: une superbe volaille bien dorée nageait au fond de la rôtissoire.

— Vous devinez pas encore? reprit Léo.

— Je n'ose rien dire, murmura le prêtre.

— Une outarde rôtie à la Léo Boily! proclama Thérèse.

Le curé décela de la fierté dans cette voix. Cela lui serra le cœur un instant... Il ne laissa rien paraître et s'exclama, dans un apparent ravissement:

— Ah!!!

Chacun mangeait en silence. Thérèse éprouvait une tendresse inconnue pour son époux. Elle observait le curé à la dérobée et s'amusait de son embarras. L'agacement du prêtre grandit encore lorsque sa maîtresse commenta, en regardant son mari d'un œil rempli d'admiration:

— Dire qu'il y a un an il était à peine capable de faire cuire un steak!

Le prêtre encaissa stoïquement. Bon joueur, il renchérit:

— Il a du talent, vraiment, il a du talent.

Léo eut le succès modeste:

— À force de tapocher, on finit par faire queque chose pas trop pire.

Dès le début du repas, il avait allumé deux chandelles discrètes après avoir éteint les ampoules.

Le curé ne put s'empêcher de penser: «Est-ce qu'elle l'aime plus que moi?»

Pour toute réponse, le bout du pied de sa maîtresse monta et redescendit le long de sa cheville droite. Il leva la tête: elle porta une bouchée vers ses lèvres placées en cercle de façon très suggestive. Il serra le pied de Thérèse entre ses deux chevilles. Il vida sa fourchette avec assurance et commenta:

— La farce est délicieuse!

114

Léo se fit un plaisir de lui expliquer que le fin goût de cette farce tenait aux olives et aux câpres:

— C'est rare comme recette! Ça vient d'un Français qui travaille à l'usine... Y a pour son dire que si ça fait pour les oies domestiques, ça fait pour les outardes... Y avait pas tort, j'cré ben.

De nouveau, il remplit le verre de son hôte de ce bordeaux qu'il avait acheté à Roberval en même temps que les ingrédients de sa farce tant appréciée.

Le pied de Thérèse avait gagné le mollet droit de son amant qui reconnut;

— Délicieux, Léo, délicieux!

Il s'avança vers son assiette pour descendre le bas de son corps plus près de sa maîtresse. Elle atteignit ses genoux sous la soutane. Il l'enserra. Elle ne repoussa pas la main de Léo quand il lui versa du vin; il lui rappela:

— T'as dit: pas d'champagne, mais ça compte pas pour le vin.

Elle avait ramené son pied sous elle. Elle rit, excitée par l'alcool et par ses jeux occultes. Elle porta le verre à ses lèvres:

— Je ne déteste pas ça, reconnut-elle.

Le prêtre sourit.

Elle s'attaqua aux légumes qui ornaient la viande. Le curé soupira:

— Léo, tu as voulu me tuer... C'est trop bon... J'ai trop mangé...

L'hôtesse, comme si elle n'avait rien entendu, se leva pour servir la salade.

— La salade après l'plat principal, c'est une idée à Thérèse, expliqua Léo... A l'a lu ça dans ses livres: c'est écrit qu'ça aide la digestion pis qu'ça enlève le goût du gras... A s'est ben instruite depuis queque temps, c't'Orchidée!

On entendit Thérèse rire:

— Il est rendu qu'il m'appelle Orchidée, lui aussi.

Le prêtre éprouva un certain malaise en entendant Léo utiliser un nom dont l'usage lui était exclusivement réservé.

Vint le dessert; l'hôtesse supplia son amant, qui faisait mine d'éclater:

— Un petit effort encore pour me faire plaisir. Léo ne vous a pas dit que c'est aussi une de mes trouvailles.

Le mari intervint:

— Ça, c'est la cerise su l'*sundae*: une affaire ben compliquée, une recette des pays chauds... J'vous dis qu'a l'a presque faite l'tour d'la planète pour nous sortir ça...

Le prêtre ne pouvait résister à tant de zèle; il déclara:

— Alors, je ferai mon devoir, dussé-je y laisser ma peau!

Cette expression frappa Léo, qui se mit à songer: «*Dussé-je y laisser ma peau! C'est fin d'parler ben de même...* Mais c'est compliqué en maudit! Moé, j'aurais dit: *même si ça m'pète la bedaine!* Lui, y a de l'instruction! C'est grâce à lui si on est si heureux à c't'heure, Thérèse pis moé.»

La femme apporta des bananes dorées, caramélisées. Elle les flamba au rhum.

— Un régal pour les yeux! commenta le prêtre.

Léo souriait, un peu étourdi par le vin et la nourriture, la fatigue et tant de plaisir. La flamme s'éteignait. Les bananes gisaient, dorées, croustillantes, nageant dans la sauce...

— On devrait donner à l'outarde le temps de descendre, suggéra le curé en levant la main droite vers sa poitrine comme s'il allait éclater.

— On a beau, répondit Léo, le feu est pas pogné après la cabane... Des bananes frettes, ça goûte jusse mieux...

On s'installa donc pour digérer. Léo glissa un peu sur sa chaise. Thérèse l'imita et son pied grimpa sous la soutane, bien plus haut que les mollets. Le prêtre à son tour se laissa aller pour mieux s'offrir.

La pièce était à moitié plongée dans le noir. Léo regardait les bananes. Thérèse fixait son amant. Ce dernier avait les yeux baissés vers ses mains posées sur la table, les doigts joints. Il était bien décidé à ne pas sursauter ni gémir, les dents un peu serrées, les narines palpitantes. Un silence amical régnait dans la pièce. Le curé pressait le pied de Thérèse entre ses cuisses.

— Comme on est ben! commença Léo, contemplant les bananes. On s'croirait au boute du monde, dans c'rang icite! On vit comme des sauvages, nous autres. À part la parenté, on reçoit personne... C'est vrai qu'le monde y est pas recevant, à

Saint-Avenant. On s'dit bonjour, on s'raconte des simplicités su'a job à la sortie de l'église, mais tu vois jamais personne inviter personne... On dirait qu'le monde y ont peur, chacun vit dans sa cabane...

Il observa un moment de silence, attendant un commentaire. Le curé n'osait parler, de crainte de trahir son excitation.

Léo poursuivit:

— J'su un gars d'Saint-Avenant et j'ai pas un seul ami icite, pas un seul, sauf vous... Mais pour Thérèse pis moé, vous êtes plus qu'un ami, quasiment un père.

Le curé se raidit sous un élancement de plaisir...

Léo s'en rendit compte et voulut le rassurer:

— C'est pas l'vin qui m'fait parler, monsieur l'curé... Vous êtes mon seul ami, icite... J'su comme les autres mondes de Saint-Avenant, j'truste pas les gens, j'sais pas pourquoi. Icite, chacun s'dit qu'son voisin veut son bien pis on se cache comme si chacun voulait s'protéger... À soir, qu'on est ben ensemble!...

Le curé éprouvait un certain vertige, un plaisir croissant. Il s'abandonnait aux caresses de Thérèse.

Léo ne cessait de fixer les bananes... Après un nouveau silence, pensif, il dit, avec un sourire timide:

— Si j'osais!

— Je ne savais pas que tu étais gêné, l'encouragea Thérèse, un peu surprise.

— C'est des affaires simples, reprit Léo, voulant se faire prier.

— Ose, mon Léo, ose, prononça le curé qui se sentait obligé de dire quelque chose...

— C'est pas des affaires qui s'disent, insista Léo.

— Tout se dit, corrigea le prêtre dont la curiosité commençait à s'éveiller.

— C'est des affaires de couple, ça s'dit pas à table, répéta Léo; peut-être que si j'étais à confesse...

Cette attitude agaça le prêtre:

— Pourquoi commences-tu à raconter des affaires pour ensuite dire que ça ne se dit pas? Tu agis comme un enfant.

Achève donc, à c't' heure que tu as commencé ou bien je vais croire que tu as un gros crime sur la conscience...

— Peut-être que ça peut s'dire, hésitait toujours Léo, puisque vous m'donnez la permission. Ben, c'est qu'on vous a jamais dit merci, monsieur l'curé.

— Ah! Et merci pour quoi? questionna le prêtre.

Thérèse se leva, prit une cuillère pour servir le dessert.

— Ben, quand on était allés vous voir, y a quasiment deux ans et demi, Thérèse était pas approchable dans l'litte. Vous croirez pas comment c'qu'a l'a pu changer depuis la deuxième visite, la fois qu'a l'est rentrée toute trempe! J'vous dis qu'a s'fait p'us prier et que par bouttes a m'fait quasiment peur... Ah! J'ai p'us à m'plaindre! C'est sûr que c'te pluie-là ou ce que vous y avez dit, ça y a faite du bien, c'est toute une autre femme.

Le curé devint livide, il sentit son cœur s'arrêter, ses mains se glacer. Thérèse restait avec la cuillère en l'air, à la fois embarrassée et amusée, attendant la suite.

Léo fixait les bananes... Voyant l'hésitation de sa femme, il lui fit remarquer:

— T'oublie d'servir monsieur l'curé.

— Je n'ai plus faim, répliqua ce dernier, sèchement.

— On sait ben, intervint Léo, mais vous avez promis d'vous forcer pour faire plaisir à Thérèse.

— Non, je n'ai plus faim... Je n'ai plus faim, répéta le prêtre d'une voix qu'une sourde colère cassait.

Thérèse retenait une folle envie de rire. Sa main droite tremblait. Léo conclut:

— Bon, faut croire que mon outarde vous pèse encore sur l'estomac... Ça vous prendrait à c't'heure un peu de cognac pour faire descendre ce qu'il y a d'trop. On a de toute, icite, aujourd'hui. Faut dire que j'croyais quasiment pas que vous étiez pour accepter d'souper avec nous autres.

Le curé émit un grognement que Léo prit pour un consentement. L'hôte se leva pour chercher la bouteille.

Thérèse gardait les yeux fixés sur les bananes, la main levée. Elle semblait pétrifiée. Le prêtre siffla entre les dents:

— Jamais je n'aurais cru!

Des frissons secouaient le corps de la femme un peu ivre, qui ne savait plus si elle allait rire, hurler ou pleurer. Elle craignait de s'effondrer: le champagne, le vin, la colère du curé ramollissaient ses genoux.

Léo la retrouva comme il l'avait laissée. Il s'étonna:

— Dis-moé pas qu'tu m'as attendu tout c'temps-là comme une statue? Ça s'peut-tu, mon père, demanda-t-il au curé, qu'a l'ait changé de même? Docile comme ça s'peut pas! Ça m'dit ben à c't'heure que vous êtes un sorcier.

Et comme sa femme ne réagissait pas d'avantage, il l'encouragea:

— Envoye, sa mère, sers donc!

Thérèse s'anima tout à coup. Elle saisit une banane et la déposa dans l'assiette de son mari puis l'arrosa d'un peu de sauce. Elle se rassit.

Léo riait encore et se demandait: «Ça s'peut-tu! Ma Thérèse rendue docile de même!»

Il versa à boire au prêtre, puis il entama une banane.

Le curé plongea le nez dans son verre qu'il entourait de ses mains; il se concentra au-dessus du cognac.

— Merci, Léo, dit-il à tout hasard.

— Ah! Mais c'est rien... Vous manquez queque chose, en tout cas... Délicieuse, c'te banane-là. J'cré ben que j'vas m'sacrifier encore une fois à votre place... Mais toé, Thérèse, tu manges pas?... Veux-tu que j'te serve?

Elle ne répondit pas. Léo prit une banane, la déposa dans l'assiette de sa femme et l'arrosa copieusement. Thérèse, pour éviter de regarder le curé, baissait les yeux sur son assiette. Elle commença à manger lentement. Un silence lourd régnait.

À moitié rassasié, Léo se rendait vaguement compte que Thérèse n'était plus tout à fait dans son assiette. Le prêtre semblait méditer au-dessus de sa coupe de cognac. Le mari tira des conclusions:

— Ça m'dit que la mère se fait du sang d'cochon à cause que monsieur l'curé y est pas trop fort sur les desserts, prononça-t-il sentencieusement.

Le prêtre saisit l'occasion au vol:

— Vous avez été tellement gentils avec moi! Si cela peut éviter de chagriner Thérèse, je veux bien prendre une banane.

La femme blêmit en entendant son prénom sortir des lèvres du curé pour la première fois depuis un an. Elle garda le nez baissé sur son assiette, retenant difficilement ses larmes, comme si Orchidée, son bonheur, était morte à jamais.

Avec un sourire, le prêtre présenta son assiette. Léo attendait que son épouse bouge. Celle-ci restait figée... Alors, le curé prit la grande cuillère et se servit lui-même. Il entama la banane et commenta, avec une gentillesse qui blessa sa maîtresse:

— Délicieux, c'est absolument délicieux! Vrai, Thérèse et toi, vous êtes deux fameux cordons-bleus.

Elle ne répondit rien. Le curé goûtait cette satisfaction capiteuse que procure d'abord la vengeance: il giflait sa maîtresse sous l'œil innocent de Léo. Orchidée, Cendrillon après le bal, se retrouvait dans la peau de Thérèse. Elle avait envie de se jeter aux pieds de son amant et de le supplier de lui pardonner parce que son corps vibrait aussi avec celui de son époux.

Mais la bonté, la naïveté de Léo la torturaient encore plus que la souffrance du prêtre. Elle aurait éprouvé un tel soulagement à lui confesser publiquement son crime, à le supplier de la battre, de lui cracher dessus! Que ne pouvait-elle lui dire: «Je suis une mauvaise femme! Je te trompe. Chasse-moi! Je ris de toi sous tes yeux. Que puis-je faire pour que tu me pardonnes? Si ça te flatte que je jouisse quand tu me prends, je jouirai encore et encore plus! Si seulement tu voulais m'attacher les mains et les pieds, me fouetter, rire de moi au lit, comme tu m'ôterais un gros poids du cœur! J'ai tellement honte, assise entre vous deux!»

Léo souffrait de la voir si malheureuse. Il voulut la détendre:

— A l'a tellement changé, sa mère! A s'en vient trop sensible! C'est t'y pas d'valeur de s'faire du sang d'nègre de même parce que monsieur l'curé digérait son outarde! Voyons, sa mère, à c't'heure qu'y mange ton dessert, vas-tu arrêter de t'faire du mauvais sang?

Elle ne dit mot. Le prêtre émit des propos qui ressemblaient à des compliments:

— Maudit Léo! T'es donc chanceux, toi!

— À cause? demanda l'hôte.

— Même si Thérèse boude, t'es chanceux de l'avoir... J'en connais bien qui donneraient cher pour être à ta place.

— J'dis pas non, reconnut Léo, surtout depuis qu'a l'a dégelé sou'a pluie... Mais par bouttes, faut faire attention comment t'a prends... Des bouttes, a l'est pas approchable, la mère... À c't'heure, par exemple...

— Allez-vous me lâcher? cria Thérèse, fondant en larmes au-dessus de son assiette.

Le curé se servit une nouvelle rasade de cognac. Léo regardait sa femme sans mot dire. Il prit la dernière banane. Thérèse pleurait de toutes ses forces. Léo mangeait tranquillement. Le curé humait son cognac. Chacun attendait la fin de l'orage. Le mari songeait: «C'te pauvre elle! Ses nerfs l'ont lâchée! Ça y monte à la tête, recevoir un curé! On vit tellement en sauvages à Saint-Avenant, au fond d'un rang, à part de d'ça... C'est-tu simple pareil, me faire des crottes dans les mains devant le curé!... Son hostie de grand ménage! Ça fait trois mois qu'a frotte! À c't'heure, comme de raison, a l'a son maudit voyage! A part à pleurer rien qu'pour une histoire de banane!»

Le curé dégustait son cognac. Il se sentait rempli de haine et forcé de sourire. Il considérait Thérèse comme sa propriété et détestait Léo non seulement pour ce qu'il se permettait dans la plus stricte intimité mais simplement parce qu'il était libre de la regarder et qu'il pouvait respirer le même air qu'elle. L'instant d'après, il se sentait de trop et voulait fuir. Il haïssait alors cette femme qui lui avait infusé sa passion. Puis il s'en prenait à lui-même, pensant au chemin qu'il avait parcouru depuis un an, aux messes sacrilèges, aux bouteilles de liqueur vidées pour oublier...

Thérèse songeait: «Oh!» Et cette exclamation contenait tant de douleur et de honte, tant de regrets, une telle souffrance! Les messieurs se taisaient. Après quelques minutes, la malheureuse se ressaisit un peu:

— Je suis stupide! J'espère que j'ai pas gâché votre soirée.

— Ben non, sa mère, la consola Léo en lui caressant la tête sous le regard sarcastique du prêtre. Ça l'arrive, sa mère, ça l'arrive. Fais-toé pas d'sang d'cochon. T'as trop forcé, c'est toute. T'es un peu fatiguée. Y était délicieux pareil, ton dessert...

— T'es bien fin, Léo, soupira Thérèse avec un mélange de rire et de sanglots à moitié contenus.

— Ça, tout l'monde le sait, commenta le mari pour se montrer drôle.

Elle sourit. Le curé intervint:

— Pauvre Orchidée! Tu t'es trop fatiguée pour moi!

Elle hoqueta trois fois d'affilée pour reprendre son souffle, heureuse d'entendre enfin ce nom caressant.

— C'est sensible, une femme, monsieur l'curé. J'me demande c'que vous feriez si vous étiez pogné avec une pareille...

Pour toute réponse, le curé allongea le pied et le posa sur celui de sa maîtresse. Celle-ci se dégagea aussitôt et pressa la cheville du prêtre entre ses deux pieds.

Les convives passèrent bientôt au salon. Léo alluma une lampe de table, discrète. Il ne put s'empêcher de relancer le prêtre:

— Vous m'avez toujours pas d'mandé y'où ce que j'ai tué c't'orignal avec qui que j'ai faite mon consommé?

— Non, mais je suis sûr que tu vas me le raconter.

— Ça, j'pas certain... À moins de m'faire tordre le bras, j'dirai rien...

Il feignit l'indifférence et but un peu de bière. Le prêtre continuait de se taire, un sourire espiègle au coin des lèvres.

— Comme de raison, ça s'voit que vous attendez que j'vous conte ça, soupira Léo d'un air compatissant. J'vas arrêter d'vous faire languir.

Il allongea les jambes et prit une gorgée de bière, puis il fixa le tapis. Son visage changea d'expression. Sérieux, absorbé et distant, il traduisait le calme d'un homme plongé dans une réflexion profonde. Léo commença lentement, d'une voix basse, comme s'il se parlait à lui-même:

— Faut qu't'aimes ça, d'abord. Des fois tu pognes, des fois tu rentres chez vous avec rien pantoute. Pis, vivre une semaine dans une cabane de six par huit, jouquée su quatre troncs d'bouleaux, à dix-huit pieds dans les airs, c'est pas tout l'monde qui trouve ça drôle. Nous autres, on s'fait pas la barbe; on s'lave avec un savon d'Indien qui laisse pas d'parfum. On sent pas bon à cause qu'on s'met d'la pisse de jument en chaleur su'é vêtements pour chasser les odeurs humaines...

Il cessa de parler, porta le verre à ses lèvres. Puis il reprit, avec un sourire:

— Jérôme s'plaignait de rien, les deux bouteilles de gin et les trois caisses de bière y étaient passées. Y avait pas hâte de r'trouver sa Margot. Y serait resté deux semaines su son perchoir, j'cré ben, rien qu'pour pas l'entendre chialer...

Il s'arrêta de nouveau, leva la tête et regarda son épouse avec tendresse mais de l'air absent d'un homme qui pense à deux choses en même temps. Il ajoute, rougissant presque:

— Moé, c'était pas pareil. J'étais parti rien qu'pour la chasse. On s'était grèyé d'une chaufferette au kérosène pour pas geler. On faisait la popote dans un p'tit réchaud. Y en avait toujours un qui guettait quand l'autre descendait pour ses besoins ou pour s'dégourdir les jambes. Faut jamais fermer l'œil, tout à coup que t'aurais d'la visite, et si t'es parti ou distrait, tu manques ta chasse. Après cinq jours de guet sans s'dire un mot, parce que quand qu'on s'parlait on s'parlait par signes, comme des muets, y avait pas plus d'orignal que dans ma poche. Des pistes, on en voyait en masse autour d'la cabane et dans les environs... Faut croire qu'la nuitte, quand qu'on dormait, les maudites bêtes venaient faire un tour...

«Le soir du cinquième jour, j'ai câllé l'mâle en imitant l'cri de la femelle. J'entendais marcher dans l'bois, pis ça s'arrêtait. J'ai câllé encore. Deux fois, y m'a répondu, un petit rote sec. Assez pour dessoûler mon Jérôme. On avait établi l'contact. De temps en temps, y avançait de queque pas; t'entendais l'craquement des branches tellement l'bois était calme. Y devait avoir un mosus de gros panache! En avançant, y forçait les branches des épinettes, qui reprenaient leur aplomb avec un bruit d'fouette. Ça durait pas longtemps mais ton cœur s'arrêtait d'battre quand t'entendais ça. Jérôme commençait à trembler avec sa carabine à la main. J'y ai demandé par signes de la lâcher parce qu'y frappait les planches d'la cabane. Mais y respirait tellement fort que c'était quasiment pas mieux. J'avais peur qu'y m'fasse une crise de cœur tellement ça l'énervait. Y approchait, l'maudit, et Jérôme claquait des dents. Moé, dans c'temps-là, j'reste frette que ça s'dit pas. J'le gardais à l'œil. Mon pauvre Jérôme s'est mis à manger son mouchoir et c'était tant mieux; on l'entendait p'us grincher des dents mais y respirait comme un bœuf. D'après l'bruit, l'orignal était à pas plus que trois cents pieds, jusse au bord d'la clairière. On était sûrs qu'y était pour sortir du bois, s'amener à découvert, et là on lui réglait son affaire. J'ai câllé comme une femelle qui en voulait à mort. C'est là qu'y m'a répondu une deuxième fois. «Y peut pas résister à mon chant d'amour», que j'me disais. Pis j'te l'ai appelé ben comme y faut une dernière fois. On peut-tu savoir c'qui leur passe par la tête, à ces maudits-là? Alors qu'y avait l'air ben pogné, v'là t'y pas qu'y décolle vers le fond d'la forêt comme si y voulait p'us rien savoir! Pour moé, y a dû penser que c'te femelle-là beuglait jusse pour l'agacer...

«Jérôme m'a pogné la main. Y était frette comme un mort. Y t'avait des yeux épeurants. J'imagine qu'y avait déjà accroché l'panache au-dessus d'sa remise et qu'ça y coûtait trop de r'voir sa grange pas plus panachée qu'avant...

«Ça dort mal, dans c'temps-là. On était découragés. Jérôme voulait descendre d'la cabane pour tuer une couple de perdrix. On en voyait en masse d'en haut et quand qu'on allait marcher dans l'bois. Maudit fou! Y aurait gâché toute notre chasse. Faut dire que six jours sans rien tuer, sans tirer un seul coup d'feu, c'est pas drôle pour un chasseur.

«Quand t'es dans la forêt et qu'tu guettes l'orignal, tu prends l'habitude de pas faire de bruit. Tu continues quasiment à ouvrir l'œil quand tu dors. J'sais pas ce qui m'a pris, j'avais peut-être entendu un p'tit bruit. J'me suis retourné comme tu te passes la main dans les cheveux, sans savoir pourquoi. Y s'tenait su ses pattes, drette, les oreilles levées, le nez dans l'vent qui y venait dans la face, pis nous autres on était dans son dos; y pouvait pas nous sentir. Un maudit gros *buck*, sûrement dans les dix ans, avec un panache qui faisait dans les cinquante pouces. Mais j'voulais pas l'tirer dans les fesses ni dans l'dos. Fallait attendre qu'y se r'tourne de côté. Jérôme y avait rien vu. Y était calme, les yeux tournés vers le bois, et la bête se tenait dans la clairière à pas plus que trois cents pieds de nous autres. J'ai touché mon Jérôme à l'épaule en mettant un doigt devant la bouche pour y dire de se tenir tranquille. Par précaution, j'ai pris sa casquette et j'y ai placé la visière dans la bouche. Rien qu'à m'voir la face, y avait compris et commençait à paniquer: y ouvrait les yeux comme des pièces de trente sous même si y savait pas y'où ce qu'y était, l'orignal. Mais y mordait sa visière, c'est ce qui comptait. J'y ai montré la grosse bête avec la main et j'me suis retourné pour y voir la face. C'est comme si l'sang d'son visage y était toute descendu dans ses talons. On s'est mis à guetter. Y m'cognait l'genou avec ses tremblements. «Le v'là parti encore à shaker», que j'me dis. J'avais peur qu'y fasse du bruit assez pour éloigner l'animal, à cause que celui qui était parti la veille, ça me le disait à c't'heure que c'est le *shake* de Jérôme qui y avait donné l'alarme. Quand un orignal sacre son camp, faut ben que ce soit pour queque chose. C'était pas nos odeurs naturelles ni la nourriture. On enveloppe tout ce qu'on mange dans du papier d'plomb ou du cellophane pour garder les odeurs chez nous. «C'maudit *shake*, que j'me disais, y a sacré ma chasse en l'air: faudrait pas qu'ça recommence aujourd'hui.» J'attendais les dents serrées. Là, t'attends et l'temps a l'air de pas passer. T'oublies tout, t'oublies même que t'existes. Tu fais rien que regarder c'te grosse bête-là, c'maudit panache-là, et t'attends qu'a s'vire de bord. T'as mauditement peur qu'y sacre son camp. Tu sais pas c'qui va s'passer. Y est là qui renifle avec son gros nez. Y tourne de temps en temps la tête, les oreilles drettes; tu vois ça bouger comme des radars qui guettent d'où ce que vient l'bruit. Y a ben des chances qu'y se sauve par en avant en te montrant son cul jusse pour rire de toé. T'attends qu'y se r'vire et tu te dis qu'ça s'peut que tu reviennes bre-douille chez vous après avoir vu c'te belle pièce-là au milieu de la clairière...

«Tout d'un coup, y a bougé, y a marché queques pas, la tête drette vers le bois. Y s'en allait, torpinouche! Là, t'entendais Jérôme shaker comme ça s'dit pas: «Léo», qu'y m'dit en m'touchant l'épaule d'la main... «Ta gueule», que j'y réponds en y montrant mes dents, un doigt devant la bouche. J'te le r'gardais avec un air de dire: «Bouge pas, hostie!» Pardonnez, monsieur l'curé, mais dans c'temps-là tu viens que tu sacres sans l'savoir.

«C'pauvre Jérôme se cale dans son trou, tu comprends ben... L'orignal continuait à marcher. Je commençais à désespérer itou mais j'étais pas pour le tirer dans l'cul rien que par méchanceté. J'attends pareil, et là y s'arrête; tout d'un coup, y se r'vire de bord sans que tu saches pourquoi. Y marche en nous montrant toute son côté, une bonne cible! Jérôme recommence: «Léo! — Ferme-la», que j'y dis encore par signes. J'avais une face qu'y voyait ben que j'étais pour le manger. «Attends qu'y s'arrête et tire d'abord!» Mon Jérôme a fait feu mais y l'a totalement manqué. Sa balle a frappé une roche à cinq pieds de l'orignal. Y tremblait trop. Je l'attendais, celle-là. J'te dis que l'orignal a à peine bougé une oreille que j'y décroche une balle et que tu vois un bouchon de poil sortir de l'autre bord. La bête était grimpée su une butte. A s'trouvait quasiment au même niveau que nous autres. J'y ai traversé l'cœur ben raide. Eh ben! vous m'crèrez pas! La maudite, est partie comme une flèche, drette en avant d'elle comme si c'était rien qu'un maringouin qui l'avait piquée! Par chance, j'avais gardé mon sang-froid. J'passe aussitôt une balle au canon, j'vise et j'tire. Là, je l'attrape à une patte d'en arrière mais ça l'arrête pas pantoute. J'ai pas l'temps de tirer trois fois qu'a disparaît dans l'bois. Jérôme restait figé à côté de moé! On descend aussitôt et on se lance après elle. Les pistes étaient faciles à suivre. Tu voyais l'sang à côté des pas. Pis tout d'un coup c'est comme si a marchait p'us rien que su trois pattes pis qu'a savait p'us y'où ce qu'a allait. Mais on la voyait pas encore. Tout d'un coup, à trente pieds en avant de toé, tu vois une tache sombre. Tu te d'mandes si c'est-y la bête ou si c'est-y une ombre. Tu regardes ben. Était là, toute fraîche, couchée su l'côté...

«T'entendais Jérôme beugler: «Je l'ai touchée, je l'ai eue!» Moi, j'ai ben que trop d'panaches dans ma cabane, j'ai pas voulu y ôter ses illusions. Comment qu'un gars fait pour croire qu'y a touché un orignal quand y a poigné une roche à cinq pieds d'la bête pis que t'as vu l'éclat qui revolait? Ça, je l'comprendrai jamais. Pour moi, des gars comme Jérôme, y virent fous quand qu'y ont un orignal au bout de leur carabine...

— C'était peut-être le gin? commenta le curé.

— Le gin ou l'envie d'avoir ce qu'il ne possédait pas, un panache! fit Thérèse en toute innocence.

Le prêtre rougit et reçut un coup en plein cœur. Thérèse buvait les paroles de Léo et, de toute évidence, elle s'exprimait sans arrière-pensée. Le conteur se tut. Il fixait le tapis et le film de la chasse se continuait dans son esprit, mais il n'osait narrer le dépeçage. Après un moment de réflexion, il reprit:

— C'pauvre Jérôme! Faut voir comme y est fier de son panache! Tout l'monde à Saint-Avenant connaît son histoire de chasse. Mais y a personne qui a entendu la même histoire, et plus qu'y la raconte, plus qu'y en met, l'père. Mais ça y fait tellement plaisir. Ça fait que j'ai gardé quand même les deux fesses, lui l'panache et toute la carcasse avec.

Léo s'offrit encore une bière. Thérèse servit du café.

Peu avant minuit, le curé regagnait sa voiture. Il lui semblait que la serrure de la portière fuyait sous la clé.

CHAPITRE XIII

Une digestion fort laborieuse

La voiture du prêtre avait à peine disparu que Thérèse dit à son mari:

— Léo, laisse la vaisselle, veux-tu? On devrait s'coucher: demain, on aura tout l'temps qu'y faut.

Elle s'exprimait avec une telle douceur!

D'ordinaire, après un souper, elle se montrait acariâtre. Elle se plaignait immanquablement de «tout l'mal» qu'elle s'était donnée «pour faire plaisir aux autres» et n'allait au lit qu'après avoir tout rangé.

Joignant le geste à la parole, elle lui tendit la main... Il l'accompagna dans la chambre.

*   *
*

Moins de cinq minutes plus tard, le curé arrivait au presbytère. À son départ de chez les Boily, la bouteille de cognac était à moitié vide. Il éprouvait une légère ivresse mais il se sentait davantage incommodé par un violent serrement à la poitrine.

En ouvrant la porte de sa chambre, il titubait un peu. Il laissa tomber son manteau à ses pieds. Il ôta ses souliers sans se baisser. Sa montre, ses lunettes rejoignirent le reste sur le plancher. Négligeant de se dévêtir d'avantage, il s'allongea sur son lit et enlaça son oreiller.

Deux heures plus tard, il se réveilla pour se rendre à la toilette; il s'étonna de porter encore la soutane. Puis, se rappelant la soirée, des deux mains il s'empoigna la poitrine; il avait mal; il ferma les yeux et, un sanglot dans la voix, il insulta celle qui lui causait une telle souffrance:

— La maudite!

La douleur le pliait en avant; il s'accouda sur le matelas et gémit, à travers des hoquets:

— La maudite! Oh, la maudite!

Il se leva avec peine, se déshabilla complètement. Il éprouvait un tel sentiment de solitude, de trahison! Il se traîna jusqu'à la salle de bains.

À mesure que sa vessie se vidait, il regardait jaunir l'eau du bol. Un filet plus modeste succéda bientôt au jet abondant du début, puis il s'arrêta. Et, comme ses hoquets, le ploc-ploc reprit, jusqu'à la dernière goutte. Hélas! Monsieur le curé se trouvait encore là tout entier, au lieu de finir doucement dans le bol comme un fluide résiduel, une eau usée, un amour noyé. Il retourna se coucher. Il garda les yeux ouverts dans cette chambre où Thérèse lui avait apporté tant de joie. Tandis qu'il la couvrait de blasphèmes, sa main se mit à ramper à côté de lui dans l'obscurité. Elle se posa sur ce coin du matelas où s'asseyait la bien-aimée. Le mardi, après l'amour, il se réveillait et la découvrait, silencieuse, les yeux posés sur lui, dans une longue contemplation. Il lui demandait: «Mais que fais-tu donc là?» Elle lui répondait en fondant dans un rire cristallin qui lui fermait presque les yeux: «Vous êtes beau! Vous êtes si beau!» Il lui retournait un sourire impuissant, puis la questionnait de nouveau: «Depuis combien de temps es-tu assise là à me regarder?» Elle souriait toujours et lui disait: «Depuis que vous vous êtes endormi, ça fait bien deux heures. J'aimerais tellement passer une nuit avec vous! Je ne dormirais pas. Je passerais toute la nuit à vous regarder. Vous êtes si beau quand vous dormez!»

Cette nuit, tandis que le souper offert par Léo pesait au creux de son estomac, le curé cherchait sur le matelas l'empreinte du corps de Thérèse et ses regards plongeaient dans une obscurité moins sombre que la solitude, l'abandon, la trahison qui l'accablaient. Le temps qui passait si vite le mardi se figeait en ce moment.

Il tourna la tête vers la fenêtre d'où il avait l'habitude de regarder s'en aller son amante. À travers la mousseline, il découvrit le ciel si pur de Saint-Avenant. Dans la campagne, là où les lumières de la ville ne corrompent pas l'éclat du ciel, la voûte étoilée prend des airs de fête. Quand les nuages n'occultent pas les astres, le ciel paraît d'un bleu si doux, la nuit tellement moins noire! Une telle gaieté traverse l'horizon! Les étoiles se parlent avec des clignotements. Certaines lancent des éclats qui prolongent leur corps en méduse lumineuse. D'autres, toutes petites, se tiennent sagement dans un coin, heureuses d'exister, n'osant disputer la splendeur aux vedettes qui se pavanent.

De ce lit que la chaleur de Thérèse avait déserté, le curé vit un croissant de lune entouré d'étoiles. Il lui sourit avec tristesse comme pour s'excuser de l'avoir négligée depuis quelques temps, dévoré par une seule passion: Orchidée.

Mais elle, la lune, n'avait cessé de revenir. Elle l'attendait comme une maîtresse têtue. Il la voyait avec un certain repentir, amant abandonné par sa flamme et qui revient s'agenouiller près d'un ancien amour qu'il avait délaissé. Elle était tellement bonne qu'elle acceptait même d'écouter son chagrin. Il lui parla de celle qu'il avait tant chérie et elle le prenait en pitié.

Un filet de nuage se promenait dans le ciel. L'éclat du croissant diminua; puis il disparut presque complètement. Le prêtre retourna dans les ténèbres, où maintenant il distingua mieux les objets. Sa tête se pencha et ses yeux comme ses mains cherchèrent Thérèse blottie près de lui. Où était-elle en ce moment? Que faisait-elle? Elle était dans un autre lit... avec Léo. Cette main qui se promenait à la recherche des cuisses lisses et d'une apparition souriante n'empoigna que le drap. Il ne se sentait plus la force de la maudire. Au contraire, une lassitude énorme lui parcourait le corps, le vidait. Sa main se desserra. Mardi lui paraissait si loin encore et d'ici là, jour après jour, nuit après nuit, Thérèse tiendrait la main d'un autre

homme, toucherait sa poitrine. Son corps palpiterait sous l'é-
treinte de Léo, elle gémirait de plaisir. Le curé l'entendait
pousser des cris d'extase dans une autre chambre, puis il la
voyait s'effondrer, comblée.

«Non, jamais je ne pourrais accepter un tel partage, se
dit-il tout à coup. Maudit fou! Regarde ce que ta vie est
devenue à cause d'elle! Tu ne vis que pour elle! Et pour elle,
tu n'es qu'un jeu, elle s'amuse! Elle s'amuse!» Il se prit à rire
d'un de ces éclats qui ressemblent tellement à des sanglots!

«Merci, mon Dieu, merci de m'avoir ouvert les yeux!
Comme j'étais aveugle!...» Puis, avec rage et mépris: «Maudite créature! Ton dernier jour est arrivé! Tu ne m'auras plus!»

L'instant d'après, il se demandait comment il vivrait jusqu'au mardi, comment il pourrait attendre si longtemps. Il la
revoyait parcourir tout son corps avec ses lèvres tandis qu'il
gisait, éperdu, et qu'elle le regardait par en dessous, mais il
imaginait Léo à sa place. Il avait réussi jusqu'à ce jour à écarter
de sa pensée l'évidence, mais d'où venait donc sa surprise
puisque plus d'une fois Thérèse lui avait dit qu'elle n'éprouvait plus de répugnance pour son mari? Brusquement, il comprit que ce n'étaient pas les paroles de la femme qui l'avaient
blessé mais le sourire de Léo, son expression d'amant comblé.
Et il revoyait une fois de plus cet homme dans son lit, comblé
de baisers, de caresses et de la chaleur de Thérèse, gémissant
de jouissance comme lui le mardi... Pourrait-il vivre jusqu'au
prochain mardi? Chaque seconde avait un goût d'éternité.
Combien de secondes jusqu'au mardi?

Il tourna encore son visage vers la fenêtre, à la recherche
de la lune. Elle était revenue. Le nuage avait fui, emporté par
un vent léger. Elle était descendue un peu plus bas, davantage
dans l'encadrement de la baie vitrée. Il la regarda fixement; il
lui semblait qu'elle voulait pénétrer dans sa chambre. Comme
elle souriait! Il lui sourit en retour. Sa main se leva vers son
amie céleste et de nouveau il fondit en sanglots. Il pleurait
encore lorsque, comme un enfant, le sommeil vint le chercher.
Deux heures plus tard, il revenait encore à la réalité...

Au-dessus de lui, autour, en dedans, le temps se traînait à
pas de tortue. Dimanche, cinq heures... Mardi, dix heures. Il

compta cinquante-trois heures. L'aube se levait: quatre heures de passées déjà. Il se retourna sur le côté: «Si seulement je pouvais dormir jusqu'à sept heures!» Le sommeil ne revenait pas. «À dix heures, elle sera dans l'église avec Léo. Il faut que j'aie l'air calme. Si seulement je pouvais dormir!... Me retrouver.»

Viendrait le moment où les deux Boily s'avanceraient jusqu'à la sainte table. Il leur donnerait la communion. Il poussa un soupir: «Quelle vie! Non, il ne faut pas que je pense. Je n'y puis rien. Si le bon Dieu ne voulait pas cela, Il ne l'aurait pas permis. Et puis ça finira quand Il le voudra. Moi, je n'ai plus la force de lutter. Je ne sais plus ce qui est bon ni ce qui est mauvais...»

Sans doute qu'il s'assoupit à plusieurs reprises. Mais il se réveillait encore plus fatigué. Il reprenait son guet et sa torture: «Il fait déjà jour... Quelle heure est-il? Je peux encore rester au lit, il est à peine six heures.»

Il se rendit de nouveau à la toilette; il se sentait endolori comme un homme battu. Les yeux fermés, il la voyait; les yeux ouverts, elle était devant lui. Il revint à son lit et s'assit sur le bord. La tête dans les mains, il se massait les tempes.

«Si je pouvais seulement l'oublier un instant... Dormir... Que je suis bête, à la fin! cria-t-il tout à coup. Mais pourquoi donc je fais un drame avec ça, pourquoi? C'est la femme de Léo, tordieu! Pourquoi est-ce que ça me choque tant! C'est sa femme, pas la mienne! C'est lui qui devrait avoir de la peine, pas moi! Moi, je... je... je profite de...» Il n'osa achever... Cette sortie ne changeait rien à son cauchemar. Il se tut, perplexe. Sa logique restait sans le moindre écho...

Vers huit heures et demie, rompu par cette nuit d'enfer, il se leva pour la messe du dimanche, qui débutait une heure plus tard. Il semblait satisfait de sa performance en sortant de la sacristie: «Elle ne rira plus de moi, ruminait-il avec un sourire amer. Je l'ai ignorée comme si elle n'existait pas, comme si elle n'avait pas été là. Je n'ai même pas regardé une fois dans sa direction. Je finirai bien par l'oublier, me détacher d'elle. S'il le faut, je partirai.»

La gouvernante avait préparé le café. Elle décela un malaise dans le ton de sa voix lorsqu'il la salua.

— Bonjour, ma bonne Solange.

Elle observa son air absent en buvant le café; sa façon de garder la tasse en l'air comme quelqu'un préoccupé par une pensée pénible au point d'en oublier ce qu'il fait. Elle inspecta une armoire de cuisine parfaitement en ordre, passa un torchon sur le comptoir d'une propreté impeccable et, n'y tenant plus, elle demanda:

— Pis, l'souper chez Léo, ça c'est-tu ben passé?

Le curé vanta les talents de son hôte. Elle s'étonna:

— J'ai jamais su qu'y était seulement capable d'éplucher une patate...

Elle se doutait qu'il cachait quelque chose. Au déjeuner, qu'il prit vers une heure de l'après-midi, elle l'observa encore plus. Toujours cette bonne humeur forcée; il touchait à tous les plats mais n'en achevait aucun. Elle s'inquiéta:

— C'est-tu ma nourriture qui vous plaît plus après les bonnes choses que vous avez mangées chez Léo?

Il s'en défendit, mais elle revint à la charge:

— Des fois, les maux qui courent commencent comme ça: l'appétit s'en va, le pep itou; les gens ont la bougeotte pareil comme vous depuis à matin.

Il prétendit qu'il ne s'était jamais mieux porté. Elle rétorqua en se parlant à elle-même, convaincue qu'il ne servait à rien de discuter avec une personne qui ne voulait pas entendre raison: «Y m'dit ça à moé comme si c'était une autre qui l'avait tricoté!»

Craignant le pire, elle décida:

— Ce mardi qui s'en vient, j'irai pas chez mes neveux; je reste icite, vous êtes après couver queque chose qui pourrait être grave!

Le curé protesta, mais en vain.

Il laissa la salle à manger et monta dans sa chambre. Il s'installa dans la chaise berçante pour lire son bréviaire. Mais il levait fréquemment la tête et regardait le réveil ou le téléphone... Il se sentait près d'«elle», à côté de cet appareil. Les minutes s'éternisaient. Le temps passait comme un chariot pris dans la boue et qu'il poussait de toutes ses forces. Cet effort l'essoufflait. Pour se reposer, il se concentrait sur ses prières, ce qui n'empêchait pas les aiguilles de tourner aussi lentement. Il ne pouvait les ignorer plus de trois minutes, incrédule devant leur paresse.

Par moments, ses yeux se portaient sur la montre-bracelet, mais ces aiguilles ne marchaient pas plus vite que les autres... L'attente continuait et Thérèse se trouvait partout: dans le réveil qui égrenait ses secondes; près du téléphone; dans le jour qui baissait dehors et sur ces pages du bréviaire qu'il lisait sans comprendre. Parfois il allait voir à la fenêtre: passerait-elle par hasard pour acheter quelque chose à la dernière minute à l'épicerie *Chez sa mère*? Mais Thérèse n'oubliait jamais rien quand elle faisait le marché et, le dimanche, l'épicerie n'ouvrait jamais.

Il passa l'après-midi à tourner en rond, incapable de se reposer pour récupérer un peu du sommeil perdu la veille. Il abandonna son bréviaire pour un ouvrage traitant de la vie des Esquimaux du Grand Nord. Il déposa le livre après une vingtaine de minutes pour rêvasser. Il se vit dans un iglou, mais la femme qu'il voulait fuir le rejoignait inévitablement d'un campement à l'autre. Il sortit la bouteille de cognac, espérant noyer dans l'alcool la vision obsédante. Il but deux fonds de coupe. Il atteignit six heures un peu réconforté par la liqueur. Il s'imposa un délai de vingt minutes avant d'appeler son amante, mais son index tremblait d'impatience en composant le numéro. Sitôt qu'elle reconnut sa voix, Thérèse lui confia son inquiétude:

— Vous êtes en retard... Une contrariété?

— Non, répondit-il nonchalamment.

— Ah, j'avais peur! reprit-elle, soulagée.

— Ça m'était parti de l'esprit, précisa le curé, maîtrisant difficilement un bâillement.

— Ah! s'étonna Thérèse.

— Oui, c'est des choses qui arrivent, poursuivit le prêtre.

— Vous avez tellement de choses à penser...

— Oui, tellement de choses, n'est-ce pas?... Et puis, tu t'es bien remise de tes fatigues, ma grande? reprit-il, plus joyeux.

— Je n'étais pas si fatiguée, mon père.

— Non? Il me semblait pourtant...

— Pourquoi dites-vous cela?

— Tu as oublié, je crois... Tu nous as fait une scène parce que... je ne me souviens plus, tiens.

L'irritation mal déguisée du prêtre, son ironie et ce «Thérèse» qu'il lui avait lancé lui revenaient. À ce souvenir, elle se fit petite comme quelqu'un qui craint de recevoir une gifle et qui ne peut se protéger. Il demanda sur un ton amusé, feignant d'anticiper un récit drôle:

— Tu ne t'en souviens pas, toi non plus?

— Si, je m'en souviens.

— Qu'est-ce qui s'était donc passé? insista-t-il.

Elle ne répondit rien.

— Bon... Passons, accepta le curé en appuyant cette déclaration d'un soupir ennuyé... J'ai une nouvelle vraiment pas drôle à t'annoncer.

— Qu'est-ce que c'est? demanda Thérèse, le cœur serré.

— C'est pour mardi.

— Pour mardi? Qu'est-ce qu'il y a?

— Je crains qu'on ne puisse se voir ici.

— Vous ne voulez plus me voir? supplia la femme.

— Je n'ai pas dit cela. Tu t'énerves donc vite! Un imprévu...

Anticipant le pire, elle le pressa:

— Je vous en prie, mon père, qu'est-ce que c'est?

— Solange qui fait des siennes...

— Solange?

Thérèse n'y comprenait rien.

— Oui, elle a parfois des lubies. Elle a décidé que mardi elle n'irait pas voir ses neveux.

— Mon Dieu! Plus jamais? demanda sa maîtresse, éperdue.

— Je n'ai pas dit «plus jamais». Seulement ce mardi-ci.

— Mon Dieu! Vous m'avez fait peur!

Elle respirait mieux. Le prêtre, perdant trop vite sa victime, changea de ton:

— On dirait que ça te fait plaisir? supposa-t-il avec une certaine irritation.

Décontenancée, la femme essaya de le rassurer:

— Oui, je suis heureuse de savoir que c'est seulement ce mardi.

— Ça fait ton affaire de ne pas me voir mardi? s'enquit-il, accusateur.

— Ce n'est pas ce que j'ai voulu dire, s'excusa-t-elle.

— N'empêche que c'est ce que tu as dit, insista le prêtre, faisant croire qu'elle l'avait blessé.

— Oui... Je suis maladroite. J'ai voulu dire que je suis navrée de ne pas vous voir mardi mais très heureuse de savoir que Solange partira les autres mardis.

Le curé garda le silence... Elle l'interrogea:

— Vous êtes fâché?

— Qu'est-ce qui te fait croire que je suis fâché? reprit-il, agacé.

— Votre silence.

— Si tous les gens qui gardent le silence trente secondes au téléphone sont fâchés... ronchonna-t-il.

— Pardonnez-moi, je suis si maladroite, s'excusa encore la pauvre femme.

Elle se tut, les ongles enfoncés dans la paume de ses mains moites. Elle ne savait que dire, de crainte de se faire encore rabrouer.

Le prêtre, toujours accusateur, rompit le silence:

— Et si je te demandais maintenant si tu es fâchée, tu me dirais quoi?

Elle répondit aussitôt, contenant mal un sanglot:

— Non, je ne suis pas fâchée; j'ai seulement peur de dire encore des bêtises, alors je me tais un moment... J'attends peut-être que vous me posiez des questions.

Un silence lourd plana un instant, puis le curé reprocha:

— Ce qui me surprend dans tout cela, c'est que tu acceptes aussi facilement qu'on ne se voie pas mardi...

Elle l'implora:

— Que voulez-vous que je dise?... que je fasse?

— Je ne sais pas, moi! cria-t-il... Être à ta place, je sais que je protesterais, je proposerais des choses, j'imaginerais, quoi!

Il semblait irrité par l'indifférence de sa maîtresse. Elle supplia:

— Avez-vous une idée?

Avec l'exaspération de l'homme qui se sent encore incompris malgré tant d'efforts, il lui dit lentement, comme s'il s'adressait à une idiote:

— Non, je n'en ai pas, moi; si j'en avais, je ne t'en demanderais pas!

Se sentant alors vraiment stupide, elle fit un effort de compréhension qui parut dans sa voix:

— Moi, vous venez de me le dire à peine... Je ne sais pas... Je n'ai pas eu le temps d'y penser... Peut-être que vous?...

Il se tut et attendit, refusant de se répéter. Thérèse s'efforçait de réfléchir mais n'y arrivait pas. De crainte de blesser encore son amant, elle déclara:

— Je ferai tout ce que vous voudrez, n'importe quoi que vous voudrez...

Avec un soupir de résignation, il concéda:

— C'est bien beau, tout ça, mais ça ne me dit toujours pas où tu voudrais qu'on se voie.

Thérèse pensa qu'ils pourraient se rendre dans une ville, à Chicoutimi par exemple, mais elle rougit à cette idée.

— Tu n'as toujours rien proposé! Pourtant, j'ai été clair, je crois, insista le prêtre sur un ton semblable à celui d'un enseignant de la petite école. J'aimerais savoir, premièrement, si tu veux que l'on se voie mardi prochain et, deuxièmement, si tel est le cas, où?

— C'est comme je vous dis, je ferai...

— Orchidée, l'interrompit le curé, tu m'as déjà dit cela... Mais tu n'as même pas encore répondu à ma toute première question: d'abord, veux-tu, oui ou non, que l'on se voie mardi?

Reprenant espoir, elle bondit sur ce qui sonnait comme une offre:

— Oh oui! Et vous?

— Moi, ça dépend de toi...

138

— Vous n'y tenez pas plus que cela?

— Oui, bien sûr, mais c'est surtout si toi tu le veux...

— Je voudrais tellement! Il me semble que ce n'est pas comme avant... Hier soir et puis maintenant.

— Qu'est-ce qui n'est pas comme avant? s'enquit le curé, jouant l'homme le plus surpris du monde par une remarque tellement inattendue.

Thérèse se risqua, avec une voix tremblante:

— Vous avez l'air fâché.

Le prêtre retrouvait un sourire au bout du fil:

— Tu te fais des idées, voyons.

Il se tut quelques secondes, donnant visiblement l'impression de réfléchir, puis il émit, d'un ton hésitant:

— J'ai pensé à notre affaire... Puisque tu tiens, je crois comprendre, à ce que l'on se voie, on pourrait peut-être se rendre à Chicoutimi.

— À Chicoutimi! s'écria Thérèse. Avec vous! Oh! j'aimerais tellement cela!

Il lui rappela, par ses inflexions de voix, qu'elle était lente à comprendre:

— Pas avec moi, mais dans deux voitures séparées.

— C'est ce que je voulais dire. Oh! vous êtes tellement gentil!

— Ça te fait vraiment plaisir, Orchidée?

— Oh! je ne peux pas vous dire...

Elle retenait ses larmes de joie. Il se sentait plus détendu: le souvenir de Léo comblé lui faisait moins mal.

— Vous ne dites rien, signala Thérèse au bout d'une minute.

— Toi non plus...

— Est-ce qu'on passera toute la journée? C'est pour la gardienne...

— On pourrait partir d'ici vers neuf heures et revenir à cinq heures... Est-ce que ça fait ton bonheur?

— Oui! Je trouverai bien une gardienne et je dirai que j'ai été magasiner à Chicoutimi.

— Et si tu ne rentres avec rien?

— Oh! une femme qui magasine n'est pas obligée d'acheter nécessairement...

— Heureusement, car je doute qu'il te restera beaucoup de temps pour courir les boutiques.

— Oh! J'espère utiliser mon temps à mieux faire que courir les boutiques!

* *

*

Thérèse ne dormit guère. Léo apprit qu'elle digérait mal. Il s'en voulut:

— Ces maudites saucisses de *Chez sa mère* en spécial, sûrement passées de date. Avoir su... Pour une fois que j'su allé faire le marché à ta place...

Ce n'était pas la faute des saucisses ni des frites si le sommeil fuyait sa femme. Elle serrait l'oreiller qu'elle avait un peu glissé sous son corps afin de caler ses seins durs, lisses et ronds au creux du duvet à la place des mains et des lèvres de celui qu'elle étreindrait bientôt et qu'un instant elle avait cru perdu à jamais. Ses cuisses se croisaient; parfois elles se frottaient pour étouffer le désir qui la brûlait et qu'elle tenait à garder intact plutôt que d'utiliser Léo pour l'éteindre. Son corps était parcouru de sensations tellement aiguës que des secousses agitaient parfois ses mollets vigoureux.

— T'as ben mal, la plaignit son mari.

Elle s'excusa pour le coup de pied qu'elle lui avait décoché.

Incapable d'attendre, elle sortit la langue et, de la pointe, elle goûta le coton de la taie pour tromper son envie de lécher la peau de son amant. Ses lèvres fortes, naturellement retroussées, se relevèrent alors davantage sur des dents éclatantes, régulières, qui accrochaient le regard au point de faire oublier un peu les yeux d'un vert profond et la chevelure d'or. Thérèse possédait une beauté charnue aussi riche que la terre grasse, juteuse et un peu sauvage des forêts d'épinettes et de pins sylvestres qui entouraient Saint-Avenant. L'entendant gémir de volupté anticipée, Léo insista:

— Pauvre toé! Écoute-moi donc pour une fois et prends un verre d'eau avec du soda à pâte. M'en vas te l'préparer.

— Laisse faire, Léo. Ça va passer, ce sera pas long.

* *
*

Le lendemain, Léo manifesta une certaine surprise lorsque Thérèse lui apprit qu'au lieu de se rendre au presbytère elle passerait le mardi à Chicoutimi:

— Samedi, j'aurai rien à faire, j'pourrai t'emmener.

— Ça fait pareil, répondit-elle, pis j'aime pas ça plus qu'y faut, magasiner avec toi; tu dis rien, mais tes soupirs et tes coups d'œil à ta montre qui y'en finissent p'us, ça m'tape sur les nerfs. J'aime ça prendre mon temps, au lieu de me presser parce que ça te tanne d'attendre.

Il sourit. Pour prendre sa vengeance, il lui rappela:

— Tu t'souviens-tu de c'que tu m'as répondu y a trois ans quand j't'ai demandé d'apprendre à conduire?

— J'ai rien dit, se défendit-elle.

— Y a des affaires qu'ça fait plaisir d'oublier, insista le mari. T'as rien dit, sauf: «Es-tu fou, Léo? Tu veux-tu que j'fasse rire de moé, à c't'heure? Qui c'est qui conduit, dans l'village, à part les hommes? J'serai jamais la première femme...»

Elle le coupa:

— Arrête-moé tes discours simples.

Mais il poursuivit:

— Y a un an, t'étais pas capable d'aller plus loin que *Chez sa mère*. J'ai-tu forcé pour t'faire descendre jusqu'à Chambord!

Il ajouta, comme un homme qui n'en croit pas ses yeux et qui essaie de se convaincre qu'il ne rêve pas:

— À c't'heure, v'là qu'a s'en va toute seule jusqu'à Chicoutimi! J'ai mon maudit voyage! C'est quoi, la prochaine affaire? En tout cas...

Il acheva en silence, n'osant dire ce qu'il pensait: «J'la reconnais p'us pantoute! Merci, mon Dieu; merci, monsieur l'curé. La v'là rendue fière; a va s'chercher du linge jusqu'à

Chicoutimi. A l'a p'us peur de dépenser queques piastres pour s'faire plaisir. Y était temps: la pauvre fille, a mérite ben de s'acheter une couple de guenilles pour s'remplumer un peu.»

Le lendemain, dès huit heures, Thérèse prenait la route. Elle éprouvait un certain malaise comme lorsque pour la première fois on commet un délit: «Un motel...» Je n'ai jamais mis les pieds dans une chambre de motel. Si Léo savait! Elle chassa le scrupule: «Ce qu'on ne sait pas ne fait pas mal. Il n'a jamais été plus heureux; moi non plus; les enfants non plus. Même le village. Monsieur le curé n'est plus le même homme; ça paraît dans ses sermons. Il a cessé de parler de l'enfer; au lieu de cela, il parle d'amour et de pardon. Est-ce que cela finira par changer le monde de Saint-Avenant, par effacer la peur, la médisance, la mesquinerie, et à leur place mettre la joie, l'amour?»

Elle jeta un coup d'œil dehors. Aux petites heures du matin, il avait plu. Lentement la température avait chuté; l'eau s'était solidifiée autour des branches nues et des fils électriques. Le soleil matinal transformait ces cristaux en diamants éclatants.

Au détour d'une courbe, après Saint-Jean-Eudes, elle aperçut la falaise bordant le versant nord du Saguenay, muraille de pierre sombre se profilant contre l'horizon comme un gigantesque dinosaure endormi. C'est un spectacle saisissant. L'eau bondit dans un torrent immense. Ce matin de novembre 1960, des langues de glace luisaient sur le dos des grosses roches. La rivière côtoie le village; elle se calme lorsqu'elle traverse Chicoutimi; ensuite, large, puissante, sans cesser de grossir, elle descend jusqu'au Saint-Laurent. Les mouettes la couvrent de cris discordants. Elles planent et se plaignent comme si une faim insatiable les torturait.

«Libre, libre comme l'eau, comme les mouettes, songea Thérèse. J'étais enchaînée: une maison, un mari, des enfants. Aujourd'hui, je me sens légère parce que je vis dans la joie! Pourquoi en aurais-je des remords?»

Elle s'engagea dans la côte qui mène à la ville. Elle traversa le petit pont qui enjambe la rivière de la papeterie. L'eau cristalline chantait un air si gai avant de se jeter dans les bras du Saguenay! Thérèse regarda sa montre: dans une heure, elle se jetterait dans les bras du curé. Elle emprunta la rue Racine, puis, bifurquant à gauche, elle s'immobilisa dans une voie tranquille. Elle se mira dans le rétroviseur: le fard accentuait davantage ses lèvres lourdes et leur donnait une allure provocante, presque suggestive, qui la fit rougir un peu; elle flatta sa chevelure dans l'espoir de mieux l'arranger. «Je suis belle», conclut-elle, certaine d'avoir apporté tout son charme.

Elle quitta la voiture et d'un pas léger descendit la pente, drapée dans son manteau d'automne, chaussée de bottes de cuir fauve, tête nue, les cheveux remontés en un énorme chignon. Elle flâna, si réchauffée par ses désirs que le vent froid la caressait avec la tiédeur d'une brise marine. Elle s'arrêta devant une vitrine où les cadeaux de Noël commençaient à tenter la clientèle et elle laissa son imagination se contenter. Elle avait le goût de tout acheter: «Cette belle poupée rousse pour Suzanne, le revolver de cow-boy à crosse de nacre pour Mario. Et pour Vincent? Y a-t-il quelque chose qui pourrait lui plaire? Il détruit tout ce qui lui tombe sous la main.»

Elle ne put chasser l'image d'un enfant attaché durant des années au bout d'une corde dans le fond de la cour, ni celle d'une mère qui parfois se couchait sur un parquet ciré, la joue contre le bois luisant. Cette pauvre femme s'appelait Thérèse; elle était morte par une belle journée de juin, tuée par la caresse douce et chaste d'un prêtre. Mais elle était ressuscitée; elle avait pris la forme d'une fleur, une Orchidée. Dans quarante minutes, elle serait dans les bras de celui qui l'avait mise au monde. Il lui avait insufflé cette chaleur qui lui permettait maintenant de vivre, de jouir, de rire. Thérèse Boily était faite de matière inerte, de bois, peut-être de métal. Instinctivement, la femme serra son torse, s'enlaça des deux bras. Sans doute pour se rassurer, elle palpa sous le manteau sa chair quasi fiévreuse et ses seins impatients. Elle exhala aussitôt un soupir, réconfortée de se sentir si vivante et si prompte aux caresses.

Elle reprit sa randonnée. Une fois de plus, elle s'immobilisa. Elle se perdit à contempler des sous-vêtements. Son imagination la conduisit dans le magasin. Elle s'achetait du linge aéré, des dentelles... Du blanc? Non, trop banal... Du noir? Contre sa peau claire comme du lait frais? Du rose, si sensuel à la lumière discrète d'une chambre de motel, rideaux clos?

Non: une autre fois. Elle repartit. Elle préparait déjà son prochain rendez-vous alors qu'il lui restait à peine trente minutes avant d'étreindre son amant contre sa poitrine qui n'en pouvait plus d'attendre. Si seulement elle savait fumer, comme Léo! Elle retournerait à la voiture; elle mettrait le contact, la radio... Une chanson d'Edith Piaf:

> *Non, rien de rien,*
> *Non, je ne regrette rien,*
> *Ni le bien qu'on m'a fait,*
> *Ni le mal,*
> *Tout ça m'est bien égal!*

Pourquoi ces remords? Tout le monde est heureux! Elle achèterait à Vincent un gros camion en métal, il ne pourrait pas le briser; ce soir, après, en rentrant à la maison. Vincent...

Elle partit d'un pas rapide, comme si en plein jour un fantôme la pourchassait. Machinalement, elle arpenta le trottoir sur une distance de trois pâtés de maisons. Elle offrit au vent son visage pour qu'il la gifle et lui fasse oublier de sombres pressentiments. Elle s'étourdit ainsi de vitesse et de froid, comme, trois jours plus tôt, de champagne et de bordeaux. Puis elle revint à son point de départ, rue Racine, jusqu'à l'angle où elle avait laissé sa voiture. Sa montre lui dit que dans un quart d'heure elle se jetterait dans les bras du curé. Elle se hâta jusqu'au motel Montagnais, boulevard Talbot, et stoppa juste devant l'entrée. Encore dix minutes. Son cœur battait fort; elle avait un peu soif. Elle essaya de se raisonner, de respirer lentement. Elle ferma les yeux mais aussitôt les rouvrit, inquiète. Non, durant ces deux secondes, il n'avait pu surgir, tourner, se diriger vers l'aire de stationnement, disparaître. Elle se demanda tout de même si elle ne devait pas aller faire un tour derrière le motel; il était peut-être arrivé par quelque chemin secret, à son insu. Elle tourna la clé mais ne bougea pas car cette manœuvre risquerait de créer la confusion. Il avait promis de se présenter à dix heures, et elle le savait ponctuel; il restait encore cinq minutes. Elle appuya sur l'accélérateur, si légèrement que la voiture ne bougea point; elle allait pousser plus à fond lorsque l'automobile du curé apparut et tourna rapidement à gauche.

— Je perds la tête, murmura-t-elle. Je l'aime trop...

Elle lui laissa le temps de s'installer. Durant ces quelques minutes, elle essaya de se créer une certaine contenance. Ensuite, elle avança jusqu'au parking. Il lui avait communiqué le numéro de la chambre réservée la veille. Elle sonna. Il ouvrit aussitôt. Sans ôter son manteau, elle se jeta dans ses bras. Il l'enlaça:

— Mon amour! murmura le curé.

Il gardait les yeux ouverts, et son regard n'exprimait aucune tendresse.

— Enfin! soupira la femme. Oh! j'étais devenue folle à vous attendre! J'ai même cru que vous aviez peut-être changé d'idée... ou que vous aviez eu un accident...

— Mais je suis arrivé un peu avant dix heures, sourit le prêtre.

— Je sais, admit-elle, je sais. Mais j'avais tellement hâte!

— Tu t'inquiètes trop, lui reprocha doucement son amant. Il lui flatta la tête d'un geste coutumier. Elle ne vit pas son air moqueur, car il la serrait contre lui.

Elle se décolla un peu. Le prêtre, la sentant s'éloigner, s'était composé un visage amoureux qui cachait bien ses véritables sentiments. Elle chercha ses lèvres et, avide, l'embrassa. Puis, un peu rassurée, elle desserra son étreinte. Sans cesser de le fixer comme si elle craignait de le perdre pendant une seconde, elle recula jusqu'à la patère, accrocha son manteau et, défaisant son chignon, elle laissa couler sur ses épaules le flot d'or qu'il chérissait. Il l'observait avec attention et méditait: «Idiot! Regarde pourquoi tu perds la tête! Penses-tu que ça en vaut la peine?» Il la trouvait empâtée! Il anticipait une débâcle de chairs molles dès qu'elle se mettrait nue. Pourtant, la semaine dernière encore, il éprouvait une certaine ivresse dès qu'elle pénétrait dans sa chambre. Elle ne quittait jamais ses vêtements assez vite; il la déshabillait du regard. Plus rapide que ses mains, son imagination caressait la peau tiède sous la robe.

De son examen silencieux et pervers, il conclut: «Aucune grâce! Si encore elle avait quelque chose dans la tête! Même pas capable de m'appeler Marcel! Je n'existe pas, pour elle: pas besoin d'être grand clerc pour savoir qu'elle me prend pour son père. J'ai perdu assez de temps avec cette femme. Il faut que j'en finisse aujourd'hui.»

Elle brisa la «contemplation» du prêtre pour lui confier:

— Vous êtes beau! Vous êtes si beau dans ce costume! On dirait un jeune marié. Je n'ai pas fait de voyage de noces avec Léo. Aujourd'hui, ce sera notre voyage de noces, voulez-vous?

— Bien sûr, répondit-il, aimable.

— Ça vous va tellement bien! insista la femme.

Sous son masque de gentillesse, le curé s'encourageait à la mépriser davantage: «Toujours les mêmes platitudes sorties des revues à bon marché de *Chez sa mère*!

Il avança vers elle avec ce regard amoureux qui donnait à Thérèse le goût de fondre. En silence, il se mit à la dévêtir, avec autant d'émotion que s'il épluchait un épi de maïs; c'était la dernière fois, se persuadait-il. Il s'empêcha de rire lorsque tomba le soutien-gorge et que les seins de Thérèse jaillirent. Elle ne l'avait jamais tant désiré. Depuis trois jours, elle n'existait que pour cet instant. Tandis qu'il la couvrait de dégoût, elle se constituait son esclave. Comme elle avait souffert durant ces moments où il l'avait fouettée par son indifférence! Elle se jurait de ne plus rien faire qui pût l'offenser. Elle grelottait presque; elle exhala une faible plainte au contact de ses mains; les yeux mi-clos, elle respirait avec effort comme si elle craignait de s'évanouir. Il la déposa sur le lit dont la couverture n'avait pas été tirée. Elle s'abandonna. Il retint un désir inquiétant de la gifler en la voyant ainsi offerte: «Aujourd'hui avec moi, hier soir avec Léo, demain avec qui? Et moi je sacrifierais ma vie pour ça?»

Il s'allongea sur elle; leurs lèvres se confondirent. Il la trouva fade et gourmande. «Toujours la même routine: d'abord du léchage, et ensuite la copulation banale.»

Il poursuivit son étude au lieu de se noyer, comme auparavant, dans des vagues de volupté. Il analysait chacun de ses gestes, donnait une étiquette à chaque réaction de la femme. Il pensait qu'elle simulait. Il ne s'effaroucha point lorsque son organe s'éveilla avec force à la chaleur de ce corps qui palpitait sous le sien. Il attribua cet effet à l'habitude. Après cette ultime union, elle le dégoûterait au point qu'il ne pourrait plus jamais la toucher. Certain de son indifférence, il colla ses lèvres écartées sur une aisselle de la femme. L'odeur forte, une sorte de musc jailli des pores dilatés par le désir extrême, le saisit à l'improviste. Il gémit comme si une lame l'avait percé. Soudain, son esprit chavira. Une seconde, il voulut fuir, mais, au lieu de s'éloigner, il la serra violemment et pressa encore plus fort sa bouche contre la peau moite, comme s'il voulait manger cette chair au parfum si amer. D'une main, il lui empoigna le sein droit à lui faire presque mal, et, de l'autre, il avança vers lui l'épaule gauche. Il ne cessait de se plaindre au creux de ce bras écarté, gourmand, féroce et pourtant vaincu, enivré, pris au piège. Il la pénétra avec passion, comme si, pour mettre fin à ses tourments, il voulait la tuer et mourir avec elle.

Lorsqu'il sortit de son assoupissement, il demeura silencieux, les yeux fixés au plafond. Réveillée bien avant, Thérèse, comme d'habitude, s'était appuyée sur un coude et le contemplait. Elle l'écoutait respirer; aucun chant ne pouvait la ravir davantage. Elle lui demanda, d'une voix très douce:

— Vous êtes heureux, mon père?

Il éluda la question. D'un ton sérieux, il l'informa:

— Il faut que je te parle.

Elle pâlit. Incapable d'attendre, elle prit les devants:

— Je m'en doute. Le souper de samedi...

Le cœur du prêtre se serra. Il revit le sourire satisfait de Léo.

— Oui, reconnut-il.

— Ça vous tracasse, ce qu'il a dit?

— Je voudrais oublier... Je n'y arrive pas.

Puis, après un bref silence, il ajouta:

— J'ai une question à te poser, Orchidée.

Elle appréhenda le pire. Les lèvres tremblantes, elle l'encouragea, cependant:

— Dites.

— Orchidée, est-ce que tu m'aimes vraiment?

Elle se tut.

— Tu ne réponds pas? insista le prêtre au bout de quelques instants.

Elle restait muette.

— Tu n'oses me répondre, n'est-ce pas?

Elle se mit à pleurer.

Le sang du prêtre se glaça. Il avait tellement espéré qu'elle le rassure! Elle se taisait pour ne pas le blesser, conclut-il. Mais Thérèse, à travers ses larmes, se plaignit enfin:

— Je ne vous aime pas, non, je vous adore... Parce que je partage mon corps entre deux hommes, vous croyez que mes sentiments sont partagés tout autant. Mais je n'aime que vous. Croyez-moi... Donnez-moi un peu de temps, et je vous le prouverai, je vous le prouverai, sanglotait la femme comme un enfant coupable.

— Pauvre toi! l'interrompit le prêtre. Et comment le fe-ras-tu?

— Je ne le sais pas, avoua-t-elle. Donnez-moi un peu de temps. Vous souffrez trop depuis samedi. Il ne faut pas. Je vous le prouverai.

CHAPITRE XIV

L'Orchidée fleurit

Le curé ne pouvait soupçonner la portée de ses mots. Un an plus tôt, dans un mouvement imprévu, une caresse innocente, un chagrin partagé, il avait brisé le carcan qui étouffait Thérèse. Depuis, sa sensibilité excessive avait éclaté et aujourd'hui elle avait subi le doute du prêtre comme un orage dévastateur: l'Orchidée qui quittait le motel ne ressemblait en rien à l'amante arrivée le matin. Flétrie, elle déambulait, les épaules courbées, comme si la tempête qui s'acharnait sur elle depuis trois jours soufflait de plus belle. Elle ne se souvenait plus de l'endroit où elle avait garé la voiture. Elle la chercha longtemps dans un parking presque désert.

Elle reprit le chemin du retour. La noirceur précoce de novembre s'abattit sur elle. Thérèse éprouvait un immense sentiment de solitude, comme si toute la ville lui adressait les reproches contenus dans la question du curé: «Orchidée, est-ce que tu m'aimes vraiment?»

Elle ne reconnaissait plus très bien la route parcourue quelques heures plus tôt. Elle se fia au hasard, à l'habitude. Elle atteignit le village, tourna à droite devant le presbytère où tant de mardis il l'avait adorée.

Elle s'engagea dans le rang des Hirondelles, le descendit jusqu'à la dernière maison et s'immobilisa dans l'allée du garage sans bien savoir pourquoi. Sur la pelouse, elle vit tout un attroupement: un petit nègre, la tête couverte d'un chapeau de paille aux bords élimés, pêchait avec une canne sans hameçon, assis sur une roche et souriant d'un air entendu à un

Mexicain qui, d'un regard sournois, menaçait un âne chargé qui filait, les oreilles basses... Un instant, elle se demanda qui les avait amenés. Ces personnages semblaient tellement chez eux qu'elle n'osa les déranger, comme s'ils eussent été de chair et de sang, et non de plâtre.

Elle s'avança jusqu'à la porte gardée par deux cygnes blancs. Elle sonna sans se rendre compte qu'elle portait la clé. Un homme ouvrit.

— Rentre, la pria-t-il.

Elle se demanda si elle ne se trompait pas d'adresse. Elle ne bougeait pas.

— Thérèse, insista Léo, que c'est qui t'prend? Rentre! Y fait frette!

Elle avança comme une automate. Son mari la prit par la main et commenta, inquiet:

— T'as les mains frettes! Que c'est qui t'arrive, sa mère?

Elle ne répondait toujours pas.

— T'as pas eu un accident avec le char, baptême?

— Non, dit-elle.

— Bon, tu vas t'assir icite. Grouille pas. J'm'en vas t'faire un café! Ça va t'raplomber les idées. Tu m'raconteras toute ça après!

Tandis qu'elle se figeait sur une chaise, il l'observa. «Qu'est-ce qui a ben pu lui arriver, à c't' heure?» se demanda-t-il.

Thérèse regardait droit devant elle. Les objets lui rappelaient quelque chose qu'elle avait déjà vu... Mais où? Dans son enfance, chez ses parents? Non, pas si loin. Chez elle, là où elle habitait avec son mari... Elle était mariée... Elle sourit, incrédule. Léo lui demanda:

— Tu t'sens-tu mieux?

Elle le fixa sans un mot. Son mari, lui? Ah bon! Léopold Boily... Et les enfants qui bougeaient en bas? Les siens, oui: Suzanne et ses deux frères... C'était sa maison, ici, son mari Léopold Boily, ses enfants au sous-sol. Suzanne, Vincent, Mario... Ils jouaient ou se chicanaient.

— Arrêtez d'vous tirailler ou vous allez m'voir descendre! hurla Léo.

150

Ils baissèrent le ton. La dispute continua avec des siffle-
ments à peines audibles.

Thérèse prit la tasse de café que lui tendait Léo et but
lentement.

— Hé ben! soupira son mari. Pour un choc, c't'un choc...
J'sais toujours pas c'qui t'est arrivé...

Elle le regarda avec tristesse.

— Tu m'fais quasiment peur, sourit Léo.

— J'su malade, articula Thérèse.

— Je l'vois ben, commenta l'époux.

— Plus que ça...

Léo la fixa, incrédule.

Elle demeurait songeuse, les yeux baissés. Il s'agenouilla
devant elle et lui prit les mains:

— Pitou, la pria-t-il, réveille-toé... Que c'est qu'y a?
Parle, parle-moé! Tu m'fais peur!

Elle releva les yeux. Léo avait la consistance d'une vapeur... Elle ne dit mot.

— Parle-moé, Thérèse, supplia l'homme. Que c'est qu'y
a? Que c'est que t'as?

— J'su malade, Léo.

— Oui, mais de quoi?

— Le docteur le sait pas...

— Quel docteur? Mais de quel docteur tu parles, maudit?
J'comprends rien...

— Le docteur de Chicoutimi.

— Chicoutimi? Quel docteur?

— Je... j'étais pas allée magasiner à Chicoutimi, mais voir
un docteur...

— À cause?

— À cause que j'su malade...

— Mais tu m'as jamais rien dit! Malade y'où? De quoi?

— Au bas du corps. Quand on avait des relations, j'avais
mal...

— Mal? Mais tu m'as jamais rien dit...

— Que c'est qu'ça aurait donné?

— Mais câlice! Ça aurait donné que j't'aurais pas touchée.

— Fallait pas...

— Comment, fallait pas?...

Elle se tut; ses yeux se remplirent de larmes. Léo suppliait, à genoux, en secouant les mains de sa femme.

— Oh, pitou! Pardonne-moé de m'choquer! Mais tu m'as encore rien dit... Que c'est qui s'passe? Tu m'fais languir... Chicoutimi, l'docteur, mal au bas du corps... Dis-moé les affaires comme y faut, pitou, s'y vous plaît!

Elle ferma les yeux, comme pour s'endormir, fuir une réalité trop pénible.

— J't'achale, hein, pitou? demanda-t-il.

Elle soupira.

— Non, Léo, c'est moé... J'ai mal au bas du corps... Depuis trois mois, quand on avait des relations, ça faisait mal. J'voulais rien t'dire. Des fois, j'avais des pertes... J'ai été à Chicoutimi pour voir un spécialiste. J'voulais pas te l'dire, pour pas t'inquiéter. Le docteur dit...

Elle se tut, pâle. N'en pouvant plus, elle se plongea le visage dans les mains. Léo serra contre sa poitrine la tête blonde...

— Pauvre pitou... se lamenta l'homme.

Il la berça sans la questionner davantage. Quand elle se fut un peu remise, il se risqua:

— C'est pas si grave... Une infection?

— Non!

— Plus grave?

Elle n'osait répondre.

— Thérèse, tu t'rends-tu compte que tu m'fais souffrir? fit Léo.

— Oui, reprit la femme... J'te fais souffrir. Pardonne-moi.

— Allons, pitou, dis-le... Envoye! Faut ben me l'dire, non?

Elle soupira et s'ouvrit:

— On sait pas, Léo... Une masse, une tumeur, qu'y a dit.

— Une tumeur?

— Oui, peut-être un cancer, lâcha enfin Thérèse.

Le corps de Léo se glaçait. Ses genoux ne lui transmettaient plus le contact avec le plancher. Il ne sentait plus les mains de Thérèse qu'il serrait dans les siennes. Autour de lui, le plafond s'affaissait, les murs penchaient, et, sur les étagères, les tasses glissaient. Il se laissa tomber sur son séant et, se pliant par en avant, se prit la tête à deux mains. L'air lui manquait. Il se trouvait sur le plancher de la cuisine, aux pieds de Thérèse, mais il rêvait... Un cauchemar! Il leva la tête: sa femme s'estompait. Pour l'empêcher de s'effacer totalement, il lui saisit les avant-bras mais il ne toucha qu'un nuage. Il entendit:

— Léo, faut pas avoir peur: peut-être que j'vas en revenir.

Il ouvrit la bouche mais rien ne sortit.

— Peut-être que j'mourrai pas, dit encore Thérèse, inquiète de voir ce visage livide. Peut-être... Seulement, faudra pas avoir de relations tant que j'serai pas guérie.

Léo n'en croyait pas ses oreilles: elle se mourait, qui pouvait songer à des relations? La femme continua:

— Parce que ça pourrait aggraver le mal. Mais j'veux pas qu'tu souffres; j'vas t'soulager autrement.

Léo plissa les paupières, incrédule. Il répondit, pâle, un triste sourire aux lèvres:

— Thérèse, tu m'prends-tu pour un cochon? Comment ce que tu peux penser...?

— J'veux pas qu'tu souffres à cause de d'ça, reprit la femme. J'vas faire ma part tant que j'pourrai pour que tu sois pas privé... Autrement...

— Thérèse, l'interrompit Léo. Ça s'peut pas qu'tu m'parles de même. J'ai beau être un gars simple... J'su pas capable de parler... mais j'ai du cœur... J'taime, ma femme, j't'aime comme un homme même si j'su un peu sauvage, pas capable de l'dire... T'as pas l'air de comprendre c'que j'sens pour toé. Si t'es malade, comment veux-tu que j'profite de toé?

— Léo, mon mal, c'est mon affaire. Toé, t'es un homme, faut pas qu'tu sois privé.

— Thérèse... balbutia-t-il en tremblant, Thérèse, j'su un homme, pas un porc... Tu m'parles comme si j'étais un porc...

Avait-elle vraiment le cancer? Avait-elle vu un spécialiste à Chicoutimi ce matin? À mesure qu'elle en parlait, les détails se précisaient. Elle voyait les séquences de la consultation comme un film et commençait à y croire. Un homme dans la quarantaine, avec une barbe noire, des lunettes... avec de gros cercles d'écaille... à double foyer... Il avait une voix sévère... Un sarrau blanc... Elle s'était allongée sur la table d'examen... Il s'était assis devant elle, avait introduit un spéculum... Froid... Derrière se tenait une infirmière, solide, blonde, sévère également. La lumière était crue!... Une salle toute blanche, propre, pas grande... Un terrible diagnostic... Mais un peu d'espoir... Elle se souvenait de tout maintenant. Surtout pas de relations avec Léo le temps que durerait la maladie. Ça, elle l'avait bien entendu. Il la pointait du doigt avec l'air d'insinuer qu'elle ne pouvait se retenir.

Elle soupira encore en regardant son mari... Elle croyait qu'il serait enchanté de ses offres. Il aimait tellement qu'elle lui fasse perdre la tête! Il s'allongeait sur le dos, gémissant de plaisir, murmurait des propos sans suite. Elle irait jusqu'au bout. Pourquoi refusait-il maintenant? Il devait penser à lui, seulement à son plaisir. Mais les choses se passaient autrement; il agissait comme si elle comptait plus que lui. Que pouvait-elle y changer?

Soudain, comme s'il prenait vie, Léo déclara sentencieusement:

— Pour moé, ton docteur s'est trompé. Es-tu sûre qu'y connaît son affaire?

— C'est un bon spécialiste, répliqua Thérèse.

— Docteur qui, c't'hostie d'cave?

— Quelle importance ça peut avoir, Léo?

— Quelle importance? Mais c'est très important! Si c'est un imbécile qui connaît rien à son affaire, faudra en voir un autre... Comment qu'y s'appelle, c'tordieu, que j'aille y dire ma façon d'penser!

Thérèse pâlit, prise au dépourvu... À son tour, elle éleva le ton:

— Là, tu t'en viens polisson comme ça s'peut pas. Tu penses peut-être que j'te raconte des histoires pour pas coucher avec toé?

Léo répliqua aussitôt:

— Y'où c'est qu'tu vas chercher des affaires de même, sa mère? J'ai-tu jamais douté de toé?

— Ben alors, vas-tu arrêter d'me demander son nom comme si t'en savais plus que mon spécialiste?

— Faut que j'le connaisse, faut que j'y parle. Faut en voir un autre.

— Tu vas rester tranquille, Léopold Boily. J'ai assez de mes malheurs sans t'entendre chialer après mon docteur. Tu peux être sûr que tu vas rester à Saint-Avenant quand j'vas aller le voir. J'veux pas de scène, tu m'entends?

— Ça, jamais, sa mère, jamais. Faut que j'le voye, que j'y parle. Quand est-ce que tu dois y retourner?

— Mardi prochain.

— J'vas y aller avec toé, hostie!

— On verra ça... À c't'heure, est-ce que j'peux m'coucher?

— Comme de raison! J'su-tu bête, moé, d'pas y avoir pensé avant! Viens-t'en, mon pitou! Viens t'allonger. Je vas faire manger les enfants et je vas t'apporter le souper dans le litte.

— Non, Léo, laisse faire, j'ai pas faim...

— Faudrait t'forcer un peu.

— Non, vraiment, pas à soir...

Il l'accompagna dans la chambre à coucher. Juste avant de franchir le pas de la porte, il lui demanda:

— Y t'a-tu prescrit un traitement, ton docteur?

— Oui, une piqûre d'hormones une fois par semaine.

— Et pour tes pertes? Une crème? Un onguent?

— Non, pas de crème ni d'onguent, juste une injection d'hormones, j't'ai dit.

— Pas d'crème, pas d'onguent, pas d'pilules? Les autres fois, le docteur Bouchard, quand t'avais des pertes... J'te dis que j'y fais pas confiance, à ton spécialiste. Faut que j'y voye la bine, à c'gars-là!

Il la scruta du regard: était-elle vraiment malade ou victime d'un charlatan? Et, tandis qu'il l'examinait, des souvenirs précis lui revenaient à la mémoire: les deux nuits précédentes, elle s'était comportée d'une façon qui tranchait avec les habitudes prises depuis plus d'un an; elle s'était refusée alors que, d'après le calendrier, ils pouvaient. Il avait mis ses gémissements de la veille, son agitation dans le lit, les coups de pied qu'elle lui avait décochés, sur le compte des saucisses à prix réduit. Mais c'était la maladie. Il soupira: depuis des mois, elle avait enduré tant de souffrances en silence pour éviter de le contrarier dans ses droits de mari!

Il franchit le pas de la porte et se rendit à la cuisine. Thérèse s'allongea. Ses yeux fixaient le plafond. Jamais elle ne s'était sentie si seule. Que ferait-elle s'il découvrait la vérité? Mais la vérité, c'est qu'elle avait un cancer. En tout cas, le docteur l'avait bien dit ce matin. Le docteur qui? Elle n'avait pas retenu son nom...

Le lendemain, elle passa la journée au lit. Elle écouta la radio, acheva le dernier numéro du feuilleton commencé une semaine plus tôt, mangea un croûton dans une soupe aux légumes préparée à partir d'une boîte de conserve. Vers quatre heures, elle commença le ménage. Lorsque Léo entra, une heure plus tard, elle était perchée sur un escabeau. La sueur ruisselait sur son cou, ses cheveux collaient à son front. Elle lavait le fond des armoires où il n'y avait pas le moindre grain de poussière. Le matin, en partant, son mari lui avait recommandé de se reposer. Elle ne se retourna même pas lorsqu'il franchit la porte. Léo revivait une des plus sombres journées du passé. La nouvelle du cancer l'accablait moins que la perspective de côtoyer de nouveau une femme se souciant davantage d'une tasse propre et bien placée que d'un époux en quête d'un sourire. Les grands mouvements des mains de Thérèse imprimaient à son corps un balancement qui faisait valser ses fesses. Léo s'écria:

— Sa mère, que c'est qu'tu fais là? Tu veux t'tuer, ma grande foi!

— Toé, là, répliqua-t-elle d'une voix que l'époux n'avait pas entendue depuis plus d'un an, toé, Léopold Boily, mêle-toé d'tes affaires!

Léo avait lutté toute la journée contre le spectre de la mort qui planait sur son foyer. Un instant, il avait cédé devant le destin; il s'était imaginé que le bon Dieu avait décidé de venir chercher sa femme. Il le supplia d'attendre deux, trois ans. Il aimerait tellement Thérèse qu'il lui ferait oublier ses douleurs. Il la respecterait, la bercerait, la promènerait en voiture, la pousserait en chaise roulante... Mais, en plus du cancer, devrait-il revivre les cauchemars d'autrefois, la revoir frotter comme une démente, tendue, incapable de lui dire un mot aimable? Devrait-il tout perdre, y compris la tendresse qui grandissait entre eux depuis un an?

— Sa mère, reprit-il avec prudence, t'es malade... Si tu veux, j'vas l'finir, le ménage...

Elle se retourna brusquement sur son escabeau, qui se renversa, mais elle se protégea en tombant. Léo se précipita vers elle. Thérèse lui hurla:

— Toé, là, touche-moé pas, toé!

— Sa mère, que c'est que j't'ai faite? supplia-t-il.

Elle se releva:

— Touche-moi pas, toé...

— Thérèse...

— Mêle-toé de c'qui te r'garde.

— Mais tout c'qui te touche me r'garde...

— Un peu trop... Tu m'prends-tu pour une enfant? Est-ce que je j'su ta femme ou ta fille?

— Mais pourquoi tu te choques de même? Que c'est que j't'ai faite?

— T'es un sans-cœur, Léopold Boily, un sans-cœur, tu m'entends? Comme tous tes pareils. Le bon Dieu fait les choses bien, lui aussi, c'est sûrement un homme. C'est la femme qui mange toutes les misères. J'su malade, je vas mourir bientôt, et t'as aucun respect pour moi.

— Mais, Thérèse, j'comprends pas! Pourquoi tu te choques? Mais que c'est que j't'ai faite?

— Que c'est qu'tu m'as faite? T'es tellement sans-cœur que tu t'en rends même pas compte!

Léo était sidéré...

— Faut croire que c'est vrai. J'comprends pas une maudite miette à c'que tu racontes...

— Laisse-moi mourir en paix, Léopold Boily, mourir en paix, tu m'entends? Ou me faire soigner par qui je veux.

— C'est à cause de d'ça que tu te choques? demanda le pauvre homme.

— Tu trouves que c'est rien, hein? T'as décidé de monter à Chicoutimi insulter mon docteur, celui qui va peut-être me sauver la vie, et tu trouves que c'est rien?

— Si c'est jusse à cause de d'ça...

— Écoute-le parler un peu, lui: jusse à cause de d'ça! Tu trouves que c'est rien, toé?

— Ben, Thérèse, prends-le comme tu veux, mais si ça te choque tant qu'ça... Si c'est pour te rendre plus malade, ben, j'irai pas l'voir, c'est toute!

Malgré ses promesses, Léo la supplia de nouveau, la semaine suivante:

— J'ai dit à la job que ça s'pouvait que j'rentre pas à matin...

— À cause? s'enquit la femme.

— À cause, reprit le mari, plutôt gêné... Tu veux vraiment pas que j'aille voir ton docteur avec toi?

Elle prit une mine sévère:

— Ça, c'est réglé. On va pas revenir là-dessus.

Il soupira. Antoine Girard, un compagnon de travail qui habitait au village, vint le chercher à sept heures et demie. Thérèse avait besoin de la voiture.

À dix heures, elle arrivait au presbytère en évitant de passer par le rang de l'Église afin d'échapper à l'impitoyable regard d'Aline Blanchette. Elle emprunta la route régionale déserte, tourna devant le terrain vague où achevaient de paître quelques vaches de César Verreault, maire du village, et s'engouffra dans le garage que le prêtre, à sa demande, lui avait permis d'utiliser. Elle craignait d'attraper un refroidissement en laissant la voiture, comme de coutume, au milieu de la cour, exposée au vent, avait-elle prétendu pour expliquer son caprice. L'année précédente, seule la crainte de paraître exigeante l'avait retenue de le requérir, ce qui lui avait valu un ou deux malaises durant la saison froide, avait-elle ajouté avec un certain embarras alors qu'elle s'entretenait au téléphone avec son amant avant de laisser le rang des Hirondelles.

L'orage semblait calmé. Le prêtre voulut s'expliquer, sinon s'excuser.

— Je n'ai aucun droit sur toi et je me conduis comme si tu m'appartenais. J'ai essayé maintes fois de me raisonner. Je n'y arrive guère. Au contraire, j'aimerais te garder toujours avec moi. C'est idiot, je le sais: que pourrais-je faire dans ma situation?

Il se tut avant de compléter, avec embarras:

— Tu ne peux imaginer combien j'ai honte de profiter de toi sans rien te donner en retour. Il y a un nom pour les hommes qui abusent ainsi des femmes...

Elle l'interrompit:

— Savez-vous comment on nomme celles qui se font payer pour ce genre de services?

Il rougit. Il reprit, en proie à une réflexion profonde et comme en se parlant à lui-même:

— Quand elle va d'un client à un autre, oui... Mais il est normal que le mari fasse vivre sa femme...

De nouveau, elle s'objecta:

— Y a-t-il un nom pour la femme qui fait l'amour par amour? Si je faisais votre ménage, vous me donneriez un salaire... Pourquoi vous sentez-vous encore obligé de me payer parce que vous m'avez donné la vie, la joie, parce que, grâce à vous, je suis devenue une femme qui se sent vivre dans son corps? À bien y penser, c'est moi qui devrais vous payer...

— Orchidée, ne dis pas de bêtises!

— C'est la vérité. Pourtant, les préjugés sont si forts! Il me semble que depuis un an je commence non seulement à vivre mais à réfléchir. Avant, je ne pensais pas. Les autres décidaient à ma place. Seules mes oreilles marchaient. Ce que je voyais ne comptait pas. Ma mère m'avait appris à coups de sous-entendus que l'épouse devait contenter le mari. Je ne croyais pas Léo quand il me disait que la femme pouvait participer au plaisir. Je pensais qu'il voulait faire de moi une dévergondée.

Le curé enchaîna:

— On nous a appris à voir le plaisir de la chair comme l'apanage de l'homme. La femme modèle demeure la mère de Jésus. D'autres ont décidé à notre place de ce qui est bon ou mauvais. Et qui enseigne les dogmes mieux que l'Église? Selon elle, je suis un damné, un prêtre sacrilège. Pourtant, je n'ai rien prémédité.

— Moi non plus, fit Thérèse.

— Alors, comment est-ce arrivé? Qui l'a voulu?

— Le bon Dieu, affirma la femme.

— Sais-tu que tu blasphèmes?

— Je le sais. Mais ne nous apprenez-vous pas que rien n'arrive sans qu'Il ne le permette?

— Oui, mais nous avons notre libre arbitre, le pouvoir de décider!

— L'avons-nous vraiment, mon père? Pourquoi suis-je tombée amoureuse de vous, l'homme le plus *interdit* de la terre?

Les deux gardèrent le silence... Thérèse parla la première:

— Vous aimeriez agir selon la bienséance et me récompenser... Avez-vous pensé que je désire peut-être encore vous prouver que je vous aime et que je pourrais faire des folies pour y parvenir?

— Quelles folies? demanda-t-il, inquiet.

— Et vous croyez que je vous le dirais si j'en avais l'intention?

— Orchidée, tu me fais peur, lui avoua le prêtre.

Elle ferma les yeux dans l'espoir de ne pas voir ce qui se passait dans son existence. Pour Léo, elle se trouvait à Chicoutimi. En ce moment, il s'inquiétait. Elle lui avait fait croire qu'elle devrait voyager une partie de l'hiver; il connaissait son entêtement et savait que même une menace de tempête ne l'arrêterait pas. En entrant ce soir, il poserait des questions; elle inventerait à mesure avec un tel naturel que par moments elle y croirait.

Le curé ne se doutait pas de ce qui s'était passé une heure plus tôt. Elle lui avait parlé d'un dérèglement de son cycle menstruel. Ils n'avaient pris aucune précaution. Apprécierait-il son geste? Jamais il n'avait insinué qu'il souhaitait d'elle un enfant.

Thérèse se demanda: «Se doute-t-il que je lui mens? Je ne lui avais jamais rien caché...» Pour fuir ses pensées, elle invita son amant:

— Si l'on cessait de se torturer, à présent? Je vous aime tellement, mon père...

— Moi aussi, Orchidée, je t'aime, répondit-il.

Elle se blottit contre lui et ferma les yeux. Il la serra. Elle retrouva sa chaleur et une certaine sécurité.

La fin du cycle menstruel n'apporta qu'une déception. En secret, Thérèse versa des larmes plus amères que le liquide inutile qu'elle évacuait. Elle s'accorda une semaine de réflexion. Son amant la traitait avec bonté; plus une plainte; pas le moindre doute à propos de son amour. Alors, pourquoi ne pas poursuivre cette aventure? La passion emportait maintenant cette femme comme un train incapable de stopper.

«S'il me laisse, pensait-elle, il me restera cet enfant de lui.»

Aline Blanchette, ne voyant pas la voiture de Thérèse dans la cour du presbytère, conclut, le premier mardi: «A l'a pogné l'frette.»

Mais au bout de trois semaines, elle s'inquiéta et fit part de ses observations à sa fille Anne-Marie. Celle-ci accepta d'enquêter pour éclaircir le mystère. Elle était on ne peut mieux placée: épouse d'Alphonse Patenaude, propriétaire de *Chez sa mère*, elle recevait tous les commérages de Saint-Avenant. Mais au sujet de ce qui la préoccupait, elle ne récolta que silence et propos évasifs. Au bout de quinze jours, elle appela sa mère:

— Thérèse est prise d'la poitrine. A s'fait soigner au sanatorium de Roberval, aller retour, chaque mardi.

Aline ne douta pas de l'exactitude de cette information. «A l'a encore le courage de venir à messe le dimanche, mais a l'est-tu pâlotte rien qu'un peu!» Quant aux causes de cette maladie, elle pensait ce que Léo n'osait dire: «Ça s'amuse au lieu d'faire son devoir. C'est p'us comme c'était dans mon temps; neuf enfants, sans compter trois fausses couches. Mais l'monde sont changés. Ça fait que l'bon Dieu se r'venge.»

Thérèse, en cachette, poursuivait ses visites, plus décidée que jamais à devenir enceinte, comme si ce cadeau qu'elle avait d'abord voulu offrir au prêtre s'était transformé en une garantie pour elle-même, l'illusion de posséder à tout jamais son amant si elle enfantait pour lui. Cependant, sa crainte de le perdre ne cessait de croître. Elle combattait ses peurs en cherchant des contacts plus fréquents et plus violents. Mais seulement quand ils fusionnaient se sentait-elle près de lui comme naguère, quand il lui suffisait de l'aimer, car maintenant elle doutait d'elle-même. Cela la torturait davantage que lorsqu'elle s'interrogeait sur les sentiments du curé. Elle essayait d'oublier cette pénible évidence en criant plus fort durant l'étreinte. Parfois même, elle tâchait de provoquer la colère de son amant, quêtant une gifle qui la soulagerait. S'il arrivait au prêtre de lui reprocher ses excès, jamais il n'osa la rudoyer, encore moins la battre. Thérèse quittait le presbytère repue mais privée de l'essentiel, la paix.

Elle ne manquait pas d'appeler le curé le lendemain et de se confondre en excuses. Mais le mardi suivant, elle reprenait de plus belle.

Au bout de cinq semaines, elle se rapprocha de Léo, un soir, et se colla contre lui. Il l'entoura de ses bras mais la pria de ne pas insister lorsqu'elle commença à promener une main sur sa poitrine; il l'écarta quand elle descendit plus bas. Il ne voulait aucun sacrifice. Il l'aimait assez pour partager sa privation. Cette délicatesse blessait Thérèse profondément. Elle cherchait dans les gestes de son époux des marques de souffrance mais elle ne trouvait que de la compassion. Elle décida de le gâter en faisant la cuisine avec plus de délicatesse. Il la gronda parce qu'elle se fatiguait et, renversant les rôles, se chargea de préparer de petits plats qu'elle avalait la gorge serrée. Elle jeta sur les enfants un excès d'attentions et de soins. Ils se défendaient, agacés, ou la fuyaient.

Elle répondait brièvement lorsque Léo la questionnait sur les visites médicales. Les pertes avaient cessé totalement, les douleurs devenaient de plus en plus rares et moins fortes. Elle pouvait espérer une guérison... Il essayait parfois de clarifier certains points, sans trop insister, de crainte de la fâcher.

— Moé, c'qui m'surprend avec ton docteur, c'est qu'y te prescrit aucune crème, pas d'sirop à prendre à maison... Rien qu'une piqûre...

— Tu parles comme ma grand-mère, Léo, avec tes onguents et tes crèmes. Y a commencé à m'administrer des rayons et des massages.

— C'est pas pour rien qu'tu reviens fatiguée de tes visites le mardi...

— T'as remarqué?

— Que c'est qu'tu penses? Tu veux toujours pas que j'aille le voir avec toé?

— À quoi bon manquer une journée d'ouvrage? Je t'assure que ça n'arrête pas de s'améliorer... Queque chose me dit que j'vas bientôt guérir... Tu vas voir...

— C'est pas lui qui va te guérir, tu peux être sûre de d'ça. C'est mes prières... Pis j'ai faite chanter des messes pour toé.

— Des messes? Par le curé Tremblay?

Thérèse était livide: il ne fallait absolument pas que les deux hommes communiquent entre eux, que l'amant informe l'époux que les visites se poursuivaient au presbytère.

Léo sourit:

— J'ai pensé à lui... Pis j'me su dit que ça y ferait trop d'peine, vu qu'y est quasiment d'la famille... Non, pas l'curé Tremblay, mais l'curé de Desbiens...

Elle respira mieux: tout son stratagème aurait pu s'écrouler si facilement!

Cinq mois plus tard, elle se jeta dans les bras de son époux en criant:

— J'su guérie! Oh, guérie! Totalement guérie!

Léo la serra en sanglotant:

— Mon Dieu, mon Dieu! Ça s'peut pas... Oh, merci, merci!

Et, bien entendu, il ne la repoussa pas le soir lorsqu'elle l'invita. Il lui demanda cependant s'ils pouvaient se laisser aller. Elle lui répondit de ne pas s'inquiéter.

— Le docteur pense que ça m'ferait du bien d'partir en famille... Mes ovaires prendraient du repos et ça aiderait ma matrice à s'remettre...

— Et pis on doit ben ça au bon Dieu, renchérit Léo.

Ce matin-là, Thérèse avait effectivement rencontré un médecin à Chicoutimi. Il confirmait que le retard menstruel était dû à une grossesse.

Elle l'annonça, le mardi suivant, à son amant. Il resta de glace. Elle sourit:

— Je savais que vous auriez des doutes... Vous pensez que ça pourrait être Léo, n'est-ce pas?

— C'est évident...

— Depuis mon voyage à Chicoutimi avec vous, je n'ai pas eu de relations avec lui, pour éviter toute confusion. Il faut absolument que vous lui en parliez...

— Qu'est-ce que tu me racontes là, Orchidée? demanda le prêtre, incrédule.

Quand il eut appris tous les détails, il se leva et se mit à marcher dans la chambre, bouleversé. Thérèse se taisait. Le prêtre s'arrêtait parfois, se prenait la tête à deux mains et gémissait:

— Mon Dieu!...

Il revint auprès de la femme assise sur le bord du lit, se mit à genoux devant elle et la serra dans ses bras. Thérèse pensait qu'elle n'avait pas trop souffert pour mériter cet instant de bonheur. Il se reprochait:

— Quel enfer je t'ai fait vivre depuis cinq mois! Te cacher pour venir ici, garder ton secret...

— Vous n'avez révélé à personne que je continuais à venir vous voir? s'enquit la femme, un peu inquiète.

Le prêtre réfléchit:

— À personne...

Perplexe, il s'arrêta comme s'il se souvenait de quelque chose. Thérèse le fixait. Il se corrigea, avec un léger sourire:

— Si... Ma sœur Juliette... Un appel de Montréal... Je ne me méfiais de rien... Ce n'est pas grave: je lui dirai que je ne voulais pas qu'elle sache que tu te faisais soigner le mardi pour un cancer...

164

Thérèse soupira. Le curé songea: «Quel tourbillon!» Mais rien ne pouvait ternir son bonheur d'être père...

Thérèse ne l'avait jamais vu aussi content. Elle souriait, lorsque la pensée la plus inattendue lui traversa l'esprit: «Le mardi, exigera-t-il que je vienne le voir avec le bébé?»

CHAPITRE XV

Deux pères

Léo commençait à peine à s'offrir des moments agréables lorsqu'il apprit que Thérèse était enceinte. Il n'avait jamais osé lui confier ce qu'il pensait vraiment de sa maladie: «Tout d'un coup qu'ton cancer ça serait une invention du bon Dieu pour nous punir à cause qu'on s'conduit mal?» Tant de fois, durant ces mois d'incertitude, il s'était reproché d'avoir arraché au curé, à force de gémissements, la permission de «faire le mal pour le plaisir de faire le mal»! Cette grossesse constituait, à coup sûr, une bénédiction; il se sentit enfin à l'abri du courroux divin. Cependant, pour augmenter encore ses chances de réconciliation avec le ciel, il proposa:

— Après tout ce qu'y a faite pour nous autres, tu penses-tu, sa mère, qu'on pourrait demander à monsieur l'curé d'être dans les honneurs? Ça m'dit qu'y n'a jamais été parrain et qu'ça pourrait ben y faire plaisir.

Thérèse, qui avait tout prévu, y compris une telle offre, protesta:

— Encore un de tes plans d'nègre! T'as-tu pensé aux voisins?

Elle savait que Léo défendait ses idées tant qu'elle acceptait de répondre à ses arguments. Il ne capitulait que lorsqu'elle sortait l'une de ces formules péremptoires dont elle possédait un vaste arsenal:

— Ça suffit, à c't'heure!

Celle-ci y occupait une place privilégiée. Thérèse consentit au mari deux ou trois répliques plutôt discrètes avant de lui montrer qu'elle cédait.

— Tu m'feras jamais changer d'avis: ç'a aucun bon sens. Mais pour pas qu'tu me rendes malade, j'arrête de parler. En tout cas, c'est toé qui vas y annoncer la nouvelle. Compte pas su moé, certain!

Léo, sans délai, s'acquitta de cette tâche. Après de légères hésitations, non pas que la proposition lui déplût mais parce qu'il ne pouvait y consentir sans l'autorisation de l'évêque, le prêtre laissa son grand ami plein d'espoir. Dans la huitaine, il l'informa que plus rien ne s'opposait à ses désirs.

Il ne restait plus à Léo qu'une dernière victoire à remporter pour que son bonheur fût complet. Il s'attendait à rencontrer beaucoup de résistance; aussi se promit-il de surpasser la ruse d'un Peau-Rouge:

— À c't'heure que tu monteras p'us à Chicoutimi chaque semaine, vu que t'es guérie, que c'est qu'tu vas faire de ton temps l'mardi? demanda-t-il à Thérèse peu après le début de cette grossesse dont il se croyait l'auteur.

— Rester chez nous. Trois enfants, un autre qui s'en vient, ça fait assez d'ouvrage.

— Mais monsieur l'curé... Ça fait plus que cinq mois que t'as pas fait ton tour. Ses papiers doivent être mêlés que l'diable.

— Y s'arrangeait ben sans moi avant...

Léo essaya de lui faire comprendre qu'une femme se fatigue à vivre toujours entre ses quatre murs, s'abrutissant à nettoyer, ramasser, frotter...

— Penses-tu que j'fais d'aut'chose quand j'classe ses papiers? riposta l'épouse.

Léo répliqua qu'il voyait des grandes différences entre ces deux tâches. Il évita de lui parler de l'influence apaisante de ses visites au presbytère; elle aurait pu se fâcher. Après une demi-heure d'argumentation, Thérèse soupira et, de nouveau, capitula.

Le mardi suivant, dédaignant le garage du curé, elle stationna dans la cour du presbytère, s'exposant de nouveau au regard d'Aline Blanchette.

Autant il s'était montré discret lorsque sa femme se faisait soigner, autant Léo se plut à divulguer la bonne nouvelle.

Anne-Marie fut l'une des premières à l'apprendre. Pour informer le village, Léo se fia davantage à la célérité des dames Blanchette qu'à l'hebdomadaire régional, *L'Étoile du Lac*. Malgré l'interdiction de sa femme, il raconta que le curé nommerait le bébé. Il précisa même que l'enfant porterait le prénom du parrain, Marcel, et, si c'était une fille, s'appellerait Marcelline. En apprenant ce détail, Anne-Marie pâlit. Léo ne demandait pas mieux. Il songea: «La jalousie la fait crever.» Et c'était tout juste s'il exagérait, car, en racontant la primeur à sa maman, l'informatrice pleurait presque:

— Mon p'tit cousin! Et dire qu'y m'a refusé quand j'l'ai supplié d'nommer ma dernière!

Sa mère essaya de la consoler:

— Y s'est forcé à cause que Thérèse a s'ménage pas pour lui. A l'a repris ses voyages depuis l'printemps. Faut que j'te dise que ça m'a causé une moyenne surprise; j'la trouvais bonne d'avance quand a venait l'aider avant de tomber malade, mais à c't'heure, dans l'état qu'a l'est, donner son temps à Marcel, c'est pas mal méritoire.

Ces dames ignoraient à quel point leur cousin s'intéressait à la grossesse de Thérèse. Le curé eût aimé crier sa joie. Le silence qu'il devait s'imposer le révoltait de plus en plus. Alors qu'au début il se sentait rassuré d'entendre Léo assumer cette paternité, qu'il l'en félicitait même, il ne tarda pas à s'en vouloir de ne pouvoir protester. Il se voyait, dans le futur, obligé de surveiller le ton de sa voix, chacune de ses paroles, chacun de ses gestes, la tendresse qui paraîtrait dans ses yeux. Il serait l'éternel second, d'abord auprès de l'épouse de cet homme et bientôt auprès de son propre enfant qui porterait le nom d'un autre!

Dans les premiers temps, il réussit à cacher ces pensées amères, trop occupé à chercher dans le corps de sa maîtresse la certitude qu'il ne rêvait pas. Trois semaines après qu'il eut appris la nouvelle, son inquiétude de père se mit en travers de ses élans d'amant. Il déshabilla sa maîtresse pour l'inspecter

169

et non, comme autrefois, pour l'étreindre et calmer ses propres désirs, puissants jusqu'à la douleur. S'il touchait les seins de Thérèse, s'il caressait son ventre, c'était avec un visage calme, rêveur et souriant, non le souffle court, les yeux fermés, les mains fiévreuses. Il s'attristait de voir que la gestation ne déformait pas encore ce corps qui excitait moins ses sens à mesure qu'il éveillait sa curiosité, sa fierté de procréateur. Après six semaines, il demanda:

— Es-tu sûre d'être enceinte? Je ne vois rien!

Elle sourit:

— Que vous êtes impatient! Vous ne verrez rien avant le troisième ou le quatrième mois. J'ai à peine deux mois et demi de faits.

— J'ai tellement hâte, c'est vrai! Je n'osais l'avouer, mais parfois, quand je voyais un enfant, j'avais mal. Je les regardais, les gâtais quand j'en avais l'occasion, mais j'enviais leurs parents. Te rends-tu compte du cadeau que tu me fais pour mes cinquante ans?

— Ça vous plaît?

— Tu ne pourras jamais comprendre. Il faudrait que tu sois à ma place. Je fais tant de projets! Je rêve maintenant. Des fois, je me dis que je pourrai lui laisser le peu de biens que j'ai acquis. Je surveillerai son éducation.

Certains jours, il s'agissait d'un garçon; d'autres mardis, d'une fille, Marcelline. Thérèse prit part à ses rêveries. Le curé se mit à parler chiffons. Avec le temps, Léo se glissa dans leurs propos. Ils le contournèrent tout d'abord. Puis, comme une tache d'huile, il s'élargit; comme une muraille, il s'étendit, s'éleva. De plus en plus, il barrait leurs désirs. Alors le curé, incapable de le mettre de côté, entreprit de l'attaquer, le mordillant au début. Comme cela ne suffisait pas à le faire disparaître, il s'acharna sur lui avec une force et une fréquence croissantes. La haine poussa comme une herbe méchante en lieu et place de ce qui initialement n'était qu'une simple contrariété... Thérèse pensait que ces dispositions hostiles passeraient, mais tandis que ses seins grossissaient, quand le prêtre vit son ventre pointer, quand il put discerner comme des ondes le mouvement de son bébé, puis entendre les battements du cœur, Léo devint une obsession. Thérèse entra, sans bien s'en rendre compte, dans ce bain de haine où le curé s'immergeait de plus en plus profondément. À six mois de grossesse, il se plaignait:

— Non seulement il va tenir notre bébé, mais il va le traiter comme si c'était lui qui l'avait fait et l'enfant va être dupe.

Son ardeur d'amant ne cessait de baisser. Dans leurs rencontres, il pensait plus à épargner le fœtus qu'à étreindre la mère. Elle se crut dédaignée, tandis que Léo la calmait. Au lieu d'en savoir gré à son époux, elle lui en voulait et se détestait elle-même de vibrer au contact de son corps. Elle regrettait parfois l'époque où elle restait de glace.

Sans oser l'avouer, elle blâmait le prêtre de la jeter dans les bras de Léo. Pour se rassurer, elle demanda au curé si son corps lui répugnait. Il lui confia ses craintes:

— Au contraire, je te trouve splendide, mais le bébé est là. Quand je me couche sur toi, j'ai l'impression de l'écraser, et même autrement je crains de l'atteindre. Cela me rend nerveux. J'aimerais t'avoir tout le temps sous les yeux, t'embrasser, te caresser, mais pas plus.

D'abord touchée par cet aveu, Thérèse ne put bientôt s'empêcher de penser: «On dirait qu'y préfère déjà l'bébé à moi. Qu'est-ce qu'y va faire quand y va être né?» Une certaine honte, les premiers temps, l'empêchait d'approfondir cette crainte. Vers la fin de la grossesse, cependant, elle se demanda si elle n'avait pas commis une erreur. «Y m'échappera p'us, c'est certain, mais qu'est-ce qu'y va me rester des moments de bonheur? Je l'ai, je l'garde, mais est-ce qu'y est le même ou ben y est déjà un autre? J'pense que je l'garde mais on dirait qu'y est perdu à tout jamais, qu'y est p'us lui-même. Avant, c'était mon amant; a c't'heure, c'est p'us rien qu'le père du bébé.» Puis elle se reprochait: «Que j'su folle! J'me fais des drames pour rien!»

*   *
*

Aline Blanchette, du haut de son perchoir, prenait régulièrement les mensurations du buste et de la taille de Thérèse.

Elle en informait Anne-Marie, qui agissait de la même façon lorsque «la femme à Léo» venait au magasin *Chez sa mère*. Les deux dames comparaient leurs observations. Mais l'amertume d'Anne-Marie ne cessait de croître et tout lui était prétexte à critiquer:

— Ça peut pas faire comme nous autres! Faut qu'ça l'aille à Chicoutimi pour s'faire accoucher.

La mère essayait de mettre un peu de baume sur cette plaie que la jalousie empêchait de guérir:

— Faut qu'tu comprennes, chère, que c't'une grossesse délicate. A achevait ses traitements pour un début d'consomption quand qu'est tombée en famille.

Elle se trompait si peu! Thérèse, prise dans l'engrenage des mensonges, avait fait croire à Léo qu'elle devait continuer à rencontrer le gynécologue de Chicoutimi qui l'avait guérie. Effectivement, elle se rendait périodiquement à l'hôpital Saint-Vallier où un spécialiste suivait sa grossesse. Elle avait fait jurer à son mari qu'il n'aborderait jamais avec le médecin l'histoire de son cancer:

— Ça, c'est du passé, j'veux p'us entendre parler de d'ça.

Après l'accouchement, le docteur enverrait son compte pour la totalité des soins dispensés. L'assurance du mari paierait.

— Une chance qu'on a la Croix-Bleue, répétait Léo. Autrement y'aurait fallu vendre la maison.

Début janvier 1962, au petit matin, Aline appela sa fille. Elle était fière d'annoncer:

— Anne-Marie, devine!

— Allons, maman, vous m'réveillez quasiment... Comment c'que vous voulez que j'devine?

— Devine, Anne-Marie! Micheline m'a appelée à matin, à six heures justes. C'est elle, ta cousine, qui était d'service en obstétrique à l'hôpital Saint-Vallier. Ben, c'est faite, chère, c'est faite! Thérèse a accouché! Une fille, chère, oui, une fille... Bien faite, sept livres, chère. Chanceuse! Ça aurait pu être une prématurée: à huit mois de grossesse, chère! Un mois à l'avance à cause qu'a s'est pas ménagée, c'tte pauvre elle, pendant qu'était en famille!

172

Léo l'avait conduite précipitamment. Jamais il ne s'était montré aussi nerveux. Son inquiétude ne dura guère: deux heures après son arrivée, tout était achevé. La mère reposait et le bébé semblait robuste.

Il appela aussitôt son meilleur ami et lui apprit la nouvelle. Il fut touché par la joie du curé au point de reconnaître, en raccrochant:

— M'a faite brailler. Jamais j'aurais cru. Y nous aime ben pareil. Ça va faire un maudit bon parrain pour la p'tite!

Malgré son émotion, le prêtre tint à vérifier un détail qui l'intriguait: Thérèse lui avait raconté que l'idée de le désigner comme parrain et de donner son prénom au bébé venait d'elle. Or, d'après Léo, c'était lui l'instigateur. Il précisa qu'il avait eu quelque difficulté à convaincre sa femme, laquelle se souciait trop des qu'en-dira-t-on. Toujours conciliant, il expliqua:

— Thérèse, c't'une femme; ça l'a peur des voisins. C'est pas qu'a voulait pas...

L'arrivée de Marcelline permit au curé de retrouver la paix de l'esprit que la jalousie avait détruite. Il souhaitait et craignait à la fois que le bébé lui ressemble. Le destin se fit complice: la petite avait choisi les yeux verts de la mère, la chevelure noire du père, ses lèvres minces, sa fossette au menton; le nez assez fort aida Léo à cultiver des illusions qui protégeaient les amants.

Sa situation de parrain et de célibataire, son amitié de toujours pour le «père» du bébé expliquaient ses largesses. Encouragé par son ami, il répétait ses visites. Bientôt, il ne passa pas une semaine sans voir sa filleule.

Il la berçait, baisait ses menottes. Il restait parfois des heures dans sa chambre à la regarder. Thérèse, prévoyant son arrivée, envoyait Mario passer la journée chez les grands-parents Fortin. Suzanne et Vincent allaient à l'école. Mais ses espoirs d'étreintes passionnées n'effleuraient même pas la pensée de son amant. Il préférait nourrir le bébé qui, simultanément, s'alimentait au sein et au biberon. Il se plaignit bientôt de l'éloignement des plus vieux; ses attentions et ses cadeaux lui valaient, en effet, un accueil intéressé de leur part. Quand l'occasion s'offrait, il gâtait surtout Suzanne. Il lui trouvait une ressemblance frappante avec le bébé. La fillette, du reste, témoignait à sa petite sœur une tendresse touchante. Thérèse dut céder devant son insistance et lui permettre de la changer et de la nourrir de temps en temps.

Durant le premier mois, le curé se rapprocha de Léo. Ils ne parlaient plus seulement chasse, pêche et nature, mais aussi éducation, santé et avenir des enfants. Aidé par l'homme avec lequel il partageait tant de biens, le prêtre s'installa presque chez les Boily.

Deux mois après l'accouchement, Thérèse reprit, au presbytère, ses tâches habituelles. Cependant, son amant veillait à ce qu'elle ne reste pas plus de deux heures. Les ébats retrouvèrent l'ardeur d'antan, non leur douceur. Le prêtre donnait l'impression de chercher un soulagement rapide et complet, de vouloir procurer la même détente à sa maîtresse, mais de disposer de moins de temps.

Thérèse rentrait chez elle dépitée de se faire renvoyer auprès de la petite. Pour se consoler, elle philosophait: «Tout nouveau, tout beau. C'est pas pire que les vieux garçons qui deviennent jaloux du bébé. Ça va passer.»

Le prêtre s'émerveilla quand Marcelline prononça ses premiers mots. Vers un an, elle dit clairement: «Parrain.» À son avis, jamais enfant n'avait été plus précoce. Il se plaignit un jour de ne pouvoir l'emmener voir ses frères et sœurs.

— Elle est tellement plus belle que mes nièces! Il n'y a que toi qui sais que je suis son père; j'aurais tellement voulu le crier pour que tout le monde l'apprenne!

Il s'extasiait devant ses progrès:

— À peine un an et elle marche déjà!

Il appréciait la gentillesse des plus vieux à l'égard de Marcelline:

— J'avais peur que Mario se montre jaloux, mais il aime bien sa petite sœur. Même ce rustre de Vincent est gentil avec elle.

— Vous les gâtez tellement! commentait sa maîtresse.

— Je les aime tous, tu sais. Ça me coûte de partir: j'aurais le goût de les emmener avec moi.

Il ajoutait:

— Et toi avec...

Ces propos rassuraient plus ou moins la femme: «Peut-être que sa passion baisse, mais y a plus de danger maintenant que j'le perde, et c'est ça le principal!»

Léo était comblé: l'intérêt du prêtre dans l'éducation et l'avenir de Marcelline dépassait tous ses espoirs. Peu lui importait la jalousie des Avenantais. Il riait: «Ça les punira d'avoir cacassé à cause que j'habite au fond d'un rang! À c't'heure, y font attention comme qu'y m'parlent, pis Suzanne et Vincent sont mieux traités à l'école. Faut croire que j'l'ai mérité...» On eût dit que, sans avoir déménagé de la campagne, il habitait désormais au cœur même du village.

Mais un incident vint briser la fragile harmonie qui régnait entre le père réel et le père présumé de Marcelline. La petite, âgée de deux ans et quelques mois, se reposait, appuyée sur une cuisse de Léo. Ce dernier fit remarquer à son ami:

— Mêmes lèvres que vous; mêmes cheveux noirs un peu ondulés; front haut toute pareil, pis une fossette au menton: a l'a pris ça d'la chandelle!

Le prêtre aurait voulu lui crier: «Mais c'est ma fille, comprends-tu?» Pour toute réponse, il pâlit; Thérèse aussi.

Il ne diminua pas la fréquence de ses visites, mais son attitude changea. Il sombrait dans des moments de silence de plus en plus longs lorsqu'il conversait avec Léo. Il partait on ne sait où. Il revenait de ces voyages avec un long soupir et parfois posait sur son ancien copain un regard humide empreint de tristesse.

Il parut embarrassé lorsque son amante lui demanda ce qui le dérangeait. Il essaya de nier l'observation de sa maîtresse. Cette tentative de fuite augmenta l'inquiétude de celle-ci. Le curé lui reprocha:

— Pourquoi faut-il que tu sois si curieuse?

— Parce que je suis femme...

— Ève aussi l'était, tu sais...

— Je ne suis pas Ève. Vous m'inquiétez encore plus. Est-ce donc si grave?

Il soupira. Elle revint à la charge:

— Dites-le-moi, je vous en prie... Est-ce que vous ne m'aimez plus?

— Où vas-tu chercher ça? Au contraire, je t'aime encore plus. Je t'aime doublement, pour toi et pour la petite.

— Mais vous m'avez et vous l'avez...

— Tu crois...? Non, ce n'est pas moi qui vous ai: c'est Léo...

Thérèse blêmit. Son sacrifice s'avérait inutile. Elle garda le silence. Comme un film en accéléré défilèrent dans sa tête des attitudes observées depuis plusieurs mois.

Elle connut des nuits blanches au cours desquelles elle essayait de deviner les sentiments que le prêtre cachait derrière ses yeux tristes jusqu'aux larmes. Le printemps passa. À la mi-juillet 1963, elle s'arrêta une fois pour toutes à une conclusion qu'elle avait tant de fois écartée mais qui sans cesse revenait: «C'est la jalousie...» Elle chercha à nier ce qui lui paraissait évident: «Il le hait à mort.»

Cependant, de plus en plus souvent, elle rêvait que Léo perdait la vie dans un accident.

CHAPITRE XVI

La chasse aux canards

Le village ne se doutait guère des inquiétudes de Thérèse ni du mal qui rongeait le curé Tremblay. Au contraire, la jalousie nourrissait l'imagination des Avenantais, astiquait les mauvaises langues. Anne-Marie profita de la situation pour compter quelques points aux dépens de sa mère:

— Maman, se rengorgea l'épouse d'Alphonse Patenaude, vous m'direz p'us, à c't'heure, que Thérèse aidait Marcel par pure bonté! Faut que j'vous dise à mon tour que même si j'l'ai vue grandir, jamais j'aurais cru qu'a l'était fine mouche de même. A l'voyait venir de loin, c'pauvre lui; a l'a eu par son point faible: la p'tite femme à Léo qui fait pitié pis qui va s'plaindre à son curé; pis, bonne fille, a y fait son ménage; pis, pour le remercier, a y fait nommer sa dernière. À c't'heure qu'a l'a trouvé son point faible, est après l'plumer. Y s'conduit pareil comme si y était l'père d'la p'tite: y est après se ruiner, maman, que j'vous dis, y est après se ruiner.

À l'autre bout, Aline soupira:

— Eh ben!

Puis, comme si elle s'entêtait à défendre la femme à Léo, elle ajouta:

— Faut dire que la p'tite Marcelline est mignonne comme ça s'peut pas, tellement que je l'aurais croquée toute crue...

Mais pour Anne-Marie l'appétit de sa mère n'excusait pas la conduite de Thérèse. Elle ignorait ce que vivait cette femme. Ses nuits agitées lui ramenaient sans cesse des rêves dont le souvenir la hantait au réveil: Léo se noyait; à la chasse, il tombait et son arme se déchargeait, le projectile l'atteignait au cœur; sa voiture heurtait de plein fouet un train de marchandises...

Fin août, après l'amour, elle resta couchée. Elle confia à son amant:

— Hier, j'ai rêvé que Léo avait disparu. La chasse était ouverte, un accident...

Elle parlait d'une voix calme, douce. Sa main caressait celle du curé, de sorte que cette confidence ressemblait fort à une prière qu'elle lui adressait.

Le prêtre ne dit mot. Elle partit peu après, sans rien ajouter, comme si elle voulait lui laisser le temps de mûrir son offre.

Mais le sommeil de Thérèse souffrit davantage. Le jour, elle essayait de cacher sa nervosité devant son mari en se montrant encore plus empressée à son égard. L'homme trouva donc très naturel que, début septembre, elle lui rappelle l'ouverture de la chasse et lui demande s'il comptait y participer. Il lui exposa son point de vue:

— L'ouverture, c'est bon rien qu'pour ceusses qui savent pas tirer. Ces pauvres oiseaux y ont pas encore goûté au tabac. Y s'sentent toute confiants après six mois passés dans les marécages sans s'faire achaler. Le jour y'où ce que la chasse ouvre, y sont toute perdus quand y entendent le premier coup d'feu. Y t'arrivent drette dans face comme des fous. Toé, tu sors de ton trou et «Pan! pan!», t'es descends. Un vrai massacre. Non, c'est pas pour moé. J'vas attendre une couple de semaines quand qu'y vont être ben réveillés, pis là, j'vas avoir du *fun* à les guetter pendant qu'y m'guettent. À c't'heure, c'est ben qu'trop facile pour moé.

Thérèse ne s'avoua pas vaincue. Elle réagit avec une certaine rudesse:

— Tu penses qu'à toé. T'as pour ton dire que t'es un bon chasseur, pis j'dis pas l'contraire. Mais as-tu pensé à monsieur l'curé? C'est ben d'valeur, mais y est pas aussi capable que toé. Lui, c'est ça que ça y prend, des coups faciles, si y veut descendre des canards. T'es tellement égoïste que tu me forces à te dire des choses que j'aurais aimé mieux garder pour moé.

Léo rougit. Il dut convenir:

— C'est vrai qu'y l'a pas pantoute, l'affaire, monsieur l'curé. Un homme intelligent d'même, y tire-tu mal rien qu'un peu! C'est quasiment pas croyable! J'ai beau y dire de tirer en avant, en swingnant son fusil, y vise toujours le canard comme si c'était un bœuf attaché à un poteau, pis «pan!», ses plombs fessent par en arrière!

— Raison de plus pour y donner des cibles faciles, des canards su l'eau.

— Thérèse, dis pas des affaires de même! Des canards su l'eau, ça s'tire pas. C'est bon rien qu'pour des aveugles!

Sa femme insista:

— Des aveugles! T'arrêtes pas d'en mettre! On tire comme on peut: si y est pas capable d'les descendre au vol, y les tuera su l'eau, c'est toute.

Avec un mélange de crainte et d'empressement, le prêtre accepta l'invitation que Léo lui fit deux jours après cette discussion avec son épouse.

Autant que son amant, Thérèse était déchirée entre le désir très confus de tuer son mari et l'épouvante de descendre encore d'un cran dans le gouffre du mal. Elle combattait à s'épuiser une tentation qui, comme un morceau de bois plongé sous l'eau, émergeait sans cesse. De cette lutte intérieure dont sa femme n'avait même pas fait part au curé, Léo ne voyait que les manœuvres employées pour nier l'envie de l'anéantir: une sollicitude qui grandissait en même temps que l'impulsion mortelle. Mue par cette contradiction qui frisait la démence, Thérèse ne dormit guère la veille de l'ouverture. Pour mettre fin à ses cris, Léo la réveilla au milieu d'un cauchemar. Il l'interrogea. Elle préféra mentir et répondit:

— Un méchant rêve, pas clair... J'ai dû mal digérer.

Léo la plaignit:

— Des fois ça reste su l'estomac, ces maudites pattes de cochon.

Au moment du départ, elle retint son mari par la main, puis l'enlaça comme elle ne l'avait jamais fait. Les larmes aux yeux, elle supplia:

— Léo, prends soin de toé. Fais ben attention, mon chéri, j'ai peur. J'veux pas qu'y t'arrive un malheur. Reviens-moé vivant. J't'aime.

Elle se serra contre lui en sanglotant. Le pauvre restait abasourdi. Il la réconforta à son tour et plaisanta:

— T'es folle, ma grande foi... Tu t'en viens trop sensible, ma pauvre toé.

À peine la voiture de son époux avait-elle tourné au coin de l'allée que Thérèse sortit un lampion acheté la veille. Elle l'alluma et se mit à genoux. Elle pria la Vierge Marie et la bonne sainte Anne dans l'espoir absurde de conjurer ses propres désirs de mort.

Léo passa au presbytère prendre le curé, puis les deux hommes filèrent vers Saint-Méthode. Ce village longe des marécages nés de la confluence de quelques rivières boueuses avec le lac Saint-Jean. En début de saison, les sarcelles à ailes bleues ou vertes y côtoient les canards noirs et les colverts. Un peu plus tard, les bernaches du Canada y séjournent durant les semaines que dure leur migration vers le sud.

Vers cinq heures, Léo arrêta au bord d'un promontoire. Les deux hommes détachèrent une chaloupe fixée à la remorque et la mirent à l'eau. Ils chargèrent une douzaine de leurres, armes et provisions. Noiraud embarqua sans se faire prier.

L'équipage démarra, poussé par un petit moteur, tanguant un peu au gré des vagues. Assis à l'avant, le curé avertit, dès la première minute du voyage:

— Tire pas tant qu'on ne sera pas rendus.

Un peu surpris, Léo sourit, les joues mordues par un vent frais et léger.

— Vous avez-tu peur que j'vous prenne pour un canard? À la grosseur que vous avez, y a pas de danger!

— Simple! rétorqua le prêtre, qui ne maîtrisait guère une certaine nervosité.

Il avait perdu confiance en son compagnon de toujours. Les pensées les plus ineptes le hantaient à mesure qu'ils s'avançaient sur le lac: «J'aurais dû m'asseoir à l'arrière; facile de se débarrasser de moi et de mettre ça sur le compte d'un accident.» Il se retourna vivement pour dévisager son copain.

180

Les ténèbres régnaient mais il aperçut la masse accroupie et calme guidant l'embarcation. Il constata avec un léger soulagement que le fusil enfermé dans son étui gisait aux pieds de son copain. Il dirigea de nouveau ses regards vers l'avant.

Cette agitation, tout d'abord, amusa Léo.

— Dites-moé pas, à c't'heure, que vous avez peur de l'eau! Vous savez-tu que si on chavire avec toute le grément qu'on a su l'corps, on coule à pic?

Le prêtre donna à cette remarque la même signification qu'aux pensées meurtrières que, sans bien le savoir, il nourrissait et combattait à la fois. «Il veut me faire peur; la journée commence à peine. Je dois garder mon calme, ne rien laisser paraître.»

Brusquement la chaloupe heurta un de ces billots que les rivières charrient vers les usines de pâte à papier et qui parfois s'égarent sur le lac.

— Attention, Léo! cria le prêtre. Tu as frappé une roche! Tu vas nous faire couler!

— Du calme, monsieur l'curé! C'est rien qu'une pitoune.

Léo songea: «Y s'rouille, c'pauvre lui. Un bon trois ans qu'y a pas faite un tour dans les marécages.» Le cœur du curé battait fort.

Au bout de vingt minutes, l'aube pâlit à l'horizon. Deux canards surgirent de la semi-obscurité; silencieux, ils disparurent en un clin d'œil.

— Tire pas dans le noir! sermonna encore le prêtre.

— Vous êtes donc ben nerveux aujourd'hui, le blâma Léo. On sait ben que c'est pas permis de tirer d'une embarcation en mouvement ni trente minutes avant le lever du soleil, pas avant quarante minutes!

À peine achevait-il ces mots qu'ils entendirent un fort bruissement d'ailes: six canards décollèrent en enfilade à une douzaine de mètres.

— Ça s'annonce ben, commenta Léo. Ça vole de partout.

— On est sûrs de notre quota, répondit le prêtre.

— Faut être sûr de rien, mon père, précisa Léo. J'en connais qui s'énervent quand c'est l'temps de tirer et qui manquent leur coup.

181

— Tu parles pour moi, je suppose? argumenta le curé, de plus en plus suspicieux.

— Vous ou n'importe qui; ça l'arrive. Oubliez pas d'viser la tête ou plutôt en avant du bec en faisant bouger votre fusil comme ceusses qui jousent au golf; un bon *swing*, c'est ben important, autrement les plombs passent en arrière du canard.

Ils continuèrent en silence. Des mouettes planaient au dessus d'eux; ailes ouvertes, elles se laissaient porter par le vent en poussant des cris à la fois étonnés et irrités...

— On arrive betôt, dit Léo. On peut chasser côte à côte ou ben s'placer des deux côtés du marécage. C'est comme ça que c'est l'plus avantageux; je prends ceusses de droite et vous ceusses qui viennent par la gauche; on peut tirer par en avant mais va falloir faire attention à l'autre pour pas s'décharger le *gun* dans face...

Le curé réfléchit, puis répondit:

— Je crois que c'est plus dangereux de chasser côte à côte que séparés.

— Ben non, c'est l'contraire, soutint Léo. Côte à côte, on s'voit. C'est facile de faire attention; mais si on est séparés pis qu'y en a un qui est distrait, y peut arriver un malheur.

Le curé garda son idée malgré l'avis de son compagnon, alors que d'habitude il ne mettait jamais en doute l'opinion du «maître». Il proposa:

— Je préfère séparés. On sera prudents pour ne pas se blesser.

— Comme vous voulez, accepta Léo.

Il choisit, pour chasser, les bords d'une langue d'eau qui, naissant du lac Saint-Jean, se transformait en marécage. Il débarqua d'abord le curé; ensuite, il dispersa ses leurres; ils imitaient des canards bien abrités. Les vrais oiseaux les survoleraient; certains se poseraient à côté.

Cette tâche accomplie, il cacha tant bien que mal l'embarcation en la recouvrant de joncs secs, puis il rejoignit le prêtre et lui offrit un peu de café. Le curé prit la tasse en plastique et but en silence. Il songeait que Thérèse s'était levée pour préparer les provisions. Il était absorbé dans la contemplation de sa maîtresse et la voyait en robe de chambre mal fermée, les seins exposés aux regards d'un mari indifférent, lorsque son copain le sortit de sa rêverie:

— À c't'heure, la guerre est déclarée. Comme c'est dit, vous restez icite, ben caché. Moé, j'me stationne de l'autre bord. Tirez à gauche et en avant tant que vous voudrez; touchez pas aux canards qui viennent su'a main droite. Moé, j'vas faire attention à ma gauche.

Le prêtre hocha simplement la tête, puis il recula pour se mettre encore plus à l'abri.

Léo se dirigea vers son point de chasse, situé à une trentaine de mètres plus loin. Il lui restait quelques enjambées à faire lorsqu'il entendit trois détonations rapides. Il se retourna; dans la clarté naissante, il vit filer deux colverts. Il demanda au curé:

— De y'où ce qu'y venaient?

— Droit devant moi.

— Vous avez tiré dessus?

— Comme de raison!

— Eh ben, fallait pas tirer dessus mais en avant du bec. Vous vous rouillez, monsieur l'curé!

Le prêtre pensait davantage à Thérèse qu'à tuer des canards. Léo reprit sa marche et se cacha parmi les joncs; ensuite, il chargea son douze. Il ordonna au chien:

— Toé, là, tu vas t'assire icite.

Noiraud se mit sur son séant, à gauche de son maître qui le félicita.

— Bon chien. Tu vas rester là, ben sage, pis m'laisser tirer en paix. Ouvre ben l'œil, mon chien, pis watche y'où ce qu'y tombent. T'iras les chercher quand j'vas te l'dire. T'as-tu compris?

Noiraud poussa un aboiement court et joyeux en branlant de la queue.

Léo s'était allumé une cigarette qu'il tenait de la main gauche; avec l'autre, il supportait le canon. Il regardait rougir l'horizon lorsque deux canards noirs foncèrent sur lui.

— Léo! Tu ne les as pas vus? cria le curé.

Léo sourit et rassura son compagnon:

— Certain! Comme qu'y sont arrivés, y aurait fallu que j'soye aveugle pour pas les voir.

— Eh bien! Pourquoi tu ne les as pas tirés?

— J'su pas pressé, j'ai pas envie d'avoir mon quota avant huit heures.

Marcel Tremblay haussa les épaules et bougonna:

— Il fait son fier.

Léo venait à peine d'éteindre sa cigarette sous ses pieds qu'un groupe de six canards arriva sur sa main droite. Il les laissa filer directement sur le curé. Aussitôt, ce dernier déchargea son fusil sans rien toucher.

Le jeune homme hocha la tête, découragé:

— Y comprend rien, murmura-t-il. Tirer su sa droite quand j'y ai ben dit et répété d'laisser passer ceusses qui arrivent par la droite. Y a dû laisser sa tête au presbytère à matin. M'en vas régler son cas et descendre ceusses qui s'amènent su ma droite: légitime défense, pas d'quota aujourd'hui!

À peine cinq minutes s'étaient-elles écoulées qu'il eut l'occasion de mettre à l'épreuve sa bonne résolution: deux canards plongèrent sur lui à toute vitesse, venant de la même direction. En moins de trois secondes, il épaula, tira, rechargea et tira un second coup. Il ordonna:

— Vas-y mon chien!

Noiraud se jeta à l'eau. Un canard flottait, ventre en l'air. L'autre, incapable de s'envoler, regardait avec épouvante dans toutes les directions; puis il battit des ailes, se renversa sur le côté, bascula ensuite sur le dos et s'agita de mouvements convulsifs. Le chien saisit le premier d'une gueule à la fois sûre et délicate et le ramena vers son maître. Le canard blessé cessa de bouger. Noiraud s'avança parmi les roseaux, s'assit sagement devant Léo et attendit.

— Donne! ordonna le maître.

Noiraud desserra les mâchoires. Léo prit le canard et félicita son chien. Puis il l'envoya chercher l'autre oiseau, un colvert mâle.

Le prêtre avait observé toute l'opération. Il ne put cacher son admiration:

— Eh bien! Beau travail, vous deux!

— Des professionnels, commenta Léo, faussement modeste.

Deux minutes plus tard, cinq détonations éclataient sur la gauche, à moins de cent mètres.

— Watchez ben! cria Léo, y vont arriver su vous, ça sera pas long! Au bruit qu'on entend, c'est Sylvain Gagnon qui chasse avec son dix. Son «flo» est avec lui, y apprend rien qu'à mal faire.

Trois sarcelles passèrent aussitôt, filant à vive allure. Elles suivaient une ligne brisée. Le curé restait figé.

— Tirez donc! hurla Léo.

Le prêtre épaula aussitôt et vida le chargeur.

— Vous avec tiré dans le tas? demanda Léo, dépité.

— Comme de raison, répondit le curé, embarrassé.

— Faut pas tirer dans l'tas rien que parce qu'y a un tas, torpinouche! Faut viser un canard et tirer celui que vous avez visé, autrement c'est du gaspille.

— Je n'ai pas encore pris le tour, se défendit le prêtre... Attends que la matinée avance et tu verras...

Il avait envie de lui crier: «Arrête de me faire la leçon. Je tire comme je veux. Puis, j'ignore pourquoi je chasse ici ce matin.»

De nouveau, on entendit deux coups.

— Des vrais coups de canon, ma grande foi, commenta Léo. Si c'est pas d'valeur de tirer un canard avec un dix! Faudrait enfermer ce monde-là! Un vrai crime! La p'tite bête a l'a aucune chance.

Un léger brouillard surgissait des marécages donnant une impression d'irréel. Les arbres et les joncs semblaient flotter dans une vapeur qui bougeait au gré d'un vent imperceptible. Dans la fraîcheur matinale, le paysage prenait l'allure d'un gigantesque navire à la dérive. Là-haut, les nuages gris s'amoncelaient.

«Le vent va s'lever betôt pour de bon, se disait Léo. Y va pleuvoir certain, rien qu'une p'tite pluie fine pour les agacer, leur donner l'goût d'voyager. On va avoir une bonne ouverture.»

Autour de lui, la rosée dégouttait. Les bottes trempaient dans le sol spongieux. La robe de Noiraud avait perdu un peu de son lustre. Le chien poussait parfois de petits gémissements en regardant son maître d'un air inquiet.

Léo le sermonna:

— Dis-moé pas, à c't'heure, que c'est toé qui m'emmènes chasser! Tu sais ben que j'aime pas ça qu'tu m'fasses la loi quand qu'on vient dans l'bois. Tranquille ou j't'emmène plus.

Le jour s'était franchement levé. Continuellement, au loin, passaient des bandes d'oiseaux. Le vent ridait la face de la lagune. Les leurres dansaient doucement comme de vrais canards. Léo vit un groupe approcher. Il chuchota, assez fort cependant pour que le prêtre l'entende:

— Baissez la tête!

Les deux hommes s'accroupirent. Les canards se dirigèrent à droite puis décrivirent un cercle autour des leurres. Le capitaine n'était cependant pas tout à fait rassuré. Il entama une seconde ronde d'inspection en serrant de plus près les faux canards. Puis, il décrocha à tire-d'aile vers le fond du marécage, suivi de ses compagnons.

— On aurait dû tirer au premier tour, grommela le prêtre.

L'opinion de Léo différait beaucoup de celle du curé. Il la garda pour lui: «Si t'avais pas tourné la tête comme une girouette, peut-être qu'à c't'heure t'aurais tué ton premier canard! Y va-tu finir par s'calmer, c'te ciboire de curé?»

Dix minutes passèrent. Dans le lointain volaient par dizaines ou même par centaines les proies tant convoitées.

— Les maudits! blasphéma le curé. Pourquoi se tiennent-ils si loin?

Il se sentait si loin de sa maîtresse et de surcroît talonné par les «bons conseils» d'un mari qu'il aurait préféré savoir sur une autre planète...

Léo contemplait cette vie au-dessus du lac, tranquille et douce, pourtant sans cesse en mouvement.

Lancées au ras des joncs surgirent deux sarcelles. Elles se jetèrent bruyamment au milieu des leurres, à vingt mètres à peine du curé. Léo épaula aussitôt et tira. Les plombs frappèrent l'eau tout près de l'oiseau qui se trouvait à droite. Immédiatement, les deux petits canards décollèrent. Le curé fit feu: l'un d'eux tomba, blessé. Il tira de nouveau et l'acheva. Il hurlait de joie:

— Je l'ai eu! Je l'ai eu! Ça te prend des lunettes! Manquer une sarcelle sur l'eau! Celle-là, je ne l'oublierai pas! Tu peux être sûr que tout Saint-Avenant l'apprendra! Je te jure que je la conterai au prône!

— Vous aurez beau, admit Léo, froidement.

Il ouvrait la bouche pour ordonner à Noiraud d'aller chercher l'oiseau lorsque trois superbes colverts traversèrent la lagune. Il fit feu rapidement: les canards tombèrent à l'eau, sur le ventre. Il ordonna au chien d'aller les chercher.

Le curé blêmit. «Le salaud! Tantôt, il a juste tiré pour faire lever les sarcelles comme j'allais les descendre sur l'eau! Ce maudit, il me le paiera!»

— Tant qu'à y être, lui suggéra Léo, faudrait conter celle-là aussi au prône...

Le prêtre se mordit les lèvres. En voyant Noiraud revenir vers son maître avec un canard à la gueule, il ne put s'empêcher de penser: «Je le hais!» Il serra le canon de son fusil avec rage. Il jeta un regard lourd sur son compagnon et songea: «Mais qu'est-ce que je suis venu faire dans ce marécage avec ce gars-là? Il me fait tellement souffrir! Rien qu'à lui voir la face, j'ai mal. Il a tout ce que je veux, ce qui devrait être à moi: Orchidée, Marcelline. Mais en plus, faut qu'il se moque de moi parce qu'il tire mieux que moi. Quel mérite a-t-il? Il va dans le bois cent fois pour une fois que j'y mets les pieds...»

Il serra plus fort son arme en songeant: «Un homme qui ne se méfie pas, même s'il est adroit, ce n'est pas difficile à descendre...» Un frisson parcourut le corps du prêtre: cette pensée l'épouvanta.

Vers neuf heures, les canards se firent plus rares. Marcel Tremblay n'avait cessé de gaspiller ses cartouches.

À onze heures, calme plat. En état de légitime défense, Léo dépassait son quota de trois pièces. Les hommes laissèrent le marécage pour se mettre au sec. Le curé offrit du cognac à son compagnon qui répondit:

— Merci. J'vas prendre une bière. Joli flacon: c'est-y en argent?

— Plaqué argent, fit le prêtre.

— Joli. J'savais pas que vous aviez apporté du cognac.

— Il y a bien des affaires que tu ne sais pas, mon ami, se moqua le curé.

— Ben des affaires, certain. Savez-vous ce que j'aimerais savoir que j'sais pas? demanda Léo.

— Non, admit le prêtre, intrigué.

— Le latin! J'en sais assez pour servir la messe, mais j'comprends pas une miette au bréviaire. Pis moé, le latin, c'est jusse du par cœur. *Dominus vobis cum.* J'dis ça mais j'sais même pas ce que ça veut dire. C'est beau pareil, le latin...

— Le Seigneur soit avec vous, traduisit le curé.

— Oui, je l'sais parce que c'est marqué dans l'missel, mais j'comprends rien quand qu'on l'détaille.

— *Dominus*, ça veut dire «maître», «seigneur», expliqua le prêtre.

— Comme de raison, admit Léo.

Il tendit un sandwich à son ami, qui le croqua à belles dents. Léo acheva de boire sa bière, puis lança la bouteille au loin. Il s'éloigna en expliquant:

— La nature a ses exigences...

Le curé resta assis sur le sable, reposant contre un tronc d'arbre travaillé par le temps et les intempéries. Il lampait son cognac. Léo revint au bout de quelques minutes. Marcel Tremblay, pour se désennuyer, prit son douze, épaula et la bouteille de bière vola en éclats. La décharge passa à trente centimètres à peine en avant des genoux de son compagnon. Léo eut tellement peur qu'il ne dit mot.

Le prêtre remit son arme sur ses cuisses et porta le flacon à sa bouche.

— T'en veux vraiment pas, Léo? Très vieille fine Napoléon, délicieux, ce cognac...

— Pour dire vrai, je prendrais une autre bière, répondit l'autre, pensif.

* *
*

Thérèse trouvait le temps long. Dès dix heures, elle entama un va-et-vient de la cuisine à la baie vitrée. Elle guettait l'arrivée d'une voiture qui viendrait lui annoncer un malheur. Souvent elle entendait le ronronnement d'un moteur ou bien un coup de klaxon; elle se rendait à la fenêtre mais elle ne voyait rien. Elle revenait, les mains froides. Elle se mettait à genoux devant les images de la Vierge et, avec des larmes dans les yeux, elle priait:

— Sainte Vierge, mère de Dieu, et vous, bonne sainte Anne, protégez-les, rendez-moi mon mari en santé. Je vous en prie, bonnes saintes.

Puis elle reprenait son guet à la fenêtre.

* *
*

Les hommes étaient allongés sur la terre sablonneuse. Le soleil dardait. Ils otèrent veste de chasse et bottes...

— C'est bien calme, commenta le prêtre.

— Y sont retournés dans les champs, répondit Léo. Y vont rentrer pour dormir dans les marécages. La passe du soir, c'est pas mal bon, quasiment comme celle du matin.

— À quelle heure commence-t-elle? s'enquit le curé.

— Trois, quatre heures, cinq heures au plus tard. Faudra pas perdre de temps: à six heures, y fait quasiment noir.

«Quasiment noir, songea le prêtre... Fin de la journée... la fatigue... l'alcool... Un accident, ça arrive.» Puis, se ressaisissant: «Je suis fou! Comment puis-je penser à une telle chose!»

Les deux chasseurs gardèrent le silence. Le grand air aiguisait leur appétit et les sandwichs de Thérèse passaient aux mains de son époux et de son amant.

Léo buvait de la bière en faisant semblant de contempler le marécage. Il s'inquiétait. Du coin de l'œil, il surveillait son compagnon. Il aurait voulu l'avertir du danger: monsieur le curé prenait trop d'alcool; après cette gaffe qui avait failli lui écrabouiller les genoux, quelle serait la prochaine erreur du prêtre? Jamais il n'avait tiré d'aussi piètre façon; il se conduisait comme un débutant, même s'il avait déjà au moins quatre fois chassé avec Léo dans les marécages de Saint-Méthode. Aucune concentration. À quoi pensait-il donc? Le jeune homme revit certaines scènes des mois précédents: mines tristes, regards absents; il se souvint de soupirs, de longs silences. Quelque chose tracassait son ami. Il examina sa propre conduite envers le prêtre, cherchant à se rappeler des mots peut-être dits à la légère. Sans rien trouver de précis à se reprocher, il n'arrivait point à s'innocenter... Thérèse? Il en vint à se demander s'il n'avait pas trop insisté pour qu'elle retourne au presbytère. Marcelline, âgée de plus de deux ans et demi, exigeait beaucoup de surveillance. Une chance que Mario avait commencé la petite école à la fin de l'été... Thérèse pouvait se montrer brusque. Avait-elle rudoyé le curé? Il se proposait d'aborder le sujet avec elle... Il soupira en songeant à la scène qu'il entrevoyait...

À la dérobée, le curé regardait Léo comme s'il désirait attiser la haine qui brûlait déjà en lui. Il vit s'alourdir, puis se fermer les paupières de son compagnon. Allongé sur la terre couleur de cassonade, son rival, la tête posée sur sa veste de chasse roulée en oreiller, ronflait tranquillement au soleil de midi. Ce soir encore, il importunerait Thérèse avec ce même bruit. Chaque nuit, depuis douze ans, il dormait près d'elle, il la serrait dans ses bras. Le prêtre vit sa maîtresse dans les postures qu'elle préférait, mais entendit, mêlées aux ronflements de son compagnon de chasse, les plaintes de Thérèse qui gémissait de plaisir sous les coups de Léo; elle ne cessait de l'encourager en bougeant violemment son bassin et la vigueur de l'homme croissait de seconde en seconde comme celle du curé le mardi. La gorge sèche malgré le cognac, ivre de dégoût plutôt que d'alcool, il ferma les yeux pour écarter cette scène et ne plus voir l'homme qui ronflait mais le décoller de Thérèse. Il les rouvrit aussitôt et fixa avec haine celui qui lui volait tout ce qu'il chérissait, car une vision encore plus amère était apparue sur l'écran de son imagination: Marcelline dormant tranquillement sur les genoux de Léo. Sa fille! Son unique enfant!

La main droite du curé s'écarta de son corps et, sur le sable, rampa vers le fusil posé à côté de lui. Elle s'arrêta mais il ne la ramena pas sur sa cuisse.

Depuis bientôt cinq ans, qu'étaient devenues ses nuits? Combien de fois s'était-il réveillé en cherchant son Orchidée! Il la retrouvait au fond du rang des Hirondelles, couchée contre Léo. Il devait la lui abandonner et Marcelline avec. Lasse de souffrir, sa pensée sécréta enfin clairement cette obsession jusqu'alors nébuleuse qui depuis des mois l'empêchait de dormir: «La passe du soir, la fatigue, l'alcool: un accident, ça arrive facilement à la brunante.» Et, comme un homme qui a enfin trouvé la solution longtemps cherchée, le curé s'endormit. Bientôt ses ronflements se confondirent avec ceux de son compagnon.

Un vent plus doux qu'une caresse de femme amoureuse avait lavé le ciel de tout nuage. La voûte azurée s'incurvait au bout de l'horizon comme pour boire dans le grand lac pur. Aucun canard en vue: ils mangeaient dans les champs. Des mouettes flânaient, étirant parfois le cou en quête d'un poisson; certaines se reposaient sur l'eau, tels Léo et son ami, le ventre plein. Noiraud, ramassé sur lui-même, dormait aux pieds de son maître. Seuls les fusils déchargés et les proies ensanglantées rappelaient que la mort rôdait.

*   *

*

Thérèse, la gorge serrée, se servit une soupe. Elle offrit aux enfants de la viande hachée et des pommes de terre frites. Elle prit à peine le temps de desservir pour retourner s'agenouiller dans sa chambre et supplier:

— J'ai un terrible pressentiment! Vierge Marie, bonne sainte Anne, ramenez-les vivants tous les deux!

Vers trois heures, les hommes se remirent sur pied. Chemin faisant, Léo demanda au curé s'il tirait encore avec un œil fermé.

— Bien sûr, je vise mieux.

— Oui, mais avec un œil fermé on réduit l'champ d'vision en maudit. En plus, l'canon du fusil reste opaque, on voit pas

191

l'canard à travers comme quand que t'as les deux yeux ouverts pis que l'canon reste transparent. Un œil fermé, c'est l'meilleur moyen pour manquer ceusses qui viennent d'en face. Parlant d'manquer, vous m'avez manqué d'peu tantôt.

Le prêtre pâlit, comme si Léo avait lu dans ses pensées.

— Qu'est-ce que tu racontes là, toi? lui demanda-t-il, rudement.

— La vérité, mon père. Vers la fin d'la matinée, quand qu'je revenais d'pisser, vous avez tiré la bouteille de bière que j'avais jetée avant de me lever. Pour viser, vous avez fermé l'œil gauche, pis moé j'arrivais par votre gauche. Vous m'avez pas vu venir, comme de raison; votre décharge est passée à même pas un pied d'mon genou; une fraction de seconde pis vous m'coupiez les jambes; à l'heure qu'y est, je serais déjà mort au boutte de mon sang.

Un frisson parcourut les chairs du prêtre. Mais il protesta:
— C'est pas vrai!

— J'dis la simple vérité, insista Léo. Ça fait que tantôt, avant que l'sommeil m'empare, je jonglais. Vous m'avez faite voir la mort de proche, monsieur l'curé. Eh ben, c'est curieux pareil, mais j'ai réalisé, un coup l'émotion du premier moment passée, que la mort me fait pas peur pantoute. J'me disais: «De deux choses l'une: ou ben y a rien après la mort pis on dort d'un sommeil éternel, ou ben y a un paradis pour les bons gars pis j'ai aucune raison d'avoir peur.» J'ai eu beau m'creuser la tête, tantôt, j'ai rien trouvé à me r'procher. L'bon Dieu m'enverra pas griller à cause que j'parle mal par bouttes. Pour ce qui est de Thérèse pis des enfants, y en prendrait soin si y arrivait un malheur. Ça fait qu'au fond, le plus malheureux d'la gang, ça serait vous. Comment que vous feriez pour vivre avec des remords aussi méchants même si c'était pas faite par exprès?

Il continua son chemin. Le prêtre ralentit et il baissa la tête. Ses yeux ruisselaient. Il avait l'impression d'étouffer à force de retenir ses sanglots.

— Bonne chasse, lui cria Léo en s'engageant parmi les joncs.

Le prêtre ouvrit la bouche; les larmes tremblaient dans sa gorge; il ne répondit pas. De ses yeux embués, il suivit son compagnon qui disparut bientôt.

Le curé s'assit sur le sol humide, son fusil à côté de lui; il sanglota en se mordant les poings pour que Léo ne l'entende pas.

Rentrant des champs, les premiers canards du soir passaient à distance. L'air fraîchit. Léo patientait, une cigarette à la main.

— Y fait-tu bon! confia-t-il à son chien.

Noiraud partagea son enthousiasme en branlant de la queue.

Le prêtre pleurait. Lentement ses larmes le remontaient de l'abîme où l'avait plongé la jalousie. À mesure qu'il saisissait son cheminement depuis le premier baiser à Thérèse, il accablait sa maîtresse, la tenant responsable de ses nuits blanches et de son désespoir. Il maudit le jour où elle l'avait fait succomber. Il l'accusa d'avoir tramé la mort de Léo et travaillé son esprit pour l'amener à tuer son ami de jadis.

Le soleil déclinant emporta les dernières larmes du prêtre. Il reprit le guet, l'esprit vide.

Une sarcelle fondit sur lui. Avec une vitesse fulgurante, il épaula et pressa la gâchette. L'oiseau reçut la décharge en pleine poitrine. Il s'abattit avec une éclaboussure.

— Bravo! cria Léo, qui avait suivi la scène.

— Si tu savais seulement qui je viens de descendre! grinça le curé entre ses dents.

Ce coup inattendu l'inspira. Il se mit à tirer vite, sans viser, pointant à peine l'arme, les deux yeux ouverts. Le fusil dans ses mains volait avec le canard: il avait enfin ce *swing* que Léo avait tant prêché! Trois fois sur quatre, il faisait mouche. Une heure plus tard, il avait accumulé douze canards. Léo en dénombrait vingt-sept. La noirceur descendait.

— Hé! On est-tu bon pour partir, à c't'heure?

— À vos ordres, mon Léo, acquiesça le prêtre avec un sourire retrouvé.

* *
*

Vers sept heures, Thérèse s'était effondrée sur un fauteuil. Elle songeait: «Y est mort; un accident. J'aurais pas dû y permettre de partir, mais je l'aimais tellement! C'était pas facile d'y dire non. Si ç'avait été rien qu'de moé, j'y aurais détruit son fusil et ses canards en bois. J'voulais tellement pas, mais y en pleurait presque.» Elle porterait le deuil un an. «Ce pauvre curé, qu'est-ce qu'y va devenir? Voir un tel malheur! Des fois, un chasseur fait pas attention et le coup part tout seul! Y aimait tellement Léo, son meilleur ami! Le voir mourir sans pouvoir l'aider...»

Vers neuf heures du soir, une voiture s'arrêta dans l'allée du garage. Léo descendit, suivi du curé.

Thérèse recula, livide, brutalement réveillée de ses rêves de mort.

— Maudite bonne chasse, sa mère! dit Léo, joyeux malgré la fatigue. Mais t'as toute une face, pauvre toé! Tu t'es faite du sang d'cochon pour nous autres, j'cré ben. On a frappé les quarante à nous deux.

Thérèse jeta sur le prêtre un regard glacial. Elle ne lut dans ses yeux ni crainte ni regret mais plutôt un sarcasme: «On est bien vivants tous les deux! Bien vivants et décidés à le rester longtemps encore!»

Léo, voulant excuser sa femme, expliqua au curé:

— Thérèse est née inquiéteuse pis a va l'rester toute sa vie.

CHAPITRE XVII

La fugue

Trois jours plus tard, Thérèse retournait au presbytère, indifférente aux nappes d'or que les bouleaux et les trembles versaient sur les vallons. D'autres soucis occupaient son esprit. Elle sentait qu'un nouvel orage menaçait ses amours: au téléphone, le curé évitait sans doute d'aborder un sujet difficile en se bornant à des propos d'une banalité trop évidente pour cacher son malaise.

Elle se hâta vers la chambre du prêtre et poussa la porte. Il la reçut avec un visage indifférent. Au lieu de prendre son manteau, il l'examina. Cette froideur inhabituelle figea la femme près de la garde-robe. Dominant ses craintes, elle s'efforça de sourire:

— Êtes-vous ébloui par les couleurs de ma robe? Elles annoncent l'automne.

Pour toute réponse, le prêtre soupira:

— J'aimerais surtout pouvoir dormir en paix.

Le visage de Thérèse laissa paraître sa tristesse.

— C'est moi qui cause vos insomnies? demanda-t-elle.

— Non... Peut-être, hésita le prêtre.

Elle s'avança vers lui, prit ses deux mains dans les siennes, les joignit avec tout l'amour qui brillait dans ses yeux et les couvrit de baisers doux et chauds en murmurant:

— Je vous aime. J'aimerais mourir pour vous. J'ai tellement mal quand vous souffrez! Oh! comme je vous aime! Rien ne peut tant me faire souffrir que de vous savoir malheureux!

Sans brusquerie, il dégagea une main et pressa contre sa poitrine la tête de la femme. Elle l'étreignit à son tour. Le regard dirigé vers la tringle séparant le mur du fond et la cloison de la chambre, le curé parla doucement:

— Je ne dors pas. Je passe des nuits à me torturer...

— Qu'est-ce qui vous tracasse, mon père?

— Des niaiseries! J'ai l'esprit mal fait.

— Non, insista Thérèse. Parlez. Dites ce qui vous fait mal.

— Des niaiseries, mais ça ruine ma santé; ça affecte la confiance que j'aimerais avoir en toi.

Elle décolla la tête et le fixa, étonnée. D'un ton où perçait l'inquiétude, elle exigea:

— Parlez, je n'ai aucune raison de craindre. Parlez.

— Des niaiseries, reprit le prêtre.

— Cessez de dire «des niaiseries», coupa-t-elle, et dites ce que c'est clairement. Ça me tracasse.

Elle se tenait debout devant lui. Il la sentait menaçante. Il commença:

— Des détails idiots. Par exemple, à propos de ma désignation comme parrain de Marcelline. Léo dit que c'est son choix et même qu'il a eu du mal à te le faire accepter. Toi, tu prétends le contraire...

Il n'acheva pas. Elle se cambra, le visage écarlate:

— Et c'est ça qui vous empêche de dormir?

Sa surprise semblait sincère et la colère cassait sa voix qu'elle voulait encore rieuse.

— Tu trouves ça idiot? demanda le prêtre, disposé à battre en retraite.

Elle s'éloigna vers la baie vitrée. Elle voyait à peine, derrière la mousseline, la campagne gorgée du soleil de septembre. Il s'approcha par derrière.

— Ne me touchez pas, s'il vous plaît, ordonna-t-elle lorsqu'il posa ses bras autour de sa taille.

Elle ajouta, d'un ton glacial:

— Ça m'empêche de réfléchir. Moi aussi, j'ai besoin de réfléchir, figurez-vous.

196

— Tu es fâchée? s'enquit l'homme comme un enfant coupable.

Sans cesser de regarder dehors, elle sourit et ne répondit rien. Un silence les écrasait, tellement différent de celui qui, le mardi, les unissait, endormis, comblés, l'un contre l'autre!

Un sourire forcé trembla sur les lèvres de la femme. Elle ouvrit la bouche mais les larmes précédèrent ses paroles:

— Qui vous a choisi comme parrain? Oui, voilà une grande question, un problème terrible. Assez pour détruire votre santé, vous empêcher de dormir. Comme vous m'aimez! Oh oui! Vous m'aimez beaucoup!

Elle sanglotait. Le prêtre la serra. Elle le repoussa avec force.

— Pardon! implora-t-il.

— Ingrat! cria-t-elle. Vous n'êtes qu'un ingrat!

— Orchidée, supplia son amant, c'est toi qui as insisté...

— Je vous déteste! Ingrat! cria-t-elle, plus fort.

Et, avant qu'il ne l'arrête, elle se précipita vers la garde-robe et s'enfuit, son manteau à la main.

Le prêtre maîtrisa sans effort son désir de la rattraper: ses jambes refusaient de le suivre. Comme une statue, il demeurait pétrifié, yeux fixes, lèvres écartées, mains tendues. Les pas de Thérèse résonnaient dans les marches; la porte claqua. Pour ne pas s'effondrer, le prêtre se laissa choir dans la chaise berçante. Il aurait voulu pleurer mais les larmes ne coulaient point. Jamais il n'avait éprouvé une telle douleur. Il restait plié en deux, dans la position d'un homme qui se protège d'un cataclysme en se tenant le crâne à deux mains. Il revint à lui un peu, juste assez pour suivre son Orchidée. Il la voyait à mi-chemin entre le presbytère et sa demeure. Sans bouger, il ne cessa de l'accompagner sur le chemin de terre battue. Il la laissa franchir le pas de la porte et attendit dix longues minutes. Puis il se leva, titubant, et composa son numéro.

— Orchidée...

— Laissez-moi tranquille! cria-t-elle. La malade, c'est moi, pas vous! Une folle! Folle de vous aimer comme je vous aime! Elle éclata d'un rire dont la douleur déchira le prêtre.

Folle! M'arranger pour avoir un enfant de vous! Tout ce que je voulais en retour...

— Orchidée, implora le curé.

Elle raccrocha. Il rappela aussitôt: occupé.

Il ne cessa d'espérer que Thérèse lui tende une oreille conciliante. Il demeura dans sa chambre, près du téléphone auquel la voix tant aimée se refusait. Combien de fois ne composa-t-il pas son numéro, souvent les yeux fermés, puisque son doigt l'avait appris par cœur!

Vers six heures du soir, au bout de l'écouteur, un ronronnement aimable remplaça le son hostile qui durant toute la journée lui avait rappelé les derniers mots de Thérèse: «Je vous déteste! Ingrat!» La ligne était enfin libre. Au lieu de sa maîtresse, ce fut Léo qui répondit:

— Bonjour, monsieur l'curé! Vous êtes-tu revenu d'vos émotions?

«Elle lui a tout révélé!», pensa le prêtre. Mais il souffrait déjà trop pour qu'un tel malheur pût empirer la situation. D'un ton égal, il demanda:

— Quelles émotions?

— Douze canards en un jour, la première fois, ça secoue l'Canayen su un moyen temps! précisa le jeune homme.

C'était si loin déjà! Il ne voyait plus que le visage en pleurs de sa maîtresse mais il se contraignit pour rester sur le sujet qui plaisait à Léo.

— Tu as raison, ça n'arrive pas tous les jours. Et toi?

— Oh! moi, vous savez, j'su un vieux braconnier: vingt-sept canards, ça m'fait pas un pli su l'nombril. J'ai pas l'front d'vous conter combien j'ai faite au plus dans une journée.

Il s'attendait à ce que le prêtre insiste. Mais ce dernier ne pensait qu'à sa fleur flétrie, son Orchidée. Il n'osait couper trop vite les bavardages de cet homme qui s'interposait une fois de plus entre lui et celle qu'il aimait. Léo reprit, déçu par le manque de curiosité de son vieil ami:

— Devinez un peu, voir.

Le curé aurait voulu lui crier d'aller se faire pendre mais il se força d'avancer un chiffre pour en finir avec les canards et Léo.

— Cinquante?

— Cinquante? reprit le braconnier. C'est déjà pas mal. Non, j'étais plus jeune, ça l'excuse la folie. Pas cinquante, soixante-deux!

Aucune réaction de la part du prêtre. Léo ajouta:

— Je les ai toutes mangés. Ça fait que c'était pas un péché.

Il se douta que le curé n'était pas dans ses meilleurs jours et ajouta:

— Pis vous? Comment ça file?

— Pas trop mal, répondit le prêtre, sans la moindre conviction.

N'hésitant plus, il aborda ce qui le tracassait:

— Puis Thérèse, comment va-t-elle?

Léo expliqua, mi-triste, mi-rieur:

— Ça force, monsieur l'curé, ça force à cause du tour de reins qu'a l'a pogné en sortant d'chez vous. J'sais pas si vous êtes au courant? A descendait la galerie, a l'a raté une marche. À c't'heure, est au litte.

Le curé se hâta de couvrir le mensonge de sa maîtresse:

— Comme de raison, elle m'a appelé en arrivant. Je croyais qu'elle s'était raplombée.

— Pantoute, monsieur l'curé.

Pour achever d'enfoncer Léo dans sa méprise, il demanda:

— Lui as-tu mis une bouteille d'eau chaude enveloppée dans une serviette au creux des reins?

— Stie, monsieur l'curé! Est pas approchable! L'maudit tour de reins, ç'a dû y monter à tête. Est là qu'a braille mais a veut rien savoir ni d'voir un docteur ni même de prendre une aspirine.

Un peu soulagé parce que Thérèse souffrait autant que lui, le curé quitta Léo:

— Je ne te dérangerai pas plus longtemps. Tu lui diras que j'ai pris de ses nouvelles et que je lui souhaite un prompt rétablissement.

Il décida d'attendre.

Le surlendemain, Thérèse appela. Quand il reconnut la voix, il se tut pour mieux l'entendre, la boire avec tout son être qu'elle pénétrait comme une source fraîche.

— Je n'avais pas de vos nouvelles, racontait la femme d'un ton frisant l'indifférence. Alors, je me suis dit que j'appellerais pour savoir ce que vous deveniez.

Il aurait voulu, comme au théâtre, lui donner la réplique mais il ne réussit qu'à articuler:

— Heu... Orchidée! Ma chérie!

— Vous m'aimez? demanda-t-elle, sans émotion apparente.

— Ma chérie!

Il sentait un reste de colère dans cette froideur affectée. Elle l'aimait donc encore! Comme il baisait cette main qui le giflait! Incapable de parler, il serrait le combiné avec force et le colla sur ses lèvres, les yeux fermés. Son embarras le servit mieux que l'éloquence la plus grande. La voix de Thérèse s'adoucit:

— Je vous aime.

— Merci, gémit le prêtre, mordant ses lèvres pour retenir ses larmes.

Il parla d'une voix saccadée. Tremblant d'émotion, il se confondit en excuses, s'avoua le pire des ingrats, un jaloux qui ne méritait pas ses bontés. Il conta ses rêves qui au matin se changeaient en cauchemars. Il s'excusa de l'avoir accablée d'intentions odieuses qu'il avait lui-même enfantées. Il était tellement emballé qu'il rapporta les pensées meurtrières qu'il avait failli mettre à exécution quelques jours plus tôt au cours de la chasse aux canards. Pour expliquer son état d'esprit, proche de la folie selon son estimation personnelle, il indiqua:

— J'avais perdu la tête; j'en étais venu à croire que tu avais tout monté, décidé Léo à chasser et moi à simuler un accident mortel...

Elle le plaignit:

— Pauvre vous! Penser des choses pareilles!

Le curé ne vit pas la pâleur soudaine du visage de Thérèse ni le tremblement de ses mains quand il dit:

— Ah! si tu savais toutes les folies qui me sont passées par l'esprit durant mes nuits d'insomnie! Combien de fois j'ai rêvé, les yeux ouverts, que nous partions de Saint-Avenant, toi,

Marcelline et moi! Qu'on allait se cacher à Montréal, vivre enfin libres. Je me trouvais un emploi...

Elle avait fermé les yeux pour mieux voir, goûter le tableau qu'il décrivait. Pourtant, lorsqu'elle les rouvrit, elle déclara, d'une voix blanche:

— Jamais je ne laisserais Léo ni les enfants.

— Jamais je ne te demanderai cela non plus, se hâta de la rassurer le prêtre.

Au cours des jours suivants, au téléphone, ils se délectaient de cette paix retrouvée, multipliaient les bonnes résolutions, juraient d'être sages...

Mais le mardi suivant, après l'amour, collée contre lui, elle confia:

— J'ai menti, mon père. Je mens depuis le commencement.

Il n'en fallait pas davantage pour briser comme une coquille d'œuf la sérénité du prêtre. Avec un sourire triste, il reconnut:

— Je m'en doutais bien, tu sais...

Agacée par cette remarque, Thérèse précisa:

— Pas du tout. Je mens au sujet de mes vrais sentiments, non à propos d'aucun acte ou parole.

— Tes vrais sentiments? Tu ne m'aimes donc pas?

— Toujours cette question! Vous êtes incorrigible! Vous m'en voulez parce que je couche avec Léo et surtout parce qu'il me fait jouir...

Comme un cheval qui, piqué au flanc, hennit et se cabre, son amant bondit:

— Orchidée! Ne parle plus jamais de cela! Je t'ai promis de ne plus t'ennuyer à ce sujet, mais, à ton tour, ne tourne donc pas le couteau dans la plaie! Je veux bien oublier tout cela, mais ce n'est pas en me le rappelant sans cesse que tu vas m'aider!

Elle l'ignora. Décidée à se soulager jusqu'au bout, elle continua, le regard fixé sur le cauchemar qu'elle décrivait en détails et qui semblait accroché au plafond de leur nid d'amoureux:

— Pouvez-vous imaginer la répugnance que j'éprouve envers moi-même lorsque Léo me touche? Comment je me sens une demi-heure plus tard quand il me pénètre et que je le serre de toutes mes forces pour qu'il me pénètre encore plus?

— Orchidée! cria le prêtre, horrifié.

— Non! le coupa-t-elle plus fort que lui, les muscles tendus. Vous allez vous taire, maintenant! L'autre jour, vous m'avez accusée de vous mentir. Aujourd'hui, vous allez entendre toute la vérité. Ça fait mal, n'est-ce pas? Et moi qui la vis, cette vie, cette vérité, que pensez-vous que je ressens? Vous n'avez pas le courage de m'entendre, mais moi je dois avoir le courage de supporter froidement ce que je vis, sans parler, sans mentir. C'est cela que vous voulez, n'est-ce pas?

Le front moite, elle continua, avec un rire méchant qui se noyait parfois dans ses larmes:

— Pouvez-vous imaginer ce que j'éprouve quand il me fait jouir? Avec vous, je me sens comblée et tellement fière! Vous êtes convaincu que je ressens la même chose avec Léo et c'est ce qui vous blesse. Quand nous allons au lit et que je le désire, quand je l'approche, quand je le provoque, savez-vous comment je me sens en dedans de moi à ce moment même? Vous êtes-vous déjà demandé comment se sent une femme excitée par un homme qu'elle n'aime pas, un homme qu'elle voudrait haïr, un homme que sa conscience lui dit qu'elle devrait aimer?

Elle serra les mâchoires, se raidit de tout son corps et croisa les bras sur sa poitrine comme pour protéger ses seins des mains de son mari. Elle poursuivit, les yeux fermés:

— Me sentir obligée de sourire, d'être gentille, provocante même, alors que je voudrais vivre dans un autre monde que lui...

Elle cria, révoltée:

— Réagir dès qu'il me touche, sentir mon vagin qui se réchauffe alors que je voudrais rester de glace comme avant!

Elle se couvrit le visage avec les deux mains et compléta son aveu lorsque les larmes lui permirent de parler:

— Vous ne pouvez vous imaginer la répugnance que mes gestes, mes sensations me causent! Je me sens tellement sale!

Je me fais horreur. Je me sens tellement coupable envers vous! Je vais devenir malade. Je n'en peux plus de cette vie partagée entre l'homme qui me fait vivre, auquel je vends mon corps, et celui que j'aime. Et mes mensonges! Voilà cinq ans que je mens sans arrêt; ma vie est devenue un mensonge continu. Avant, je ne mentais jamais. Savez-vous comment je me sens humiliée de jouer à l'honnête femme? Je mens tellement que, par moments, je ne sais plus ce que je dis, je ne sais plus qui je suis, où je suis, où je vais. Avant de vous aimer, mon existence était morne. J'ai commencé à être heureuse avec vous, mais mon bonheur me coûte cher, mon père.

—Pauvre Orchidée! soupira le prêtre. Je ne m'étais jamais imaginé...

— Non, vous ne pouviez vous imaginer. Je jouais trop bien la comédie. Vous aviez assez de vos remords. Dans le fond, vos crises de jalousie me soulageaient. «Au moins, je ne suis pas la seule à avoir mal», que je me disais. C'est peut-être pour cela que je les pardonnais si vite.

Nue, couchée sur le dos, elle débitait ces horreurs comme un texte répété mille fois. Pareille aux acteurs qui vivent intensément leur rôle, elle s'adressait à son unique spectateur et l'ignorait en même temps. Elle fit une pause avant la scène finale:

— Depuis des années, depuis que je vous aime, je rêve de fuir avec vous, de m'en aller vivre à Montréal avec vous. Depuis la naissance de Marcelline, plus exactement depuis sa conception, j'ai passé, comme vous, des nuits blanches à réfléchir. L'autre jour quand vous m'avez dit que vous rêviez vous aussi de partir à Montréal avec nous, je vous ai répondu que je ne laisserais jamais Léo. Des fois, on veut quelque chose de toutes ses forces et, la seconde d'après, on recule, on a peur. J'ai bien réfléchi, à présent. Je ne peux plus continuer cette vie. Il faut que je parte, que je quitte Léo. Je n'en peux plus.

Elle s'arrêta, vidée. Les deux gardèrent le silence. Une minute plus tard, elle acheva, d'une voix qui n'était qu'un souffle:

— L'autre jour, oui, c'est moi qui l'ai envoyé chasser avec vous. J'ai passé ma journée à genoux à prier, craignant un malheur. Pourquoi ce pressentiment? Est-ce que je voulais sa mort? Vous ai-je envoyé le tuer, comme vous l'avez imaginé? Je ne le sais vraiment pas. Je ne le saurai jamais. Sans doute que je le voulais et que je ne le voulais pas en même temps.

Elle se tut. Les membres écartés, elle gisait, inerte. Le prêtre était littéralement secoué. Tant de fois il avait caressé ce rêve! Et en ce moment Thérèse le mettait à sa portée. Dans ses fantasmes, lorsqu'il essayait de la convaincre, il déployait tant d'éloquence! Et maintenant il ne savait que répondre. Les yeux fermés, Thérèse pleurait en silence. Sa peau moite, son visage souillé de larmes et de rimel exhalaient cette odeur forte qui excitait toujours le prêtre. Il aurait voulu fuir. Pourtant, il la regarda. Sa poitrine se soulevait à peine. Il se retourna contre elle et se mit à lécher sa peau, à sécher ses larmes, à lamper la sueur de son front, de sa poitrine, de ses aisselles. Elle gémit. Il la posséda presque brutalement, puis s'effondra et s'endormit.

Thérèse fermait les yeux sans cesser d'écouter le souffle de son amant. Cette musique l'apaisait. Après une demi-heure, elle se leva. Le contact léger de ses talons sur le plancher réveilla le prêtre. Elle était presque complètement habillée.

— Tu t'en vas déjà? demanda-t-il.

— Déjà? reprit-elle. Savez-vous quelle heure il est?

— Non.

— L'heure d'aller à mes petits, précisa Thérèse.

— Reste encore un peu, la pria-t-il.

— D'accord, acquiesça la femme.

Le prêtre essaya de la consoler:

— Tu es bien triste. Mais tout va s'arranger. On va réfléchir. Mardi prochain, on aura les idées plus claires. On saura mieux quoi faire. Tu veux?

— D'accord.

Durant la semaine, les deux évitèrent le sujet. Chacun pourtant y réfléchissait. Comme d'autres avec le vin, ils essayèrent, le mardi d'après, de s'étourdir dans une étreinte si violente qu'elle les laissa pantelants. Pourtant, quand son corps fut rassasié, Thérèse retrouva toute sa rancœur:

— J'ai enduré plus de douze ans. Je pensais que je pourrais passer toute ma vie avec lui, être sa femme, comme on dit. Ces sept jours ont été plus pénibles que douze ans d'une existence sans joie. Tant que je me taisais, ça n'allait pas trop mal. Je ne m'en rendais pas tout à fait compte. L'autre jour, je vous ai parlé, ça m'a permis de voir qu'à force de me faire toucher par lui sans pouvoir dire non, je commence à le haïr. Vous avez eu envie de le tirer, à la chasse. J'ai pensé à plusieurs reprises la même chose, cette semaine. Je n'en peux plus. Je vais devenir folle ou faire un malheur. Il faut que je m'en aille; j'ai peur. À deux reprises, je me suis arrêtée à regarder sa carabine. Je ne voudrais pas perdre la tête. Il faut que je parte, et si vous ne voulez pas me suivre, je m'en irai toute seule avec les enfants.

Le curé ne se sentait plus la force de reculer.

* *
*

Deux semaines plus tard, Thérèse laissait une lettre sur la table de la salle à manger:

Mardi 29 octobre 1963

Léo,

Tu trouveras la maison vide, ce soir, quand tu rentreras de l'ouvrage. Je pars avec les enfants. Tu ne nous reverras plus.

Depuis quatre ans, j'ai un amant.

Nous ne serons pas dans la misère.

Bonne chance à toi, Léo.

Pardonne-nous, à moi et à lui. Tu as toujours été bon pour moi. Dieu prendra soin de toi parce que tu as été un bon époux, un bon père aussi. Merci.

Thérèse.

P.-S.: Dis à ta famille et à la mienne que je ne suis pas folle. Tout sera mieux ainsi, tu verras.

Une larme était tombée sur l'encre et décorait le papier comme une fleur bleue.

Thérèse avait fait croire aux enfants que le parrain de Marcelline les emmenait à Montréal pour leur acheter du beau linge. Ils passeraient la nuit à l'hôtel. Suzanne avait commenté, pensive:

— Y est riche, monsieur l'curé.

Âgée de onze ans, vive d'esprit, elle demanda:

— Papa y est-tu d'accord avec ça?

Thérèse avait essayé de la rassurer:

— Comme de raison.

— Pourquoi qu'on n'attend pas samedi?

— Parce que monsieur le curé a trop d'ouvrage le samedi. Deux jours sans aller à l'école, ça ne baissera pas tes notes.

Thérèse s'était, durant quinze jours, convaincue que tout se passerait bien. Avec son amant, elle avait tout prévu: une ou deux nuits à l'hôtel, puis ils loueraient un appartement; le prêtre défroquerait, il travaillerait, ils seraient heureux. Quant aux enfants:

— C'est à peine si Léo s'occupe d'eux, avait-elle confié au curé. Il ne s'est jamais occupé d'eux, d'ailleurs. Ils sont plus attachés à vous qu'à lui. Ils l'oublieront facilement.

Aucun obstacle n'avait résisté à la passion du prêtre non plus:

— Les gens de Saint-Avenant diront ce qu'ils voudront; on ne remettra plus jamais les pieds ici.

Pour se donner bonne conscience, la femme avait conclu:

— De toute façon, ça vaut mieux que de faire un meurtre.

Les enfants jouaient au sous-sol quand le prêtre sonna. Thérèse ouvrit; un frisson la parcourut lorsqu'elle le vit. Il la serra dans ses bras avec fièvre. Les lèvres de la femme étaient de glace.

— Un peu nerveuse? fit-il.

— Non, répondit-elle.

Elle ne sentait plus son corps.

— Pourtant, tes lèvres et tes mains sont gelées... Allons, tu es prête?

— Attends, le pria-t-elle.

Thérèse parlait mais elle était coupée d'elle-même. Elle ne comprenait pas ce qu'elle disait, comme si ses mots émanaient d'un ruban magnétique que seul le prêtre entendait.

— Attends, répéta-t-elle. Attends un peu. Laisse-moi jeter un coup d'œil.

Elle promena ses yeux sur les murs, les armoires, l'évier, puis murmura:

— Ma maison, douze ans passés ici. Étrange... Comme si je ne connaissais pas cette place...

— Ça te coûte de partir? s'enquit le prêtre.

Elle ne répondit pas. Elle restait plantée là, l'esprit absent.

— Orchidée, on part, s'impatienta le prêtre, qui voulait en finir au plus tôt.

Elle rectifia:

— Marcel, je ne m'appelle pas Orchidée... Je m'appelle Thérèse.

— Thérèse, fit le prêtre, troublé. Thérèse, si tu veux... Es-tu prête?

— Prête? demanda-t-elle. Pour quoi faire?

— Mon Dieu! s'étonna le prêtre. Quoi faire? Mais partir!

— Partir? Aller y'où?

Elle semblait perdue, ou plutôt devenue une autre femme, pâle, les yeux éteints.

— Orchidée..., commença le prêtre.

Elle se réveilla un peu pour l'interrompre avec des mots qui provenaient enfin de son être conscient.

— Assieds-toi, Marcel.

— Orchidée..., articula encore le prêtre, qui la reconnaissait de moins en moins.

Elle le corrigea une deuxième fois:

— Pas Orchidée, Thérèse... Appelle-moi Thérèse, Thérèse Boily, la femme de Léo.

— Mais qu'est-ce qui t'arrive? la supplia-t-il, inquiet.

— Qu'est-ce qui m'arrive? Rien, Marcel, rien, répondit-elle.

Le prêtre, comme s'il croyait rêver, s'exclama:

— Thérèse, tu as l'air étrange! Es-tu malade?

Pour toute réponse, elle sourit, un peu triste.

Le curé s'énerva devant cette attitude qu'il ne comprenait pas du tout. Il demanda vivement:

— On s'en va, ou as-tu encore changé d'idée?

— Quelle idée? rétorqua la femme, d'un air étonné.

— Thérèse! supplia-t-il. Qu'est-ce qui t'arrive? Tu es étrange. Tout à coup, tu m'appelles Marcel, tu me tutoies.

Il ajouta, avec un sourire crispé:

— Remarque que ça me fait plaisir, mais c'est si brusque, tout ça! Tu te disais absolument incapable de le faire quand je te le demandais.

— Je te tutoie? fit-elle.

— Tu ne t'en rends pas compte? demanda le prêtre, maîtrisant mal son impatience.

— Non, répondit-elle. J'vois pas la différence. Y m'semble que j'ai toujours faite de même.

Semblable à l'homme en détresse qui dans un torrent s'accroche à une branche trop fragile, le prêtre s'imagina que Thérèse cherchait à faire diversion uniquement pour retarder un départ déchirant. Elle avait sans doute sous-estimé la difficulté de cet instant, mais elle surmonterait son désarroi. Au lieu de la brusquer, il essaya de se ressaisir lui-même. Pour la détendre, il proposa:

— On pourrait peut-être se faire un café et bavarder un peu...

Elle se dirigea vers la cuisinière et fit chauffer la bouilloire comme lorsqu'elle préparait un café pour Léo. Le prêtre la regardait circuler. Ses gestes semblaient aisés. Il se calma un peu lui aussi.

— Tu es drôle! sourit-il. Tu t'es obstinée durant cinq ans à m'appeler «mon père» et tout d'un coup tu me tutoies, tu m'appelles par mon prénom sans la moindre difficulté. Je me demande comment tu as pu changer si brusquement.

Elle le contempla quelques secondes comme on regarde un enfant.

— Encore des questions! Tu changeras jamais, toi! Tu veux toute savoir! Quelle importance? J'ai toujours été celle que j'pouvais être, rien d'plus. J't'ai toujours parlé comme j'le pouvais. J'sais pas pourquoi j't'appelais «mon père» et j'serais incapable de te dire pourquoi j'te tutoie en ce moment. C'est juste comme ça. J'me pose pas de questions, moi. J'agis comme j'peux, c'est toute.

— Bon, on va prendre un café et puis on partira après. Les enfants sont prêts? s'enquit le prêtre.

— Mon pauvre Marcel! fit Thérèse en secouant la tête dans une geste de pitié. Pauvre homme! Faut t'réveiller: c'est fini entre nous.

Le prêtre devint livide. Un peu perdu à son tour, il demanda très naïvement, comme un homme qui n'en croit ni ses oreilles ni ses yeux:

— Thérèse, es-tu folle?

Il sentait son corps se glacer à mesure que la femme parlait.

— Non, Marcel, j'suis pas folle, au contraire. Je l'étais depuis cinq ans, jusqu'à ce que j'te voie à matin. Regarde les valises: j'ai tout mis dedans. Écoute les enfants, y jousent en bas. Y ont hâte de partir; j'leur ai dit d'attendre jusqu'à ce que j'leur demande de monter. Je reste, Marcel, ma place est icite, avec Léo et les enfants.

Le prêtre la regardait avec incrédulité. Tout avait changé en quelques minutes: son nom, son visage, son langage, ses sentiments, ses projets...

Il lui rappela:

— Mais tu le hais, lui...

— Je le hais? Qui t'a dit ça?

— Mais toi, voyons, Orchidée!

— Pas Orchidée, Thérèse, rectifia-t-elle une fois de plus. Je t'ai dit que j'le haïssais? Peut-être ben. J'ai dû me figurer ça: j'te voulais tellement! Mais j'suis sa femme, Marcel. J'vas rester icite avec lui jusqu'à ma mort.

Elle rit brusquement avec cette ironie particulière de qui se moque de soi-même. Puis elle continua:

— J'étais pas faite pour être heureuse. Autrement, Marcel, ma vie, je l'aurais faite avec toi. J't'aime, Marcel, j't'aime. J'te dis ça et ça m'fait mal au ventre. Crois-moi, Marcel, j'le sens là, dans mon ventre. Mais j'ai pas l'droit de t'suivre. Pas l'droit, comprends-tu?

D'un geste brusque, il la saisit aux épaules pour la réveiller et lui cria, tandis que les larmes lui montaient aux yeux:

— Tu divagues! Reprends-toi, Orchidée!

— Thérèse, rectifia-t-elle aussitôt avec un sourire triste. Orchidée, c'était autrefois, au temps des folies. C'est fini, les foleries, l'amour, la passion. J'ai été heureuse avec toi, mon amour. Un jour, t'as posé ta main sur ma tête, chez vous, au presbytère. C'était si doux! Personne avant toi m'avait jamais faite ça. Tu m'as rendue tellement heureuse, Marcel! Jamais de ma vie je serai aussi heureuse que pendant le temps que j'ai été à toi.

— Es-tu folle? cria le prêtre. Pourquoi briser notre bonheur, notre vie? Maudit!

Son cri s'était noyé dans ses pleurs. En bas, les enfants l'entendirent. Ils s'arrêtèrent de jouer.

— Pourquoi? reprit la femme. Pourquoi? Parce que j'ai pas l'droit d'être heureuse aux dépens des miens, mon mari, mes enfants.

— Thérèse, tu vas le regretter, fit le prêtre, une main levée vers le visage de la femme.

— Oui, Marcel, j'vas le regretter toute ma vie. Sais-tu quelle vie m'attend icite? Une vie d'folle! J'vas vivre entre quatre murs, j'vas m'garrocher su l'ménage pour t'oublier mais j'vas passer l'reste de ma vie à penser à toi. À Montréal, on aurait été tellement heureux ensemble! Mais j'partirai pas, j'ai pas l'droit.

— Malheureuse! cria le prêtre.

— Malheureuse? reprit Thérèse faiblement, craignant à peine qu'il la gifle. J'sais pas. Mon bonheur m'a déjà coûté trop cher. Regarde ta vie brisée. Si j'partais avec les enfants, Léo deviendrait fou d'peine. Y s'tuerait à boire. La p'tite Suzanne perdrait son père qu'elle aime. Non, j'peux pas. Mon bonheur, l'amour, le plaisir, la jouissance, c'est fini. J'en veux plus, plus jamais, avec personne. Ni avec toi ni avec Léo. Avec personne. Plus jamais. Orchidée est morte, Marcel, pis j'veux pas qu'a ressuscite, jamais...

Suzanne avait grimpé jusqu'au bord de la porte. Vincent, derrière elle, regardait la scène.

Le prêtre se tenait devant Thérèse. Il cherchait dans ce visage les traits d'Orchidée. Les yeux couleur de printemps s'étaient fanés. Tout s'écroulait. Comme un mourant qui se débat encore, il fit un dernier effort pour la ramener à lui:

— Orchidée, te rends-tu compte de ce que tu me fais? J'ai tout laissé pour toi... Mon ministère, mon village...

Il attendit une réaction. La femme était pétrifiée. Elle le regardait mais peut-être qu'elle ne l'entendait plus. Il reprit, en élevant le ton pour secouer sa léthargie:

— Ma famille... Je t'aime assez pour tout laisser, te prendre avec moi, toi et les enfants, m'en aller avec toi. Tu me suppliais jusqu'à ce matin. Maintenant, tu changes d'idée. Orchidée, tu brises ma vie...

Elle réagit faiblement:

— Marcel, j'briserais encore plus ta vie si j'te suivais avec les enfants. Tu nous garderais par pitié parce que t'es tellement bon. Non, Marcel, j'reste. C'est mieux comme ça pour tout l'monde.

Le prêtre refusait de céder même s'il se rendait compte que son Orchidée était morte. Mais il tremblait au dedans de lui-même comme une terre proche d'un volcan qui bout. Il demanda, d'une voix étouffée par la colère et la douleur:

— C'est ton dernier mot, Thérèse?

Elle répondit, résignée à tout:

— Mon dernier mot.

Ne se contenant plus, il explosa:

— Putain! lui cria-t-il en lui décochant une gifle qui la projeta au plancher.

Il se retint pour ne pas la rouer de coups de pied. Il la regarda et lui hurla:

— Je te hais, tu entends? Je te hais!

Elle gisait par terre, silencieuse. Les yeux fermés, elle s'étalait sur le plancher, prête à recevoir ses coups. Suzanne se précipita et saisit la tête de sa mère. Vincent se jeta sur le prêtre en criant de rage. De toutes ses forces, il essayait de le frapper. Le curé le repoussa pour se libérer. L'enfant tomba sur sa mère. Le prêtre partit en claquant la porte.

Sur la pelouse, le petit nègre souriait toujours. Surpris, le curé s'arrêta une seconde. Mais le négrillon continuait à pêcher sans hameçon au bout de sa canne. L'homme s'avança en titubant vers sa voiture. Il s'appuya contre la portière et, avant de l'ouvrir, il se retourna. Comme il regardait une dernière fois cette maison où pleuraient celles qu'il adorait, Marcelline et Thérèse, il vit Noiraud sortir de l'arrière-cour. En frétillant de la queue, le chien humait le gazon desséché de cette fin d'octobre. Il avançait joyeusement tandis que les feuilles valsaient au vent léger. Le ciel bleu et doux s'étendait à perte de vue. La campagne, comme les années précédentes quand fleurissait leur amour, gardait encore un pan de son manteau pourpre et or. Si le ciel se couvrait et que le vent se levait, les outardes migreraient vers le sud. Léo retournerait peut-être au champ de Philippe Simard sans son grand ami.

— Absurde, absurde! murmura le prêtre.

Il remonta dans sa voiture et s'enfuit.

DEUXIÈME PARTIE

Le père

CHAPITRE XVIII

La fuite

Retourner à Saint-Avenant, tendre l'hostie à Thérèse, redevenir le curé du village comme si rien ne s'était passé: jamais! Vivre à Montréal, troquer tout simplement la soutane contre un costume laïc et remplacer son Orchidée par une autre femme: impossible! Marcel Tremblay filait droit vers l'inconnu.

Il remonta, pour la dernière fois, le rang des Hirondelles. À l'intersection, il tourna à gauche sur la grand-route. Près d'Hébertville, il prit la direction du parc des Laurentides. Ses mains se crispèrent sur le volant jusqu'à la douleur; ensuite, elles s'engourdirent. Il poussait sur le volant dans l'espoir insensé que le véhicule avancerait plus vite s'il y mettait plus de force. Une sueur froide pénétrait ses sourcils et embuait ses lunettes, qu'il essuya sans arrêter la voiture.

Il dépassa le belvédère du mont Apica, indifférent au couple d'amoureux qui mangeait des sandwichs en contemplant le panorama automnal. Sur ces hauteurs, une glace mince s'accrochait aux bords ombreux des marécages. Le long du chemin, dans l'eau sombre des canaux, barbotaient des canards. Ils se nourrissaient d'herbes sauvages. Des corneilles effrayées s'envolaient au passage de l'auto; sans perdre de vue la voiture, elles lançaient des croassements irrités, tournaient au-dessus des épinettes, puis se posaient lourdement sur le gravier ou sur un tronc d'arbre mort.

Le prêtre s'arrêta au restaurant L'Étape. Il commanda un café. À la table voisine, une femme blonde et un homme brun conversaient; ils étaient très beaux tous les deux, dans la vingtaine. Un pull jaune et un pantalon bourgogne moulaient le corps robuste de la femme. Le curé la dévisagea lorsqu'elle se rendit à la toilette. Il ignora presque sa tasse, les yeux fixés sur la rampe de l'escalier par lequel elle était descendue. Au bout de cinq minutes, elle remonta du sous-sol. Dirigeant aussitôt les regards vers le coin où son compagnon l'attendait, elle marcha rapidement vers lui et s'assit. Elle semblait l'adorer: coudes sur la table, mains à la hauteur du menton, pointées vers son amant, ses avant-bras s'appuyaient fortement sur ses seins. Elle souriait sans cesse. Elle n'effleurait même pas le dossier de la chaise tellement elle se tendait vers lui, contrôlant à peine le désir de serrer dans ses doigts le visage de l'homme, de lui caresser les joues, de coller ses lèvres sur les siennes.

Le prêtre la lorgnait. Elle feignait de l'ignorer mais, comme bien des coquettes, cette attention l'encourageait à exhiber sa passion. Le curé n'entendait pas les paroles de la femme, mais les imaginait sans peine. Il se souvenait trop bien de ces regards attendris, de ce sourire extatique, de ce rire de cristal, de ces gestes à la fois contenus et emportés. À cette table toute proche de lui, il revoyait le film qu'il achevait à peine de vivre. Elle bougeait parfois les pieds, entrecroisait les jambes ou serrait brusquement les cuisses tandis qu'une rougeur soudaine colorait ses joues. Alors ses mains impatientes, doigts écartés, s'élançaient vers son compagnon.

Le prêtre ressentait de la pitié en pensant aux illusions de celui auquel s'adressait cette passion. Il revivait la trajectoire que les paroles, les gestes, le corps de Thérèse lui avaient fait parcourir en cinq ans, les premiers instants de son aberration, les sommets de son bonheur, et, aujourd'hui, l'abîme. Il aurait voulu mettre en garde cet homme qui se faisait ensorceler, lui crier: «Elle te ment, mon gars, elle te ment!» Mais, amer, il conclut: «À chacun son destin. Va, amuse-toi aujourd'hui... Un jour, tu m'en donneras des nouvelles, pauvre toi!»

Le prêtre se leva, paya et reprit la route à travers la forêt pleine de mousse et de lacs, semée d'épinettes et de sapins. Il l'aimait tellement, d'habitude! Aujourd'hui, elle lui semblait interminable, et, plus loin, aux approches de Québec, lui sem-

216

blaient tristes à en pleurer les contreforts du parc, collines dégringolant jusqu'au bout de l'horizon, terres couvertes d'érables s'avançant vers lui. Il se sentait encore trop près de Saint-Avenant et continua de rouler.

Il atteignit Trois-Rivières. Il s'arrêta au premier restaurant qu'il rencontra. Il y avala presque d'un trait un verre de bière, puis commanda une deuxième bouteille et une troisième. Il n'acheva pas le steak, pourtant cuit à point et tendre comme il l'aimait. Une lassitude, une lourdeur glissaient dans ses jambes, son dos, ses tempes. En face palpitait l'enseigne d'un motel. Il s'arracha à la table, se dirigea vers l'auto, décidé à fuir encore plus loin, jusqu'à Montréal...

Près de Louiseville passaient des outardes par milliers, cacassant dans la grisaille. «Elles s'en vont dormir dans le fleuve, pensa-t-il. Demain, elles retourneront dans les champs pour déjeuner.» Il se revit dans une hutte, avec Léo près de lui. Des larmes montèrent à ses yeux. «Comment ai-je pu lui faire cela?», se demanda-t-il.

L'image de Marcelline se projeta devant lui. Il l'entendait rire. Il lui sourit tristement en se disant qu'elle aurait un père, un vrai. Elle serait heureuse: Léo était si bon!

«Je peux disparaître», songea le prêtre. Puis il s'oublia à contempler quelques instants les teintes orangées qui s'éteignaient à l'horizon. Il se souvint: «Léo adorait les levers du jour et les couchers de soleil.»

Il ferma les yeux tandis que la voiture fonçait à plus de cent kilomètres à l'heure, puis il les rouvrit et soupira: «Non, faut pas. Dieu n'a pas voulu, c'est tout. À la dernière minute, malgré moi, il m'a sauvé. Bénie soit Thérèse à jamais!»

Tandis que les larmes lui brûlaient de nouveau les yeux et la gorge, il médita sur un mystère qui n'avait cessé de le troubler. «Jésus était l'innocence même. Son Père l'a fait torturer par les hommes pour leur montrer à quel point il les aimait et pour nous faire comprendre l'horreur du péché. Ses souffrances nous ont rachetés. Dieu acceptera-t-il mon sacrifice? Pourrais-je me racheter à ses yeux, aux yeux de ceux qui m'ont aimé et apprécié, en donnant ma vie pour expier mes fautes?»

CHAPITRE XIX

Le pacte

Tandis que le curé fuyait vers son destin, les victimes de sa passion gisaient sur le plancher. Thérèse avait été moins meurtrie par la gifle que par le mépris de son amant: «Putain!» Ce mot l'accablait d'autant plus qu'il l'avait blessée trop de fois, proféré avec encore plus de haine par une voix qui l'attaquait en dedans d'elle-même. Pour ne plus entendre ces insultes, elle avait décidé de clore cette vie de mensonges. C'était bien fini à présent, mais de façon tellement différente de ce qu'elle avait rêvé! Elle restait allongée, inerte, espérant d'autres coups, mais le prêtre était parti sans la piétiner. Au lieu des talons du curé brisant ses côtes, c'est la petite main de sa fille qui caressait sa joue endolorie. Suzanne pleurait, implorant entre les sanglots:

— Maman! Maman!

Vincent n'avait pu se relever pour continuer à marteler l'homme qui avait offensé sa mère. L'émotion l'avait rendu presque aveugle. Durant quelques instants, une noirceur totale l'entoura; puis, tandis que des éclats de lumière semblables à des étoiles au fond de la voûte céleste scintillaient dans les ténèbres, les tintements légers, presque joyeux d'une cloche d'airain se firent entendre au loin. Il étouffait, immergé dans l'abîme de la souffrance. Il ne savait plus où il se trouvait.

Thérèse se laissait toucher par cette main plus douce que celle du prêtre. Jusqu'à ce jour, Suzanne l'avait toujours embrassée à la hâte, d'une façon sèche, comme on s'acquitte d'une corvée. Perdant maintenant toute gêne, l'enfant avait relevé la tête de sa mère et versait sur les joues de la malheureuse les larmes qui coulaient de ses propres yeux.

Mario ne bougeait pas. Âgé de sept ans, cet enfant sensible, dépassé par l'horreur dont il était témoin, croyait rêver. Marcelline, âgée de presque trois ans, était collée contre Vincent et répétait, en le secouant:

— Vincent, grouille! Grouille-toé, Vincent!

Le gamin ne réagissait pas, noyé dans son cauchemar. La petite s'impatienta. Elle se mit à pleurer, tout en suppliant:

— Vincent, Vincent! Grouille-toé! Grouille!

Enfin, Thérèse l'entendit. Son amant était bien parti; elle pouvait maintenant s'occuper des enfants.

— Marcelline! appela-t-elle.

La fillette ne bougea point. Elle implorait encore:

— Grouille, Vincent, grouille!

La mère répéta plus fort, en se redressant un peu:

— Marcelline!

N'obtenant pas plus de succès, elle se libéra de l'étreinte de Suzanne, allongea une main, prit la petite par le poignet et l'attira vers elle. Elle serra contre sa poitrine l'enfant dont le visage lui rappelait tant celui d'un homme qu'elle ne reverrait sans doute plus jamais. Elle l'embrassa. Ce petit corps issu du seul amour qu'elle avait vécu lui apportait un peu de chaleur. Suzanne s'assit sur le plancher et enlaça sa mère. Celle-ci avait couché la tête de Vincent sur ses cuisses. Elle donnait des petites tapes dans le dos du garçonnet en répétant:

— Prends un gros respir, mon gars, prends un gros respir.

Vincent essayait de vaincre le serrement qui empêchait l'air de pénétrer dans ses poumons.

— Prends un gros respir! insistait la mère.

On entendit soudain un cri rauque lorsque l'air s'engouffra brutalement dans ses voies respiratoires tandis qu'il relevait la tête brusquement, la bouche ouverte.

Suzanne, révoltée par ce surcroît de douleur, ne put s'empêcher de condamner l'auteur de toutes ces souffrances:

— Je l'haïs! Il t'a faite mal pour rien! Je l'haïs! Papa va l'tuer!

Vincent voulut appuyer sa sœur mais il ne put émettre qu'un sanglot, les mots de rage s'étouffant sur ses lèvres. Thérèse le supplia:

— Calme-toé, calme-toé, mon p'tit gars!

Il se redressa un peu, tremblant sous les hoquets, leva une main vers sa mère et prononça enfin:

— Han!... Han!...

Tant de haine sur ce visage congestionné, couvert de larmes!

Suzanne, parlant également pour son frère, s'écria:

— On va l'tuer! On va l'tuer!

Soulagé par une décision qui lui semblait fort juste, Vincent respira mieux.

Mario s'était rapproché. Une main sur l'épaule de Thérèse, il écoutait et regardait cette scène invraisemblable.

Thérèse était entourée de ses enfants qui partageaient sa peine. Vincent, que tous croyaient insensible et fruste, se serait battu jusqu'à la mort pour défendre sa mère si ses forces ne l'avaient trahi. Pourtant, à mesure qu'elle retrouvait ses esprits, Thérèse réalisait que dans les circonstances actuelles ses petits compagnons constituaient des témoins gênants, presque des ennemis. Il fallait à tout prix les faire taire: que diraient Léo, ses parents et tout le village s'ils racontaient ce qu'ils avaient vu? Elle essaya tout d'abord de les rassurer:

— Ça fait pas mal, prononça-t-elle.

Mais la douleur lui arracha aussitôt un «Oh!» et elle porta une main à sa joue gauche. Nullement convaincue, Suzanne demanda:

— T'as mal?

— Non, juste un peu, se contredit encore Thérèse.

— T'as frappé ta tête en tombant, lui rappela la fillette.

— Oui, mais ça revient tranquillement, se défendit la mère en écarquillant les yeux pour que pénètre la lumière.

— Papa va y faire payer ça!

Pour Thérèse, c'eût été la catastrophe!

— Faut pas, la pria-t-elle. C'est son ami, son seul ami. Faut pas l'empêcher d'avoir un ami.

Suzanne n'éprouvait pas la moindre gêne à briser une relation devenue tout à fait ignoble. Indignée, au contraire, elle protesta:

— Y doit p'us être son ami après c'qu'y t'a faite.

— C'est d'ma faute, expliqua la mère.

Elle remarqua un peu de surprise sur le visage de sa fille. Vincent la regarda, intrigué. Encouragée, Thérèse poursuivit:

— Je l'ai mis à bout d'nerfs avec des questions simples.

— C'était pas une raison pour te frapper. Papa y t'a jamais frappée, lui fit remarquer Suzanne.

Décidée à ne ménager aucun effort pour fermer la bouche des témoins, Thérèse n'hésitait devant aucune invention. Elle insinua, d'un air triste qui en disait plus long que ses paroles:

— Qu'est-ce que t'en sais?

La fillette, incrédule, protesta aussitôt:

— Tu nous l'aurais dit. On t'aurait vue la joue rouge, comme là...

Mais sa voix contenait une pointe d'incertitude que la mère exploita. Avec un soupir, baissant les yeux, elle s'exprima par une énigme:

— Vous savez pas toute c'qui s'passe entre votre père pis moi...

Elle insista:

— Y a des choses qui arrivent dont vous avez pas idée pantoute.

Et, pour augmenter la confusion, elle conclut, feignant d'être embarrassée:

— Des choses que j'peux pas vous dire... Ça vous ferait trop mal.

Ces paroles frappèrent avec la brutalité d'une gifle l'imagination et les sentiments de Suzanne. À l'instant même, le visage de son père changea, s'imprégna de méchanceté; son sourire innocent se transforma en rictus cruel. Mais un détail avait piqué la curiosité de la fillette durant la dispute. Elle voulut en avoir le cœur net:

— Maman, «putain», ça veut dire quoi?

Thérèse ne s'y attendait guère. Ce mot, si Léo l'entendait à son tour, si le village savait que le curé l'avait traitée de... Décontenancée, la femme demanda:

— Où c'est qu't'as entendu ça?

— Y t'a dit «putain», pis y t'a frappée, pis, y est parti.

Thérèse sauta sur le premier mot qui ressemblait à cette expression compromettante:

— Y a jamais dit «putain». Y a dit «catin»...

Là-dessus, elle allait forger une histoire de poupées qu'elle aurait voulu acheter aux enfants alors que le prêtre condamnait ce gaspillage, divergence ayant provoqué la dispute, puis la gifle. Mais Vincent, retrouvant enfin la parole, cloua l'imagination de Thérèse:

— Non, y a pas dit «catin», y a dit «putain», je l'ai entendu moi aussi. Pis y t'a frappée. Pourquoi?

Thérèse baissa la tête pour réfléchir mais surtout pour échapper à ces yeux où elle lisait surprise et indignation. Elle chercha ses mots pour leur expliquer:

— «Putain»... Bon... Y a dit «putain»... J'me rappelais p'us. C'est un sacre, comme «tabarnak», mais plus vilain. Faut jamais dire ça.

— Pourquoi papa y dit jamais «putain», lui?

Thérèse regarda Vincent avec colère. Une pensée fugace traversa son esprit: «Ah! Si seulement y avait jamais appris à parler, c'ui-là!» Mais elle répondit, contenant mal son envie de l'envoyer dans sa chambre et de couper court à cet interrogatoire:

— Pourquoi? Parce que c'est trop vilain. Alors, faut oublier ça, jamais l'dire.

— Monsieur l'curé l'a dit, pis y t'a frappée. Pourquoi?

Elle n'échapperait donc pas à leurs questions! Même Mario, sortant de la brume, s'attaquait à sa mère. Pour les contenter, elle improvisa:

— Y était fâché, fâché noir... C'est une vieille histoire... Pas facile à dire... Ça remonte aussi loin qu'la naissance de Marcelline. Bon... Quand Marcelline est venue au monde, j'ai recommencé à faire le ménage chez monsieur l'curé, mais j'aurais dû rester à maison. J'voulais pas y aller, mais c'est votre père qui m'a forcée. Y avait pour son dire que les papiers de monsieur l'curé étaient à traîne depuis que j'allais p'us au presbytère. J'étais pas encore remise. J'ai été faire le ménage pareil, mais dans l'état où qu'j'étais, j'ai cassé des affaires.

Cette histoire cousue de fil blanc n'impressionna personne.

— C'est rien qu'à cause de d'ça qu'y t'a frappée pis qu'y t'a appelée «putain»? s'étonna Suzanne.

Ce mot exaspéra Thérèse, qui se hâta d'inventer:

— Pas parce que j'avais cassé des affaires, mais parce que je m'obstinais à dire que c'était pas moé.

Sans attendre que sa fille ouvre de nouveau la bouche et voyant à l'expression du visage de Suzanne le peu d'effet de ses mensonges, Thérèse joua le grand jeu:

— J'vas vous dire toute la vérité. J'sais pas si vous allez comprendre. Quand Marcelline est venue au monde, j'étais pas trop bien... J'ai eu une grossesse ben difficile... Pis, on manquait d'argent. Ça fait que j'ai volé des affaires à monsieur l'curé. Y m'aurait pardonné, mais j'y ai menti, j'y ai dit que c'était pas moé. Pis, j'ai vendu ses affaires. C'est ça qui est arrivé.

Ce mensonge ébranla les enfants. Ils avaient honte comme s'ils avaient eux-mêmes commis le délit que la mère se reprochait. Thérèse insista:

— Vous comprenez, faudra pas l'dire à papa. Faudra pas.

Sur-le-champ, elle prit à leurs yeux figure de victime; ils n'éprouvaient que le désir de la protéger, autant de la violence de son amant que du courroux de son époux. Ils détenaient cependant un secret qui leur donnait une terrible capacité de chantage dont ils ne manqueraient point de se servir, le cas échéant. Thérèse le comprit. Pour assurer définitivement sa propre sécurité, elle se hâta de sceller de manière officielle un pacte du silence:

— Faut pas l'dire à papa, reprit-elle, jamais. Si vous faites ça pour maman, a va être fine avec vous autres, d'accord? Plus fine qu'avant, d'accord? Faut surtout jamais l'dire à papa ni à personne d'autre, jamais.

224

Thérèse les embrassa, puis se leva. Elle prépara une collation, puis les envoya à l'école. Les valises vides descendirent au sous-sol. Elle endormit Marcelline en lui murmurant cette berceuse qu'elle chantait souvent au curé: «Je t'aime, oui, je t'aime, aime, aime, aime.»

Puis, à son tour, elle s'allongea. Enfin cette solitude tant désirée pour rejoindre son amant!... Couchée sur le dos, en sous-vêtements, elle l'invitait, les cuisses écartées, la respiration forte, le ventre agité non par le désir mais par les vagues de souffrance qui montaient en elle. Elle pleurait en silence mais ses yeux embués fixés sur le plafond suivaient le prêtre comme dans un film se déroulant depuis le rang des Hirondelles jusqu'au bout de son destin. Elle posa une main sur son pubis pour mieux toucher son amant car nulle part sur son corps elle ne pouvait le sentir plus près d'elle. Puis, insensiblement, elle se caressa, ferma les yeux et se retrouva près de lui...

Douce et chaude, son épaule... Sur la route, pas de cahots... C'est à peine si elle voyait les arbres. Son flanc respirait au rythme du sien. La chaleur de la cuisse du prêtre se répandait dans la sienne et descendait le long de ses jambes. Ils filaient ensemble, sans mot dire, vers Montréal, d'où ils partaient pour ailleurs, plus loin que la Floride, dans ces îles du Sud où toute la mer reflétait le vert de ses yeux, océan aux plages de sable fin, plus doux, plus blanc, plus chaud que sa peau, avec des cocotiers géants valsant et chantant sous les baisers de la brise salée venue du large...

Thérèse se mit à pleurer: elle se retrouvait dans ce lit qu'elle partagerait avec Léo pour toujours, jusqu'à la mort! Son corps secoué de violents sanglots trembla brutalement. Elle gémit, puis elle cessa de bouger. Des vagues de volupté jaillies du creux de ses viscères coururent encore deux ou trois fois sur la peau de son ventre. Sa main droite glissa de son pubis. Elle s'endormit, détendue, comme le mardi au presbytère, après l'amour avec le prêtre.

Elle ne se leva pas vers quatre heures et demie, au retour des enfants de l'école. Elle souffrait dans tout son corps et encore plus dans son âme. Elle laissa les enfants se régaler à même le garde-manger et le réfrigérateur: rôties au beurre d'arachide, boissons gazeuses, biscuits à la crème... Vincent se remplit comme un gouffre, sans dire un mot, le regard fixe. Il se retira dans sa chambre. Noiraud aboya à trois reprises pour lui rappeler qu'il n'était pas venu lui frotter les oreilles. Il sortit à contrecœur et caressa le chien, son seul ami, mais il ne lui parla pas comme de coutume.

La maisonnée parut bien tranquille à Léo lorsqu'il rentra, peu avant six heures. Il ne trouva pas Thérèse à la cuisine et il n'entendit aucune dispute au sous-sol, à croire que tous étaient partis. Il se rendit dans la chambre. Sa femme était couchée. Il se souvint de sa chute, la semaine qui avait suivi l'ouverture de la chasse au canards. Inquiet, il demanda:

— Tu files pas, sa mère?

Elle ne répondit rien. Elle avait passé tout l'après-midi avec son amant dans des sites merveilleux, libres de tout, loin de Léo, des enfants, de Saint-Avenant, dans des pays nouveaux où personne ne les connaissait, mais ce pas qu'elle avait entendu, cette voix lui rappelaient qu'elle avait rêvé éveillée. Elle se tut pour nourrir encore quelques secondes ses illusions, tenir la main du prêtre que son mari expulsait de cette chambre, de ses fantasmes, de sa vie.

Léo répéta:

— Sa mère, t'es couchée. Es-tu malade?

Il se rapprocha, puis il s'assit sur le bord du lit et mit sa main droite sur l'épaule de Thérèse, couchée sur le côté. Ce contact la révolta. Pour l'éloigner, elle abandonna son enchantement.

— J'ai encore déboulé les escaliers, dit-elle, morose, sans le regarder.

— Au presbytère? questionna Léo.

— Où veux-tu que ça soye? Ses maudits escaliers! J'vas finir par m'casser en morceaux!

Elle se retourna sur le dos pour chasser la main de son époux qui caressait son épaule. Léo vit aussitôt la joue enflée.

— Baptême! s'exclama-t-il, un moyen coup que t'as mangé là!

— Le dernier, ça c'est sûr. J'irai p'us jamais faire le ménage chez lui, même si ça t'fâche, non, j'irai p'us!

CHAPITRE XX

L'oncle Josaphat

Le mardi 29 octobre 1963, en arrivant à Montréal, peu avant sept heures du soir, Marcel Tremblay savait comment il emploierait le temps qu'il lui restait à vivre. Il appela Solange et la pria d'informer les paroissiens qu'il était parti se reposer. Comme elle s'inquiétait pour le service du dimanche, il lui répondit qu'il n'avait encore rien décidé mais que, selon toute probabilité, le vicaire de Desbiens officierait à sa place.

Quelques jours plus tard, les Avenantais furent surpris de voir un vieillard de petite taille célébrer la grand-messe. Nul ne connaissait ce visage ridé ni cette voix chevrotante. De prime abord, il inspirait de la pitié; plus d'un se serait déplacé pour l'aider à monter les marches de l'autel et le soulager de cette chasuble qui l'écrasait. Lui-même, cependant, ne semblait guère douter de ses capacités; il ne ménageait aucun effort et, sans perdre de temps, il trottina de l'épître à l'évangile, du tabernacle à la chaire. Les fidèles avaient hâte de l'entendre se présenter. Leur curiosité fut satisfaite au prône:

— Mes bien chers frères, mes bien chères sœurs..., commença-t-il avec une émotion qui courut aussitôt dans l'église.

Il reprit son souffle et poursuivit:

— Je suis un vieux hibou...

Les Avenantais n'en croyaient pas leurs oreilles. Raclant sa gorge pour rassembler toutes ses forces, il répéta, décidé à ne laisser aucun doute sur son identité:

— Je suis un vieux hibou sorti de la trappe de Mistassini.

Il s'arrêta de nouveau. De ses yeux invisibles derrière des verres épais, il fixa la foule à la manière d'un oiseau de proie qui examine le terrain avant de foncer sur sa victime. Immobile, caché sous des vêtements d'où seule émergeait sa tête pelée, il semblait se prendre effectivement pour un hibou égaré. Certains paroissiens, embarrassés, souriaient. D'autres fronçaient les sourcils et se demandaient durant combien de temps cet hurluberlu les dévisagerait. Des enfants, à la fois énervés et amusés par ce face à face qui se prolongeait, laissèrent fuser un rire vite rattrapé à la suite d'un regard sévère de leur mère; quelques récalcitrants se firent pincer la peau d'une cuisse. Le vieillard enchaîna, après avoir dévisagé un à un ses nouveaux paroissiens:

— Je ne vois pas très clair. Mais là, je vous ai tous bien vus. Faut le dire: des visages sympathiques. Oui, j'étais à la retraite depuis quasiment dix ans dans cette belle abbaye de Mistassini. Je passais mon temps à jardiner ou bien à travailler dans l'atelier des pères. Il y a toujours quelque chose à réparer, et, quand je ne dormais pas, je priais. Avant de m'en aller chez les trappistes, j'étais curé dans une petite paroisse, Sainte-Émilie-des-Terres-Grasses, comté de Témiscouata. C'est loin, tout ça. Alors, quand j'étais à la trappe, je me disais que ce repos, je l'avais bien mérité. Et quand je pensais à mes paroissiens d'autrefois, je me disais que c'était une bonne affaire pour eux aussi. En prenant de l'âge, un homme vient qu'il radote, ce qui était fatigant pour eux autres, mes pauvres paroissiens, pris avec un vieux bonhomme qui se répète aller retour.

Léo se demandait qui avait déterré cette antiquité et pourquoi le vicaire de Desbiens ne remplaçait pas le curé Tremblay comme lorsqu'il prenait des vacances.

La veille, il s'était arrêté à l'épicerie *Chez sa mère* pour une cartouche de cigarettes; Anne-Marie Patenaude, toujours à l'affût de nouvelles, avait forgé une histoire pour le faire parler: «C'est-t'y vrai qu'Marcel a mouvé à Trois-Rivières comme curé? T'es bien placé pour l'savoir: y a qu'toi qu'y fréquente depuis qu'Marcelline est au monde.» Quand elle lui décrochait ce genre de flèche, il souriait en pensant: «La jalousie la démange pire que de l'herbe à puces.»

L'inquiétude de Léo grandit lorsque le vieillard continua:

— Oui, je faisais une vie bien tranquille dans cette trappe depuis dix ans. Jamais je ne pensais que je reverrais le dehors. Puis, il y a trois jours à peine, le Père supérieur m'a fait venir à son bureau pour me dire: «Père Tremblay...» J'avais oublié de vous dire que je m'appelle Tremblay tout comme Marcel votre curé. Je m'appelle Josaphat Tremblay, et ce que vous ne savez pas, c'est que je suis l'oncle de Marcel, le frère de son père, Antoine. On est tous des Tremblay de Saint-Bruno. Lorsqu'il a marié sa femme, une petite Blanchette de Saint-Avenant, Antoine a déménagé ici pour bûcher le bois, puis il s'est installé sur une terre qu'il avait défrichée lui-même. Mais je vous racontais que le Père supérieur m'avait fait venir à son bureau pour me parler...

Il s'arrêta, la main droite en l'air. Comme un chasseur égaré, il ne savait quel chemin suivre: discourir sur les mérites des Tremblay ou rapporter l'entretien avec son Supérieur? Il repartit avec un sourire de soulagement, certain d'avoir pris la bonne direction:

— Le Père supérieur m'a dit: «Père Tremblay, il y a de l'ouvrage pour vous au-dehors.» Comme de raison, je ne voyais pas pantoute de quel ouvrage il pouvait s'agir. Ça a paru sur mon visage, je suppose, et le Père supérieur m'a dit: «Hier, votre neveu, le curé Marcel Tremblay, a appelé de Montréal pour me dire que dans une semaine il partirait pour Rome.»

Incapable de contenir plus longtemps la tension nerveuse qui le torturait, Vincent décrocha un coup de pied au banc voisin. Madame Agathe Girard, surprise, se retourna.

— Excusez! la pria Thérèse.

Elle saisit la main du garçonnet. Son poing était crispé comme six jours plus tôt lorsqu'il martelait le corps du prêtre. Quand Josaphat prononça «Marcel Tremblay», Vincent avait entendu: «Putain!». Une gifle et la tête de sa mère frappait le plancher.

Suzanne s'était collée à Thérèse pour la protéger. Elle songeait: «Y s'est chicané avec maman, pis, y est parti.» Elle revoyait l'embarras de sa mère lorsqu'elle lui avait demandé: «Putain, c'est quoi?» Depuis six jours, Suzanne n'avait cessé de revivre cette scène déchirante. Elle en était venue à conclure: «Maman cache queque chose.»

La fillette prêta une oreille attentive aux propos décousus de Josaphat dans l'espoir de comprendre ce qui s'était réellement passé entre le curé et sa mère.

— «Il a bien confiance en vous, père Tremblay, insista mon Supérieur, et il veut que vous le remplaciez à Saint-Avenant pour trois mois... On sait bien que ça pourrait devenir six mois en cours de route... Connaissez-vous Saint-Avenant, père Tremblay, qu'il m'a demandé? Je vous demande ça parce que c'est pas bien gros...»

César Verreault, maire du village, sourit, mais, dans le fond, il était fâché. «V'là-t'y pas qu'y rit d'nous autres, cet esprit simple!» songea-t-il.

Comme s'il lisait dans les pensées du magistrat, Josaphat poursuivit:

— Mes frères, mes sœurs, je ne vous dis pas ça pour vous choquer. Il est bien beau, Saint-Avenant! Je n'ai jamais vu un plus beau village dans la province. Mais c'est vrai que ce n'est pas gros et que c'est pas mal écarté des grands chemins. Vous êtes bien chanceux que ce soit comme ça, écarté de la grand-route. Ça fait un endroit tranquille, des enfants pas malcommodes même s'ils rient quand je radote. Je demanderais aux mamans de ne pas se choquer et d'arrêter de les pincer comme elles le font. Je veux bien croire que je radote mais je ne suis pas tout à fait aveugle même si j'y vois pas très clair...

Léo se sentait un peu soulagé: «Trois mois, ça s'toffe... Quand même que ce serait six... C'est donc d'valeur que Thérèse a pris une débarque juste avant qu'y parte! A l'aura l'temps de s'raplomber. A l'est pas endurable depuis une couple de jours. C'est-t'y l'coup qu'a l'a mangé ou des affaires qu'a savait qu'a l'a pas voulu m'dire pour garder l'secret?»

Certaines mères ne gobaient pas du tout la dernière remarque de Josaphat: «Y va pas nous dire, à c't'heure, comment élever nos enfants!»

Celui qui s'était lui-même traité de radoteur continua:

— Revenons au Père supérieur, mes bien chers frères et mes bien chères sœurs. Alors, c'est le Père supérieur qui, à la demande de Marcel, m'a dit de venir ici. Et moi j'ai dit: «Ça se peut pas!» Mais, comme de raison, je ne l'ai pas dit fort, juste dans ma tête. Ça se peut pas que Marcel me demande une telle chose. Mais je voyais bien que le Père supérieur ne plaisantait pas. Je me disais pareil: «Ça se peut pas que le bon Dieu désire me retourner dans le monde...» Puis j'ai réfléchi et je me suis dit...

Deux gamins éclatèrent d'un rire clair et sonore. Ils n'oubliaient pas que le curé avait interdit à leur mère de les pincer. Puis des fillettes, une main devant la bouche, suivirent leur exemple; ensuite, des messieurs et enfin des dames. Même Josaphat partagea cette bonne humeur, mais il retrouva sans tarder le fil de ses idées et se remit à parler:

— Je me suis dit: «À mon âge, je suis encore un innocent! Mais oui, le bon Dieu le veut puisqu'il te le demande, grosse bête!» Alors, j'ai dit au Père supérieur: «Si vous me demandez d'y aller, mon père, je vais y aller!» Et voilà pourquoi je suis ici. Je suis ici pour vous dire que Marcel, mon neveu, votre curé, est quasiment rendu à Rome pour étudier la théologie et le droit canonique. Voilà bien deux ans que Monseigneur insistait pour l'envoyer. Ça, c'est le Supérieur qui me l'a dit; il le tient, comme de raison, de la bouche même de Marcel. Faut croire qu'il ne voulait pas vous laisser, qu'il vous aimait trop pour cela.

Thérèse ne put retenir ses larmes plus longtemps; ses lèvres se mirent à trembler; la joue frappée se souvenait et le feu de la gifle la brûlait en ce moment autant que les lèvres de Marcel.

— J'ignore pourquoi il a changé d'avis, avoua Josaphat, mais à c't'heure il est bien décidé. Et voilà. Je vous demande de m'endurer le temps que ça va prendre. J'ai pour mon dire que lorsqu'il reviendra de Rome avec toutes ses études, Marcel sera nommé curé dans une grosse paroisse. Je ne sais pas si je rêve en couleurs, si l'âge, en plus de me faire radoter, me donne des idées de grandeur, mais il faut que je vous dise que Marcel c'est quasiment mon p'tit gars. Bien sûr, je ne suis pas son père, c'est le fils d'Antoine, mon...

L'assemblée sourit... César songea: «Combien d'temps qu'on va être pognés avec lui? Si y faut que notre curé soit

231

nommé ailleurs et que c'gréement-là prenne sa place, on va faire rire de nous autres queque chose de rare!»

Mais l'ascension de Marcel Tremblay décrite tant bien que mal par Josaphat enchantait la plupart des Avenantais. Anne-Marie Patenaude pinça son mari:

— Tu vois, j'te l'avais dit, lui rappela-t-elle.

— Quoi? demanda-t-il, car il ne voyait pas du tout où elle voulait en venir.

— Rome: ça veut dire monseigneur dans pas longtemps!

Alphonse se tut. Il n'avait pas envie de commencer une dispute en pleine église. Autrement, il aurait rétorqué: «T'es encore partie dans les nuages. Si y fallait qu'y devienne monseigneur, tu pourrais plus habiter à Saint-Avenant, c'est certain.»

Léo n'écoutait plus. Il avait baissé la tête, pensif: «L'oncle Josaphat pourrait pas remplacer monsieur l'curé. Jamais c'vieux-là va trouver les mots qu'y faut pour donner à Thérèse la joie d'vivre. Pis Marcel Tremblay, c'était un père pour elle. Sûrement qu'a savait depuis mardi qu'y partirait pour Rome. Pauvre elle! A devait être toute mêlée, et c'est pour ça qu'est tombée. Mais c'est surtout la peine qui la rendait marabout. Un gars qui va jusqu'à Rome pour étudier la théologie pis l'droit canonique, y est pas pour passer l'reste de sa vie dans un p'tit trou comme Saint-Avenant, c'est certain».

Suzanne savait ce que son père pensait. Elle avait envie de lui prendre une main dans les siennes et de lui avouer: «Pauvre papa! Tout l'monde rit d'toé! Si tu savais! Papa, "putain", ça veut dire quoi?»

Elle se raidissait pour ne pas bouger, et, de crainte de tout dire à Léo, elle s'éloigna de lui et se colla contre Thérèse.

Guidée par Josaphat, presque toute l'assemblée se mit à rêver. Marcel Tremblay devenait un curé célèbre, mais pas pour longtemps, car:

— Avec la tête qu'il a, ce p'tit gars, son grand cœur, son courage, je le vois plus haut encore! À Chicoutimi, à Rimouski, à Hull, Saint-Jean-sur-Richelieu, Trois-Rivières. Vous rendez-vous compte? Un curé de Saint-Avenant, un p'tit gars de Saint-Avenant qui deviendrait évêque quelque part? Voilà le

232

rêve que je n'arrête pas de faire. C'est-t'y l'âge qui me fait déparler ou l'ambition pour mon neveu?

Anne-Marie n'osa pas crier: «C'est pas un rêve! C'est la pure vérité!» Elle pinça encore son mari:

— À c't'heure, vas-tu reconnaître que j'avais raison?

Pour toute réponse, Alphonse grommela:

— Arrête de m'pincer d'même! Tu sais que j'connais ton point sensible!

— Tu serais ben capable! admit-elle, indignée, en rentrant sa poitrine opulente comme pour la soustraire aux doigts vengeurs de son mari tandis que Josaphat continuait:

— Je vais rester avec vous, mes bien chers frères et mes bien chères sœurs, tant que le bon Dieu le voudra. Je sais que vous ne m'auriez pas choisi pour remplacer Marcel. Vous êtes bien trop sensés pour cela. Mais tant qu'à y être, je n'ai pas demandé, moi non plus, à partir de l'abbaye pour venir ici. On va faire un mariage de raison, alors qu'avec Marcel c'était plutôt une histoire d'amour.

Thérèse rougit et serra les cuisses; un courant chaud lui parcourut le corps. Elle ferma les yeux sans pouvoir arrêter ses larmes.

— Mais un mariage de raison, ça marche aussi, et parfois ça tourne en mariage d'amour.

Ces mots lui rappelèrent la solitude qui l'attendait jusqu'à la fin de ses jours. Non, jamais ce ne serait le cas entre elle et Léo.

— Je n'ai pas la force de Marcel, et si je voulais faire comme lui, j'agirais comme la grenouille de la fable, une bestiole pas très fine qui se prenait pour un bœuf. Elle s'est soufflé de l'air, soufflé de l'air, et paf! Elle a pété bien raide!

Josaphat mimait au fur et à mesure la stupide créature. Quand la grenouille trop distendue éclata sur la chaire, les enfants éclatèrent de rire. Certains parents suivirent leur exemple.

— Non, je ne ferai pas cela. Mais je ferai mon petit possible et je tiendrai bien six mois, le temps pour l'évêque de me remplacer. Je tiendrai sûrement six mois si vous me ménagez un peu.

Il vit la réponse surgir de tous les visages sous forme d'un sourire bienveillant. Faute de pouvoir lui parler, certains échangèrent à voix basse:

— C'pauvre lui!

— Y est fin pareil...

Et, dans le banc du fond:

— Y est pas aussi pire qu'y en a l'air.

— Y radote pas tant qu'ça... Si t'entendais ma grand-mère Simard!...

Se sentant bien accepté, Josaphat conclut:

— J'ai un petit message à vous faire à la place de mon neveu. Marcel est parti sans faire ses adieux. Il n'a pas expliqué au Père supérieur pourquoi il a agi de la sorte, mais moi, le connaissant comme je le connais, j'ai pour mon dire qu'il est trop fier ou bien qu'il vous aime trop; il n'était pas pour se mettre à brailler devant vous. Et puis ça se pourrait que vous aussi, les femmes surtout, vous seriez partis à brailler. Alors, pour éviter toutes ces larmes, il s'est quasiment sauvé sans dire un mot. Ça, c'est moi qui le pense. C'est pas lui qui me l'a dit, mais je trouve que ça fait du sens et c'est pourquoi je vous le dis.

Suzanne était assise à la gauche de Thérèse. Elle prit l'avant-bras de sa mère et le serra en enfonçant ses ongles. Sèchement, elle ordonna:

— Arrête de pleurer!

Thérèse sortit un mouchoir de son sac à main. Elle s'essuya le visage. Suzanne, satisfaite, la relâcha.

Josaphat n'avait même pas descendu la dernière marche de la chaire que Léo se pencha vers sa femme. Visiblement contrarié, il lui souffla:

— Y t'en avait-tu parlé?

— Quelle affaire? chuchota Thérèse, en se tournant légèrement vers lui.

— Qu'y nous quittait pour toute bon?

— C'est pas l'moment! coupa-t-elle en cessant de le regarder.

Léo soupira et conclut que son épouse était au courant.

Il n'attendit même pas d'avoir laissé le terrain de stationnement de l'église pour reprendre ses questions. Thérèse répondait à demi-mot, donnant l'impression qu'elle ne tenait point à révéler certains détails, de crainte que les enfants ne les répètent à travers le village. Elle laissa entendre que le curé Tremblay avait reçu cette offre depuis plus de quatre ans mais que les honneurs ne l'intéressaient pas.

— Mais pourquoi qu'y s'est r'viré d'bord? interrogea Léo.

La réponse qui s'échappa des lèvres de la femme la surprit elle-même.

— Parce qu'y était trop heureux icitte. Y s'sentait coupable d'être bien. C'est pas comme ça que j'vas gagner mon ciel, qu'y disait. J'suis trop bien ici, avec vous autres, y faut que je m'en aille pour faire pénitence.

— Faire pénitence! s'écria Léo. J'ai mon voyage! Mais pour faire pénitence, y faut avoir péché, pis monsieur l'curé c'est un saint: y a jamais fait d'mal à une mouche! Faire pénitence, pourquoi?

— Pour les autres, pour ceux qui péchent pis qui vont aller en enfer si d'autres font pas pénitence à leur place.

— J'comprendrai jamais, admit Léo en branlant la tête. Y aurait pu me l'dire.

— Y voulait pas t'faire de peine...

Silencieux, les enfants suivaient la conversation. Ils s'enfonçaient, complices, dans cette vie nouvelle tissée de mensonges.

*   *
*

L'atmosphère de la maison ne tarda pas à changer. Léo la sentait chaque jour plus lourde. D'abord, il attribua ce malaise au départ du prêtre, à la tristesse que causait son absence. Il s'aperçut bientôt que depuis sa sortie de l'église, ce dimanche où Josaphat s'était présenté, Vincent n'avait plus proféré un seul mot. Mais Thérèse refusait qu'il l'amène voir un médecin.

— Ça va passer, expliquait-elle à son époux. On s'est assez inquiétés quand y était bébé à cause qu'y a été lent à débuter. À son âge, les garçons ont parfois des caprices.

Mais, au fond, elle craignait qu'il se remette à parler.

Suzanne fuyait son père. Les premiers temps, Léo se demandait: «J'y ai-tu faite queque chose de pas correct?» Sans trop savoir pourquoi, il commença à se sentir coupable. Au lieu de répondre à ses questions inquiètes, elle le boudait, comme si elle prenait plaisir à augmenter son embarras. Après trois semaines, cependant, elle réveilla ses parents avec des cris. Puis, comme à six ans, elle se précipita dans leur chambre et, toute tremblante, se glissa dans leur lit. Thérèse la poussa sur Léo, car Suzanne l'empêchait de dormir à force de se presser contre elle. Il lui fit place sans le moindre reproche, certain que ce contretemps cesserait après trois ou quatre nuits. «Y sont toute bouleversés... Ça va s'tasser», songeait-il.

Si, pour entretenir un tel espoir, il se fiait sur ce qui se passait au village, Léo n'avait pas tort. Les dames Blanchette rappelaient plus souvent que par le passé leur lien de parenté avec Marcel Tremblay. Elles ne dédaignaient même pas, avec cependant un sourire condescendant, de souligner que le vieux Josaphat était cousin au premier degré avec la mère d'Aline. Elles le trouvaient plein d'humour et prétendaient que s'il se répétait plus souvent qu'à son tour, c'était uniquement pour amuser les paroissiens:

— Faut comprendre qu'y fait son grand possible pour nous empêcher d'brailler à cause que Marcel est parti, expliquait Anne-Marie à ses clients.

Elle n'avait guère de peine à les convaincre:

— J'm'en vas dire comme vous: y est un peu bouffon sur les bords, admettait volontiers une cliente, mais j'vous dis qu'y voit pis qu'y entend mieux qu'y veut ben l'montrer.

Les Avenantais avaient d'autant plus de facilité à l'accepter que Josaphat ne manquait pas, au prône, de leur apporter des nouvelles de son neveu. Si par hasard il n'avait pas reçu une lettre de la semaine, il ne se gênait point pour répéter du déjà-dit ou bercer l'auditoire avec ses rêves. Deux mois ne s'étaient même pas écoulés que personne, si l'on excepte Léo et Thérèse, ne regrettait le départ de Marcel, encore que chacun guettât son retour avec impatience, certain qu'il accéderait promptement aux honneurs. Et s'il restait encore des sceptiques, ils changèrent d'avis le jour où, à voix basse, Anne-Marie confia à Geneviève Verreault, la femme de César, excellente communicatrice elle-même:

— Faut que j'vous dise, madame la mairesse, des saints comme mon cousin Marcel, ça court pas les rues. Mais à force de vivre avec ça, tu viens qu'tu t'habitues pis qu'tu fais p'us attention. Pourquoi pensez-vous que Monseigneur y courait après depuis cinq ans pour l'envoyer à Rome? Pourquoi donc, madame Verreault? Ben, m'en vas vous l'dire, moé! C'est qu'y est pas bête, notre évêque! Y est là qu'y file un mauvais coton, un diabète qui a pas d'bon sens. (Dites pas que j'vous ai dit ça, à cause que la garde-malade de l'hôpital Saint-Vallier qui me l'a confié pourrait se mettre dans l'trouble.) Y arrête pas d'maigrir pis l'sang circule quasiment p'us dans ses veines du bas. Y sait qu'y toffera pas deux ans. Quand qu'y a dit ça à Marcel, le pauvre p'tit a ben accepté d'monter à Rome pour se recycler dans le latin pis toutes les bébelles que ça prend pour faire un évêque. Monseigneur attend juste qu'y revienne pour se retirer pis s'préparer au grand départ. Madame Verreault, on va enfin être sur la mappe!

— C'est vrai qu'on va faire des envieux dans tout le Lac, reconnut la mairesse.

Personne n'aurait manqué la messe en ce deuxième dimanche de février 1964. De joyeux gloussements accueillirent le vieux prêtre lorsqu'il monta dans la chaire pour annoncer ce que tous attendaient avec impatience puisque les trois mois d'études de Marcel Tremblay à Rome venaient de prendre fin:

— Mes chers enfants, je vous apporte de bonnes nouvelles. Marcel m'a écrit. Pour moi, c'est de bonnes nouvelles. Devinez où est-ce qu'il est rendu? Mais il faut d'abord que je vous dise qu'il a été nommé chanoine.

Un murmure de surprise et de satisfaction monta jusqu'à la voûte de la petite église. L'oncle se tut, un sourire sur ses lèvres tremblantes. Puis il expliqua aux paroissiens:

— Un chanoine, c'est plus fort qu'un curé mais c'est pas encore un monseigneur. Quand je suis arrivé ici, il y a à peine trois mois et demi de cela, ça se disait que l'oncle radotait avec ses grands rêves pour Marcel et pour ses enfants de Saint-

Avenant. Mais aujourd'hui, le moment de vérité est arrivé et l'oncle Josaphat ne se trompait pas. Eh bien, oui! Le bon Dieu avait mis Marcel sur le chemin des honneurs: Rome, chanoine et bientôt monseigneur. Mais Marcel a voulu plus que cela. Pour moi, c'est une bonne nouvelle, un exemple...

Il dut faire une pose. Il semblait au bord des larmes et une inquiétude soudaine envahit Saint-Avenant rassemblé dans l'église.

— Au moment où je vous parle, Marcel est rendu au Guatemala.

On aurait entendu une mouche voler dans l'église. La plupart se demandait dans quel bout de la province se trouvait ce village ou si c'était une réserve amérindienne. Voyant leurs perplexité, l'oncle s'empressa de leur fournir des renseignements plus précis:

— Le Guatemala, c'est un petit pays placé en bas du Mexique. Du temps qu'il était à Rome, Marcel étudiait l'espagnol. Il est parti comme missionnaire là-bas.

La déception et l'inquiétude se lisaient sur presque tous les visages. Après une nouvelle pause, le prêtre acheva d'accabler ses ouailles:

— Ça va mal dans ce pays-là. Le peuple et l'armée sont en chicane. J'ai peur pour Marcel.

Il ne put en dire davantage: les larmes parlaient à sa place.

CHAPITRE XXI

Le missionnaire

Thérèse seule sourit. Elle savait que son ancien amant avait fui pour ne plus jamais revenir. Elle s'était bien gardée de combattre les illusions de son époux et des autres villageois, de crainte qu'on ne la force à des révélations. Elle s'étonnait plutôt qu'il se contente d'un pays situé sur le même continent que celui où vivaient leurs souvenirs communs. Peut-être que seul le danger qui effrayait l'oncle Josaphat avait attiré Marcel au Guatemala. Il ne fallut pas à Thérèse des dons de voyante pour en venir à de telles conclusions; il lui avait suffi de croire que l'ancien curé de Saint-Avenant ne manquerait pas de réaliser ce qu'elle eût tant aimé faire: disparaître.

En sortant de l'église, Alphonse Patenaude ricana:

— Eh, ben! On n'aura p'us d'monseigneur dans famille. Ça m'fait penser au gars qui avait vendu la peau de l'ours avant de l'avoir tué.

Stoïque face aux morsures du vent glacial comme aux sarcasmes de son époux, Anne-Marie s'enveloppa dans sa dignité et dans son manteau de vison. Elle rétorqua, prenant bien garde de glisser sur les marches du parvis qu'une neige légère rendait suspectes:

— Pour toi, c'est une perte. Moi, je m'en vas dire comme l'oncle Josaphat: on aura un saint dans famille! C'est ben mieux! T'es pas capable de comprendre qu'un gars préfère vivre avec les pauvres comme Notre-Seigneur au lieu de s'installer dans un évêché pis d'profiter du monde. Ça m'aurait ben surprise que Marcel accepte les honneurs: y est au-dessus de toute ça!

* *
*

Quelques mois plus tard, une lettre arrivait au rang des Hirondelles:

Mon cher Léo,

Malgré la distance et malgré tout, tu demeures mon meilleur ou plutôt mon seul ami. Je me suis sauvé de Saint-Avenant. Le Seigneur m'a guidé vers un destin autre que celui que j'allais embrasser. Je l'en remercie.

J'espère que le village se remet de la déception que j'ai causée. Je suis touché que tu te renseignes auprès de mon oncle pour savoir ce que je deviens et qu'en dépit de ma conduite infâme ni toi ni Thérèse ne me gardiez rancune.

Je compte rester ici jusqu'à la fin de mes jours. Quatre mois avec ces gens simples et fatalistes m'ont beaucoup appris. Je ne sais s'ils sont plus sages que nous mais il me semble que la mort ne les effraie pas. Ils gardent sans doute l'essence de leur culture maya, pour laquelle la vraie vie ne commence que lorsque nos paupières se ferment à jamais. Nous, chrétiens qui prétendons croire à la vie éternelle, pourquoi craignons-nous tellement la mort? La sérénité de ces Indiens devant un destin aussi austère me pénètre et me bouleverse. Leur sens du bonheur est moins compliqué que le nôtre... Pour te dire la vérité, je n'ai pas une idée claire de ce que le bonheur signifie pour eux ou pour nous, mais je soupçonne qu'ils sont plus proches de ce qu'ils espèrent que nous autres.

Je me détache, comme ceux que je côtoie, de la vie ou plutôt de cette approche angoissée que nous avons de l'existence. Ici, les gens meurent si facilement d'infection, de malnutrition ou d'une balle que ceux qui vivent se comportent comme s'ils étaient en vacances sur terre et que d'un moment à l'autre le Seigneur allait venir les chercher pour les emmener dans le monde de vérité. Ils n'alourdissent pas leur existence de tous ces mensonges dont nous nous entourons pour nous donner de bonnes apparences ou nous enrichir aux dépens des autres. Ces pauvres gens, étudiants ou paysans démunis, sont prêts à donner leur vie pour leur patrie, pour leurs descendants, tandis que chez nous chacun ne pense qu'à soi. Au début, je ne comprenais pas leur sourire compatissant lorsque je leur parlais de la mort qui les guette dans leur lutte contre l'oppression. Il m'a fallu un certain temps pour réaliser que, pour ceux qui se battent, seule importe la dignité, vivre ou mourir mais dans la dignité, et non la vie à n'importe quelle condition. C'est la première chose qu'un peuple qui veut vraiment sa liberté doit comprendre.

Mon existence se déroule au milieu de soldats armés, de véhicules militaires dont les sirènes hurlent au coin des rues. J'apprends en lisant les journaux que des civils se sont fait assassiner ou que des soldats ont été descendus par des francs-tireurs. Peut-être qu'un jour une balle perdue me frappera à mon tour. On s'habitue très bien à cette idée, comme toi tu attends l'hiver pour tendre tes collets.

En si peu de temps au Guatemala, j'ai d'ailleurs reçu des avertissements où l'on me demande de me mêler de ce qui me regarde. On me rappelle que je suis un étranger et on me traite même de communiste parce que je me tiens avec les pauvres! Nul ne signe ces mots. Tout porte à croire qu'ils émanent de l'armée. Descendre un Canadien, un prêtre de surcroît, mettrait ces bandits dans l'embarras, mais ils sont capables de passer outre et de m'assassiner: je ne serais pas du tout le premier ecclésiastique à subir un tel sort. Ils seront suffisamment cyniques pour déguiser ma mort en accident et s'en sortir les mains blanches.

Alors, mon ami, si jamais je partais avant toi, sache que je te désigne comme l'exécuteur de mes dernières volontés. J'ai, au cours de mes vingt-huit années de ministère, accumulé quelques biens. Je les lègue à ma filleule Marcelline, que j'aimerai jusqu'à la mort comme si elle était ma propre fille.

Tu salueras Thérèse de ma part et tu lui transmettras mes remerciements pour tout. Jamais elle ni personne ne saura le bien que je lui dois, le bonheur qu'elle m'a apporté. Elle a changé ma vie. Je lui demande pardon ainsi qu'à toi et à tous les gens de Saint-Avenant pour le tort que j'ai pu vous causer.

Je compte passer le reste de mes jours à travailler pour racheter mon âme et réparer le mal que j'ai fait.

Ton ami,

Marcel Tremblay, prêtre.

Thérèse, pâle, serrait les mâchoires.

— J'comprends rien, commenta Léo. Pour moé, y est tombé su'a tête ou ben c'est les maringouins d'là-bas qui y ont magané l'cerveau! Quel bien que t'as pu y faire? Épousseter ses livres, copier des mots, c'est-y la fin du monde, ça? Quel mal qu'y a pu nous faire, à toé, à moé, au monde de Saint-Avenant? Y est malade, ma grande foi! Que c'est qu'y a d'besoin d'aller passer sa vie au Guatemala expier des péchés qu'y a jamais commis, vivre parmi les p'tits nègres?

— Les Indiens, corrigea Thérèse.

— Même affaire, soutint Léo. Des sauvages pareils.

— T'es bête, Léo, le cingla Thérèse. Les as-tu vus, pour les appeler des sauvages? Selon monsieur l'curé, y savent mieux vivre que nous autres.

— Ça dépend, la femme. Y mangent des affaires que j'donnerais pas à mon chien, y habitent des cabanes y'où ce que Noiraud logerait pas.

— Oui, Léo, mais selon le curé, ça n'a pas d'importance!

— Que c'est qu'y a donc d'l'importance, sa mère?

— D'autre chose...

— Quoi, veux-tu ben m'dire?

— J'sais pas... D'autre chose... Nos maisons sont belles, frottées, mais est-ce qu'on est heureux?

— Moé, oui, admit Léo.

Elle ne dit rien. Il attendit, puis lui demanda:

— Pis toé?

— J'sais pas...

— Mais t'as toute c'qui faut pour être heureuse!

— J'dis pas l'contraire...

Léo examina encore la lettre et commenta:

— Pas d'adresse. Y'où ce que j'pourrais le rejoindre, à c't'heure?

— Mais y veut pas que tu y écrives, Léo; c'est une lettre d'adieu.

— D'adieu! reprit Léo... Et tu penses que j'vas accepter ça, moé? Ben non, vous vous trompez! J'ai jamais pris l'avion, j'ai jamais laissé la province, mais si j'arrive pas à savoir y'où ce qu'y s'cache, je m'en vas au Guatemala l'chercher pis y parler dans face.

— Y t'manque tant que ça? demanda sa femme en hésitant un peu.

Léo ne répondit rien; il avait peur de parler, de crainte que sa voix ne tremble ou pire encore. Elle comprit et dit ce que les deux ressentaient:

— Y va toujours me manquer. Y nous a fait tellement de bien! Y a changé notre vie. Qu'est-ce qu'on va devenir sans lui?

Léo sourit et baissa les yeux, pensif.

«Un homme, ça pleure pas...», le grondait son père quand il tombait sur la glace ou se frappait le pouce avec un marteau.

Il en aurait eu tant à dire! Il avait beau se répéter que ça n'avait «aucun maudit bon sens», il n'arrivait pas à s'enlever de la tête que Marcel Tremblay lui en voulait, car autrement il ne l'aurait pas abandonné pour «les sauvages d'un pays équipé d'un nom à coucher dehors». Tant de nuits, il avait fait défiler ses souvenirs, s'attardant sur un mot lancé avec impatience lors d'une randonnée de chasse ou de pêche... Ou bien il dramatisait une quelconque maladresse à l'égard du curé, par exemple la fois que le prêtre avait oublié d'attacher un hameçon au bout de sa cuillère. Le père Tremblay s'était plaint que Léo ne cessait de sortir des brochets alors que les poissons boudaient sa ligne. Léo avait examiné l'appât de son compagnon et découvert la bévue. Il avait ri à en crever. Il avait ébruité l'incident à travers le village et, durant un bout de temps, le curé s'était fait taquiner. «Mais y était pas homme à m'en vouloir pour une farce de même, parce que quand y avait sa chance, y manquait pas l'occasion de m'agacer lui avec.»

Mais pourquoi l'avait-il donc laissé? Léo espérait un miracle.

Thérèse s'était fanée depuis le départ du prêtre.

«A prend ça plus mal que moé, c'te pauvre elle. On dirait qu'a l'a p'us d'âme. Une planche à repasser pis elle, c'est la même affaire...»

Mais ce qui l'inquiétait par-dessus tout, c'était Suzanne:

«La nuitte, a l'arrête pas de venir dans notre litte...»

CHAPITRE XXII

Suzanne réfléchit

Âgée à peine de douze ans au printemps 1964, bouleversée par le secret qu'elle cachait à son père et au village, réveillée presque chaque nuit par un taureau furieux qui la forçait à se réfugier dans le lit de ses parents, Suzanne n'avait pas la vie facile. Elle s'attardait secrètement devant le miroir, surprise par les formes nouvelles que prenait son corps, effrayée surtout de voir ses seins grossir de jour en jour. Elle s'emporta un samedi après-midi lorsque Thérèse vint la trouver dans sa chambre et, sans aller par quatre chemins, lui ordonna:

— Mets ça!

Elle se sentait démasquée malgré tous ses efforts pour se cacher la poitrine en s'arrondissant le dos. La mère attendit patiemment qu'elle achève sa crise de larmes.

«J'su passée par là», songeait Thérèse.

— Tourne-toé d'bord, ordonna Suzanne.

— Tu veux pas que je te voies? demanda l'autre avec un sourire, feignant d'oublier sa propre honte au même âge.

— Non, grogna la fille.

Thérèse obéit. Suzanne sortit le soutien-gorge de sa boîte en carton et l'installa.

Elle cala ses petits seins dans les pochettes. Elle se vit femme comme les modèles bien en chair des catalogues d'Eaton et de Simpson's qui s'offraient à la contemplation des clients.

— Attache-moé en arrière, ordonna-t-elle, tête baissée, le dos tourné vers Thérèse.

Elle s'ébroua aussitôt pour s'assurer que ses seins tiendraient en place, puis elle commenta, boudeuse:

— Ça m'agace. J'vas pas garder c't'affaire-là!

Mais elle ne chercha pas à s'en libérer. Au contraire, elle remit son corsage.

La mère en profita pour lui apprendre:

— Tu vas avoir tes règles dans pas longtemps. Tu sais ce que c'est?

Bien des fois, Suzanne avait remarqué la boîte de serviettes hygiéniques dans l'armoire de la toilette. Elle les revoyait souillées, enveloppées dans du papier hygiénique dans la petite poubelle. À l'école, devant elle, des copines plus âgées s'étaient plaintes de leurs malaises périodiques. Mais elle se sentait trop gênée et répondit:

— C'est quoi, ça?

— Ben, chaque mois, lui expliqua Thérèse, tu vas saigner par le bas du corps. Ça dure trois ou quatre jours. C'est normal.

Elle lui enseigna comment se protéger. Suzanne avait envie de fuir, de courir en arrière vers le passé, de rattraper l'enfance qui l'abandonnait. Tandis que la mère manipulait le linge qui devait accueillir le sang sorti de la partie la plus intime du corps de sa fille, celle-ci voyait avec une certaine épouvante ses seins atteindre le volume de ceux de Thérèse. Le regard perdu dans l'angoisse de ce futur qui, à pas de géant, s'avançait avec comme toile de fond cette serviette hygiénique qui s'étirait et se retournait dans les mains de sa mère, elle s'imaginait marchant dans une robe légèrement moulante. Sous les chatoiements du tissu, ses fesses plus prononcées bougeaient avec ostentation. Flous comme des ombres, des hommes la dévisageaient. Elle avait le goût de supplier son destin: «J'peux-tu dire non?»

Elle écoutait discrètement cette condamnation que sa mère prononçait. Jusqu'à ce jour, elle avait essayé d'y échapper en se faisant croire que ses seins arrêteraient de bourgeonner. Suzanne avait très peur de devenir femme. Elle avait en outre l'impression que, pour une raison qu'elle ne pouvait encore deviner, sa mère, au contraire, avait hâte.

Pas une nuit depuis le départ de Marcel Tremblay, la fillette ne s'était endormie sans avoir revécu la scène des adieux. L'insulte jaillie des lèvres du prêtre résonnait à ses oreilles avec le fracas de la gifle qui avait projeté sa mère sur le plancher de la cuisine. Elle revoyait le visage du curé que la haine rendait presque méconnaissable. Il partait. La porte claquait. À mesure qu'elle ressassait cet épisode déchirant, la confiance qu'elle portait à sa mère s'effritait. Elle souriait avec dégoût en pensant à ses explications touchant cette dispute. Elle essaya de comprendre le sens réel de ce mot que Thérèse interdisait aux enfants de répéter et qui sans doute renfermait la clé du mystère. Elle n'osait s'adresser à son père, de crainte qu'il ne lui demande d'où elle le tenait. Pour la même raison, elle évitait d'en parler à sa maîtresse d'école. Elle avait interrogé le dictionnaire, mais l'énorme bouquin se montrait évasif, comme si le terrible mot l'embarrassait lui aussi. Il essayait de s'esquiver en la renvoyant à «prostituée». Puis, ce synonyme la faisait tourner en rond puisqu'il se définissait «femme qui se prostitue». Suzanne ne se découragea pas. Elle interrogea le verbe «se prostituer», qui l'amena à réfléchir sur des termes nouveaux: «débauche», «mauvaises mœurs», «habitudes naturelles»... Elle passa des heures à penser aux activités de sa mère, à ses visites au presbytère, à l'attachement du prêtre pour toute la famille Boily, à sa passion pour Marcelline.

* *
*

Suzanne se développait. Fin juin, elle affronta ses premières menstruations sans en souffler mot à Thérèse. La nuit, son corps la réveillait avec des sensations nouvelles, des désirs plus troublants que son vieux cauchemar du taureau furibond. La curiosité l'amena à feuilleter plus souvent le dictionnaire et à regarder en cachette, mais avec un intérêt qui frisait la fascination, l'accouplement des chiens du voisinage. Elle découvrit les mystères du lit. Cette fusion bestiale l'offusqua tout d'abord. Puis elle se souvint des gémissements entendus jadis en provenance de la chambre des parents. Elle n'attribua plus ces plaintes à la douleur de son père mais à cette jouissance qui portait le mâle à respirer si fort, langue pendante, quand il s'ébranlait sur le postérieur d'une chienne soumise. Horrifiée de comparer sa mère à une bête, elle le fut davantage lorsque pour la première fois elle imagina que Thérèse s'accouplait avec deux hommes, Léo et le curé, tour à tour. Elle ne réussit point à chasser cette idée; au contraire, son esprit l'approfondit. Alors, elle comprit le sens de cette terrible dispute; la fuite vers Montréal avec le prêtre, la volte-face de Thérèse, la rage du curé, l'insulte, la gifle, le départ, l'exil dans une terre d'où il ne reviendrait jamais. Il y cherchait l'oubli et un châtiment bien mérité.

Le doute, cependant, l'assaillit promptement, car les conclusions qui s'imposaient à son esprit bouleversaient trop son existence pour qu'elle les acceptât sans sourciller. Tout ne serait que fausseté si l'horrible mot s'avérait exact. Thérèse, si propre, si pieuse, si dévouée, serait une femme de mauvaise vie; le prêtre, un fourbe, et son père, un aveugle; l'oncle Josaphat radoterait plus qu'il ne l'imaginait en racontant au prône les exploits du saint vivant au pays des sauvages. Saint-Avenant ne serait rempli que d'idiots! Elle se sentait si seule avec sa terrible vérité! De nouveau, elle consulta le dictionnaire pour se convaincre, mais en vain, qu'elle avait mal compris. Tiraillée entre le besoin de connaître et la peur de savoir, son intelligence si vive d'avance se développa davantage à force de creuser chaque détail à l'endroit, puis à l'envers, de revenir encore et encore sur un point examiné cent fois et plus. Incapable de se retenir, elle se mit à piquer Thérèse à la moindre occasion, puis à réfléchir des heures durant pour bien comprendre ses réactions. Elle étudiait les inflexions de la voix de sa mère, ses moindres gestes, ses rougeurs comme ses pâleurs, l'éclat de ses yeux; rien ne lui échappait. Elle la testa d'abord par de longs silences accompagnés d'une mine menaçante. Elle accrut la pression avec des phrases inachevées pointées de soupirs remplis de sous-entendus. Elle refusait de s'expliquer clairement, en dépit des prières de Thérèse qui se plaignait de ne pas la comprendre. De plus en plus souvent, elle rabrouait sa mère, qui se défendait avec peu d'assurance. Un jour où Thérèse se plaignait parce que Vincent avait oublié d'enlever ses souliers en entrant et qu'il avait sali le plancher de la cuisine, Suzanne ricana:

— Tu chialais moins quand t'allais au presbytère faire le ménage de monsieur l'curé. Faut croire que c'était plus plaisant de faire le ménage chez lui que chez nous!

Thérèse resta figée, les yeux écarquillés. Elle finit par se ressaisir. Voulant se rassurer qu'elle donnait aux paroles de sa fille un sens qu'elles ne renfermaient point, elle expliqua:

— C'est ton père qui m'obligeait à l'aider. Moé, j'voulais pas y aller.

Suzanne répondit par un sourire qui en disait long. Inquiète, Thérèse insista:

— Tu m'crois pas?

Suzanne garda le silence. La mère résista difficilement à l'envie de la supplier: «Qu'est-ce que tu penses donc que j'allais vraiment faire chez monsieur l'curé le mardi?»

Mais l'angoisse que cette question à peine contenue amena sur son visage n'échappa guère au regard de sa fille. La peur de sa mère raffermit ses conclusions. Enfin, un jour, en berçant sa petite sœur âgée de trois ans et demi, elle fut frappée par la ressemblance qui existait entre son visage et celui du prêtre et que Léo attribuait à un mystérieux effet des chandelles du baptême! Ainsi donc, sa mère allait d'un homme à l'autre comme Sultane, la chienne des Joncas, qui ne refusait ni Noiraud ni Marquis, le colley des Girard qui vagabondait d'un rang à l'autre. Elle put alors comprendre l'énormité du secret qu'elle détenait. Elle se sentit dotée d'un pouvoir dangereux, presque infini. Elle se retenait de rire à l'église lorsque le vieux prêtre parlait de Marcel Tremblay. Elle l'écoutait d'une oreille distraite, un sourire méprisant au coin des lèvres, tandis qu'elle se voyait dans la chaire, à sa place, racontant toute la vérité. Mais elle frissonnait lorsque sa rêverie se retournait contre elle puisque du même coup elle devenait la risée du village.

Elle se mit à soupçonner tous les voisins d'agir comme sa mère. Elle se rappelait la gentillesse de Thérèse lorsque, le mardi, elle s'en allait rejoindre le curé. Quel contraste avec son humeur sombre d'à présent! Si une dame souriait à son mari, Suzanne croyait qu'elle le trompait ou lui cachait quelque chose de grave. Elle en vint à traîner sur son visage une moue quasi permanente de mépris ou d'ironie; sa voix se donna une intonation douce, posée, parfois langoureuse, pour endormir son interlocuteur alors que secrètement elle se moquait de lui parce qu'il ignorait les laideurs qu'elle connaissait. Elle provoquait fréquemment la colère des autres par ses sarcasmes tout en faisant l'innocente. Tous s'accordèrent pour l'appeler «la ricaneuse».

Elle était révoltée de constater que, selon toute apparence, le village vivait en paix, Josaphat ressuscitait sans cesse. Par moments, on eût même dit qu'il rajeunissait, que ses esprits s'affermissaient, comme une vieille bêche abandonnée à la rouille et qu'on effile de nouveau. Les Avenantais riaient de ses calembours et racontaient des anecdotes sur son compte. César Verreault ne rougissait plus de celui qu'il avait pressenti comme une calamité. Au contraire, il le défendait:

— Y fait semblant d'en perdre des boutes pour mieux nous attraper. Y a plus de mémoire qu'un enfant d'école mais y fait l'gâteux pour mieux rire de nous autres. Y manque pas un mot de c'que tu dis; y voit toute tellement qu'y nous guette. Quand qu'tu t'y attends le moins, y rapporte que mon adjoint s'est mouché y a trois mois, qu'Aline Blanchette portait une robe rouge ou qu'Anne-Marie Patenaude a regardé son Alphonse de travers. Tu finis que tu watches c'que tu dis pis comment que tu te tiens. Y est pas bête, le vieux...

Au cours de l'été 1964, le bruit courut que le père Marcel Tremblay reviendrait bientôt, qu'il commençait à se lasser des sauvages de là-bas. Anne-Marie se rengorgeait devant les progrès de la rumeur, oubliant qu'elle avait pris naissance dans son imagination. La nouvelle ne déplut à personne. Pour s'éviter un nouveau chagrin, on transforma en certitude la timide supposition du début, à savoir que Josaphat resterait avec son neveu et qu'il finirait ses jours au village. Nul ne cherchait à vérifier le bien-fondé de ces racontars, mais les paris allaient bon train quant à la date où l'heureux événement se produirait.

Fin octobre, Josaphat grimpa dans la chaire et, de cette voix brisée avec laquelle il avait officié, il commença:

— Mes enfants, hier j'ai reçu un télégramme...

Il dit quelque chose que personne ne comprit. Il semblait malade et s'agrippait de toutes ses forces à la rampe; il manquait d'air. Les gens se regardaient. Certains se demandaient s'il fallait lui porter secours. Mais il rouvrit les yeux, sourit pour les rassurer et répéta, plus clairement:

— J'ai reçu un télégramme du Guatemala.

Il s'arrêta de nouveau tandis que les larmes inondaient ses joues. On devina. La consternation s'abattit sur l'assemblée des fidèles de Saint-Avenant. L'oncle acheva en précisant:

— Marcel est mort...

Un murmure d'épouvante se leva. Mais les gens voulaient se persuader qu'ils avaient mal entendu. L'oncle dut insister:

— Il a été tué.

Seuls les paroissiens des premiers rangs comprirent ce que le vieux prêtre venait de chuchoter. Ils répétèrent et la nouvelle circula à travers l'église. Avec effort, Josaphat continua:

— Il a été assassiné...

À travers les sanglots, on entendit, à plusieurs reprises: «Marcel savait que ça devait arriver.» Quelqu'un prononça le mot «martyr». D'autres pleuraient: «Nous avons un saint.»

Suzanne voulait hurler que ce n'était pas vrai. Elle faisait tant d'efforts pour se contenir que des larmes de rage jaillirent de ses yeux. Sa mère vit sa furie; craignant le pire, elle la saisit par le bras gauche. Suzanne mordit aussitôt la main de Thérèse, qui lâcha prise. Elle se tourna vers son père et commença, d'une voix haletante:

— Papa!...

Elle était décidée à tout révéler, mais Léo sanglotait, le visage dans les mains; il ne l'entendit pas.

Vincent ne bougea pas. Depuis le départ du prêtre, le garçon était tombé dans un mutisme dont il ne sortait que pour bégayer de manière atroce. Il était sujet à des crises d'agitation dont il ne se calmait que quand il était épuisé. Il frappait les murs avec ses poings, avec sa tête. En proie à des cauchemars, il réveillait ses parents au moins une fois par semaine. Thérèse se rendait à son chevet.

Quelques secondes s'écoulèrent avant que Vincent réalise qu'il avait bien entendu. Il ne rêvait pas: Marcel Tremblay avait bel et bien été assassiné ou plutôt exécuté comme il le méritait. Alors, le garçon se retourna et regarda sa mère, puis il murmura d'une voix tranquille, sans le moindre bégaiement:

— Oh, maman! J'su content!

Elle répondit, avec douceur:

— Moé aussi.

Les deux se retournèrent en silence vers l'autel tandis que la paroisse entière pleurait autour d'eux. Thérèse sourit en pensant: «Y souffrira plus.»

Elle faisait allusion à son ancien amant, tué au Guatemala.

CHAPITRE XXIII

In memoriam

Personne ne sut jamais de façon précise dans quelles circonstances Marcel Tremblay avait trouvé la mort. On rapporta qu'il était disparu depuis quatre jours lorsque Julio Morales, un montagnard de la région, découvrit le corps. Il était à moitié immergé dans la vase d'une cuve marécageuse, au pied des collines, à moins de vingt minutes du hameau où il vivait depuis neuf mois. Près de lui gisait un fusil de calibre douze. Il avait la poitrine défoncée par une décharge. Tout laissait supposer un accident, mais les Indiens affirmaient que le missionnaire ne s'intéressait pas du tout à la chasse. Personne n'avait jamais vu une arme à feu dans la modeste demeure qu'il occupait. Des politiciens essayèrent de discréditer le défunt en insinuant qu'il s'était volontairement pris pour cible. Ils racontèrent que le prêtre ne s'adaptait pas au pays; ils le peignirent même comme un désaxé en quête d'aventures pour oublier les malheurs qu'il essayait de fuir. La description faite par Morales de la blessure excluait un coup à bout portant; selon cet homme, la plaie avait le diamètre d'un pamplemousse. On apprit un peu plus tard que l'armée avait institué une enquête éclair pour satisfaire aux exigences de l'évêché et de l'ambassade du Canada. Le pathologiste, un major des services médicaux, conclut que les projectiles provenaient du fusil trouvé à côté du prêtre. Il s'agissait donc d'un accident, ou pire encore. Des photos un peu floues montraient un trou d'à peine un pouce de large. Les protestations ne changèrent pas grand-chose. Les autorités locales se hâtèrent d'inhumer la dépouille, alléguant que la décomposition avancée du corps constituait un danger pour la population environnante. L'enquête entreprise par l'évêque se perdit dans une impasse. Morales revint sur ses déclarations; il confirma les conclusions du médecin. Il expliqua sa méprise en avouant que, le matin de la découverte, il était ivre. Puis il disparut. Le bruit courut qu'il avait déménagé dans un bidonville de la capitale; d'autres racontaient qu'il s'était noyé dans un lac de montagne. Il laissa une veuve et six enfants. On n'osait même plus parler d'un coup de l'armée.

La frustration bien légitime résultant de l'incertitude quant à la fin de leur ancien curé expliquait sans doute les réactions des Avenantais. On ne pouvait toutefois écarter des raisons plus sombres, un certain opportunisme, par exemple, car comment comprendre autrement le comportement de César Verreault? Dès ce dimanche fatidique où le village apprit le décès du prêtre, le maire essaya, semble-t-il, de voler la vedette en imposant d'une façon trop spectaculaire son chagrin. Personne, même Léo, exécuteur testamentaire, ou l'oncle Josaphat, père spirituel du défunt, ne montra une peine comparable à celle du magistrat. Il faut préciser que les élections municipales approchaient. Est-ce l'inquiétude que lui causait son avenir politique ou simplement l'habitude de ne jamais rater une occasion d'embellir son image qui motiva un tel chagrin? Ses excès de gémissements et de larmes froissèrent d'ailleurs sa voisine, Aline Blanchette, qui craignit de passer pour une femme sans cœur. Cet homme connu pour son orgueil accepta sans vergogne le bras de son épouse lorsque le couple laissa, bon dernier, le temple rempli de douleur.

César avait décidé d'amasser du capital politique sur le dos du mort. Cette ambition engendra des scènes frisant le burlesque, avec, comme théâtre, la salle du conseil municipal. Elle se remplit à craquer le mercredi suivant lors de l'assemblée extraordinaire qu'il avait convoquée. On savait le maire rusé, opportuniste; on lui découvrit cette fois des talents de comédien. Avec des mots destinés à servir ses vues, des poses et des gestes qui ne laissaient aucun doute sur ses aptitudes de leader, il fit sentir à tous ses administrés qu'il était bien le chef du gouvernement municipal. Il se contenta tout juste de trois minutes pour exhiber son chagrin une fois de plus. Puis il s'attarda un quart d'heure sur la peine du village, que personne n'ignorait. Il vanta les mérites du défunt; proposa, à l'assentiment unanime, d'entreprendre des démarches pour rapatrier le corps. Il joua finalement son atout lorsqu'il parla des représailles que le Canada devait infliger au pays responsable d'un acte aussi barbare. Tous les yeux étaient braqués sur lui, de sorte que personne ne remarqua la pâleur de madame Éliane Légaré, candidate redoutable à la mairie. Elle rassura ses supporters en retrouvant rapidement son aplomb. Elle avança une contre-proposition qui embarrassa César: plutôt qu'une agression armée, conduite qui offenserait la mémoire du saint dont on louangeait la charité, elle suggéra d'exiger une indemnisation d'un million de dollars américains. Cette somme servirait à réparer l'église où Marcel avait officié tant de fois et permettrait de construire un centre de loisirs qui immortaliserait son nom. Confus devant l'approbation que reçut cet avis, le maire se tourna vers l'exécuteur testamentaire pour lui demander son opinion. Léo s'était toujours tenu loin de la politique municipale, mais, dans le fond, il éprouvait de l'irritation à l'idée qu'une femme dirigerait le village alors que Thérèse dirigeait à la maison. Il ne pouvait cependant ignorer le côté pratique de l'intervention de madame Légaré. Son prestige personnel d'exécuteur testamentaire lui garantissait une écoute attentive. Coupant la poire en deux, il proposa de faire arrêter les vrais coupables et d'obtenir leur condamnation après jugement, tout en exigeant deux millions de dollars. Madame la conseillère montra beaucoup de tact en évitant d'attaquer de front le grand ami de Marcel Tremblay. César respira comme un noyé qui remonte à la surface. L'assemblée se dispersa sans avoir rien conclu, bien décidée, cependant, à réfléchir en attendant la prochaine rencontre, prévue dans une huitaine.

En rentrant chez lui, le maire calcula que le temps jouait en sa faveur. Il trouverait bien un prétexte pour croiser Léo et glisser, entre deux soupirs, qu'il était tanné d'entendre les outardes cacasser dans ses champs d'avoine, ce dont madame Légaré, institutrice, ne pouvait nullement se plaindre.

CHAPITRE XXIV

Les nouveaux riches

Au moment où il échafaudait des plans pour séduire Léo en lui donnant en pâture des oiseaux qui n'appartenaient à personne, César fut ébranlé par un événement qui l'obligea, comme le reste du village, à changer de ton avec un homme que tous regardaient de haut parce qu'il habitait au fond d'un rang. Les Avenantais étaient habitués aux tornades qui, l'été, arrachaient des arbres et emportaient des toits de grange; ils attendaient les tempêtes de décembre et de mars et ils creusaient, sans se plaindre, des chemins dans la montagne de neige tombée durant la nuit. Rien de cela ne dérangeait l'équilibre du village comme le fit la visite de Léo, accompagné de Thérèse, à maître Léonidas Turgeon. Le couple se présenta chez ce notaire de Desbiens le surlendemain de la réunion du conseil municipal où l'on avait débattu les mérites de la proposition de César et de celle de madame Légaré. C'était un vendredi, jour où bon nombre de ménagères se rendaient à l'épicerie *Chez sa mère* pour faire leurs emplettes. La nouvelle s'ébruita si rapidement qu'elle se répandit à Saint-Avenant alors que les Boily n'étaient pas encore repartis de Desbiens. On se demande encore qui avait eu la primeur. Était-ce Elzéar Villeneuve, un ouvrier de la Saint-Raymond Papers, bavard impénitent, qui salua Léo juste au moment où il pénétrait chez le notaire, ou la secrétaire de celui-ci, une Bernier, proche parente de César du côté maternel? À peine eut-il raccroché l'écouteur que le maire en parla à sa femme:

— Léo a hérité!

Geneviève maîtrisa toute apparence de surprise:

— J'ai jamais cru que Thérèse faisait ça pour rien, répondit-elle.

Elle ne voulait pas montrer son émotion à son époux, persuadée qu'un homme ne pouvait comprendre ce qu'elle ressentait. Elle se donna deux coups de brosse dans les cheveux et se rendit à l'épicerie. D'une voix qu'elle seule trouvait confidentielle, Geneviève s'entretint avec Anne-Marie pendant que celle-ci opérait la caisse et que les Avenantaises défilaient devant elles. Certaines entendirent des brins de cette conversation et les répétèrent; la plupart y ajoutèrent des détails de leur propre cru.

César n'agissait jamais à la légère. Essayait-il de manipuler les Avenantais en occupant leur esprit à un ragot d'envergure pour les empêcher de discuter de politique municipale, de sorte que le jour des élections ils voteraient comme par le passé? Le maire donna un exemple que ses administrés se hâtèrent de suivre: dès le lendemain, il gratifia Léo d'un sourire tout nouveau et lui parla avec moins de hâte que par le passé. Il demanda des nouvelles de la petite dernière, s'attendrit en apprenant que Marcelline s'obstinait moins à dire «non» à propos de tout. Avec une humilité singulière, il invita Léo à chasser sur ses terres:

— Le mois de novembre est déjà commencé. Une, deux semaines encore et les outardes seront toutes parties, mais ça continue à s'poser dans mon champ numéro trois, celui qui longe la rivière. Si ça te l'dit, on pourrait faire un tour un d'ces quatre matins; t'as l'équipement et l'expérience; j'haïrais pas ça...

Il se retint de le questionner à propos de l'héritage. César se targuait de connaître le cœur des hommes; il n'ignorait guère la puissance de la vanité. Léo ne pourrait, au cours de la partie de chasse, s'empêcher de parler de sa fortune récente et peut-être même de ses projets.

Alphonse Patenaude tira d'abord ombrage de l'attention qui se tournait vers le journalier du rang des Hirondelles. Il se portait fort bien d'une mentalité de caste qui le plaçait dans la catégorie des seigneurs du village. Il essaya de persuader sa femme d'une chose:

— Y en a qui sont nés pour un p'tit pain; y sont dus pour vivre et mourir dans l'ombre. Quand tu vois la tête à Léo, tu peux pas dire qu'on peut faire un richard avec ça. Pis faut pas trop en mettre non plus: un curé d'village, ça a jamais amassé des tonnes d'argent. Une couple de cennes, pas plus... Faut être un arriéré comme le sont le monde d'icite pour faire un plat avec presque rien...

Anne-Marie partagea l'opinion d'Alphonse: elle en voulait tellement à Thérèse parce que son lointain cousin avait accepté d'être le parrain de sa fille alors qu'il lui avait refusé cet honneur! Elle se hâta de ternir l'étoile montante de Léo en rapportant les paroles de son mari à sa mère.

Lorsque Aline apprit qu'Alphonse dénigrait Marcel Tremblay, elle s'emporta. Elle interpella même son gendre de la façon méprisante qu'elle utilisait quand il courtisait sa fille, vingt ans auparavant:

— Écoute, Chose... J'peux pas dire que t'as tort quand tu dis que les gens d'icite parlent à travers de leur chapeau... Mais ça paraît que t'es né dans l'troisième rang, toé avec, même si tu l'oublies parce que t'as ramassé quequer piastres... Pis, j'dirai pas comment parce que t'es entré dans famille à c't'heure. Mais tu sais pas d'quoi tu parles, si tu veux mon avis. Y a qu'une personne, à part la Solange mais a dira rien, qui est au courant de toute, pis c'te personne-là c'est moé; d'abord, parce que Marcel m'a toujours toute dit; ensuite, parce que, veux, veux pas, quand qu'on est voisins y a des affaires qu'on apprend même si par discrétion on veut rien savoir. Ça fait que je m'en vas toute te dire pour que t'arrêtes de rapporter des simplicités su'l'compte d'un homme qui est mort en subissant l'martyre. T'as pas l'air de l'savoir, mais y faut respecter ça. Écoute ben, Chose. Au cas que tu l'aurais oublié, j'su née dans maison y'où ce que j'reste, quasiment en face du presbytère. Je m'occupe de mes affaires mais j'me bouche pas les oreilles pour pas entendre ce qui se dit chez les voisins. Ça fait qu'en été, quand que j'ouvrais la fenêtre pour prendre la fraîche et que monsieur l'curé en faisait autant d'son bord, j'entendais «toc, toc, toc»... C'était sa dactylo. Tout l'monde a pour son dire icite que Thérèse allait faire le ménage chez lui, classer ses affaires. J'dis pas non. Mais ce que le monde sait pas, c'est que monsieur l'curé écrivait des livres. Ben oui! Toutes sortes de livres: des contes de Noël, des chansons pour les scouts, des chants d'église, des livres pour les enfants, mets-en. Pis, c'est pas d'hier! Dans les premiers temps, c'est une fille de Saint-Jérôme qui venait taper ses écritures. Pis, a s'est mariée, est partie en famille... Le temps qu'a donne sa notice, Thérèse s'est mise su'a machine pour apprendre la dactylo. Faut croire que la fille de Saint-Jérôme y a donné un coup d'main. Ça fait que quand est partie, Thérèse a pris sa place. Ça, je l'sais parce que ça s'est passé sous mes yeux, pis une question par ci, une question par là, Marcel m'a toute dit. C'est pas tout l'monde qui aime à se vanter de ce qu'y font; y a du monde qui sont modestes aussi... Par chance! Ça fait que Marcel, quand y publiait un livre, y l'signait jamais de son nom. Y gardait l'anonymat. Ça veut dire, Alphonse, qu'y prenait un faux nom pour pas qu'on le reconnaisse... C'était un saint parmi nous, mais on était trop aveugles pour le voir. Ça fait qu'à c't'heure qu'y est mort, des sous y en avait, même si y donnait les trois quarts de ses revenus aux pauvres. Y envoyait ça par gros chèques en Afrique, à cause que les p'tits nègres de là-bas, qu'y disait, y sont dans misère pire que nos pauvres d'icite... Toutes les livres qu'y a écrits, pis les droits qu'y a sur ces écritures-là, ça veut dire des piastres qui sont rentrées... Tu peux m'croire, mon gendre, ça va chercher dans l'million, pis même plus!

«Ça s'peut-tu! songeait Alphonse en avalant sa salive... Quand ça va être le temps, j'vas approcher Léo... Si on s'associait, j'pourrais m'agrandir. Une quincaillerie, avec tout l'monde qu'y a icite pis alentour... Une mercerie y'où ce que Thérèse viendrait faire son tour... Ça aurait ben du bon sens...»

Il craignait seulement de se faire devancer par le maire ou encore par François Bernard, propriétaire de la station-service...

Le prestige que ce prétendu million apportait à Léo n'épargna guère le destin de ses enfants.

Depuis quelque temps, en effet, Rose Potvin cherchait à deviner ce qui tracassait la plus brillante de ses élèves, Suzanne Boily. Célibataire avancée, elle enseignait en première année

du secondaire depuis plus de dix ans. Elle se vantait de connaître par cœur toutes les humeurs des adolescentes. Avec un
mélange de douceur et de fermeté, elle les guidait à travers
leurs difficultés. Elle supportait, sans perdre patience, leurs
tristesses ou leurs extravagances. Certaines lui confiaient volontiers leurs soucis tout en se plaignant que leurs parents ne
les comprenaient pas ou n'avaient pas le temps de les écouter.

Âgée de douze ans et demi, Suzanne subissait la métamorphose de l'adolescence. Tous les matins, elle s'attelait au
soutien-gorge où s'emprisonnaient ces fruits qu'elle ne pouvait plus cacher en arrondissant le dos. Ses jambes l'embarras-
saient, tellement elles allongeaient sans se soucier des robes
qui, après quelques mois, ne lui allaient plus. Elle avait de plus
en plus de sautes d'humeur. Ses notes ne baissaient pas encore,
même si elle se montrait plus distraite... Ce qui intriguait
l'institutrice, c'était la façon dont Suzanne s'exprimait par
sous-entendus avec un sourire et des soupirs qui en disaient
plus long que ses paroles.

«On dirait qu'elle veut piquer notre curiosité, comme si
elle possédait un secret que tout le monde ignore. Ce n'est pas
la première gamine qui s'imagine avoir inventé les boutons à
quatre trous, mais Suzanne a quelque chose de si spécial que
par moments je me surprends à mordre à son hameçon, à croire
qu'effectivement elle détient une énigme. Elle semble sûre de
son coup et pourtant triste comme si ce prétendu mystère la
faisait souffrir... Sans doute des bagatelles qu'elle dramatise.
C'est inévitable avec une fille sensible et intelligente comme
elle, peut-être un peu trop choyée par ses parents...»

Parfois, au contraire, elle se demandait s'ils n'exigeaient
pas trop d'elle. Elle se répondait:

«Ça se pourrait. On sait bien que lorsque des parents sont
aussi droits ils en demandent gros à leurs enfants. Mais si c'est
le cas, il n'y a rien de nouveau. Crise d'adolescence? Révolte
aujourd'hui contre l'autorité tout d'abord acceptée? Veux-tu
bien me dire ce qui tracasse cette petite chouette?»

Mademoiselle Potvin arrêta de se poser des questions
lorsqu'elle apprit, comme tout Saint-Avenant, que la fortune,
au moins un million, était entrée chez les Boily.

«Cette pauvre petite! Je la plains! Ces bonnes gens! Devenir du jour au lendemain le centre d'intérêt de Saint-Avenant lorsque avant on les avait oubliés au fond d'un rang! Et comme ça placote par ici, tu peux être sûr que ça va bientôt jaser à Saint-André-de-l'Épouvante comme à Saint-François-de-Sales et au lac Bouchette, vu que le monde des villages voisins a toujours le nez dans nos casseroles. Pauvre Suzanne! C'est sûr que ce million énerve Léo et Thérèse, qui ont toujours vécu heureux mais petitement.»

Et, bien sûr, mademoiselle Potvin retint Suzanne pour avoir des explications. C'est ainsi que la fillette apprit que ses parents étaient millionnaires.

Elle se doutait de quelque chose. Depuis un certain temps, à l'école, des conversations cessaient à son approche. On la regardait davantage; certains soupiraient. Alphonse Patenaude lui exhibait en plein lundi son sourire du dimanche, la complimentait, lui donnait deux barres de chocolat pour le prix d'une et, quand elle voulait remettre la barre de trop, il insistait:

— Garde-la, ma belle, garde-la, gracieuseté de la maison...

Et les autres clients auxquels cette gracieuseté était refusée trouvaient cela bien naturel et y allaient également de leur plus beau sourire.

Grâce à mademoiselle Potvin, Suzanne rentra chez elle furieuse. Léo qui, malgré son prétendu million, continuait de travailler à la Saint-Raymond Papers, se trouvait à la maison. Voyant le visage courroucé de sa fille, il commenta:

— T'es encore d'bonne humeur aujourd'hui...

Elle riposta en bougonnant:

— C'est d'votre faute... À cause de vos millions, on me traite à l'école comme si j'avais la gale.

— Quels millions? demanda Léo, surpris.

— Quels millions? répéta Thérèse.

— Quels millions? reprit Suzanne... Tout l'monde le sait pis vous autres vous faites les cachottiers! Comme si j'me rendais pas compte! Depuis queque temps, chaque fois que j'approche, vous changez de conversation.

— Qu'est-ce que tu dis là, Suzanne? demanda encore Thérèse, un peu perdue.

— Toé, arrête de faire l'hypocrite! lui cria la petite.

La mère blêmit. Suzanne reprit, moins violente:

— Vous parlez tout l'temps tout bas pour que j'entende pas, pis quand j'approche, vous arrêtez d'parler ou vous changez de sujet. J'su pas folle.

Léo jeta un coup d'œil furtif à sa femme et demanda à sa fille:

— T'entends-tu ce qu'on dit, quand qu'on parle tout bas?

— Ben, comment que j'pourrais entendre puisque vous parlez tout bas? Des fois, j'entends un mot; «Montréal», par exemple. À cause que vous voulez déménager à Montréal maintenant qu'on a des millions?

— T'as entendu «Montréal»? demanda Léo.

— Oui, j'ai entendu «Montréal».

Avec un coup d'œil par en dessous en direction de sa mère, elle dit:

— J'su pas une hypocrite, moé!

Thérèse fit semblant de ne pas comprendre l'allusion: elle commençait à s'y habituer. Elle expliqua, en se forçant pour garder son calme:

— Écoute, Suzanne. Des fois on parle tout bas pour pas que tu comprennes. On a nos p'tites affaires que t'as pas d'affaire à savoir. On a peut-être dit «Montréal», ça se peut. Mais on a pas des millions, ni un million, ni beaucoup d'argent. On a pas une cenne de plus qu'avant. Monsieur l'curé a couché sa filleule, Marcelline, sur son testament. Y lui a laissé queque chose. Mais c'est pas un million. Juste vingt-deux mille piastres.

Léo vint au secours de sa femme:

— C'que la mère conte là, c'est la pure vérité. L'argent est pas à nous autres, pas une miette. Est pas à Marcelline non plus. Ça va être à la p'tite quand qu'a va être majeure, pas une minute avant. À c't'heure, maudit torrieux, j'aimerais savoir qui c'est qui a répandu toutes ces menteries dans l'village!

— Moi, c'est mademoiselle Potvin qui me l'a dit.

— Comme de raison, réfléchit Léo, mais elle, y'où ce qu'a l'a pris ça?

— Mais, Léo, intervint Thérèse, comment tu veux qu'a l'sache?

— Mais moi, faut que je l'sache, insista l'homme. Qui c'est qui y a dit ça? Le notaire? La secrétaire?

Thérèse l'interrompit, ironique:

— La femme de ménage du notaire? Laisse faire, Léo, tu t'fais du sang de nègre pour rien.

Suzanne avait été frappée par un demi-aveu.

— Vous avez des problèmes?... Quels problèmes?

Thérèse rougit:

— Écoute, ma chouette. Ton père pis moé, à cause qu'on est mariés, on a des affaires à jaser qui regardent pas personne. Ça, c'est nos affaires de grandes personnes. Fais-toi-z-en pas, c'est pas des gros problèmes.

La fillette remarqua un certain embarras mêlé de tristesse sur le visage de Léo. Elle ricana avec cet air méchant qui inquiétait tellement mademoiselle Potvin:

— Vous pensez que j'vois rien à cause que j'su trop jeune? Vous avez beau vous cacher, moé, je l'sais de quels problèmes vous voulez pas me parler.

— Qu'est c'est que tu racontes là, la fille? demanda son père.

— J'sais plus d'affaires que vous pensez, reprit l'adolescente avec un sourire agaçant.

— Qu'est c'est que tu sais? insista Léo.

Suzanne sourit, ironique:

— J'ai mes secrets moi avec.

Elle s'enferma dans sa chambre, laissant ses parents perplexes.

CHAPITRE XXV

Le torchon brûle

Léo demanda à sa femme, lorsqu'il fut revenu de sa surprise:

— Ça s'peut-tu, sa mère, qu'a s'doute de queque chose?

— Comment tu veux que je l'sache? Si seulement t'arrêtais de m'achaler, a t'entendrait pas bougonner si souvent.

— Tu penses-tu que c'est l'*fun* comment que tu m'traites? se plaignit le mari.

— Qu'est c'est que tu me reproches? Je t'ai-tu jamais refusé? se défendit Thérèse.

— Des fois, ça serait mieux si tu disais non. Ça m'excite pas pantoute quand tu fais ton devoir pas plus excitée que si t'étais en train d'éplucher des patates!

— Si j'su excitée ou pas, c'est moé qu'ça regarde. Prends ton plaisir pis laisse faire le reste. J'me plains pas, moé.

— J'su pas dans ta peau, riposta Léo. Mais savoir que tu sens rien, ça tue mon plaisir. T'avais tellement plus d'entrain avant que monsieur l'curé s'en aille. Pour moé, ça t'a donné un moyen coup, t'en es pas revenue. Moé avec j'ai d'la peine, mais ça m'empêche pas d'vivre. J'ai parlé de d'ça au docteur d'la compagnie.

— Pourquoi t'as faite ça? s'écria Thérèse, insultée.

— Pourquoi? reprit Léo. J'te l'ai déjà dit: ton frette me dérange. Le docteur dit que tu serais due pour voir un médecin. T'es comme sur une dépression.

— Tu veux dire que j'su folle? hurla presque la femme.

— Parle pas trop fort, supplia-t-il. Suzanne va t'entendre.

Il continua prudemment:

— Choque-toé pas, sa mère. Y a personne qui dit que t'es folle, c'est juste que t'es su'un choc. Le docteur y m'a dit que monsieur l'curé c'était pour toé comme un autre père, tu l'aimais ben fort. À c't'heure qu'y est parti, ça fait comme si c'était ton vrai père qui était mort. T'arrives pas à te raplomber. Faudrait que tu te vides le cœur. Ça t'ferait du bien.

Léo ignorait combien il tournait le couteau dans la plaie de sa femme en évoquant le souvenir de ce passé à jamais enterré. Maîtrisant ses larmes, Thérèse maugréa:

— Dis à ton docteur de s'occuper de ses affaires. J'vois pas comment qu'y peut parler de moé quand j'y ai rien dit. J'su ben comme j'su là. J'ai toujours été de même.

— C'est pas vrai, protesta Léo.

— C'est vrai, sauf pendant quatre ou cinq ans, puis les choses sont revenues à la normale.

— T'appelles ça normal? questionna l'époux.

— Oui, normal, répliqua-t-elle. Normal pour moé, en tout cas.

— Ça veut dire que t'es pas normale, fit le mari.

— J'su faite comme j'su faite, pis tu vas m'prendre comme ça ou tu vas aller voir ailleurs, conclut Thérèse.

— Tu sais ben qu'je l'ferai pas, se défendit Léo.

— Ça, c'est ton affaire, c'est pas moé qui t'en empêche.

— Tu dis ça, sourit le mari, mais tu dirais d'autre chose si je m'essayais.

Elle laissa tomber, froide:

— Essaye pis tu vas voir...

*   *

*

Pendant que le torchon brûlait chez les Boily, les dissensions électorales déchiraient le village. Un dimanche avant le verdict, fin novembre 1964, l'oncle Josaphat rappela ses ouailles à une plus grande sérénité.

— Mes enfants, est-ce que ma vue baisse encore? Ou est-ce que je m'imagine des affaires? Si je connais un peu mon monde, il me semble que ça ne s'assoit pas à la même place aujourd'hui. Est-ce qu'on s'en va vers des élections truquées, ce qui voudrait dire que si je compte à droite pour madame Légaré et à gauche pour monsieur Verreault, je saurais les résultats du vote avant le temps? Je dirais même un compte serré... Voilà plus d'un mois que cette grave décision occupe les esprits et je vous en félicite. Vous faites preuve de responsabilité en prenant ainsi vos affaires en mains. J'ai prié l'Esprit-Saint pour qu'il éclaire chacun de vous afin que le meilleur ou la meilleure soit élu et que chacun accepte la décision de la majorité. Puisse le Seigneur permettre que cette épreuve démocratique, tout comme la triste perte qui nous affecte, nous rapproche au lieu de nous séparer.

Les conflits politiques se ressentaient même au sein des familles. Tout d'abord, les hommes regimbèrent lorsque madame Légaré brigua la magistrature suprême. Alphonse Patenaude, qui n'avait cessé de critiquer César durant ses douze années à la mairie et qui, de surcroît, appréhendait de le voir s'associer avec le prétendu millionnaire de Saint-Avenant, prenait pour une fois le parti du magistrat. Son gros bon sens de mâle éprouvait un malaise insurmontable à l'idée que madame Légaré puisse diriger le village. Il s'en plaignait avec les messieurs qui venaient s'acheter une cartouche de cigarettes ou une caisse de bière à l'épicerie *Chez sa mère*. Enhardi par leur avis quasi unanime, il osa, trois jours avant les élections, exposer son point de vue à sa femme:

— On ferait-tu rire de nous autres rien qu'un peu dans les alentours! Tu connais-tu une place au Lac-Saint-Jean y'où ce que c'est une femme qui ronne?

— Oui, répliqua Anne-Marie; icite pis chez la voisine.

Alphonse sourit avec embarras, puis il précisa:

— Ouais, dans cabane, c'est une affaire, mais à mairie, ça c'est encore jamais vu.

— Ça fait qu'y est temps que ça se voye, répliqua son épouse.

Avec une très grande sincérité, il lui demanda:

— Une femme, ça peut-tu diriger un village, sa mère? Ça a-tu assez de tête pour ça?

— Laisse-moé te dire, Chose, répliqua Anne-Marie qui à l'occasion utilisait le vocabulaire maternel, vous autres, vous êtes bons rien que pour bûcher. C'est pour ça qu'on tient maison, qu'on vous fait des p'tits, qu'on les élève, qu'on ronne le budget pis toute... Ça fait qu'on a pris la mauvaise habitude de rester chez nous... Ç'a donné quoi? Regarde un peu! Un monde à l'envers! Ces fins finauds d'hommes y ont rien trouvé d'mieux pour montrer quelle sorte de crotte y ont dans tête que d'inventer la bombe atomique! Mais c'était pas assez, j'cré ben, ça fait que des plus smattes encore viennent de sortir la bombe à hydrogène! On est-tu ben avancés avec c't'engin-là? Si c'étaient des femmes qui avaient ronné la terre au lieu de laisser c'te job-là à des épais comme vous autres, y aurait pas d'misère su'a planète à c't'heure...

Cette sortie ne dégonfla point Alphonse, qui rétorqua:

— À c't'heure que les hommes ronnent depuis que le monde est monde, tu peux voir toute la marde qu'y ont mis su'a planète! Attends un peu que ça soyent les femmes! Ben j'te l'dis: y aura pas de marde su'a planète parce que y aura p'us d'planète pantoute!

Ce n'étaient cependant pas toutes les femmes qui appuyaient madame Légaré. Certaines de ses compagnes de travail chuchotaient:

— Maudite énervée! On sait ben ce qui y manque chez eux! Si a l'en avait plus, a se sentirait mieux dans sa peau au lieu de chercher toujours à en montrer aux gars!

— A l'a toujours été de même, renchérissait une autre. Un p'tit gars manqué quand a l'allait à l'école. Pour moé a s'imagine que si est élue y va y pousser queque chose où a l'en manque. Déjà, quand a l'était conseillère, a brassait pas mal de marde. Où est-ce que ça nous mènerait comme mairesse?

Certains messieurs, surmontant l'horreur de voir une femme à la première place, se plaignaient de la mauvaise administration de César. François Bernard, entre autres, commença une campagne de dénigrement, peut-être pour contrecarrer chez Léo toute velléité de s'associer au maire.

— On sait ben comment qu'y est, c'maudit-là, racontait-il à tous les clients de la station-service. Effronté toute l'année, pis quand vient l'temps des élections, tu y vois les dentiers dans une manière de sourire! Les chemins, ça s'ouvre là y'où ce que ça fait son affaire. Ça parle même de faire passer une route en travers du lac Canard pour raccourcir le chemin d'la bleuetière, mais on sait ben que c'est rien qu'à cause que l'maudit lac se trouve sur ses terres. Y est temps qu'y soit sacré dehors. Y prendrait rien qu'une maudite débarque si c'était une femme qui gagnait contre lui! Si ça l'arrive, écoute-moé ben, moé j'me paquete la fraise! Ça va être trop drôle!

— Remarque, François, répliquait parfois le client, que si le maire perd, tu vas te paqueter la fraise pour te consoler.

— T'as peut-être pas tort, parce que des élections municipales, y en a rien qu'une toute les deux ans.

Bref, à mesure que l'heure approchait, les intentions de vote répondaient à des motifs bien plus complexes qu'une simple solidarité avec le représentant de son propre sexe! Malgré le vent froid, plus de quatre-vingts pour cent des Avenantais se rendirent aux urnes.

Vers six heures du soir, lorsqu'on compta le dernier bulletin, madame Légaré gagnait par 173 contre 171. Tout le village savait que les Boily n'avaient pas voté, ce qui fit grincer César:

— Le tabarnak! L'année prochaine, si y veut des outardes, y ira les chercher dans la cour de la Légaré!

Le maire battu n'accepta pas tout de suite le verdict populaire. Il exigea un recomptage, qui, cinq jours plus tard, donnait à madame Légaré 175 votes et au perdant 169. Dans son discours de remerciements, la nouvelle élue prit soin de mentionner que, même si le gouvernement du Guatemala ne versait aucune indemnité pour le décès de Marcel Tremblay, elle immortaliserait le nom du martyr en érigeant un centre de loisirs en son honneur.

Léo se demandait si c'était le vent des élections, ses prétendus millions ou bien l'âge ingrat qui rendaient Suzanne aussi désagréable. Quand elle avait le dos tourné, il l'appelait «mon porc-épic». Lui et Thérèse pouvaient à peine passer à côté d'elle sans qu'elle s'irrite. Et, s'ils y mettaient trop de précautions, elle s'en rendait compte et s'emportait davantage, pensant qu'ils voulaient se moquer d'elle. Fréquemment, elle semblait se perdre dans des rêveries qui lui amenaient des larmes aux yeux. S'ils lui demandaient ce qui la tracassait, elle niait ou même se fâchait et se plaignait que «tout l'monde» la regardait «tout l'temps». Par contre, elle explosait souvent en crises de larmes et leur reprochait de ne pas s'occuper d'elle, de ne s'intéresser qu'à Marcelline. Bref, ils ne savaient par quel bout la prendre et, quoi qu'ils fissent, y compris rien du tout, ils étaient sûrs d'avoir tort.

La nuit n'amenait aucun soulagement à son mal de vivre, car, comme à cinq ans, elle souffrait de cauchemars qui la portaient à crier durant son sommeil. Thérèse, constatant que Suzanne redoublait de frayeur lorsqu'elle se rendait à son chevet, insistait pour que Léo prenne la relève. Mais souvent il n'avait même pas eu le temps de bouger que déjà l'adolescente arrivait dans la chambre des parents. Elle faisait tellement pitié que malgré eux ils l'acceptaient dans leur lit. Thérèse se poussait vers le bord et la fillette s'allongeait entre les deux. Mais elle ne se sentait pas encore en sécurité et se collait à sa mère. Celle-ci la renvoyait plus loin dès qu'elle s'endormait et Suzanne se retrouvait contre son père.

À douze ans et demi, elle était formée; les yeux bleu clair, elle eût été jolie si son regard n'avait pas reflété quelque chose de sombre; à l'étroit dans sa peau alors qu'elle dépassait toutes les filles de son âge, elle présentait des reliefs qui déjà attiraient les regards de ses camarades de classe, surtout de Stéphane Dubeau, le petit livreur de l'épicerie *Chez sa mère*. Sa chevelure d'un blond pâle était disposée au gré de ses humeurs. Elle s'en servait parfois pour cacher une partie de son visage, se faisant alors un écran derrière lequel elle regardait le monde avec un mélange d'effroi ou de cruauté. Ou bien elle la laissait ruisseler en nappe d'or sur ses épaules et alors elle marchait droite, l'œil froid, jouant les intouchables. Quand elle la ramassait en chignon sur le haut de son crâne, elle prenait une allure innocente et sereine. Dans les moments où elle se transformait en porc-épic, Léo constatait que ses cheveux en désordre lui donnaient l'air d'une fille qui ne savait vraiment pas ce qu'elle voulait.

À sa façon, elle terrorisait la maisonnée. Pourtant, elle se plaignait du contraire. Ses parents la sentaient tellement misérable qu'il leur était presque impossible de lui en vouloir.

Thérèse vivait dans la peur constante que la petite n'explose un jour et ne raconte ce qu'elle avait vu. Les regards sournois et lourds de Suzanne l'empêchaient de douter du bien-fondé de ses craintes. La mère avait abandonné l'habitude de lui demander ce qui la tracassait lorsqu'elle se noyait dans ses interminables rêveries. À plusieurs reprises, l'adolescente l'avait cinglée avec des pointes qui montraient clairement que non seulement elle avait percé la vraie nature des relations de Thérèse avec le curé mais qu'elle savait aussi la provenance de Marcelline. Si Thérèse entamait une conversation un tant soit peu directe à ce sujet avec sa fille, celle-ci, sentant que sa mère préparait une défense, faisait l'idiote et donnait un sens différent à ses propos. Elle pouvait s'emporter jusqu'aux larmes en protestant:

— C'est pas ça que j'ai voulu dire.

Mais, dès le lendemain, elle revenait à la charge, pour fuir encore si Thérèse essayait de la coincer. La mère se défendait de moins en moins, se résignant à subir la cruauté de l'adolescente comme un mal inévitable qui cesserait quand le destin le voudrait bien. Lasse, elle renonçait à toute autorité. Elle glissa rapidement vers une sorte d'apathie qui consacra la suprématie de la fillette. Les rôles semblaient inversés: Thérèse tremblait, Suzanne exigeait, et la mère cédait tout le temps.

Léo s'inquiétait de cette situation.

— Tu la gâtes ben qu'trop, c't'enfant-là! Tu vas y faire croire qu'est malade ou ben que c'est de l'or en barre à force de la laisser tout l'temps gagner sur toé. Plus ça va, moins qu'a t'écoute. On dirait même qu'a s'en vient effrontée avec moé. Y a même des boutes qu'a me dit des affaires qu'un jour j'me retiendrai pas pis a va recevoir queque chose de dur en pleine face. A s'est pas gênée dimanche pour dire que j'su rien qu'un niaiseux à cause que j'y ai dit que sa chambre ressemble à une soue à cochons. Était si propre quand était p'tite! Pis, si je comptais les fois qu'a me regarde comme si j'étais de la crotte de chien! J'sais par pour qui a me prend. Pour pas grand-chose, en tout cas. Ç'a l'air qu'a en sait plus que moé; y a rien que je dis qui a du sens. T'as beau dire que c'est l'adolescence, j'su passé par là moé avec pis j'ai jamais été polisson de même avec mes parents. A nous sort une moyenne baboune des fois, comme pour nous faire peur. Je me demande comment qu'a fait pour s'enfler les babines de même! J'sais p'us si j'vois clair, mais quand qu'a fabrique son boudin, les lèvres, les joues, la peau des yeux, ça l'enfle comme un vrai ballon. A pense-tu qu'a nous fait peur à s'enlaidir de même? Pourtant, la nuitte, est pas fière: a se ramasse comme un p'tit bébé contre moé. Mais si j'y dis de quoi pour y raplomber le génie le lendemain matin, a m'envoye chez l'bonhomme!

Thérèse ne le traitait guère mieux, au contraire. Les revendications de Léo touchant la froideur de son épouse agissaient comme un engrais. Loin d'attiédir cette frigidité dont il se plaignait, elle y ajoutait des soupirs interminables. Elle se résignait avec un visage long, le regard abattu, et soulignait par une première série de lamentations son manque d'enthousiasme. Tandis que Léo, sur le corps de sa femme, travaillait pour un bonheur sans partage, elle pensait à son ménage, et son ennui s'exhalait en murmures et en gémissements. Une plainte épuisée marquait à la fois la fin de ses souffrances et son dégoût. Si d'aventure le mari prenait feu sur ce glacier et que, dans ses élans, il la déplaçait un peu, un pénible «Aïe!» lui indiquait qu'il venait de lui tordre une articulation, de lui tirer les cheveux ou de lui pincer la cuisse. Elle semblait de porcelaine avec ses seins lourds, ses cuisses fortes, ses épaules carrées, si robuste à la vue, si fragile à l'étreinte.

Comme par le passé, Léo hésitait entre le plaisir que lui apportaient des consolations solitaires et ce labeur ingrat que sa femme lui permettait. Son humeur l'amenait d'une pratique à l'autre avec autant de dégoût.

Il retardait de plus en plus le moment de se coucher et tuait le temps avec une bouteille de bière. Il fumait davantage. Il se remémorait les bons moments du passé lorsque l'influence bienfaisante du curé Tremblay rayonnait sur son épouse. Il n'entendait plus le rire de Thérèse, ses sourires appartenaient aux souvenirs. Il ne s'expliquait point pourquoi elle se montrait si faible avec Suzanne, n'imposait aucune discipline à Vincent et s'emportait pour une bagatelle contre Mario. On ne la voyait s'adoucir que lorsqu'elle berçait Marcelline, comme jamais elle ne l'avait fait avec aucun de ses autres enfants. Elle lui chantait d'une voix douce de petites chansons, surtout une berceuse que Léo n'avait jamais entendue à la radio: «Je t'aime, oui, je t'aime, aime, aime.»

Quand elle embrassait cette enfant, ce dont elle ne se privait guère, son visage retrouvait un calme, une douceur presque extatique.

Léo ne connaissait des moments de joie que lorsqu'il s'évadait dans les bois avec Noiraud, car la forêt et son chien n'avaient guère changé parce que le curé était parti. Les feuilles l'attendaient avec une robe différente selon la saison; les épinettes portaient toujours leur habit vert sombre. Les perdrix l'épiaient de la même façon étonnée ou curieuse, incrédule. Noiraud s'excitait tout autant lorsque Léo sortait ses vêtements de chasse ou ses fusils. Quand il partait au travail au volant de son tacot, les buissons lui offraient leur verdeur touffue dans laquelle un lièvre craintif se sauvait parfois en l'entendant venir. Il meublait son voyage jusqu'à l'usine en écoutant la radio. Il fredonnait lorsque son chanteur préféré, Tino Rossi, prenait les ondes. Le vieux Maurice Chevalier le fatiguait et il lui coupait le sifflet. Il détestait ses chansons grivoises.

Un jour, cependant, sans qu'il sût pourquoi, un petit couplet sorti de la bouche du vieux «Momo» se mit à lui marteler le cerveau tandis qu'il balayait les planchers de la Saint-Raymond Papers:

> *Elle avait de tout petits tétons*
> *Que je tâtais à tâtons*
> *Tonton, tontaine...!*

CHAPITRE XXVI

Monstre ou victime

Février, le jour allongeait. L'épinette étalait son ombre discrète sur la neige des nuits claires. Le givre aux vitres des fenêtres ciselait des arbres aux branches folles comme une chevelure volant au vent. L'hiver duveteux et blanc enveloppait la maison, recouvrait à moitié la huche à bois. La rivière figée dormait sans fin.

La pleine lune souriait dans sa course entre l'horizon et le zénith. Dans le ciel pur, elle semblait se tenir à bout de bras; parfois, on avait l'impression qu'elle cherchait à glisser comme un chien affectueux par le haut de la baie vitrée.

Pour tuer le temps, Léo, assis au salon, fumait en regardant le firmament. Vers onze heures du soir, six bouteilles de bière vides roulèrent à ses pieds. Au cours du dernier semestre, des douzaines d'autres avaient accompagné jusqu'à leur dernière goutte ses sombres méditations. Et pendant qu'il palpait entre ses mains moites le ventre gelé des flacons, la lune, lointaine compagne, cheminait lentement du levant au couchant.

Depuis quelques mois, l'œil de Léo ne reflétait que lassitude et chagrin. Ce soir-là, pendant un instant, il avait suivi avec un soupçon d'intérêt Noiraud qui se promenait sur la rivière claire et dure; il l'avait traversée jusqu'aux épinettes situées sur l'autre berge, en aboyant aux spectres qui frissonnaient dans les arbres. Mais en ce moment, la cervelle remplie de songes blancs, le chien sommeillait dans le hangar. Si seulement Thérèse tolérait qu'il pénètre dans la maison, il s'allongerait à côté de son maître. Les enfants dormaient. Sa femme aussi, sans doute.

La voûte céleste et ses millions d'étoiles éclatant en fragments, les nuages voyageant et se dorant aux rayons de lune puis disparaissant, cet infini était moins compliqué que l'univers de Léo. L'alcool aidant, il laissa voguer sa pensée, béat devant la splendeur de la nuit, triste de se retrouver si seul! Son soleil s'était éteint depuis le départ du curé. Sa femme était souvent distraite, à croire que son esprit errait loin de Saint-Avenant. Elle se négligeait et frottait comme d'autres boivent pour oublier. L'intimité conjugale s'était envolée puisque sa fille, âgée bientôt de treize ans, venait souvent, criarde et craintive, s'allonger près de lui la nuit. Le scénario ne variait guère: Léo l'entendait pousser un cri d'épouvante. Ses pieds faisaient trembler le plancher quand elle sautait du lit et courait vers la chambre des parents. Autrefois, on lui demandait la raison de ses frayeurs, mais ses réponses ne variaient guère:

— Un homme...

— Que c'est qu'y te veut?

— Y s'approche de moé pis y dit rien... Y me regarde mais je vois pas sa face.

— Comment que tu fais pour savoir qu'y te regarde?

— C'est flou. Y est là, mais sa tête a pas de face.

— Mais de quoi qu'y a l'air, c't'homme-là?

— J'sais pas... Y est pas grand, y est pas gros.

— Y est-tu jeune?

— Pas plus qu'y faut, mais y est pas vieux...

— Y a-tu les cheveux noirs?

— J'sais pas... Bruns, peut-être même blonds, c'est flou...

— Que c'est qu'y te veut?

— J'sais pas. Y me regarde pis y allonge les mains pour me toucher, comme pour me pogner. J'ai peur.

— Peur de quoi?

— Qu'y me touche.

— Qu'y te touche y'où?

— J'sais pas... Y allonge les mains comme s'y allait me toucher la poitrine. Y a l'air cochon.

Il n'en tirait rien de plus précis.

Plus d'une fois elle s'était heurtée à une porte que Léo s'obstinait à garder fermée. Elle se mettait à crier; il devait se rhabiller, interrompre ses activités et l'admettre dans la chambre. Souvent, il attendait qu'elle s'endorme et il se rendait à la toilette pour achever seul ce qu'il avait commencé sur une épouse qui refusait de lui donner une seconde chance.

Avec le temps, lorsque la nuit sensuelle le séduisait à travers la baie vitrée et que la bière le portait à s'attendrir sur son sort, il se caressait en rêvant de femmes lascives. Puis il s'enfonçait dans le lit, à la fois assouvi et dégoûté, indifférent aux froideurs de Thérèse comme aux ardeurs de Suzanne. En effet, endormie, la fillette gémissait, lançait des bras qui cherchaient à enlacer son père, ou bien se frottait contre lui. Léo se retournait vers le côté opposé ou intercalait l'oreiller entre son bassin et le siège de son enfant. Plus d'une fois, alors qu'il avait omis d'atténuer sa vigueur avant de se coucher, les soupirs et la peau chaude de sa fille éveillèrent une érection honteuse qu'il éteignit dans la solitude de la salle de bains.

Puis, comme l'alcool atténuait ses scrupules et que l'adolescente ne cessait de l'importuner, il se mit, dans les visions de ses amours solitaires, à la déshabiller. Quand ses attouchements lui remplissaient la dextre de poisse et de remords, il se persuadait de l'innocence de son jeu, convaincu que jamais il ne se permettrait de la toucher réellement. Plus tard, cependant, il confiait à Thérèse:

— Ça me tanne donc qu'a vienne encore dans notre litte comme quand a l'avait cinq ans!

— C'est l'âge bête, commentait la femme pour l'apaiser, ça va lui passer.

— Tu disais ça l'année passée. Ça fait douze mois que ça continue pis ç'a pas l'air de vouloir se calmer ben ben...

— Ça va passer, répétait son épouse.

Léo n'arrivait pas à confier ce qui le tracassait vraiment. S'il avait osé s'ouvrir, il aurait crié à Thérèse que leur fille allait bientôt avoir la stature de sa mère; qu'il voulait la réprimander lorsqu'elle se sauvait en culotte et en soutien-gorge de la douche vers sa chambre mais que cette tâche incombait à son épouse, qui ne s'en souciait guère. Il aurait avoué que ses formes le troublaient de plus en plus: ses hanches lourdes, son bassin large, ses seins que ses mains voilaient à peine lorsqu'elle sortait de la salle de bains. Il ignorait durant combien de temps il la repousserait encore. Pour s'innocenter d'une faute qu'il n'avait pas encore commise, il se répétait; «Moé, j'veux rien savoir de faire le mal avec ma fille; mais si a continue à m'achaler, si sa mère fait rien, j'le sais-tu, moé, ce qui va arriver?»

Parfois, il prenait l'attitude de Thérèse pour de la mauvaise volonté. Il se demandait même si elle ne cherchait pas à le mettre à l'épreuve pour le simple plaisir de le voir souffrir en le privant tout en permettant à une autre femme, sa propre fille, de lui infliger chaque nuit une tentation de plus en plus difficile à supporter.

* *
*

Six bouteilles de bière, la consolation de Léo, traînaient sur le plancher. La nuit si pure portait son grand manteau bleu piqué de millions de diamants. La lune trônait au milieu de cette féerie, entourée d'étoiles qui n'avaient d'yeux que pour elle. Attendri, un peu soûl, Léo la regardait en songeant que la vie ne valait pas grand-chose pour un homme qui, le jour, trimait dans la poussière, le bruit et la chaleur et, la nuit, tuait le temps une bouteille de bière à la main, fuyant une couche où l'attendaient une femme sans désir et une autre qui, sans le savoir peut-être, l'allumait de plus en plus. Il pensait aux villageois qui l'enviaient pour sa maison en pierre des champs, aux plaisanteries parfois crues de ses compagnons de travail: «Faut pas que tu y demandes de s'forcer su'a job après la nuitte qu'y a faite. C'est sûr que si j'avais une femme amanchée comme la sienne, j'traînerais la patte à matin...»

Qui se doutait qu'il se consolait tout seul en contemplant les étoiles et non dans les bras de son épouse?

Comme il ruminait ses malheurs, un nuage sombre poussé par le vent recouvrit la lune. Léo soupira:

— Hostie! A m'lâche elle avec!

Tandis que le ciel s'obscurcissait davantage, de cette brume que six bouteilles de bière avaient soufflé dans l'esprit de Léo, une première voix, douce et timide, murmura:

«Reste icite à soir, mon gars. Suzanne viendra pas t'achaler dans le salon.»

Mais une seconde voix, lasse, contredisait aussitôt:

«Tanné! J'su tanné! Tanné de souffrir. M'en vas me coucher. Y arrivera ce qui arrivera! J'su tanné!»

La première voix reprit, suppliante:

«Regarde, mon Léo, y est minuit passé. Suzanne dort tranquillement, a pas encore commencé son p'tit numéro. Attends que t'ailles au litte pis a va retontir, ça sera pas long. Les cris, la crise pis toute le tremblement. Reste icite, t'est ben dans ton fauteuil, dors.»

Mais l'autre persifla:

«Tanné d'endurer, hostie! Personne m'aide! Monsieur l'curé a rien trouvé de mieux que de se faire tuer par les sauvages du Sud, pis Thérèse m'aide pas pantoute... Tanné!»

Léo saisit une bouteille à ses côtés comme si le liquide blond et mousseux pouvait noyer sa conscience. Le dernier flacon était vide. Son estomac fatigué de tant de jus se révoltait. Il n'avait plus soif mais seulement envie de retrouver une paix qui le fuyait autant que sa femme. Il ne put échapper à la voix sarcastique qui lui reprocha:

«T'as rien que c'que tu mérites, hostie! T'avais ben dit que t'irais chez les sauvages jaser au curé pis que tu le ramènerais icite par la peau du cou si y fallait. Qu'est c'est que t'as faite? Rien, t'es ben trop lâche. À c't'heure qu'y est mort, t'as rien que c'que tu mérites! Lamente-toi pas, torrieu! C'est même de ta faute si les Indiens l'ont tué!

Il avala sa salive et des larmes montèrent à ses yeux. La voix douce supplia:

«C'est pas vrai! J'voulais ben y aller mais j'avais pas d'argent!»

L'autre cria:

«T'aurais dû hypothéquer la cabane!»

La bonne voix gémit:

«Est déjà grevée jusqu'au cul!»

«Emprunter aux finances!» insista la méchante.

Léo soupira, épuisé. Il n'avait plus de bière. Il repoussa son fauteuil et toutes les voix. Il se traîna jusqu'à la toilette, urina, puis se mit au lit. Il s'endormit aussitôt. Quinze minutes plus tard, Suzanne arrivait dans sa couche.

Léo rêvait. Et sa fille, contre lui, cherchait sa chaleur.

Dans son rêve, Léo étreignait passionnément une femme dont le corps brûlant fondait comme une vapeur entre ses bras.

Suzanne, peut-être à moitié endormie, se poussa encore plus profondément dans le creux de son père.

Une telle excitation parcourait le corps de Léo qu'il gémissait de plaisir contre cette femme plantureuse qui se contorsionnait autour de son tronc et de ses membres. Il la palpa fiévreusement, puis lui dévora les seins...

Suzanne, totalement endormie, bougea le siège avec une insistance croissante. Aucun oreiller, cette nuit, ne la séparait de son père affecté d'une érection violente. Il s'aperçut qu'il faisait face à sa fille. Une main pétrissait un sein de l'adolescente tandis qu'il s'agitait contre elle. Il poussa d'abord un «Ah!» de surprise mais ne modifia pas sa position. Ses cuisses se trouvaient en travers de celles de Suzanne et sa verge palpitait contre sa vulve. Un courant chaud le traversa des pieds à la tête; il la serra de toutes ses forces; un tremblement le secoua de haut en bas. Il déborda avec des spasmes tandis qu'il écrasait l'adolescente contre son corps. Elle ne bougeait point mais respirait plus amplement, les seins nus, le torse bombé. Il s'effondra et lentement retrouva un souffle plus calme. Puis il se détendit entièrement.

Alors, doucement, Suzanne, les yeux toujours fermés, lui prit la main gauche et l'ôta de sa poitrine. Il ne bougea pas, puis, après deux minutes, il reporta sa main lentement là où elle se trouvait avant. L'adolescente l'ignora. Léo se rendormit en tenant un sein de sa fille.

* *
*

Depuis le départ de son amant, Thérèse avait retrouvé son aversion pour cette pestilence dont son mari la souillait lorsqu'elle accomplissait ses devoirs conjugaux. Sa répugnance la portait à rejeter Léo sur le côté dès qu'il avait livré la marchandise, dont une partie débordait sur les draps. Pendant qu'il récupérait, elle se lavait avec insistance. Son époux l'entendait se débarrasser de cette matière qu'elle gardait si précieusement au fond de son corps à l'époque où Marcel l'y déposait comme un gage de son amour.

Thérèse supportait mal cette odeur à la fois acre et fade qui traînait dans sa chambre le lendemain matin. Au soir des sacrifices faisait suite une journée de purification. Elle changeait toute la literie, aspergeait les pourtours de la couche d'une essence que, par souci d'économie, elle avait confectionnée elle-même en faisant tremper des branches d'épinette dans de l'alcool à friction.

Habituellement, ce rituel s'accomplissait dans une tenue négligée. Depuis quatre ans, son visage absent, sombre, triste, devenait particulièrement lugubre le lendemain de ces souillures.

Au matin de sa première erreur, Léo se persuada qu'il avait pris le rêve pour la réalité ou vice-versa et qu'un tel malentendu ne se reproduirait plus. Il craignait néanmoins la réaction de sa fille et encore plus celle de son épouse.

Suzanne, cependant, se contenta de laver sa chemise de nuit au moment où elle prit sa douche. Elle étendit par la suite ce linge préalablement tordu sur le dossier de l'unique chaise qui garnissait sa chambre. Après le petit déjeuner, elle partit pour l'école, pas plus renfrognée ou souriante que les autres matins.

Léo eût été surpris, le lendemain de cet incident, s'il avait vu Thérèse changer le lit. Il craignait que les draps témoins de sa défaillance ne provoquent l'ire de son épouse. Mais, au contraire, elle fredonnait un air sorti des oubliettes où l'avait déposé Orchidée juste avant son trépas, en aspergeant plus copieusement que de coutume le plancher de la chambre pour faire disparaître cette odeur de sperme que Léo avait fait jaillir contre la vulve de Suzanne.

Le soir, à son retour du travail, cette senteur d'épinette et ces draps fraîchement étendus inquiétèrent Léo: il ne put douter qu'elle s'était aperçue de ses dégâts. Pourtant, personne ne fit la moindre allusion à ce qui s'était passé durant la nuit.

Après le dîner, qui avait été ponctué des disputes habituelles entre Vincent et sa sœur aînée, Léo demanda à son épouse:

— Sa mère, connais-tu Séraphin?

— Quel Séraphin?

— Poudrier, précisa Léo. Séraphin Poudrier.

— Tu me prends-tu pour une niaiseuse? rétorqua Thérèse. Tout l'monde a entendu ses niaiseries à la radio.

— La radio! reprit le mari avec un hochement de tête... Sais-tu qu'y est rendu à télévision?

— Pis après? se moqua-t-elle.

— Ça fait que j'sais pas quoi dire, moé, quand les gars de l'usine parlent de la vue... J'essaye de dire la même affaire qu'eux autres, parce que j'irai jamais leur dire qu'on n'a pas de tévé. J'aurais ben que trop peur qu'y disent qu'on est plus gratteux que Séraphin.

— Pis moé, à l'école, les filles me traitent d'arriérée à cause que j'ai jamais vu Franfreluche, renchérit Suzanne.

— C'est qui, Popeye? demanda Vincent.

— Popeye... réfléchit Léo, avec un sourire. Papa nous emmenait aux vues une fois par année quand qu'on était p'tits. On allait à Alma, des fois à Chicoutimi. Popeye le marin, c'est un niaiseux. Y se fait toujours maudire une volée par un grand barbu, Brutus, à cause de sa blonde, Olive, qui est pareille comme une échalote. Mais le maudit Popeye, un coup qu'y s'est faite battre par Brutus, y se tanne. Ça fait qu'y dit: «J'ai mon maudit voyage!» Il sort sa cannette d'épinards, y se verse les épinards dans le gargoton, pis là y pogne Brutus par la peau du cou. Y y swingue un bon coup pis y l'envoye dans les étoiles.

Mario demanda:

— À cause que tu nous donnes pas d'épinards, hein, maman?

Thérèse répliqua:

— Baquet! C'est rien que des vues. Tu seras pas plus fort si tu manges des épinards.

— C'est pas des vues, corrigea Vincent, c'est la télévision.

— Popeye est rendu à télévision, à c't'heure? s'étonna Thérèse.

— Ben oui! s'exclama Vincent. C'est vrai qu'on est des arriérés, icite!

— Faudrait qu'on se décide, sa mère, reprit Léo.

— Non, on n'a pas d'argent...

— Y a des programmes instructifs pour les jeunes, suppliait presque le mari. Chez Rémi Girard, on aurait trente-six mois pour payer. J'pourrais même couper sur les cigarettes...

Thérèse comprit qu'il ne lâcherait pas. Elle le regarda avec insistance. Jusqu'à ce jour, il se moquait de la télévision quand les enfants le suppliaient d'en acheter une. D'où pouvait venir un changement aussi brusque? Elle tourna ses regards vers Suzanne. Celle-ci rougit. Thérèse sourit et concéda:

— J'sais ben que tu veux faire plaisir aux enfants, mais c'est trop de dépenses. On pourrait y penser encore un peu...

Léo et Suzanne échangèrent un sourire...

Le lendemain et le surlendemain matin, le flacon d'essence d'épinette et de nouveaux draps servirent la cause commune.

Mais un tel gaspillage d'essence d'épinette finit par irriter Thérèse. Elle s'en prit à Léo:

— J'en ai assez, tu comprends-tu? J'ai beau être patiente pis faire la niaiseuse, y a toujours un boute à toute! Vous allez m'arrêter ce petit jeu-là! C'est fini! Ça fait plus d'un an qu'ça dure pis j'sais pas pendant combien de temps a va continuer à faire le bébé. Ça va finir par me briser les nerfs. Comme c'est rien que toé qui peut la calmer quand a fait ses crises, va donc la bercer dans son litte. Comme ça, j'me ferai p'us réveiller pour rien toutes les nuittes.

Avec une lueur étrange dans les yeux et un ton sarcastique, elle ajouta:

— A va ben finir par se tanner un de ces jours, tu peux être certain. Tu m'en donneras des nouvelles!

Léo s'excusa pour se rendre à la toilette. Il se demandait s'il rêvait, si elle lui tendait un piège ou si elle voulait seulement voir sa réaction.

Au moment où ils se retrouvèrent dans leur chambre, Léo reprit la conversation:

— C'est pas correct, Thérèse. A l'a des peurs, c'est pour ça qu'a vient nous achaler. Faudrait qu'a voye un docteur.

Elle se mit à rire:

— Tes assurances te font mal, ma grande foi! Tu nous enverrais tous les jours voir un charlatan si je t'écoutais. Tu me fais penser aux bonnes femmes qui vont se faire taponner par les docteurs parce que ça leur manque.

Léo sauta sur l'occasion:

— Pourquoi que tu vas pas les voir, toi avec?

Elle pâlit. Elle n'osait lui avouer que le contact de son corps la révoltait chaque jour davantage. Elle répondit sèchement:

— Ça me manque pas! J'en veux pas, moé. J'vas l'faire tant que tu vas vouloir. Mais j'peux m'en passer tout l'temps, si c'est ça que tu veux savoir.

— Ça, je l'savais déjà, acquiesça le mari, mais on parlait de Suzanne.

— Bon, trancha Thérèse, Suzanne est pas folle. A l'ira pas voir de docteur. Est pas pour commencer à prendre des pilules pour les nerffs à treize ans.

— Non, intervint Léo, mais peut-être jaser avec un docteur pour faire partir ses peurs.

— Pourquoi avec un docteur? s'obstina Thérèse. A peut bien jaser avec toé, avec moé, on n'est pas bouchés, ma grande foi.

Devant cet entêtement, Léo sentit qu'il perdait son temps. Cela le rassurait et l'inquiétait à la fois. Il ne pouvait douter que sa femme savait et voulait qu'il continue de s'amuser avec Suzanne. Mais pourquoi?

Il devait de plus reconnaître qu'il ne se trompait pas en pensant que, depuis qu'il se soulageait sur sa fille, Thérèse se sentait libérée d'une corvée. Elle semblait plus détendue; elle recommençait à rire. La tension entre la mère et la fille baissait. Suzanne enterrait son arrogance. Thérèse gagnait plus d'assurance. Elle se montrait plus autoritaire envers sa fille, comme si elle la tenait chaque jour un peu plus à sa merci.

Léo ne s'attendait pas cependant à ce que, trois jours plus tard, sa femme lui demande:

— Pis, c'te maudite télévision que tu veux acheter, quand est-ce qu'a va rentrer dans maison?

CHAPITRE XXVII

La télévision

—Aïe, son père! Devine qui c'est qui vient de passer? demanda Yvonnette Guay à son mari.

Clément continua de mâcher son morceau de steak et maugréa:

— J'pense pas quand que je mange.

Il savait que sa femme ne pouvait pas tenir sa langue.

À travers les vitres, Yvonnette, proche voisine des Boily, surveillait le maigre trafic du rang des Hirondelles. Ce dernier samedi de mars 1965, vers midi, elle guettait en lavant des assiettes. Elle ignora la vilaine réplique de son époux et poursuivit:

— T'aurais beau te forcer, mon homme, tu trouverais pas. Ça l'air que la Thérèse d'en face a permis à son sans-génie de mari d'acheter une tévé!

Clément faillit s'étouffer en avalant de travers, tant la nouvelle le surprit. Yvonnette ne bougea pas tandis qu'il toussait pour déloger le morceau de ses voies respiratoires. Au contraire, elle souriait, fière de son coup. Clément, cependant, triompha du steak et de la satisfaction de son épouse.

— Dis-moi pas! s'exclama-t-il enfin.

— J'te dis, insista la femme. Albéric et son truck. Il va leur livrer une tévé!

— Ces torrieux d'habitants! ricana Clément en serrant sa fourchette comme s'il tenait Léo par le cou. Ça fait un bon cinq ans que notre antenne sur l'toit rit d'eux autres quand qu'y passent. Ç'a fini par les gêner un peu!

Puis, avec une moue de mépris trahie par un soupir chargé de jalousie, il ajouta:

— Avec les millions que l'curé y a laissé, il va ben finir par s'acheter un char neuf...

Albéric Villeneuve, propriétaire d'Alma Télévision Inc., livrait lui-même ses appareils. Le crâne cunéiforme pelé et bronzé par les intempéries, il était courtaud et porté par des cuisses massives. Sa poitrine aux pectoraux saillants était envahie de longs poils noirs qui débordaient jusqu'au bas de son cou. Les muscles de son dos développés à l'excès le forçaient à déambuler en tenant ses longs bras écartés. Sa voix rassurante, quoique un peu grave, empêchait de le prendre pour un gorille déguisé. Il sonna à la porte des Boily deux jours après que Thérèse eut cédé aux prières de son mari. À la demande de Léo, le livreur avait ceint l'énorme boîte d'un ruban écarlate noué avec goût. Une carte de souhaits, roses rouges sur un lit de feuilles couvertes de gouttelettes de rosée, accompagnait le présent.

Léo attendait l'arrivée d'Albéric avec une impatience qu'il cachait en bricolant au sous-sol. De temps en temps, il se risquait au rez-de-chaussée et, discrètement, jetait un coup d'œil par la fenêtre.

Thérèse circulait de la cuisine au salon: elle cherchait de la crasse et frottait du propre.

Suzanne, persuadée que Lucette Lemay, une de ses rares copines, venait la chercher pour aller glisser, ouvrit la porte. Thérèse sursauta en entendant le livreur, à moitié caché derrière le colis, crier:

— Hé! Bonjour la compagnie!

Léo, sans bruit, avait grimpé l'escalier du sous-sol et s'appuyait sur le cadre de la porte.

Albéric déposa le présent au milieu du salon. Thérèse fronça les sourcils à l'idée que le livreur pouvait salir le plancher. Suzanne joignit les mains en s'exclamant, rouge de plaisir:

— Ça se peut-tu?

Sa joie se réfléchit sur le visage de la mère: elle revit les orchidées qui, six ans plus tôt, lui avaient arraché le même cri de surprise. Elle comprit, ayant vécu une expérience fort semblable, que sa fille appréciait moins le cadeau que la déclaration d'amour qu'il renfermait. Avec des mains aussi tendres que les sentiments qui la faisaient rougir, l'adolescente caressa le gros nœud sans cesser de répéter, les yeux brillants d'émotion et de larmes mal retenues:

— Y est-tu beau!

Puis, les doigts tremblants, elle prit la carte et s'écria:

— Oh, les belles fleurs!

Elle supplia, impatiente:

— J'peux-tu regarder c'qu'y a dedans, papa?

— Gêne-toé pas, concéda le père, à c't'heure que c'est quasiment fait.

Elle lut: «À ma femme et à mes enfants, avec amour. Léo.»

Se retournant vers son père qui contemplait la scène avec une indifférence affectée, elle lui reprocha:

— Ç'a pas de bon sens! T'es trop fin, papa!

— C'est rien, c'est rien, se défendit Léo.

Il ajouta:

— Tu l'as ben mérité, ma chouette, tu l'as ben mérité.

Il s'arrêta brusquement avec l'air embarrassé de quelqu'un qui vient de commettre une gaffe. Sa femme le regarda et sourit. Elle appuya:

— Oui, certain, a l'a ben mérité.

Voulant cacher son visage et la gêne qu'il reflétait, Léo fit trois pas rapides et s'accroupit devant le téléviseur près de sa fille qui s'était assise par terre.

— C'est fin, pas vrai? demanda-t-il.

— Oui, papa, comme ça se peut pas, convint Suzanne.

Albéric, debout derrière les deux, souriait: rien ne lui plaisait autant que des clients satisfaits. Pour accroître le plaisir de la fillette, il lui confia:

— C'est pas tout, ma belle. Ton père m'a demandé d'installer une antenne à cause que l'image sera pas claire autrement. T'as un papa bien fin, toi; faut croire que t'es sûrement fine avec lui.

Suzanne leva la tête et lui sourit. Son visage reflétait la plus totale innocence. Mais comme si elle craignait la réaction de sa mère, elle chercha ses yeux. Thérèse soutint calmement le regard inquiet de sa fille. Elle connaissait si bien le prix du mensonge qu'elle essaya d'alléger l'embarras de l'adolescente. Elle lui sourit en songeant: «On s'habitue à toute, tu vas voir.» D'un ton encourageant, elle lui dit:

— Prends-le, Suzanne. Tu l'as mérité. Prends-le, ma fille.

L'adolescente rougit davantage et bredouilla:

— Non, j'ai rien faite. C'est papa. C'est pour toute la famille, la tévé.

La mère insista:

— C'est ben sûr, mais c'est toé qui va en profiter le plus. C'est d'abord pour toé, à cause que ton papa t'aime beaucoup.

Suzanne, incapable de se défendre, baissa la tête et son regard tomba sur cette preuve de l'attachement que Léo lui portait. Elle avait hâte de voir le contenu de la boîte et demanda:

— On peut-tu l'ouvrir?

Sans attendre de réponse, elle s'agenouilla et attaqua avec les doigts le ruban gommé. Elle risquait de casser ses ongles, qu'elle soignait tellement depuis quelque temps. Prévenant, Albéric intervint, un canif à la main:

— Touches-y pas, ma belle. La maison fournit tout l'service. On va pas briser tout l'carton. Des fois qu'y faudrait l'amener à l'atelier dans dix ans d'icite pour une réparation, la boîte pourrait servir.

Il se pencha, sectionna trois côtés du couvercle, l'écarta et, sans le moindre effort, sortit l'appareil à bout de bras. Tandis qu'il le tenait entre ses mains, il demanda:

— Où faut-il le poser à c't'heure?

— Mettez-le sur le tapis du salon en attendant qu'on y trouve une place, ordonna Thérèse.

Suzanne joignit les mains sur son cœur qui battait trop fort et s'exclama:

— C'est merveilleux! Oh! Merci, papa!

Elle éprouvait l'envie de le saisir par le cou, mais, n'ayant pas l'habitude de telles marques d'affection, elle se contenta

290

de le regarder avec tendresse. La mère ne voulut pas priver sa fille ni son époux d'une occasion d'exprimer leurs sentiments. Elle intervint:

— Tu pourrais au moins l'embrasser pour lui dire merci!

Comme si elle n'attendait que cette offre, Suzanne fit un pas vers Léo qui, maladroitement, tendit sa joue gauche et tourna trop vite son visage pour présenter la droite alors que la bouche de l'adolescence n'avait pas encore touché sa peau. À cause de ce mouvement prématuré, leurs lèvres se rencontrèrent; elles se pressèrent avec une force inattendue. Le contact persista quelques secondes.

— Bravo! applaudit Albéric. C'est pas fête icite tous les jours!

La tête de Suzanne tournait un peu, autant à cause de l'émotion que d'avoir cessé de respirer quelques instants. Léo écarquilla les yeux comme s'il cherchait la lumière. Sans y penser d'avance, il passa une main sur ses lèvres, non pour les essuyer mais parce qu'il cherchait à palper la bouche fraîche qui s'était pressée contre elles.

Thérèse souriait avec un peu de tristesse dans les yeux. Son regard se tourna vers la salle à manger et s'appesantit sur le siège qui avait reçu Marcel Tremblay lorsqu'il était venu souper chez les Boily. Elle le revoyait parler. Ses lèvres bougeaient, elles s'écartaient quand il portait sa fourchette à la bouche. Elle les avait, ce soir-là, mangées des yeux sans pouvoir les approcher, sans pouvoir les prendre dans les siennes.

Albéric devait se rendre au lac Bouchette pour livrer deux appareils. Malgré le plaisir qu'il éprouvait à voler quelques miettes de cette tendresse familiale, il interrompit cette scène pour des considérations plus pratiques:

— Y fait pas mal frette pis le toit est plein de neige. J'vas vous installer du provisoire, pis au printemps, quand le temps sera plus doux, je vous organiserai queque chose de pas mal bon. Dans une couple d'heures, vous allez pouvoir regarder votre premier programme. C'est pas une mauvaise affaire d'attendre: l'appareil est encore frette; y va avoir le temps de se mettre à la température de la pièce.

Vers quatre heures de l'après-midi, la famille se rassemblait devant le petit écran. C'était l'heure de la lutte. Vladek Kowalski, la terreur de l'époque, s'amusait aux dépens d'un novice.

— Écœurant! commenta Thérèse tandis que Léo encourageait.

— Assomme-le, c'était à lui de se tenir tranquille!

Vincent songeait: «Quand j'vas être grand, j'aimerais ça être fort de même.»

Il sourit en voyant la tête de Marcel Tremblay entre ses doigts. Il la cognait sur un des poteaux du ring. Sa mère horrifiée, la main sur le visage, le suppliait de lâcher prise mais il continuait en criant d'une voix entrecoupée par l'effort: «Charogne! Maudite charogne! Charogne!» Il soupira et approuva son père:

— Y fait ben d'y maudire une volée!

Suzanne crispait les poings. Sur la face hargneuse de Kowalski, elle projetait les traits du prêtre; elle entendait une gifle et des lèvres du lutteur sortait un mot plus blessant encore: «Putain!»

*   *

*

Avec l'arrivée du téléviseur, le train de vie des Boily se modifia rapidement. Thérèse permit aux enfants d'utiliser les sièges que Léo confectionna pour qu'ils soient confortablement installés. Elle surveillait leurs déplacements, de crainte qu'ils ne salissent ou, pire encore, ne fassent des égratignures au plancher de bois franc, lisse et brillant comme un sou neuf, qu'un tapis recouvrait partiellement. La famille négligeait souvent de dîner autour de la table, car c'était l'heure des dessins animés; Mario et Marcelline finirent par vaincre la résistance de leur mère et obtinrent de s'installer devant la télévision avec leur assiette et une épaisse serviette sur les cuisses au cas où ils échapperaient de la nourriture. Le style de cuisine avait d'ailleurs changé: on découvrait les vertus des patates frites et du maïs soufflé; hot-dogs et hamburgers délogeaient le spaghetti italien. Suzanne raccourcit ses heures de lecture pour passer plus de temps avec Fanfreluche. Vincent partageait avec Léo les plaisirs de la lutte. À la longue, le père préféra la force brute de Yukon Éric à la rage de Kowalski. Le père et le fils se disputaient, chacun prenant la défense de son idole. Le conflit atteignit son paroxysme le jour où, en reprise, ils virent le Polonais arracher une oreille au colosse du Nord. Hors de lui, Léo traitait Kowalski de «maudit chien sale». Vincent prétendait que Yukon Éric avait ce qu'il méritait; c'était un idiot, «toute dans les bras, rien dans la tête». Emporté, il s'oublia au point d'ajouter: «Comme toi.»

Incapable de s'en prendre à Kowalski, Léo saisit son fils par une oreille. Le garçon, persuadé que son père cherchait à venger Yukon Éric, hurlait de peur plus que de douleur. Thérèse intervint:

— Lâche-le, ce pauvre p'tit!

— C'est rien qu'un effronté! criait Léo. Ça respecte personne à force que tu le gâtes.

Le fils s'échappa en se frottant l'oreille droite, tout en maugréant, à l'adresse du père:

— Y pense qu'y sait toute... Y pense qu'y sait toute...

Âgé de 11 ans, Vincent grandissait avec une âme grise et trouble comme la rivière de Saint-Avenant lorsque, au début de juin, une épaisse brume matinale la recouvre ou quand, plus tard, aux ardeurs du soleil levant, elle s'évapore en colonnes ondulantes. Blessé dès le bas âge par l'indifférence maternelle qui l'avait relégué au fond de la cour avec Noiraud pour seul compagnon, il réagit lentement aux efforts de Thérèse pour le conquérir à l'époque où l'amour de Marcel Tremblay avait porté cette femme à s'épanouir au point de se prendre pour une orchidée, fleur de la passion. La disparition du prêtre qui lui avait témoigné un peu d'affection et surtout le cataclysme qu'il vécut lorsque sa mère fut détruite sous ses yeux par une gifle et un mot plus cruel encore que ce coup sur la joue anéantirent le peu de confiance qu'il avait commencé à éprouver envers deux adultes. Beaucoup moins vif d'esprit que Suzanne, Vincent comprit néanmoins que Thérèse cachait quelque chose de trouble. Il ne s'attarda pas à chercher le sens exact du mot qu'elle avait fait promettre aux enfants de ne pas répéter, mais il devina sa crainte; il conclut que le mot hurlé par le prêtre décrivait un aspect de sa personne qui détruirait sa mère si Léo ou quelque habitant du village venait à le connaître. Vincent essayait d'oublier ce drame comme au réveil on chasse un cauchemar. Mais, malgré ses efforts, l'horrible scène fréquentait toujours son esprit. Elle faisait croître en lui les racines de la haine. Elle envahissait sa vie et s'étendait à tout ce qu'il approchait. Il détestait son père d'avoir permis un tel malheur en cultivant une dévotion béate pour un homme qui, aux yeux du garçonnet, personnifiait cette fausseté que, tout comme sa sœur, il décelait sur chaque visage avenantais. Pour sa mère, il ressentait de la compassion, car il n'ignorait pas la douleur qu'elle traînait, plus évidente et lourde que les seins qui bombaient sous son corsage. Il se torturait la nuit, cherchant à comprendre pour quelle raison elle avait permis au prêtre de l'insulter sans chercher à se défendre ni même à l'accuser. Souvent, il sentait bouillir dans son corps le poison de cette haine qu'il n'avait pu libérer en déchirant les chairs de Marcel Tremblay avec ses mains, puisque l'homme, plus fort, l'avait projeté sur sa mère écrasée sur le plancher lorsqu'il s'était rué sur lui. Son imagination l'entraîna à la violence; par le biais de personnages cruels, il soulageait cette douleur qui affectait toute la famille Boily, y compris Léo que l'indifférence croissante de Thérèse détruisait un peu plus en dépit des consolations que lui apportaient la bière et Suzanne. La lenteur mentale de Vincent ne l'empêcha pas de forger un lien entre les visites de Thérèse au presbytère et celles que son père effectuait chaque nuit dans la chambre de sa sœur. En effet, chassé du lit conjugal par sa femme qui se plaignait de se faire réveiller chaque nuit, Léo se rendait dans la chambre de sa fille pour l'aider à surmonter ses peurs nocturnes. Il n'attendait plus qu'elle commence son «petit numéro», comme il appelait ses crises à l'époque où elles le dérangeaient. Thérèse, libérée de la partie la plus lourde du joug conjugal, pouvait enfin dormir en paix. Le flacon d'essence d'épinette lui aussi sommeillait tranquillement dans le placard, car l'odeur infecte du sperme de son époux n'offensait plus leur chambre au lendemain de ses ébats. La corvée du lavage retrouva ses justes proportions puisque Thérèse se gardait de changer les draps de Suzanne après chaque visite de son père. Des dessins géographiques couleur d'amidon, de consistance presque cartonnée, racontaient les efforts que Léo déployait pour calmer l'effroi que le Bonhomme Sept-Heures causait encore à sa fille.

Vincent et Mario dormaient dans une pièce assez vaste que leur père construisit au sous-sol pour obtenir une plus grande discrétion sur ce va-et-vient entre sa chambre et celle de Suzanne. Marcelline laissa sa sœur. Elle occupa la chambre contiguë à celle des parents, précédemment prise par les garçons. La grande fille dormit seule ou, plus souvent, avec son père.

Avec le temps, Léo se remit de la frigidité de sa femme puisque un corps fiévreux le réchauffait dans la pièce voisine. Ses scrupules faiblissaient à mesure que sa conduite infâme devenait une habitude encouragée par le dégoût de Thérèse et les désirs de sa fille. Le téléviseur récemment arrivé consacra une ère nouvelle faite d'une tolérance plus grande pour tous.

Suzanne, cependant, cachait de plus en plus mal son inquiétude. Vis-à-vis de sa mère, elle perdait cette hargne qui la portait à lui rappeler à mots couverts, avec des phrases interrompues et des regards sournois, qu'elle en savait sur son compte bien plus qu'elle ne voulait le laisser voir. Elle essayait, au contraire, de se rapprocher de Thérèse et cherchait avec un empressement anxieux à lui rendre service comme si elle désirait se faire pardonner quelque chose. La mère feignait d'ignorer ce manège, mais le voile de tristesse qui couvrait son visage à l'approche de Suzanne s'évanouit; un sourire à peine perceptible, avec une pointe d'ironie, prit sa place.

Le bonheur de Léo eût été parfait s'il n'avait été troublé par des voix intérieures. Deux ou trois fois par semaine, il laissait le lit conjugal à pas feutrés. Thérèse l'épiait avec des ronflements simulés. Il poussait en douceur la porte de Suzanne et s'allongeait près d'elle. À peine l'avait-il enlacée qu'elle s'agitait avec des plaintes, les yeux fermés, comme si elle rêvait. Quant il la retournait sur le dos, elle s'abandonnait, molle, ouverte... Mais loin de rester passive sous l'effet de ses caresses, bientôt elle gémissait et l'étreignait de toutes ses forces. Les yeux toujours fermés, elle s'obstinait cependant à faire croire qu'elle rêvait.

Léo retournait auprès de Thérèse après avoir serré Suzanne dans ses bras jusqu'aux petites heures du matin. Au réveil, comme rien n'avait été dit, chacun feignait de tout ignorer et vaquait à ses occupations habituelles sans la moindre allusion aux aventures de la nuit précédente.

Pourtant, tandis que sans obstacle il vivait cet amour interdit, Léo apprenait à douter de l'innocence des autres. Même lorsqu'il regardait la télévision en s'évadant dans la bière, son esprit ruminait. Il rabâchait le passé. L'amitié, la candeur, le désintéressement lui paraissaient de plus en plus suspects. La bonté, la droiture devenaient des masques sous lesquels se cachaient la tricherie et la duplicité. À mesure que le temps passait et qu'il s'enfonçait dans ses amours coupables, il revivait son enfance, sa prime jeunesse. La vertu de ses parents s'effritait. Il leur découvrait des faiblesses jusqu'alors insoupçonnées. Il revoyait les regards de son père appesantis sur ses sœurs et décelait dans ses yeux un désir bestial. Il se souvenait de certaines plaisanteries que le vieux lâchait surtout après avoir bu, et certains sous-entendus l'impressionnaient pour la première fois.

Il se sentait victime d'une vaste conspiration, bafoué. Mais, malgré son amertume croissante, ce rôle lui plaisait. Léo pouvait ainsi s'attarder à la fausseté, à la bassesse des autres et oublier presque complètement la sienne. Son esprit ne cessait de chercher le mal et bientôt ses soupçons l'amenèrent à se poser des questions sur ce qu'il avait de plus cher.

«Ça se pourrait-tu que Thérèse se rende compte de rien? A fait semblant, mais les fois que c'est arrivé dans notre litte avec Suzanne, a l'a changé les draps pis a l'a sorti son flacon d'épinette comme quand on s'pogne, elle pis moé. A fait la niaiseuse mais a sait ben ce qui se passe. Pourquoi qu'a m'a forcé à coucher avec ma fille? À c't'heure, a l'a p'us besoin de me tordre le bras, j'y vas tout seul, mais y a pas à dire, a le veut en maudit. Pourquoi? Parce que ça la repose de faire son devoir? Certain, mais pendant deux ans a l'a été chaude que l'diable. Pis a l'a changé. Pourquoi, je l'sais pas. Mais quand j'y pense comme y faut, j'me dis que c'est arrivé pas longtemps après que l'curé soit parti. J'ai pensé pendant longtemps qu'a faisait une dépression à cause de d'ça, mais ç'a pas de maudit bon sens. J'peux pas croire qu'a m'jette sa fille entre les jambes parce qu'a l'a d'la peine. Non, ça se peut pas...»

Nuit après nuit, assis devant la baie vitrée, il méditait. Au clair de lune ou sous un ciel criblé d'étoiles, en regardant la neige tomber mollement comme de la ouate ou s'élancer méchamment vers lui pour se heurter à la vitre et glisser jusqu'au sol; il revoyait Thérèse changer. Il s'isolait de plus en plus; le passé l'obsédait. Son intérêt pour la télévision fondait et sa soif pour la bière grandissait encore.

Dans ses visions, le curé Tremblay se dressait devant lui, sévère dans cette soutane noire que des flaques de sang collaient à sa poitrine. Son regard austère le glaçait. S'il avait su ce que faisait Léo aujourd'hui avec sa fille! Et pourtant, rien ne serait arrivé si lui, Marcel Tremblay, ne l'avait pas abandonné.

Léo sentait qu'il dépassait les bornes; il ne devait point mêler sa conduite inavouable au souvenir de son meilleur ami. Il le voyait encore comme un martyr et le village le considérait comme un saint qui un jour serait consacré à Rome. Mais le doute, à force de tenailler son esprit, l'amena à découvrir des faiblesses à celui qu'il avait toujours vénéré.

«Quand y est parti, y a même pas pris la peine de nous le dire pis de se chercher un remplaçant. Sont allés déterrer l'oncle Josaphat. Y avait pas l'air de savoir où y allait: à Rome pour devenir chanoine pis nous retontir en évêque, pis y s'est ramassé chez les sauvages du Guatemala. Y a cherché la mort pis y l'a trouvée...»

Un an après l'avoir installée dans son salon, Léo ne regardait plus du tout la télévision. Il s'enferma dans un mutisme presque complet. Était-ce la réflexion ou le surcroît de bière qui plissait son front, blanchissait ses tempes, accentuait la chute de ses cheveux? Il ne jetait que des regards furtifs sur son épouse mais, dans ce coup d'œil rapide, il essayait de scruter ses pensées. Il sentait qu'on lui cachait quelque chose. Il regrettait sans cesse sa curiosité, mais il en savait trop maintenant pour connaître la paix à moins de faire toute la lumière sur cette affaire. Oui, on lui cachait quelque chose.

«Après que monsieur l'curé soit parti, Thérèse a commencé à craindre Suzanne comme si la p'tite pouvait la faire chanter. A l'a catiné Marcelline comme a l'a jamais faite avec aucun de ses enfants... Pis a s'est mise à faire la niaiseuse quand j'y ai demandé de me sauver de Suzanne. Au lieu de ça, a m'a envoyé la consoler dans son litte. Est pas folle, Thérèse. A savait ce qu'a faisait pis ça faisait son affaire que je tombe avec Suzanne. On voit ben que depuis ce temps-là a l'a plus peur de Suzanne. Mais a fait semblant de rien voir pour que ça continue. Qu'est c'est que ça peut être, ce maudit secret-là? Ça me donnera rien de demander au monde d'icite; y vont toutes me mentir. Faut que je trouve tout seul. Qu'est c'est que ça peut être?»

Il perdait du poids, boudait la nourriture. Il rejetait de son estomac contracté une grande partie de celle qu'il réussissait à forcer à travers sa gorge serrée. Certains matins, il vomissait des filets de sang avec les aliments pauvrement digérés. Parfois, il se demandait s'il perdait la raison: «Ça prend un fou pour penser que monsieur l'curé peut avoir faite ça.»

À force de chercher, il en vint à se dire; «Qu'est c'est que l'curé peut ben avoir à faire là-dedans? Pourquoi qu'y serait allé se faire tuer chez les sauvages? Qu'est c'est qu'y a ben pu faire?»

Il se rappela la dernière visite de sa femme au presbytère, sa chute dans l'escalier.

«Est tombée? Mais ça pourrait ben être d'autre chose... Une chicane, une claque dans face à Thérèse...»

Au lieu de reculer, son esprit fonçait en direction du mal. Il pensa aux mardis. Il se souvint que Thérèse ne voulait pas y aller. C'est lui qui insistait et elle cédait. Elle cédait?

«Mon œil! Thérèse a jamais cédé sauf quand ça faisait son affaire. A faisait semblant de céder mais a voulait y aller. A voulait y aller mais a jouait à la martyre pour que j'me doute de rien.»

Puis il reculait encore devant la terrible conclusion qui se jetait sur lui. Il protestait: «Non, ça se peut pas!... Pas lui!...»

Enfin, un soir, en berçant la benjamine pour l'endormir, il contempla son visage énergique, ces cheveux noirs si proches de ses lèvres. Le souvenir d'une épreuve terrible lui revint:

«Marcelline... La maladie de Thérèse... Son cancer... disparu... Son docteur... J'ai jamais eu le droit d'y parler. C'te grossesse-là... Thérèse enceinte à notre première relation après son affaire de cancer. C'est un peu fort. Ce bébé-là qui est né après huit mois de grossesse. A pesait huit livres à la naissance; plus grosse que les autres, pas mal grosse pour une prématurée... Ben non, ça se peut pas.»

Mais plus il le combattait, plus le doute s'enfonçait dans son esprit.

CHAPITRE XXVIII

Thérèse éduque Suzanne

Vers la fin du printemps de 1966, lorsque Suzanne sortait de l'épicerie *Chez sa mère* avec sa barre de chocolat, Alphonse Patenaude entreprenait de commenter, en affectant un ton indifférent:

— Ça va sûrement faire un joli bout de femme.

Mais Anne-Marie haussait les épaules, ce qui lui permettait de replacer ses seins:

— Tu vieillis, pauvre toé! Faudrait que tu voies l'oculiste, certain! C't'amanchure de fille avec les fesses rentrées, c'est ça qui t'énerve? Tu vois pas comme qu'a s'arrondit le dos? C'est pas mieux qu'un hibou avec ses grosses lunettes: a te regarde tout l'temps comme si t'étais pour y pogner queque chose!...

— C'est-y une langue de vipère que t'as, sa mère, ou ben t'oublies quand t'étais jeune toi avec?

— Polisson!

— T'auras beau me traiter de c'que tu voudras, j'm'en vas dire comme toé: ça y prendrait une sorte de coquille comme ça fait pour les huîtres y'où ce qu'a pourrait se cacher. Tout ce qui pousse y fait peur. Mais ça pousse de partout, ma foi du bon Dieu! Ses jambes qui allongent chaque jour, sont-tu assez belles! Rondes, avec une p'tite cheville qu'on dirait une bouteille de Coke qui se tient deboute sur l'bouchon! Si tu la regardes quand qu'a marche quand sa robe colle après elle, tu y vois des cuisses fortes pour une fille de son âge; sont quasiment carrées. Pis en haut de la ceinture, a l'a des affaires pas pires pour un mari qui a manqué de lait quand qu'y était p'tit... Rien d'extravagant comme certains mondes que j'connais...

— C'est-y pour moé que tu parles, Phonse?

— Sors pas tes griffes, sa mère! Si y avait des plaintes à faire, ça serait à moé de me lamenter vu que c'est moé l'usager de qu'est-ce que t'as en montre.

— Tu te penses bon, toé. T'es pas mieux qu'un canard!

— À cause? J'ai-tu les pattes croches?

— Les pattes croches, ça me dérangerait moins que ta façon d'embarquer pis de débarquer avec trois p'tits coups de ta tapette à mouches!

— C'est que j'su chaud que l'diable!

— T'es si chaud que t'as pas le temps de m'allumer!

— Tu chialerais pareil si je m'obstinais plus longtemps sur toé. Mais la Suzanne, c'est rien que la honte qui la porte à se cacher de même. A doit être ben délurée pour son âge pis c'est à cause de d'ça qu'a s'entortille pour que tu y voies pas le derrière ni les tétons. Attends qu'a prenne de l'assurance pis qu'a frappe son homme; tu vas voir comme qu'a va se laisser aller: j'te garantis qu'a va pointer le derrière pis les tétons avec pour se faire courir après!

— Maudit maniaque! À ton âge, t'as pas honte? Déculotter les p'tites filles!

— Wô, sa mère! Déculotter, c'est un hostie de grand mot! J'ai jamais rien déculotté de ma sainte vie, sauf toé... Pis tu haïssais pas ça si j'ai bonne souvenance! Regarder, y a pas de mal. On péche pas avec les yeux!

— Les péchés de concupiscence, ça l'existe.

— Concupiscence! Où tu vas chercher des mots pareils? Concupiscence! Pour moé, pas vu, pas pris; pas pris, pas coupable. Des p'tites pensées cochonnes, un p'tit coup d'œil quand ça se voit pas, y a pas de mal à ça!

— Vous êtes mal faites, vous autres les hommes! Tant qu'à regarder les p'tites filles, pourquoi pas Liette Gingras? Si

j'étais un gars, moé, a m'intéresserait ben plus que c'te toute
croche-là que tu te figures quand tu fais ça avec moé pour te
donner du courage.

— Tu parles mal en tabarnouche, la femme! Jusqu'à
conter que j'entretiens des pensées cochonnes pour m'exciter
sur toé! T'as rien compris. Liette, ben droite, ben faite avec
une taille pas plus grosse que mon tour de bras, un beau p'tit
cul, une paire de boules aussi pleines que des poires de Cali-
fornie, un nez franc en pleine face, des grands yeux noirs, est
belle, c'est sûr, est belle, mais y a pas de mystère là: tu vois
toute la marchandise au premier coup d'œil. Tandis que Suzanne, c'est rien que du mystère: tout est caché; des boules
rentrées par en dedans, un air farouche pour pas montrer ses
pensées, a rougit pis a pâlit pour rien. Un volcan qui se retient,
tu peux me croire.

— Pis, si j'te disais, moé, que ça va faire la plus belle
planche à repasser qu'y a pas au Lac-Saint-Jean! C'est toute
jeune pis ça l'a déjà peur de se faire pogner. Attends qu'a se
marie pis j'te garantis que son mari pourra pas l'approcher.

— Pis moé j'te dis qu'a va le vider. Y a besoin d'être
capable. M'en vas te dire queque chose, la femme. J'ai pas
couraillé, moé, c'est vrai, mais je regarde, je jase, je réfléchis,
pis je lis. Eh ben! les femmes, faut se méfier de d'ça. Quand
tu les vois marcher avec toute la marchandise dehors, quand
qu'elles agacent comme qu'elles respirent, y a rien là, rien que
du vent. Celles-là, dans le litte, sont aussi frettes qu'elles
paraissent chaudes su'a rue. Mais celles qui pâlissent quand
que tu les regardes, qui se cachent la face avec les cheveux,
qui se promènent avec des manches longues, le col fermé, les
saintes nitouches comme qu'on dit, ça, fais ben attention:
quand qu'elles sont dans le litte, elles viennent qu'elles se
comprennent plus. Pis j'te garantis que la Suzanne s'en va
drette dans c'te direction-là.

— Pis moé, Phonse, dans quelle catégorie tu me places?

— Toé? Ben, faudrait en inventer une pour toé toute
seule...

— Tu dis ça à cause que t'as peur.

— Peur, moé? T'es fine... T'es ben trop proche de moé
pour que je voye clair. Je serais ben mêlé pour dire...

— Cré Phonse! Cré menteur! Tu changeras jamais. Mais faut que j'te dise: même après vingt ans avec toé, j'te changerais pas. M'habituer aux défauts d'un autre, merci!

— À cause que tu me gardes rien que pour mes défauts, sa mère?

— Ça se pourrait que t'aies des qualités avec. Faudrait que je regarde de ce côté-là. Peut-être que je trouverais queque chose...

Alphonse ne se trompait point. À quatorze ans, Suzanne pensait aux petits gars. Elle commençait même à fréquenter les salles paroissiales. Léo la déposait vers les huit heures du soir, le samedi et revenait la chercher à minuit. Ils accomplissaient le voyage sans échanger un mot, sans se regarder. Elle se terrait à droite, les mains jointes, les cuisses serrées. Elle fixait le chemin en avant d'elle; son sac à main reposait à côté comme un muret la séparant de son père. Avant de la laisser, Léo n'omettait jamais les recommandations d'usage:

— Fais attention aux p'tits gars. Tiens-toi loin. Pis, fais-moi pas attendre tantôt.

Elle descendait sans répondre.

À plusieurs reprises, il avait essayé de la dissuader de fréquenter ces lieux:

— T'es ben trop jeune pour commencer à sortir le soir. Tu gagnerais à rester chez nous, lire ou même regarder la tévé. Je vois pas ce que ça te donne de t'enfermer dans un sous-sol d'église avec c'te boucane-là pis c'te musique-là qui te pète les tympans.

Thérèse intervenait:

— T'es donc arriéré, ma grande foi! Tu connais-tu beaucoup de jeunes qui vivent dans l'fin fond d'un rang quand leur père cultive même pas la terre? Toutes les filles de sa classe restent au village. Nous autres, on est enterrés dans l'bois. Ça suffit pas, faut croire! Faudrait qu'a s'encabane le samedi quand les jeunes partent pour s'amuser.

— Qu'est c'est que tu penses que ça va leur donner? Nous autres, on restait chez nous, on jouait aux cartes, on écoutait la radio. Y ont la tévé mais ça suffit pas; faut qu'y aillent courailler les salles de danse; ça commence par les sous-sols d'église, pis...

— Avec toé, le coupait Thérèse, faudrait pas que l'monde avance! T'es resté accroché au passé comme si t'avais cent ans. Tu comprends pas que ça change? On peut pas revenir en arrière.

Léo n'osait insister. Il craignait moins les arguments de sa femme que les sanctions de sa fille. Depuis deux ans, il ne refusait rien à Suzanne. En vérité; il ne lui laissait même pas la chance de demander; prévoyant ses désirs, il la comblait de présents souvent inutiles sauf pour lui témoigner son attachement: il avait tellement peur de la perdre! S'il voulait l'emprisonner, elle pouvait se révolter; s'il lui permettait des sorties, elle pouvait se trouver un meilleur consolateur. Les allures gauches de Suzanne et sa timidité le rassuraient peu, même si elle parlait de ses soirées avec dégoût.

— Y sont-tu niaiseux! Les gars se tiennent dans un coin pis y regardent les filles. Elles, elles sont pas plus fines, elles attendent leur chance comme si elles étaient dans une vitrine. Moé, quand qu'y a un innocent qui me demande pour danser, j'y dis non. Y prend un air bête pis y décolle. J'ai pas besoin d'eux autres!

Thérèse souriait, amère, en pensant à la jeunesse qu'elle n'avait pas vécue:

— Tu dis ça, mais j'sais ben que dans l'fond t'aimerais ça faire comme eux autres.

— Pourquoi que tu la pousses à s'énerver? s'inquiétait Léo.

— Pour que ça fasse pas une Catherinette, rétorquait la mère.

Puis, sermonnant Suzanne, elle ajoutait:

— D'abord, tu vas arrêter de te tenir croche comme si tu voulais cacher tes avantages. Redresse-toé, sors ta poitrine, rentre pas tes fesses...

— Ma grande foi! s'emportait le mari, demande-lui tout de suite d'aller faire les trottoirs.

— Toé, tu ferais mieux de te taire! s'impatientait parfois Thérèse avec un regard lourd de sous-entendus.

Léo rougissait. Il demeurait silencieux pour quelques minutes mais, à part soi, il se demandait où Thérèse prenait son assurance quand elle conseillait sa fille:

— T'es belle, Suzanne, t'es ben faite, pis t'es plus intelligente que n'importe quelle fille du village.

— C'est pas vrai! protestait l'adolescente. J'su pas niaiseuse mais j'su pas la plus intelligente, c'est pas vrai.

— Même si ça fait pas ton affaire, c'est le pure vérité; pis, tu le sais à part de d'ça. Enfle-toé pas la tête avec ça, parce que j'ai jamais dit que t'avais rien que des qualités. T'as aussi des défauts qui pourraient manger tes belles qualités pis faire de toi une moins que rien. J'ai connu des filles intelligentes qui ont rien faite de bon dans la vie, des tas, si tu veux savoir...

Avec un soupir, elle ajoutait:

— J'me suis mariée sans faire de jeunesse, avec le premier gars que j'ai frappé. J'veux pas dire que ton père est un mauvais diable; je dis seulement qu'une femme doit être capable de choisir au lieu de se garrocher dans les bras du premier homme qui s'offre à la marier. Dans mon temps, y avait pas d'avenir pour nous autres. On avait été dressées pour vivre chez nous, faire des enfants, servir le mari. Aujourd'hui, la femme a arrêté d'être une servante. Tu peux, avec l'intelligence que t'as là, faire un métier, une profession comme un homme. Mais d'abord, faut que t'arrêtes de te conduire comme une sauvagesse. Tu réussiras jamais à me faire croire que tu vas aux danses paroissiales pour rire des p'tits gars. Regarde comme tu te tiens toute tournée par en dedans comme si t'avais honte de montrer que t'es une femme. C'est certain que tu prends pas le gars au sérieux quand y te trouve à son goût pis qu'y te demande à danser. J'serais même pas surprise que tu t'imagines qu'y veut rire de toé...

Suzanne s'écriait:

— Vas-tu arrêter tes discours simples! T'imagines-tu que tu peux lire dans mes pensées? Pis, si j'te dis que j'ai pas honte d'être une femme, que j'su ben dans ma peau, que j'me tiens comme j'me tiens parce que j'aime ça, bon!

— Tu mens, Suzanne, tu mens!

— Hé, sa mère! intervenait Léo, prêt à affronter n'importe quel coup de lance de sa femme. Comment que tu sais qu'a ment? Faudrait que tout l'monde dise comme toé pour que ça fasse?

— J'sais qu'a ment parce qu'y a jamais eu personne avec un corps ben faite qui s'est tenue toute croche pour le plaisir de se tenir toute croche, mais pour s'enlaidir ou se cacher. Pis, quand qu'une fille de quinze ans cherche à s'enlaidir, c'est parce que ça la dérange d'être belle.

— C'est toé qui dis que j'su belle, moi je me trouve affreuse! hurlait Suzanne.

— T'es peut-être affreuse dans ta tête, mais pas dans ton corps. Écoute ben, ma p'tite, fais ce que je te dis: samedi prochain, tiens-toé comme y faut pis, accepte de danser quand les garçons t'invitent. Pis, après, on jasera.

— Mais tu la forces, reprenait Léo. Attends que ça vienne d'elle.

— J'la force pas, rectifiait Thérèse, j'y donne des encouragements. J'su certaine que dans l'fond de son cœur, c'est ça qu'a veut faire mais qu'a l'ose pas. Ça prend quequ'un pour l'encourager pis j'su là pour ça.

Léo ne pouvait s'expliquer le zèle de sa femme. Soudain le bien-être de Suzanne intéressait passionnément Thérèse alors que durant tant d'années elle l'avait presque ignorée. Elle observait les moindres détails: le regard craintif de sa fille, sa démarche incertaine... Certains jours, Suzanne frôlait les murs comme si elle voulait disparaître. D'autres, au contraire, elle allait bras et jambes écartés avec des airs de matelot en haute mer ou bien elle se recroquevillait au point d'avoir l'air de grelotter. Certains matins, Thérèse la surprenait à s'extasier interminablement devant la glace alors qu'elle critiquait les filles qui se maquillaient. Elle portait habituellement les cheveux tombant des deux côtés du visage, comme pour s'y enfouir. Quant à ses vêtements amples, les manches longues, le col toujours serré, ils descendaient beaucoup plus bas que le genou et lui donnaient l'apparence d'une religieuse en tenue laïque, ce qui excitait l'imagination d'Alphonse Patenaude.

— Le feu qui couve sous la cendre, sa mère... expliquait-il à sa femme.

Mais Anne-Marie avait la rancune tenace. Elle rétorquait:

— Telle mère, telle fille: des hypocrites, rien que des hypocrites!

Thérèse feignait de traiter Suzanne en vierge farouche. Elle prétendait ignorer la relation qu'elle entretenait avec son père, qui, de son côté, s'irritait parfois du zèle de sa femme à délurer leur fille. Il connaissait Suzanne sous d'autres couleurs et la savait fort capable de s'exprimer quand elle le désirait. Parfois, il croyait que Thérèse cherchait tout simplement à la lui voler. Il aurait voulu crier:

«Arrête donc de la pousser sur les p'tits gars! Est pas si niaiseuse que ça, la Suzanne! T'es ben placée pour le savoir, à part de d'ça! Tu peux me croire: le jour y'où ce qu'un homme va la tenter, a saura ben s'dérouiller l'derrière. Pis ce que tu sais pas, la mère, c'est que, quand qu'a veut, la Suzanne, a peut se faire aller les fesses ben mieux que toé!»

Mais personne n'osait briser l'accord tacite qui liait les membres de la famille Boily. Thérèse escortait régulièrement de ronflements complices le départ de son mari vers la chambre de sa fille; celle-ci continuait à faire semblant de dormir et de rêver tandis qu'elle enlaçait passionnément son père et se trémoussait contre lui, et Léo ne cessait de gâter Suzanne en inventant les prétextes les plus divers, sans jamais parler des faveurs qu'il récompensait.

Vincent avait vieilli. Son visage reflétait l'amertume qui remplissait son âme. Il dépassait tous ses camarades d'école par sa robustesse et sa taille. Ces avantages physiques intimi-daient les autres moins que le regard sombre de ces yeux que la nature avait pourtant choisis avec soin, verts comme ceux de Thérèse. Sa chevelure ondulée aurait pu être une nappe d'or attrayante mais il préférait la faire couper en brosse dans l'espoir peut-être inconscient de ressembler davantage à ces animaux solitaires, timides et farouches qui traînent si souvent leur lourdeur sur les chemins peu fréquentés des forêts avenan-taises, le porcs-épics. Il s'était doté d'une voix brusque qui, avec l'âge, prit une tonalité grave. On l'entendait rarement et presque uniquement pour exprimer ses frustrations. Mais s'il parlait peu, Vincent observait beaucoup. Il notait les changements qui s'opéraient autour de lui. Certes, sa mère n'avait pas retrouvé la gaieté qu'elle exhalait à l'époque où Marcel Tremblay la visitait, mais elle ne craignait plus Suzanne comme après le départ du curé. Sa sœur avait perdu toute sa hargne. Durant le jour, son père et Suzanne faisaient semblant de s'ignorer. Plus d'une fois, il avait croisé Léo sortant de la chambre de sa fille alors que lui-même s'en retournait à la sienne après une visite aux toilettes alors que l'aube pâlissait au-dessus des épinettes et des champs inondés de brouillard. Pour lui donner le change, Léo murmurait:

— À son âge! brailler de même à cause qu'a l'a peur du Bonhomme Sept-Heures...

Mais Vincent ne fut pas dupe longtemps. Sous son front tourmenté, derrière ses paupières qui gonflaient comme si elles étaient remplies de larmes sans cesse retenues, il finit par rapprocher le curé et la mère, le père et la fille. Sa pitié pour Thérèse devint du mépris et même de la haine. Il éprouva de la jalousie pour Suzanne qui profitait mieux que lui d'un secret qu'elle avait décelé plus tôt. Cette découverte tardive accrut sa propension à la solitude: comme un porc-épic prêt au combat, il montrait ses dards par des allusions qui clouaient sur place ceux qu'elles touchaient. Si sa mère le réprimandait lorsqu'il sortait durant la semaine au lieu de rester dans sa chambre et d'étudier, il lançait:

— J'étais juste au Centre des Loisirs, t'sais, la cabane qui porte le nom de ton curé... çui-là qui s'est faite tuer par les sauvages... Une chance... Ça fait que papa va pouvoir garder une balle de plus quand que la chasse à l'orignal va ouvrir c't'automne...

Thérèse pâlissait, silencieuse.

À peine âgé de treize ans en 1967, Vincent se mit à rentrer après minuit le samedi. Léo n'osait le réprimander. Il s'en plaignait à sa femme, tout aussi impuissante. Il finit par simuler l'indifférence, ce qui ne l'empêchait pas de ruminer souvent la nuit avant d'aller au lit, une bouteille de bière à la main, assis devant la baie vitrée: «Vincent file un mauvais coton. Y fait l'vieux avant son temps. Y est rendu qu'y nous fume en pleine face, quand moé j'me cachais de mes parents jusqu'à dix-huit ans. Le v'là tombé dans la bière, quand qu'y a même pas un poil de barbe sur l'menton. Quand que je vois l'allure de ceux avec qui qu'y se tient, des crottés aux cheveux longs qui te regardent comme si y avaient peur que tu devines de y'où ce qu'y sortent, j'me dis que ça sent pas bon...»

Thérèse oubliait facilement qu'elle avait toujours critiqué les interventions de Léo auprès des enfants; elle soupirait, parfois: «Pauvre p'tit. Si seulement son père s'occupait un peu de lui. Mais y l'emmène même pas quand y va à chasse. C'est toujours Mario qu'y prend avec lui. On dirait que Léo a peur de Vincent, comme si c't'enfant-là savait queque chose pour le mettre dans l'embarras...»

Isolé de sa femme qui le rejetait la nuit encore plus que le jour, de Suzanne qu'il étreignait dans les ténèbres et de Vincent, toujours prêt à maugréer que le Bonhomme Sept-Heures avait «le dos large», Léo finit par se sentir comme un étranger dans sa propre maison. Mario recherchait la compagnie des garçons de son âge. Guidé par son frère aîné, il se persuadait de plus en plus que son père était «un gros niaiseux», même s'il ne refusait pas encore de l'accompagner dans ses randonnées de chasse. Marcelline s'accrochait aux jupes de sa mère. Les plaintes de Léo ne changeaient rien à la surprotection de Thérèse, qui, malgré les six ans de la petite, cherchait encore à l'endormir en lui chantant: «Je t'aime, oui, je t'aime, aime, aime.»

Pour se consoler, Léo dépendit davantage de la bière et devint l'ami de la solitude. Il se plaisait, surtout la nuit, à méditer assis près de la baie vitrée, sous les clins d'œil des étoiles ou le sourire de la lune, tout en dégustant ce liquide blond qui noyait un peu son chagrin. Il ruminait son passé, se remémorant chaque mot qu'il avait échangé avec celui que les Avenantais appelaient à présent «notre saint martyr».

Il revoyait les changements d'humeur de sa femme, aussi évidents que les saisons du Lac-Saint-Jean: maussade avant ses visites assidues au presbytère, épanouie au contact du prêtre, flétrie après son départ... À force de réfléchir, Léo finit par ne plus pouvoir écarter une pensée qui le révoltait: son épouse et son meilleur ami l'avaient trahi. Sans bien s'en rendre compte au début, il commença à tester Thérèse par des propos à double sens. Tout d'abord, elle l'ignora, puis, pour toute réponse, elle lui sourit avec mépris. Mais comme il insistait, croyant qu'elle n'osait se défendre, elle rétorqua dans le même langage imprécis qu'il ne valait pas mieux qu'elle, au contraire. Léo comprit promptement que son jeu pouvait lui coûter cher puisque, après tout, sa femme continuait à ronfler quand il rendait visite à sa fille. Il consentit à une trêve, de peur de tout perdre. Mais si Thérèse semblait fermer les yeux sur les excursions nocturnes de son époux, elle augmentait la pression sur Suzanne pour la pousser à fréquenter davantage et plus intimement les personnes de son âge. Malgré les protestations de la gamine, les conseils de la mère faisaient leur petit bonhomme de chemin, si bien que vers ses seize ans elle commença à s'aventurer sur la piste de danse au lieu de se tenir dans un coin à boire du Seven-Up. Les premiers samedis, elle se contentait de trois ou quatre escapades avec Georgette Letendre, une fille de son âge qui mâchait de la gomme en révulsant les yeux pour exprimer les délices ressentis aux accents de cette musique honnie des parents: le yé-yé.

La transe exhibée par sa compagne aida Suzanne à s'oublier un peu. Sans s'en rendre compte, elle apprit à se redresser, à bomber le torse pour montrer cette poitrine que son père caressait encore lorsqu'elle feignait de dormir. Vers la fin du printemps 1967, enhardie par ses précédentes expéditions avec des gamines de sa classe et réchauffée par deux onces de whisky qu'une copine avait passé en fraude sous le nez du vicaire, elle se risqua enfin avec un garçon. L'éclairage plus que discret et la fumée âcre des British, ces rouleuses à bon marché, l'empêchaient presque de distinguer le pantin qui se désarticulait en avant d'elle. S'ajoutant à son ivresse légère, un vertige né de sa peur lui faisait un peu tourner la tête. Aux premières notes de la chanson, elle hésita à demeurer sur la piste et jeta un regard désespéré vers le coin où, après chaque danse, elle se réfugiait avec ses amies. Cependant, bousculée par cette foule trépidante, elle tenait à peine sur ses jambes, lancée à droite par les fesses d'une fille, à gauche par les épaules d'un garçon. Elle ignorait presque totalement son cavalier qui se démembrait à plus d'un mètre en avant d'elle; il battait des lèvres mais elle n'entendait pas un mot, assourdi par les hurlements du chanteur. Presque hébétée par cette terrible expérience, elle fuyait vers son refuge, à la fin du vacarme, lorsque le galant, lui saisissant une main, débita:

— C'était l'*fun*, hein? On va revenir tantôt, hein? J'ai soif; si ça te tente, j'peux t'en passer: on a mélangé du gin avec du Seven-Up.

— Merci, on a mieux que ça, répliqua Suzanne.

— Ciao! lança le gamin.

— Ciao! rétorqua Suzanne, d'un air décontracté.

Elle fut reçue par Viviane Giguère:

— Tu te déniaises, commenta cette brunette.

— Y était temps, ajouta aussitôt Georgette Letendre.

— La prochaine fois, ça va aller mieux, l'encouragea Murielle.

Sans tarder, Suzanne retrouva son aplomb. Elle répliqua:

— Ça me l'disait pas, avant. C'est tellement niaiseux! Han, han, envoye les mains; han, han, envoye les pattes! Faut être mongole! Mais tant qu'à me faire regarder parce que je vous regardais faire les niaiseuses...

— Tu dis ça, l'interrompit Georgette, mais au commencement t'avais l'air bête.

— L'air bête, ricana Suzanne, l'air bête! C'est lui, le grand niaiseux, qui avait l'air bête! Moé, j'le regardais, c'est toute.

Elle ne put en dire davantage: le garçon l'invitait de nouveau. Elle rougit, hésita, puis le suivit.

Suzanne apprit à danser avec une rapidité surprenante. Elle s'enticha tellement de ce divertissement que, dès la fin de l'été, elle délaissait les salles paroissiales et, avec ses escortes habituelles, Georgette et Viviane, elle se risquait dans les grills et les hôtels d'Alma. Pour s'éviter des questions embarrassantes à l'entrée des salles réservées aux adultes, les trois jeunes filles s'attifaient de manière à se donner des airs de femmes. Suzanne monta ses cheveux en un chignon plus frêle et moins fourni que celui de Thérèse. Les contours de son visage perdaient, avec cette coiffure, un peu de leur rondeur juvénile. Son rouge à lèvres débordait d'une manière qu'elle jugeait sensuelle; elle colorait le pourtour de ses yeux avec un rimmel d'un bleu plus doux que l'éclat de son iris. Elle s'épanouissait au point que des fleurs poussaient sur ses jupes toutes neuves et que ses corsages respiraient comme elle, avec plus d'aisance. Elle rougissait lorsque Alphonse Patenaude la complimentait:

— Hé ben! Ç'a l'air qu'on veut p'us se faire bonne sœur, à c't'heure!

Il la mangeait des yeux lorsqu'elle sortait de l'épicerie, avec non plus une barre de chocolat mais une bouteille de jus d'orange. Anne-Marie le rappelait à l'ordre d'un coup de tapette à quelques pouces plus bas que la fin du dos:

— Arrête d'y darder le derrière, vieux cochon!

Il souriait:

— Ça te choque, hein, sa mère? J'avais-tu raison? Dis-le! Tu les vois-tu, à c't'heure, ses fesses? Mais dis-moi donc qui c'est qui y a appris en si peu de temps à les mener de même? Pis sa poitrine! A s'est toute redressée, ma grande foi! Est en amour, c'est certain, est en amour!

Anne-Marie n'osait plus contredire son époux:

— C'est la nature, Phonse, la nature, c'est toute! A l'a pris un bon vent comme une plante qui se raplombe. A respire mieux, y a pas à dire.

* *
*

Lorsque vint l'automne avec ses longues nuits propices à la tendresse et que blondirent les collines avenantaises, Suzanne glissa vers des danses plus lascives. En début de soirée, elle se réchauffait sur la piste et se grisait de yé-yé en gesticulant devant Georgette ou Viviane. Puis, aux approches de minuit, la peau légèrement moite, les muscles davantage relâchés, elle acceptait volontiers le slow qu'un garçon pommadé sollicitait. Il effleurait d'abord à peine la taille de Suzanne. Comme elle ne fuyait pas, il avançait légèrement son buste qui se posait en hésitant sur des seins veloutés. Sa main gauche s'enhardissait. Elle délaissait la droite de Suzanne et enveloppait son épaule. Puis, il l'entourait de ses bras et sa joue

313

cherchait celle de sa compagne dont les jambes défaillantes devenaient complices de son cavalier. Une telle faiblesse encourageait vivement le galant. Après quelques minutes, désireux de gagner encore plus de terrain, il s'arc-boutait pour la rejoindre en dessous de la ceinture. Mais alors, feignant de vouloir à son tour coller davantage sa joue sur celle du garçon, Suzanne se haussait sur la pointe des pieds, faisant reculer du même coup cette partie que le jeune homme convoitait et dont la conquête prématurée pouvait lui assurer une fusion complète à la sortie de l'hôtel. Mais il ne perdait pas courage pour si peu. Slow après slow, il étudiait la situation, tirait des conclusions et modifiait sa tactique. Puisque Suzanne abandonnait si facilement à son étreinte la partie supérieure de sa personne, il obtiendrait sans doute le bas en travaillant davantage le haut. Dès lors, il ne se contentait plus de coller son visage contre celui de la jeune fille. Il émettait des soupirs pour exprimer ses désirs sous forme de courants de vapeur chaude qui tourbillonnaient d'abord contre la joue de Suzanne pour ensuite descendre au bord de ses lèvres et remonter jusqu'au creux de ses oreilles. Elle gémissait; ses genoux fléchissaient; elle s'appesantissait dans les bras du mâle triomphant. Mais il n'avait guère le temps de savourer sa victoire: à peine l'avait-il touchée au bas de la ceinture qu'elle se redressait de nouveau sur la pointe des pieds, à croire qu'un serpent caché dans le pantalon du garçon la menaçait de trop près. Elle s'éloignait davantage qu'avant cet instant de faiblesse. Déçu, le galant se résignait jusqu'à la fin du morceau, puis il recommençait au slow suivant. Mais lorsqu'il avait réussi à l'approcher deux ou trois fois, Suzanne, de cette voix un peu triste qu'elle adoptait pour inspirer de la compassion, suppliait le jeune homme:

— Fait chaud... J'étouffe...

Elle appuyait alors la main gauche contre l'épaule du mâle trop entreprenant et le gardait à une distance respectueuse. Il perdait tout: la poitrine qui se donnait et le bassin qui s'était tant refusé.

À mesure qu'elle s'habituait aux odeurs de lotion à barbe, de poudre à bébé et de sueur des jeunes hommes d'Alma, de Desbiens et de Saint-Jérôme, tandis que des bras maladroits l'enlaçaient tous les samedis soir, Suzanne s'éloignait de son père. Parfois, lorsque Léo pénétrait dans sa chambre, elle rêvait qu'elle s'abandonnait à un galant repoussé la veille. Elle n'interrompait pas son intrigue alors que son père lui parcourait le corps de ses mains, de ses lèvres... Et lorsqu'il s'apaisait, Suzanne, par imagination, atteignait l'extase dans les bras d'un autre homme.

Durant quelques mois, comme sa mère avant de devenir la maîtresse de Marcel Tremblay, elle utilisa Léo pour satisfaire ses désirs. Avec le temps, elle apprit à se ramollir dans les bras de ses cavaliers; elle leur abandonnait ce bassin qu'elle dérobait auparavant. Elle cessa de fuir totalement ce corps ardent qui recherchait le sien. Elle apprécia le contact dur qui, comme un serpent dans l'herbe, rampait vers le confluent de ses cuisses. Elle s'écrasait contre le garçon, les yeux fermés jusqu'à ce que des flammes de volupté la brûlent de la tête aux pieds. Puis, elle s'accrochait à lui, ivre de tant de jouissance, tandis que le souffle saccadé du mâle comblé la berçait. Un peu chancelante, elle s'en retournait vers la table où ses copines l'attendaient. Elle s'assoyait les yeux presque éteints, silencieuse, fatiguée. Cette expérience nouvelle, la satisfaction entière obtenue au milieu de la foule, l'enchantait. Léo ne lui plaisait plus. Son numéro durait depuis plus de quatre ans. À présent, elle le trouvait fade. Tout comme sa mère, Suzanne apprit à soupirer dans les bras de son père non plus de volupté mais d'ennui. Son étreinte se ramollit, puis cette même main qui attirait Léo se mit à le repousser. Son corps se glaçait malgré les manœuvres de son père. Enfin, un soir, elle lui dit, comme il se glissait auprès d'elle:

— Écoute, papa, t'as p'us besoin de venir dans mon litte: le Bonhomme Sept-Heures, ça me fait p'us peur, à c't'heure!

CHAPITRE XXIX

Léo se suicide

Il attendait cet instant. Pourtant, il s'était tellement efforcé de ne point y croire qu'il n'avait jamais préparé d'argument pour le contrer. Il demanda, souhaitant avoir mal entendu:

— Qu'est c'est qu't'as dit?

Pour lui répondre, Suzanne choisit le ton de voix qu'elle employait lorsque, dans une salle de danse, elle désirait éloigner un soupirant trop collant.

— J'veux p'us qu'tu viennes dans mon litte, bon! D'abord, ça m'empêche de dormir. Tu m'étouffes. Pis j'veux p'us!

Elle s'exprimait plus fort, comme si elle essayait d'alarmer sa mère. Abasourdi, Léo ne bougeait pas. Elle insista:

— J'veux p'us qu'tu m'achales! Va-t'en!

Il recula d'un pas, vacilla, puis tourna sur ses talons. Lui qui se moquait bien de l'hiver, frissonnait. À la porte, il prit la droite, se retrouva au salon, s'immobilisa, puis revint en direction de la chambre conjugale. Thérèse l'accueillit avec un ronflement qui le blessa autant qu'un sarcasme. En s'allongeant, il murmura tristement: «Le Bonhomme Sept-Heures...», comme si son allié le plus sûr l'avait trahi. Son épouse se retourna sur le côté droit en lui offrant le dos. Léo ne sentait plus le matelas. Ses extrémités s'engourdissaient lentement. Il porta la main droite à son cou pour soulager une sensation d'étouffement qui lui serrait la gorge. Brutalement, l'air s'engouffra en un violent sanglot qui le fit sursauter. Il heurta, dans ce mouvement brusque, le postérieur de sa femme. Elle gémit:

— Aïe! Aïe! Vomis pas dans le litte, Léo!

Inspiré par cet avertissement, il bondit et se précipita vers la salle de bains. Il s'affaissa sur le couvercle du bol de toilette, une pointe de l'oreiller entre les dents. Il pleura en silence, puis, au bout de quelques minutes, il émit une plainte prolongée et sonore. Thérèse s'enquit:

— Hé! Ça va-tu mieux, à c't'heure?

Il répondit par un sanglot plus fort mais vite étouffé. La femme s'était levée. Elle s'était avancée de quelques pas et se tenait contre la porte de la salle de bains. Feignant une inquiétude sincère, elle demanda encore:

— Léo! Ça va-tu mieux?

Il continuait à se taire. Elle reprit:

— Mets un doigt dans ta gorge si t'arrives pas à vomir. Ça va te soulager.

Puis, comme dans un monologue, elle proféra:

— T'a pas digéré tes saucisses...

Elle soupira avec une compassion exagérée pour que Léo l'entende et elle retourna au lit. Tandis qu'elle se couchait lui apparut dans un halo au milieu des ténèbres le visage de Marcel Tremblay, pâle, les yeux exorbités, les lèvres révulsées de haine qui crachaient: «Putain!» Il la dévisageait avec mépris, sa main droite jaillit de l'obscurité et Thérèse se vit debout en face du prêtre qui la frappait à la joue. Sans un mot, elle s'écrasait sur le plancher.

Léo se remit à sangloter dans son oreiller. Elle écoutait. Elle prononça, si bas que, même s'il eût été allongé près d'elle, il ne l'eût pas entendu:

— Mange ta claque, à c't'heure, cornichon! Tu vois ce que ça coûte de s'amuser y'où ce qu'on n'a pas d'affaire! Moé avec, j'su passée par là, pis t'as rien vu; moi, non plus j'vois rien, à c't'heure, rien, pas une miette!

Les pleurs de son mari la détendaient. Elle s'endormit avec sur les lèvres un sourire paisible tandis que Léo continuait à hoqueter sur le bol de toilette. Son chagrin, ses larmes l'épuisaient davantage que la plus pénible expédition de chasse. Il se tut, vidé. Ses yeux, que la consternation et l'obscurité rendaient aveugles, fixaient le noir. Il était assis, les coudes sur les genoux, lorsqu'une sensation familière l'obligea à soulever le couvercle du bol et, sans y porter attention, il soulagea sa vessie. Si sombre était son esprit qu'il donna sur-le-champ une signification dramatique à un geste aussi banal: «J'su un homme fini: j'su rendu que je pisse comme une femme.»

Il se leva, se désaltéra au robinet du lavabo et retourna se coucher. Malgré toutes ses précautions, il réveilla Thérèse, qui demanda:

— Ça va-tu mieux, à c't'heure?

Il répondit:

— Hum...

Elle insista:

— T'as-tu vomi?

— Oui.

Elle reprit:

— Les saucisses te font pas.

— Non.

— Tu manges tellement vite! le gronda-t-elle.

Léo s'étendit auprès de sa femme. Des deux bras, il enlaça l'oreiller. Il se coucha sur le côté droit, tourné vers le dos de son épouse. Il ferma les yeux, exhala un profond soupir, allongea le pied gauche et le déposa doucement sur une cheville de Thérèse, cherchant un peu de chaleur. Depuis quelques années, elle ne tolérait guère ce genre de contact. Cette nuit-là, cependant, elle l'ignora tout d'abord. Peu après, elle avança le siège, puis les épaules et se colla contre lui. Léo avala une bouffée d'air, étendit le bras gauche. Sa main lasse et froide se posa sur l'épaule nue de sa femme, près de son cou. Elle se blottit encore plus près, mit sa tête sur l'oreiller de son mari. Les lèvres entrouvertes de Léo baignaient dans la chevelure de sa femme. Il desserra tout à fait l'oreiller et, des deux bras, étreignit Thérèse. Il hoqueta trois fois, tel un enfant à la fin d'une crise de larmes. Un souffle brisé comme une cascade se répandit sur la tête de Thérèse, pénétra ses cheveux jusqu'au crâne. La main gauche de Léo lui prit un sein. Tiède et doux, il débordait. Léo écarta les doigts pour les presser contre la poitrine de sa femme, osant à peine croire qu'il s'accrochait à cette bouée. Il avança les lèvres, les posa sur le cou de Thérèse. Elle gémit faiblement, puis se retourna sans brusquerie et arqua le buste. Léo se pencha sur elle. Il saisit un mamelon entre ses lèvres tandis que ses bras enveloppaient le corps de sa femme. Elle lui enlaça la tête et la pressa contre sa poitrine. Tandis qu'il soupirait de délice et tétait avec soulagement, il s'endormit. Il se mit à ronfler avec un mamelon entre les lèvres. Elle l'écarta délicatement, le regarda longtemps dans la pénombre, puis sourit avec pitié.

$$* \quad *$$
$$*$$

Est-ce le réconfort puisé sur les seins de son épouse durant la nuit qui inspira Léo le lendemain matin? Ou plutôt une illusion proche de la folie qui l'empêchait d'admettre que Suzanne ne désirait plus son soutien? Sitôt sorti du lit, il se dirigea vers le congélateur et sortit une ouananiche qu'il avait pêchée dans le lac Saint-Jean vers la fin du printemps. Il l'immergea dans l'eau froide. Peu avant onze heures, il l'introduisait dans le fourneau, proprement farcie et enveloppée dans une mince feuille d'aluminium. Au cours de sa besogne, un sourire discret visita souvent ses lèvres tandis qu'il remplissait la cavité d'amandes en tranches, d'oignons finement coupés, de persil et même de pâté de foie. Il l'entoura de tranches de bacon, dans l'espoir d'en rehausser le goût. Il fut un peu surpris de voir Thérèse arriver avec à la main le flacon d'essence d'épinette qui autrefois, comme un rituel, chassait les odeurs laissées dans la chambre par ses ébats avec elle ou avec sa fille.

— J'haïs le poisson, grommela-t-elle en aspergeant le plancher et les comptoirs de la cuisine. Ça gâche une maison. J'aurais jamais dû te laisser préparer c'te truite-là.

— C'est pas une truite, sa mère, corrigea Léo, c'est une ouananiche.

— Même affaire, coupa Thérèse.

— Ton épinette sent bonne, sa mère. Ça fait longtemps qu'a l'a pas servi... pas pour la bonne cause, en tout cas, ajouta-t-il avec une rougeur aux pommettes.

— Tu te plains toujours quand c'est pas le temps. C'est hier soir que t'aurais dû le dire.

Il rougit plus fort encore.

Midi sonnait à peine lorsque la famille prit place autour de la table. Par-dessus son assiette, Léo lorgnait celle qui ne voulait plus de lui et celle qui lui reprochait de l'avoir délaissée la nuit dernière; une poitrine élastique et fragile et des mamelons robustes, deux pointes tendues qui, quelques heures plus tôt, quêtaient un soulagement. Il demanda, s'adressant à sa femme sans la nommer:

— Ça te ferait-tu queque chose de me dire si ça goûte bon, ma ouananiche?

— J'su pas forte sur l'poisson, tu le sais. Mais y est pas mauvais, faut le dire.

— Merci, sourit Léo.

Il replongea le nez dans son assiette, ce qui ne l'empêcha pas de remarquer avec quel dédain Suzanne piquait la tranche de saumon étalée dans son assiette. Elle touchait de temps en temps un morceau de carotte. Elle gardait la nourriture un instant entre ses dents, hésitant à l'avaler ou à la recracher. Chaque bouchée qui disparaissait laissait sur le visage de l'adolescente une empreinte de mépris et de contrainte. La chair rose et juteuse, parfumée de persil et de bacon, s'étranglait dans la gorge de Léo. Il la faisait descendre avec des lampées de bière à peine froide. Il poussa un soupir que l'on attribua à sa délectation et, pour continuer à donner le change, il raconta:

— Ça, c'est une finesse que j'ai appris en jasant avec un gars de l'usine, Planchenault, qu'y s'appelle, un Français. Comme de raison, y se vante de toute savoir. Y dit qu'y est veuf mais j'pense que sa femme l'a sacré dehors. La cuisine, c'est son affaire. Ces patates-là attendries dans l'eau bouillante pis sautées dans le beurre, c'est une patente à Planchenault.

Vincent, amusé, commenta:

— Attendries dans l'eau bouillante! Le v'là rendu qu'y parle comme les Français!

Léo asséna un violent coup de poing sur la table.

— J'ai mon maudit voyage! Faire rire de moé par c'te Français-là quand j'dis «patate» pis par ce torrieux-là quand j'dis «attendries dans l'eau bouillante»! M'en vas t'apprendre, toé, à te moquer de ton père, vociféra le malheureux en pointant sa fourchette vers le garçon qui recula d'épouvante.

— Léo! cria Thérèse. Tu vires fou, ma grande foi! Te choquer rien qu'à cause de d'ça!

— On sait ben, grommela son époux, cherchant à se reprendre, c'est ton *chou-chou*.

Suzanne se leva brusquement en criant:

— Tu m'écœures!

Elle les dévisagea à la ronde, puis, lançant sur la table la fourchette qu'elle tenait encore à la main, elle précisa:

— Vous m'écœurez tous, icite!

Elle traversa rapidement la salle à manger pour aller s'enfermer dans sa chambre. La porte claqua. On entendit le lit crier de tous ses ressorts lorsqu'elle plongea sur le matelas.

— T'as faite une belle job, soupira Thérèse.

Léo baissa la tête. Des petits fragments de légumes flottaient dans la crème épaisse, blanche, de cette sauce tartare qu'il avait lui-même confectionnée. Encore un truc emprunté au Français. Les carottes tranchées, ce riz blanc qui s'étalait jusqu'à la bordure de l'assiette, ce repas qu'il avait préparé avec tant d'amour avait chassé Suzanne de la table. Il se leva à son tour et descendit au sous-sol où se trouvait son vivoir.

Aussi malheureux que lorsque sa fille l'avait exclu de sa couche quelques heures plus tôt, il marcha lentement, tête basse, faisant trois fois le tour de cette pièce tassée dans un angle de la maison. Elle gardait encore son mur rude où saillait la pointe des tiges d'acier. Le plancher rugueux attendait les tuiles. Un fauteuil grincheux montrait la bourre à travers le tissu élimé. Peu avant la naissance de Mario, un dimanche où Thérèse se sentait plus généreuse que de coutume, Léo avait acquis, au marché aux puces d'Alma, un petit réfrigérateur. Il y gardait sa bière. Il sortit trois bouteilles et s'installa dans le vieux fauteuil, qui le reçut avec une plainte. Il lui répondit par un soupir plus lugubre encore, posa ses pieds sur un pouf de sa confection et déboucha un flacon. Son regard flou traversa la vitre de la petite fenêtre: il ventait un peu; le jeune bouleau debout sur la pelouse avait perdu tout son feuillage et il dansait comme un pantin grotesque à cinq mètres à peine d'une épinette emmitouflée qui valsait avec grâce. Léo se sentait aussi ridicule que ce bouleau nu devant une épinette coquette. Le souvenir de sa fille qui l'avait rejeté le déchira davantage.

Au bout de l'horizon se bousculaient des nuages tourmentés. Plus loin dans la forêt qui naissait à cinq cents mètres à peine, le sous-bois était dégagé en cette fin d'octobre: bon temps pour chasser la gélinotte.

«Pourquoi c'est qu'on chauffe les maisons? méditait Léo, le regard flou, l'âme triste. À cause des femmes et des enfants, c'est certain. Si c'était pas d'eux autres, je resterais dans la forêt avec le vent, les arbres et toutes les animaux. La belle vie!...»

Il soupira, vida sa bouteille et en entama une deuxième sans cesser de ruminer:

«Le dimanche, c'est spécial: on travaille pas; la messe le matin, le repas en famille... Suzanne a t'avait une moyenne baboune sur mes carottes... Mais y étaient bonnes, y a pas à dire. Faut dire que j'y ai pas goûté. Qui c'est qu'y a mangé les patates attendries dans l'eau bouillante pis sautées dans le beurre?... Maudit Planchenault! Y parle ben, comme de raison... Vincent... Rire de moé à cause que j'ai dit «attendries dans l'eau bouillante». Dire que j'étais parti pour faire la paix avec tout l'monde... J'ai faite un beau repas, fallait ben que ce tabarnouche-là m'écœure avec ses simplicités!... Faut dire que j'me su choqué trop vite. J'aurais dû faire semblant de rien... Tant pis, c'qui est faite est faite...»

Il soupira, forcé d'avouer: «C'qui m'choque avec la bière, c'est qu'ça fait pisser sans bon sens. J'aurais dû m'installer une p'tite toilette icite en bas... L'année prochaine, peut-être...»

Il remonta au rez-de-chaussée. Suzanne boudait dans sa chambre; Thérèse lavait les assiettes; Vincent était parti retrouver ses copains, Mario aussi. Sa femme l'ignora tandis qu'il traversait la cuisine pour se rendre à la toilette.

Entre les murs exigus de la salle de bains, il continua à réfléchir:

«La bière, ça gonfle les rognons. Y'où ce que ça va ben chercher toute l'eau du corps, veux-tu ben me l'dire?»

Son regard triste s'attarda sur sa verge, qu'il sermonna:

«Maudite saloperie! Si seulement j'pouvais me débarrasser de d'ça! Cré p'tit bout de peau qui pisse! Si seulement ça servait rien qu'à pisser! Toute le trouble que ça nous donne! T'auras beau dire, on se marie d'abord à cause de d'ça, pour trouver une place où mettre c'te patente-là. On commence par se crosser à quinze ans à cause que ça nous laisse quasiment pas dormir la nuitte tellement que ça bande! Pis vers dix-huit ans, on a le goût de faire comme les grands, de la mettre dans un corps de femme. Maudit cave! Avoir su, j'aurais jamais arrêté de me crosser. À c't'heure qu'on fait opérer son chien pour pas qu'y courre chez la voisine achaler sa chienne en chaleur, pourquoi qu'on fait pas la même affaire avec les p'tits gars quand qu'y viennent au monde? Toute le trouble que ça l'éviterait!

«A l'sait ben, la femme. A nous tient avec ça. A nous ronne comme si c'est un cadeau qu'a nous fait quand qu'a met ça à bonne place. J'veux ben croire, quand qu'a filait, la Thérèse, quand qu'a se faisait plaisir avec le curé, a l'haïssait pas ça pantoute. À c't'heure qu'y est mort, a veut p'us rien savoir. A m'a envoyé mettre ma quéquette dans une autre place... Ouais... Depuis qu'a sort, la Suzanne, a l'a dû se décrocher un p'tit gars à son goût. À c't'heure, a fait la dégoûtée même quand qu'a mange mes carottes sautées dans le beurre pis semées de persil frais coupé. Veux-tu ben me dire dans combien de familles au Lac-Saint-Jean y a un père de famille qui travaille dehors pis qui fait la popote le dimanche quand que la femme reste à maison? Combien? J'm'en vas te le dire, moé: pas une, pas une, c'est certain. À cause de quoi que je fais la popote, moé, pis pas les autres mondes? À cause que j'su trop bon!»

Il soupira, rengaina cet appendice qu'il avait couvert de tant d'insultes et, sombre, descendit au sous-sol. Malgré ses doléances touchant le pouvoir de la bière à lui soutirer tant d'eau du corps, il s'approvisionna de trois autres bouteilles. Il les but en remâchant son infortune. Puis, il s'endormit les yeux remplis de nuages qui voyageaient dans le ciel d'automne.

* *
*

Son instinct de chasseur le réveilla deux heures plus tard. Le temps s'était légèrement assombri. Léo soupira, s'étira et se leva. Il passa un jean, une veste carreautée rouge et chaussa des bottillons imperméables. Une casquette orangée sur la tête, il sortit son douze et se munit de huit cartouches. Il sortit sans dire un mot à sa femme. Il siffla. Noiraud se mit à aboyer et à bondir d'impatience.

Thérèse le regarda s'éloigner. Elle songea:

«Pas chanceux, mais y a rien que ce qu'y mérite. À part Mario pis le chien, y a personne qui est de son bord. Mais veux-tu ben me dire ce qu'y va chercher dans le bois? Faut croire qu'y se sent mieux là-bas qu'icite.»

Elle le suivit en silence du regard et soupira:

«Y a l'air si malheureux!...»

Elle sentit une larme monter au bord de ses paupières, sourit tristement et se reprocha:

«J'su niaiseuse! C'est pas la première fois qu'y part dans le bois tout seul avec son chien... Pourquoi que ça me fait de quoi? J'ai comme l'impression qu'y va y arriver queque chose...»

Durant cinq minutes, Léo chemina sur la route de terre qui longeait sa maison. Ses pas le conduisirent jusqu'à une clairière où débouchait un sentier qui menait à des chalets perdus dans la forêt et délaissés à cette époque de l'année. Il glissa trois cartouches dans le chargeur. Noiraud marchait à sa gauche, le museau à la hauteur du genou de son maître. Léo se mit à jeter des coups d'œil à travers les buissons que les premiers froids avaient roussis et dégarnis. Les branches mortes, les souches pourries et les gélinottes se ressemblent tellement quand la pénombre humide surgit de partout! Elles le savent bien, les grandes perdrix du Lac-Saint-Jean, qui s'immobilisent au passage du chasseur! Elles profitent des accidents de terrain et feignent de passer pour une roche, un bois mort, un amas de feuilles. Léo s'arrêtait souvent, se pliait pour mieux voir, puis reprenait la route.

Soudain, à côté de lui, le chien se figea, la patte avant droite levée et pliée. Léo s'immobilisa; ses yeux suivirent le regard de Noiraud. Il aperçut une perdrix immobile qui se croyait invisible à travers les verges d'or desséchées dans le petit fossé qui bordait, à gauche, le chemin. Il garda le canon du fusil baissé, ôta le cran de sûreté et ordonna:

— Lève-là!

Noiraud bondit en poussant des aboiements furieux. La perdrix partit avec un fracas d'ailes. Léo épaula rapidement: coup de feu suivi immédiatement d'une seconde détonation. Le chien s'était immobilisé dès que l'oiseau s'était levé. Noiraud se retourna vers son maître et le fixa, étonné.

— Ça l'arrive, s'excusa Léo. Ça l'arrive pas souvent mais ça l'arrive.

Il rechargea son arme. Le maître et le chien se remirent à marcher. Quelques feuilles pendaient au bout des branches. Le vent était tombé. L'écorce des bouleaux se détachait en lamelles d'un blanc crémeux. Les merisiers au tronc rugueux jetaient des taches plus sombres. La vue portait loin sous le dôme des grands arbres déshabillés par les rafales et le froid des longues nuits d'automne. Les deux compagnons avançaient lentement, s'arrêtaient, cherchaient, repartaient. Ils suivaient un arc de cercle qui les éloignait du sentier et les faisait descendre dans un vallon couvert de feuillus. Des castors avaient çà et là grignoté des tiges tendres. Les souches aiguisées pointaient non loin des troncs gris couverts de nappes de lichen sombres. Dans le bas-fond s'allongeaient les ombres pathétiques d'arbres pourris ou frappés par la foudre et qui comme des blessés s'appuyaient sur les branches avoisinantes. Soudain un grattement sec. Noiraud avança d'un pas, puis d'un second, de plus en plus lentement. Il s'immobilisa, la gueule légèrement ouverte, montrant ses longs crocs blancs. Il s'était pétrifié avec une expression quasi douloureuse comme si une crampe immense l'eût figé de la tête jusqu'au bout de la queue, penché en avant, arqué vers la gauche, la patte avant droite à peine levée au-dessus du sol. Une gélinotte se sauvait à trois mètres du chien. Léo de nouveau commanda:

— Lève-là!

Perdant toute sa raideur, Noiraud bondit en avant. L'oiseau s'envola avec bruit, le chien s'écrasa aussitôt contre les feuilles mortes; Léo fit feu et le manqua deux fois de suite. Tenant le canon du fusil par la main gauche, il frappa la crosse contre le sol en s'exclamant:

— Maudit torrieux! Ça se peut quasiment pas! C'est le vent: ça fait couler mes yeux.

Mais comme rien ne bougeait autour de lui, il se corrigea:

— Le frette.

Son regard se posa sur l'eau calme d'une flaque sombre.

«Ça coule pareil, songea-t-il, en essuyant ses joues du revers de sa main droite. Comme si j'pleurais.»

Il se rassura cependant:

«J'pleure pas. J'couve un rhume, faut croire: mes yeux dégouttent.»

Délaissant le couvert des grands arbres, il revint au sentier qu'il avait quitté un quart d'heure plus tôt. Sous les épinettes, il marchait lentement, l'âme endolorie. À un coude du sentier, il s'arrêta pour jeter un coup d'œil sur la rivière qui coulait à sa droite, sombre et calme. Parmi les joncs s'amusaient deux colverts. Léo rechargea, puis changea d'avis: trop risqué de descendre jusqu'aux bords marécageux de la Bethchouan en simples bottillons. Il soupira: il lui restait des comptes à régler avec les gélinottes. Il reprit le chemin. Au bout de ses bras, le fusil pendait tristement vers le sol. Noiraud, près de son genou gauche, témoin silencieux de ses échecs, l'embarrassait. Il lui ordonna:

— Cherche.

Le chien se mit à battre la campagne. Il disparaissait quelques secondes à travers les épilobes et les verges d'or fanées, bondissait sur le tapis moelleux de feuilles mortes, passait en coup de vent au-dessus des troncs d'arbres allongés. Il guettait fiévreusement en décrivant des cercles qui le ramenaient sans cesse à quelques pas d'un maître indifférent. Noiraud filait tellement vite, ses longues oreilles noires collées aux tempes, sa langue rose pendant tantôt à droite tantôt à gauche à travers ses dents blanches. Ses pattes ne semblaient pas toucher le sol. Au bout de trois ou quatre minutes, il se mit à aboyer avec énergie en dévalant une pente couverte de sapins. Un lièvre fuyait à quelques mètres en avant de lui. Léo épaula en suivant la trajectoire du rongeur tout en le précédant d'une longueur de fusil. En vain tira-t-il deux coups...

Noiraud ne bougeait plus. Posé sur son arrière-train, gueule ouverte et langue pendante, il essayait de reprendre son souffle tout en regardant son maître. Il se demandait ce qui lui arrivait. Confus, Léo reconnut:

— J'su fini, Noiraud. Fini, comprends-tu? Pas la peine de vivre, pas la peine... Toé avec... Qu'est c'est qu'tu ferais si j'partais?... Si j'pars, tu pars avec moé, comme de raison.

Il s'affaissa sur une pierre, au bord du chemin; la crosse du fusil plongeait dans le sol humide. Les deux mains accrochées au canon, il se mit à pleurer, la tête inclinée, le visage sur les manches de sa veste carreautée. Son crâne cognait sur le canon tandis que les sanglots l'agitaient.

— Fini... Personne veut p'us d'moé. J'su bon à rien. Même pas capable à c't'heure de tuer une perdrix pis un lièvre...

Il respira fort pour se calmer et s'adressa au chien:

— On va disparaître, on va disparaître tous les deux... On va pas retourner chez nous pour faire rire de nous autres. On va mourir icite dans l'bois y'où ce qu'on a eu tant d'agrément quand qu'c'était l'bon temps... Toé d'abord, mon pitou, pis après, ça va être moé.

Le chien accompagnait ses larmes de faibles gémissements... Conscient qu'une dernière tâche l'attendait, Léo refoula sa peine, s'essuya les yeux, se moucha, se sécha les doigts sur son pantalon, hoqueta, se ressaisit et ordonna:

— Sauve-toé, mon chien!

Mais Noiraud ne voulait pas mourir. Il ne bougea point. Il émit au contraire une plainte lugubre.

— Pleure pas, mon chien, supplia Léo. Ça fera pas mal... Sauve-toé, que j'te dis. Sauve-toé, envoye!

Noiraud le regardait; les oreilles basses, le regard inquiet, il désobéissait. Léo s'impatienta. Il saisit une pierre et cria:

— Sauve-toé, à c't'heure! Sauve-toé ou ben je t'assomme!

328

Sous la menace du projectile, Noiraud se leva, la queue entre les jambes et se dirigea vers un fourré sur la gauche.

— Y me reste encore une cartouche dans la poche pis une dans l'chargeur; une pour toé, une pour moé, calcula le maître.

Il enfila sa dernière cartouche dans le magasin, ôta le cran de sûreté.

— Faut pas avoir peur, pitou; ça va ben se passer. Tu sentiras rien, tu peux être certain. À c't'heure, bonne bête, tu vas mourir. Regarde-moé pas comme ça. Écoute ben, pitou, écoute ben: quand que j'vas tirer, tu vas être mort.

Tandis qu'il prononçait avec force ce dernier mot, Léo épaula vivement et pressa la gâchette. Noiraud tomba sur le dos, roula sur le côté gauche et demeura immobile. Son maître le regarda tristement, puis il éjecta la cartouche, rechargea, colla le canon encore chaud contre sa tempe droite. Une violente explosion. L'écho se répercuta de vallon en vallon, allant dire aux arbres et aux bêtes sauvages que Léo n'en pouvait plus de souffrir. Léo s'effondra, la joue gauche dans les feuilles mortes. Le fusil roula à ses côtés.

* *
*

Thérèse sentit sa tempe droite se serrer douloureusement. Son cœur battit plus vite et plus fort. Saisie de peur, elle restait debout devant la fenêtre du salon et regardait la forêt comme une amoureuse angoissée suppliant le bois de lui rendre son amant. Elle se trouva plus d'une fois ridicule, s'éloigna mais revint immédiatement, encore plus inquiète. Moins de deux heures après le départ de son mari, elle passa un manteau d'automne et sortit. Elle chemina dans le rang des Hirondelles, tourna à gauche et parvint au bord de la clairière. Elle s'arrêta, regarda l'herbe brûlée par le froid, puis la forêt voisine aux couleurs rousses, blondes, vertes et jaunes.

— J'su-tu folle? se demanda-t-elle. Tout d'un coup qu'y aurait des ours noirs? Que c'est que j'fais icite?

Elle songea à s'en retourner chez elle, mais, au contraire, elle se remit à marcher dans la même direction, lentement. Le cœur serré, elle avançait dans la forêt, fouillant les buissons.

Elle palpitait au plus léger bruissement. La peur lui faisait même entendre des bruits imaginaires; elle s'arrêtait, vérifiait, cherchait cet ours noir qu'elle craignait sans cesse, puis elle avançait encore. Elle s'était à peine éloignée de la clairière d'une centaine de mètres qu'elle se mit à appeler son mari, d'abord dans un souffle, honteuse à l'idée que quelqu'un puisse l'entendre, puis de plus en plus fort.

«Y va faire noir dans pas longtemps. J'vas me perdre, songea-t-elle, j'connais pas l'bois... Suzanne va s'inquiéter si a m'voit pas... J'aurais dû y dire que j'partais. J'ferais mieux de revenir...»

Elle s'arrêta, mais, au lieu de rebrousser chemin, elle reprit sa marche en avant et recommença à crier:

— Léo? Où es-tu, Léo?... Léo?

Au fond des bois, son mari n'entendait rien. Il gisait à plat ventre. Non loin de là, Noiraud restait immobile, couché sur le côté gauche, les pattes étendues... Des feuilles de bouleau abattues par le coup de feu recouvraient en partie le corps de l'infortuné chasseur: la décharge avait filé à la verticale tandis que le désespéré tenait le canon du fusil contre sa joue et sa tempe droites. Le plomb avait fauché les branches et les feuilles sur son chemin. Léo s'était endormi après avoir pleuré tout son soûl.

Obéissant, Noiraud continuait à faire le mort comme son maître le lui avait ordonné: «Quand que j'vas tirer, tu vas être mort.»

Les grains de plomb avaient sifflé à 30 centimètres au-dessus de la tête du chien. Ils avaient frappé l'écorce d'un merisier et pénétré profondément dans le tronc de l'arbre. Bien dressé, Noiraud pouvait rester ainsi, immobile, des heures durant s'il le fallait, jusqu'à ce que son maître le relève. Il respirait si superficiellement que, la gueule entrouverte, la langue pendante, il semblait vraiment mort.

Le sommeil de Léo dura moins d'une demi-heure... En ouvrant les yeux, il s'aperçut que le jour était bien tombé. Il chercha son chien, inquiet, mais le repéra facilement à quelques mètres de lui. Un sourire triste parcourut le visage de l'homme. Il ordonna:

— Arrête de faire simple, niaiseux! Réveille-toé, envoye!

Le chien bondit aussitôt sur ses pattes et se hâta d'aller pisser contre un frêne...

— Tu t'amuses à faire le mort, espèce de niaiseux! gronda Léo. Même pas capable de mourir pour toute bon, comme un chien qui a de l'allure. Moi non plus tant qu'à y être... Ça veut pas dire qu'on voulait pas, hein? Mais le faire, c'est pas pareil... On a faite ce qu'on a pu.

Il se frotta la tempe droite.

— Stie! Ça donne un moyen coup quand ça passe, ce maudit plomb-là! On est quasiment morts de peur. On s'est suicidés même si on a manqué notre coup. Dis ce que tu veux, j'en connais ben qui sont pas capables de faire la moitié de d'ça!

Il se palpa la tête, l'agita comme pour voir si elle était bien prise avec le reste de son corps, puis murmura:

— Maudite peur!... J'ai ben dormi une heure de temps... Comme un mort. À c't'heure, c'est comme si je revenais de là-bas. J'dis «là-bas» comme si j'étais descendu en enfer. Le suicide, ça mène drette chez l'diable, à ce qu'on dit. Qui c'est qui est revenu de d'là pour dire que c'était ben vrai? À c't'heure, ma tête serait comme de la bouillie, y en aurait partout sur les feuilles pis les troncs d'arbres... Un moyen dégât qu'ça aurait faite! Une chance que les plombs sont partis drette dans le ciel! Y a rien que le bouleau qui y a goûté, pis le merisier en arrière de Noiraud. Ça défonce pareil, un coup de douze.

Il conclut:

— Veux, veux pas... je reviens de loin...

Il s'assit en tailleur. Il se mit à contempler le vide tout en fixant la forêt que l'obscurité grandissante rendait encore plus dense, puis, les coudes sur les genoux, il se pencha en avant, profondément pensif. Noiraud, posé sur son arrière-train, regardait son maître avec des yeux inquiets et tristes. Le souffle court et agité, le chien pleurait discrètement, car il ne voulait pas importuner davantage son ami.

«Pas capable de me tuer... Mais j'veux p'us vivre... Thérèse a réussi à faire partir Suzanne... A l'avait réussi, y a quatre ans, à m'embarquer dans le litte de ma fille... A l'a réussi à mettre le grappin sur l'curé!... A l'a forcé à se tuer, à se faire tuer par les sauvages là-bas. Y a été capable, lui. Moi, j'ai pas pu. Thérèse si propre, si sérieuse...»

Il sursauta en entendant tout près de lui la voix de sa femme qui criait, avec l'accent du désespoir:

— Léo!... Léo!... Où que t'es?... Léo, Léo, mon chéri, réponds, réponds-moi! Où que t'es?

Il se tut tout d'abord, inquiet et triste, certain qu'il perdait la raison. Un pas approchait, traînard, hésitant.

— Léo! suppliait encore Thérèse.

Mais l'homme n'osait bouger ni répondre, certain qu'il hallucinait. Noiraud poussa un vif aboiement. La voix de Thérèse dénotait la surprise, le soulagement, une joie immense; elle contenait mal un sanglot de contentement incrédule lorsqu'elle cria de nouveau:

— Léo!

Noiraud répondit encore pour son maître. Il aboyait, excité.

Avec un mélange d'inquiétude et de joie, Thérèse découvrit son mari accroupi. Elle se mit à genoux devant lui et le supplia:

— Léo! Léo! J't'aime! Pourquoi que t'as voulu faire ça? Léo, j't'aime, j't'aime. Y faut que tu vives, je l'veux, je l'veux... Léo, j't'aime...

Il la regardait, incrédule, presque hébété. Elle voyait le doute dans son regard. Elle suppliait, dans ses sanglots:

— J't'aime, Léo! J't'aime! J't'ai toujours aimé! J't'aime! Ah! Malheureux! J't'aime! J'te l'disais pas, je l'savais pas... mais là je l'sais! J'ai failli mourir quand t'as tiré... J'ai senti l'coup sur ma tempe...

Surpris, l'homme demanda:

— Qui t'as dit que j'ai tiré?... T'as entendu?

— Non, j'ai pas entendu... Qui c'est qui aurait pu me le dire? J'ai pas entendu: j'ai senti, j'ai senti ton coup de fusil sur ma tempe quand t'as tiré sur ta tempe.

— Qui te l'a dit? répéta Léo, incrédule, avec le regard égaré d'un homme qui perd tout à fait la raison.

— Qui? J't'aime Léo! J't'aime! C'est ça qui me l'a dit. Recommence jamais, tu m'entends? Jamais!

— Je recommencerai jamais p'us, promit Léo sans comprendre ce qui se passait. Thérèse se releva, tenant toujours les mains de son époux. Elle l'aida à se mettre debout. Ils marchèrent lentement, épaule contre épaule, indifférents aux cabrioles de Noiraud qui bondissait en avant d'eux, aboyant comme pour crier aux épinettes: «Regardez-moi ça, tout le bois! Thérèse et Léo s'aiment! J'ai jamais vu ça de ma sainte vie!»

Ils parvinrent à la clairière sans échanger un mot. Léo s'arrêta, gêné, mais Thérèse l'entraîna sans lâcher prise.

Yvonnette Guay crut mourir lorsque, à la brunante, les deux passèrent devant sa maison.

— Clément! Clément! Viens voir! Dis-moé que je perds la tête!

Craignant le pire, le mari abandonna la télévision et se précipita devant la fenêtre où sa femme restait figée. Il articula, péniblement:

— J'ai mon voyage! Ouais... j'ai mon maudit voyage!

Il demeura silencieux, puis conclut, d'une voix douloureuse comme si les Boily venaient de lui voler un trésor:

— Le monde y disent que l'argent ça fait pas le bonheur; faut croire que c'est pas toujours vrai.

Yvonnette supplia:

— Dis-moé que c'est pas vrai!

Mais Clément avait succombé devant l'évidence:

— La femme, si toé pis moé on voit la même affaire, à même place, en même temps, que c'est qu'tu veux qu'ça soye?... M'en vas dire comme l'autre: y était temps...

Yvonnette dut à son tour accepter l'évidence; un mois plus tard, les Boily partaient en vacances pour la première fois de leur existence. Une semaine de lune de miel en Floride.

Suzanne en profita pour rentrer plus tard que de coutume; elle s'était fait un ami de cœur.

Vincent prit sa première cuite.

Ce n'était que le début des aventures de ces deux jeunes gens...

— FIN —

Table des matières

Achevé   Imprimerie
d'imprimer Gagné Ltée
au Canada Louiseville